塬上

王剑冰——著

作家出版社

图书在版编目（CIP）数据

塬上 / 王剑冰著 .—北京：作家出版社，2021.8
ISBN 978-7-5212-1493-2

Ⅰ.①塬… Ⅱ.①王… Ⅲ.①散文集－中国－当代
Ⅳ.① I267

中国版本图书馆 CIP 数据核字（2021）第 136416 号

塬上

作　　者：王剑冰
责任编辑：省登宇　周李立
装帧设计：仙境设计
出版发行：作家出版社有限公司
社　　址：北京农展馆南里 10 号　　　邮　　编：100125
电话传真：86-10-65067186（发行中心及邮购部）
　　　　　86-10-65004079（总编室）
E-mail:zuojia @ zuojia.net.cn
http://www.zuojiachubanshe.com
印　　刷：北京盛通印刷股份有限公司
成品尺寸：142×210
字　　数：330 千
印　　张：12.75
版　　次：2021 年 8 月第 1 版
印　　次：2021 年 8 月第 1 次印刷
ISBN 978-7-5212-1493-2
定　　价：68.00 元（精）

目 录

辑四　缘流

　　自从写出《绝版的周庄》，成为荣誉镇民之后，我与周庄的缘分已有二十多年，不时地会生出一种念想，留在文字的记忆里。

辑五　相系

　　长期以来，我以黄河为伴，以中原人自居，因而常常会对相关的事物感兴趣，这或是一种一脉相承的不解之缘。

辑一　塬上

这是我的第二故乡，是我成年后长期生活的地方，无论是深挖坑院的塬上，还是覆满青瓦的平原，都是我必然的关注。

塬　上

一、我发了好大一会儿呆

我有时候会猛然醒悟，就像梦里突然睁开眼睛，哦，刚才是在发呆。对，我发了好大一会儿呆，在这个坑院上面。我竟然什么也没有做，什么也没有想，就那么直直地站立着，大脑一片空白！

这让人觉得这段时光的无意义走失，起码该想一些词句什么，或者制订一下什么计划。但是没有，都没有。这在我是少有的，我总是把自己拧得像发条，无有片刻的消停，更不要说长久的空白。

这是地坑院给我制造的氛围，或者说呆场。

而冷静地想的时候，还真的有些明白，这种悠闲中的呆，实为难得！有词叫"碌碌无为"（有解说"碌碌"是平庸，我理解为辛苦劳忙），那碌碌有为又如何？陶渊明看来是奔碌碌无为去了，他把自己的位置安放在了南山脚下、桑麻林中。老子过函谷关，骑一头悠哉的青牛，一点碌碌的意思都没有，甚至让自己不

3

知所终。李白、杜甫们倒也曾想投奔一朝干些大事，结果不是孤月沉江就是秋茅风卷。

又经时日，我有心想住下了。是的，我来就是要住下的，我接受了深入生活的安排，到陕塬待一年的时间，甚至更长。从乡间出来已经很久，再回到乡间，而且是不同于以往经验的陌生的乡间，对我来说，是一个新的体验，或者说考验。

二、你知道"陕"在哪里吗？

高铁列车出郑州一路往西，不一会儿就把大平原甩在身后。那不断起伏的莽莽黄土，一个接一个的长长隧道，简直不让人有半点喘息，好像你到陕地，就是来体验起伏与黑暗来了。

让人奇怪，造物主当时发了什么疯，把这么多土堆积在这里。这种堆积带有点随意性，无规无则、无深无浅又无边无际，使黄河南岸这一片地域或裂为一道道沟壑，或隆成一丘丘山塬。

列车又在过一个山洞，那么快的速度，竟然钻了好半天。出来后便是三门峡了。

这样，我就想到了那个"陕"字。你知道"陕"在哪里吗？你或许会说了，陕西，陕西的简称就是"陕"。哦，我要告诉你，错了，"陕"在河南的三门峡，古时称为"陕州"。再往西，就是陕西了，所以说陕西的简称是借用了。

那么，这个"陕"就让人有了诸多兴趣。陕，狭窄逼仄，险崛奇特。陕之地块，在黄河南也只有两条狭路可通东西，而后相逢于函谷关再莽莽西去。

这样的地方，如何不为兵家所争？皇皇历史，不知有多少卷帙与这里有关。著名的秦晋崤之战，即发生于崤山天险，骄横的秦军，偷袭郑国不成，回来时遭到埋伏在此的晋军覆没性打击。

从洛阳伸出的丝绸古道，至今在这里留有一段斑驳痕迹，人称"崤函古道"，是上面提到的两条狭路之一。石道上马蹄踏踏，车辙深深，多少年都在诉说着艰难的交通史。我踏着夕阳和深深的枯草，在几次迷路之后，才找到这条古道。风在每一道车辙间拉着深秋的多弦琴，一步步踩上去，不小心会崴伤了脚脖子。现在看这条古道，都有些想不明白，它是怎么由天险深处走来又没入天险深处的。而就是这条古道，秦皇汉武东巡的车辇，骑着青牛的老子，诗人李白、杜甫们，无不在其上蹒跚过。

更为神奇的是，就在这一片险峻无比的陕地，在高高的山峡之上，由于崤山千仞巉岩的挤压，黄河万里怒涛的冲撞，竟然硬生生挤托出三道平平展展的土塬：张汴塬、西张塬和东凡塬。

那塬亦如崤山突兀高耸，同黄河一般浑黄色泽，却是不含任何杂石乱碛。虽然干旱少雨，可如何不是造物主送给人类的一块宝地？于是土塬上有了一种奇特的生活和居住方式：地坑院。

所谓"地坑院"，就是在平坦的土地上下挖一个六七米深的长方形或正方形土坑，然后在土坑的四壁再凿出八到十二孔窑洞。从地面上看，很像一个下沉的四合院。

在这个坑院的一角，有一个窑洞渐渐往上挖开，就是坑院通往外面的通道。通道口就是洞门，外连着一个长长的斜坡，斜坡有直进的、曲尺的或回转形的。斜坡上做成小小的阶梯，一是下雨下雪不滑，二是牲畜、车子容易进出。

地坑院都是独洞独院，一大家子十几口人也能轻松住下。只有个别人家，兄弟分家后又十分亲近或其他缘由，会将坑院的一孔窑挖通，连起另一个相邻的坑院。

这种向下挖坑、四壁凿洞、与大地融为一体的构建，可谓别具匠心，而且不费什么材料，只费力气就行。还防震、防风、防火、防盗，冬暖夏凉，四季宜居。它的窑洞顶上平于地面，远远望去，一马平川，除了各种各样的树和蓬蓬棵子，再看不到什么，但是地平线以下，却潜伏着成千上万座农家院落。

多少年里，先民们在山上过着封闭而满足的生活，才不管山下发生什么事情什么变化。

可以想见，在古道山峡间不断重复呐喊厮杀时，在黄河波涛一次次淹没城郭与田园时，三道塬上的地坑院一直四平八稳地独享于天地一隅。

"下院子，箍窑子，娶妻子，坐炕子。"是流传陕塬的民间小曲，也是无数庄稼汉的理想生活。黄土塬上的人们有了地坑院就有了安定的家，男人在土地上耕作刨食，女人在坑院里生儿育女、绣花纺织，逐渐形成了地坑院的生活方式和民俗风情。

直至我来的今天，三道塬仍有近百个村落。坑院上方冒着的炊烟表明，这里始终延续着民族的文化因子，传递着独有的心灵密码。

这里真该是称为"塬"，它高险平阔，雄踞四野，站立其上，山风扑面，大河入怀，心胸顿开。站在这样的地方，应有诗吟诵。唐代李隆基旅次陕州，很快吟出："境出三秦外，途分二陕中。山川入虞虢，风俗限西东……"他当时驻跸哪里呢？想他一定没有住地坑院，如若在地坑院留宿一晚，诗中情怀当更为不同。

多少年来，外界对地坑院这种居住方式知道得并不多，以致听人说起，都会露出惊奇的神情，要找时间来走一走，看一看。而长居于此的人们也不知道，他们的所在，成了祖上留下的自豪和骄傲。在后来的宣传中，已经有了这样的表述：作为中国六大传统建筑之首的生土建筑，地坑院已是人类居住发展史的实物见证，是人类文明进步的活化石。

三、巨大的安静，让夜溶解得贴切而真实

偌大一个坑院，九孔窑的坑院，人们都走了，只留下我一个生命，不，还有老鼠、野虫或其他的活物，只是我看不见。我只看见我自己，在这窑院里让孤单和恐惧发酵。

我本不是塬上人，如果我是从塬上走出去又走回来的，我就不怕了。我对塬不熟悉，正因为我对它不熟悉，彼此间就都显得陌生。于是恐惧产生。我必须加速让这些消失，让亲切来到我们中间。

我不停地走，用脚；用眼睛和呼吸说话。我开始发现了渐变的效果，我的嘴里开始哼出小曲，那实际上是发自心中。我的心已经温暖，温暖迅速向全身蔓延，就像抽血的右臂猛然松开橡皮筋。我的一部分血液，已经流向了这个山塬。

我的眼睛累了，看了一天，一天都不曾停息，我想去睡觉，在那宽大的硬实的炕头上躺一躺，该是多么地舒坦。

穹顶的窑洞，给人一种包裹的感觉。我明白，我已钻到了地下。我不能再犹豫，我得进入梦乡，不知道这里的梦会有什么色彩。

窑洞上边是厚实的大地，像一块厚被子，盖在地坑院的上方。在这个坑院的边缘，即是一道深深的沟壑。现在这道沟壑也一定填满黑暗。

无限的厚、无限的重挤压下来。声音还在从四处传来，听得十分清晰。其实也没有什么声音，无非是些虫儿，再就是树上筛下来的风。在这远离喧嚣的乡间土塬，还能有什么声音？我早已把门窗关严，那些声音爬了一窗栅，虫儿们或许正在恋爱。

我对这个晚上的记忆是如此深刻，那种巨大的安静，让夜溶解得贴切而真实。在城里总是寻求静，真的遇到静，却十分地不适应。你看，这个时候又来了一声鸟鸣，什么鸟呢？莫非是猫头鹰？我的眼睛再一次睁开，又再一次合上。

却仍然睡不着。

那种静将你的觉打碎了，像一堆碎玻璃，一直拾掇不起来，你甚至忘记是怎么下到这个地坑中来的。哦，是经过了一个入地的拐弯的斜坡，再进入一个窑洞，把门关上，就把一切关在了外面。

四合式的院子里只有一个方井向上，将一片天空收纳进来，同时收进来的，还有一束月光。月光游移，像谁挥着一把笤帚，扫着夜的尘。

如果月没入云层，整个坑院就完全地黑透了，黑成整个的一团，如没有开挖之前的状态，瓷实、浑厚……

什么时候听到了群鸟的鸣唱，叫不出名字的鸟儿未必是将身子挤在一起，却是把声音挤在了一起。你叫我嚷，即使是问话也等不得别人回，一个个只管自说自唱，这就构成了塬上无与伦比的鸟儿大会。

而地坑院，还在塬下沉沉地入睡，一点都没有知觉，只有我这外乡人被搅醒。再睡不着，起身向上走去。

曦光是在早上四点二十分开始出现的，这个时候我已经站立在塬上。我记得我在周庄想成为第一个起早的人，但是站立小桥的时候，一只船正从水中划过，那时刚刚五点。随后我便在四点起床了。

在塬上，我有些恐慌，又有些激动，我真的成了第一个走出地坑院的人吗？我观察着每一个小风的角落，倾听着每一个叶片的声响。真的，我走出了好远，坑院上方，还是我一个人。

四、它把人的等级观念降到了最低程度

"山有去脉，水有流向，土有层纹。"在塬上，只要你同上点岁数的人聊起来，他都会告诉你，地坑院也不是随便找块地方挖土就成的，相院、下院、打窑都要按照严格的要求来做，而它的方位、尺寸、窑屋的数量也都是十分有讲究的，要与山脉、水势、地气相融合，还要以五行八卦和主人命相来定方位。

看来，地坑院虽说不用一砖一瓦，却有自己的风骨，所建必有遵循，所设必有尊重，所用必有遵守，说到底，还是中原文化、民族文明的结晶。

历史上关于地坑院的文字记载较少。目前仅发现有南宋郑刚中写于绍兴九年的《西征道里记》。书中记载了他去河南、陕西一带安抚时的所见所闻。"自荥阳以西，皆土山，人多穴居。"他点到的河南西部一带的窑洞情况，多少年都是一个不变的存在。而书中专门有了陕地的描写："初若掘井，深三丈，即旁穿之。"这种先挖井的掘土方法，以及三丈左右的深浅，以及从旁边打洞，似乎说的就是地坑院了。而在其间"系牛马，置碾磨，积粟凿井，无不可者"，便是说的坑院里的生活。可以想到，郑刚中完全深入到了塬上的生活一线。他的细致的笔触，让人知晓了

九百年前塬上坑院以及窑洞的情形。

有人说，往前追溯至六千年前，三道塬上的人类就已经不再随便迁徙，因为他们已经有了相对稳定的定居生活。这一判断被考古发掘验证。一九二一年，人们发现了新石器时期人类居所仰韶文化遗址，该遗址在渑池县，离陕州不远，同属于三门峡市，也就同属于豫西地区史前人类生活区域。之后对陕州庙底沟以及三道塬的小南原、庙上村、人马寨、窑头等地遗址的挖掘，又发现了庙底沟文化。庙底沟文化分为仰韶文化晚期和龙山文化初期。从发掘出用于翻土和挖土的石锄，特别是磨制的大型舌形或心形的石铲，可以看出当时用于生产以及地穴式建造的工具，有了巨大的改进。

我看到了庙底沟文化二期遗址中出土的新的挖土工具——双齿木叉形木耒，遗址的灰坑壁上就留有这种工具的痕迹，和现今地坑院窑壁修饰的痕迹没有两样。这些遗址，大部分是贮存食物的窑穴和人类的居所，居所均为圆形或方形的地坑式窝棚，都有台阶上下，这些台阶有的是直坡，有的是沿坑壁螺旋上升，与现在地坑院门洞构造相近。可以说这种半穴居居所，已经具备了地坑院的基本形态。而从大片的遗址来看，塬上已初步形成了半地坑式村落。

又一次惊喜的发现，是二〇〇五年七月，考古人员在三门峡经济技术开发区，发掘出一座西汉晚期至东汉早期的民居墓坑。这座汉墓呈 U 形，U 形的三面分布多个墓窑，墓顶为穹隆形。从地面向下看，墓葬结构就是一个完整的地坑式院落。也就是说，其反映出这一带地坑院式的居住方式，距离现在至少已有两千年。

说起人们的居住理念，大概最初就是为了能够遮风挡雨。后来随着条件的变化，地位的变化，才会对所居有更高要求，有了由茅庐到瓦屋、由瓦屋再到大的宅院的变化。

但是相对塬上来说，这一点体现得并不明显。即使那些勤俭持家者，渐渐获得了更多的土地，增加了更多的人口和劳动力，也就是多挖几孔窑而已。再进一步，就是多造几个地坑院，在窑屋里多铺些好砖，在墙壁上多加些装饰，在门窗上多用些好木料，其他则显不出更为突出的建构。这种不废一砖一石的建筑得到了时间的检验，它几乎没有经受过火灾、水灾，也很少遭遇盗贼。

以诚厚和朴素的心态坚守的坑院，十分值得倾慕。在这三道塬上，相互交织和传递的，也许就是这种简单的安逸感。多少年里，这种坑院式的相处方式，反倒是和谐友好，没有太大的冲突。这是地坑院的功劳，它把人的等级观念降到了最低程度。

塬上流传着一个关于慈禧的传说。八国联军攻打京城，主宰大清朝命运的皇太后慈禧西逃至陕西。后来回京，慈禧一行不想再走来时的路线，她要和皇帝从西安出发，出潼关经河南、直隶回北京。光绪二十七年九月，慈禧的銮舆过了函谷关，到陕州时天色已晚，便被热情的陕州知府安排进了地坑院。知府有他的想法，一是住在塬上的地坑院会更安全，二是想让主子体会一下自己地方的一种特色，以博主子欢心。高高在上的慈禧高高而下地住到了地坑院，从没有过的见识和体验，着实使她感到了意外和惊喜，多少天的不快和颠簸换来了舒适而安逸的一觉。

五、坑院里的人，都喜欢重复着一个事情

住在塬上的时候，慢慢会有一个发现，几乎每一个坑院里的人，都喜欢重复着一个事情，那就是每天早上都要在坑院转转，在坑院里转了以后，再到上面转。

他们也就是转转，并无别的事情，转转才心里踏实。实际上坑院里哪里掉了一批老土，哪里出现个蜘蛛网，他们是清楚的，只是那并没有影响他们每天的转悠。

我也有了这样的感觉，每天早上不转转心里总是闷得慌，在下面转够了，赶紧到上面去转。转了心里才宽敞，才舒坦。哪怕什么也不做，什么也不说。

当然，在塬上住着的时候，无形中还有了一种渴望，就是渴望跟人聊天，遇到每一个人都有这种渴望，哪怕是很小的小孩子，或年岁很长的老人。

有些话我能听懂，但也有听不懂的，听不懂也要听，更加认真地听，因为好不容易找到说话的。我不住地点头，送上微笑，这种效果是使对方快感产生，因为他的话一定在家里讲完了，在村里也讲完了，没有人再喜欢听。一个外来人却不然，他就找到了话语的价值，那价值连带得手也挥舞起来。而我总是依靠想象来消化他的话语，用微笑来换取那个价值。

其实豫西的话语还是挺好听的，有一种土塬的瓷实，只是出过门的、见人多的和没有出过门的接触人少的，在表达上还是不一样。当然想象的空间一大，你从那个人的话语中便有了多向度的收获，就像小时候读一部古书，认识的字有限，却在读完最后

一页时有一种十分的满足感。在这里，我与对话者都会满足地招招手离去，有时候还会握握手，那更有一种乡里乡亲的感觉。

有人说，真正理想的生活，是避开车马的喧嚣。或许你避开了世上的喧嚣，内心却仍然未能安静下来，便也达不到二者的统一。因而，既要怀着一种排斥而来，还要心静神安，才能真正消受这地坑院的孤寥与寂寞。

有人住住就走了，待不住。不知道是因为太安静，还是因为有事情。嫌安静倒是可以理解，人在凡世惯了，猛一到这里，还真会引起神经衰弱。若果是后者，那就不可能放下了，因为人间的事情是忙不完的。你放下了这个，还有那个。我想，现在能够住在地坑院里的人，同庙里人的境界也差不了多少。

一个坑院里渐渐上来一个老人，老人的后面还有一个老人，他的老伴。他和老伴的中间是一辆小型的架子车。老人在前面拉着，他的老伴在后面推，费劲地将那辆车子一点点地弄到了塬上。

两人的头发都白了。老人的孩子一定没有在家，或者没有在这个坑院，也就只有两位老人干着这个费力的事情。

由于离得远，起初并没有看出前面的老人在做什么，等看到另一花白头的时候，两人已经将那辆车子弄了上来。随后，后边的老伴就坐在了车子上面。

老人拉着车子，走在了平坦的坑院中间的场地上，而后上了村路，再穿过一个个有着拦马墙的坑院、一棵棵窜出坑院飘洒着芬芳的树冠，一直朝村子外面走去。他的老伴就那么将全部的安妥放在车上，风柔顺着一缕花白的头发。

我的目光像追光灯似的追着他们，追着很幸福的一幅画面。

在这个早晨，我自己也有了一种幸福感。真的，那绝对不是晚景凄凉的感觉，那是朝霞四射的感觉。

虽然儿女们不在身边，在外边只要好好的，不给老人添麻烦，老人就是安心的，快乐的。你看他们多安逸呀，他们一大早地出门，一定是做什么大事情去了，要么这么早出去干什么？没有孩子照顾，也没有什么，两个人不是挺好的吗？开始不就是两个人吗？开始不就是这么简单吗？后来才有了孩子，才有了一大家子的事情，有了不厌其烦的劳作和操心。终于又回到了原点，尽管一头青丝变成了华发，但是回到两个人的世界，从繁忙的一大家子的琐事，变成了单调的时光，就该好好享受一下两人世界了，老来伴的意义也就在这时体现出来。

我想，他们的孩子回家看到这样的场景，也是会感动和欣慰的。他们也会站在远处，看着这一对幸福的老人一点点地从坑院里冒上来，一点点地消失在黎光初照的小路上。

太阳已经挂在塬的一头，一切都还是湿漉漉的，益母草、马兰菊、凤仙花水珠迸发。

我又看见一个人远远走来，是一个女人，她手里没有拿什么东西，也不说话，只是在路上走，一直走过我的身边，看了看我，走过去了。

但过一会儿她又出现了，又往来的路上走去，这回她说话了，她的话丢在了身后：天明了再说，天明了再说！

天已经明了呀，她要说什么呢？这让我觉得，她是个特别的人。我对这个早晨出现的第三个人关心起来，尽管后来她离开了我的视线。

这时又看到了一个人，还是位老人。他从我左边的地坑院里升上来，他的手里端着一摞摞在一起的塑料筐子。见了我，看着不认识，话语却出了口：

你上啊！

我没有听明白他的话，但赶紧回应：

你老早啊！这是干啥去？

把桃子摘摘，一会儿人家来收了。

这是我起来一个时辰后说出的第一句话，不，是我自昨天住进坑院后的第一句话。我为我的声音吃惊，那声音里，竟然有一种见到亲人般的亲切与感动。其实，刚才我也想对那个妹子样的女人说话的，只是她的眼神朝我这里瞟了瞟，又滑过去了。

这样我就知道，今天外面的人来收桃子，刚才那一对老人可能也是摘桃子去了。

摘桃子的时候，是一个秋天的童话。

后来见到了村长，我忍不住问起那个女人，原想着村长不知道我说的是谁，村长却立时给我讲出了她的事情。她从这村子里嫁了出去，过得极不如意，受丈夫虐待，老挨打，就跑回来了，回来男方家也不来人，让家里的小孩牵着她，就看她回不回。她还不是为了那一口气？也就不回去，心里不顺，就激出病来了，这样人家越发不来了。这是个无助的女人，也是让村里无助的女人。

说话间，她又从哪里过来了，仍然是有一句没一句地说着。

天大亮了，仍然在村子里随便走。

又遇到一位老人，老人打招呼说，你上啊？我哦了一下，想起遇到的先一位老人也似乎是说的这句话，当时并没有明白老人的话语是什么意思。一般在我生活的农村，或是问你吃了，或是问去哪里，还真的没有这么简单的话语。后来再见到一个人，他也是说，上啊？我就此知道，他们没有简化什么，完全就是当地的问候语。

于是我见了人也是这么说一句，上啊？人家就会很高兴地同我说话，问我几时来的，是否再住一阵子。当然，他们一定是把我当成了这村里谁家的亲戚。这句问候语我到后来才明白，上，是一行为或者结果，你上啊？那就是"你正在上"或是"你上来了啊"。

我知道后心里笑了半天，真的好亲切的话语。

这句话被我在村子里乱用一气，还真没有用错地方。

六、向下掘出的第一镐是多么有力而决绝

地坑院确实比地面上的屋子利于防范，这是豫陕之间或者更为广阔的地域少有的乡间景象。我们平常所司空见惯的窑洞，只是在土崖的一面挖洞，当地人把这种窑洞叫"靠山窑"。这种靠山窑，空间利用率较低，防护性能也不强。那么，有人便考虑，有没有一种可能，以靠山窑的形式，四面集中在一起，成为一个单独的家庭建制？他们最终找出了答案，那就是别无选择地选择一块平塬向下挖坑，然后四面凿洞。

必然有这样一个人，凭着大胆的设想开始了第一镐，向下掘出的第一镐是多么地有力而决绝。那种持续叩响大地的声音，比后来长安和洛阳宫殿的金石之声都要响亮。挖出的土方在一点点扩大，一个深坑开始显现。

这位先人的动举，一定不是为一己之私，他是为了整个家族以及整个山塬的传续。这种念想是让人兴奋的，于是有了众人动手。那是一个改善居住条件的跃进年代，也是长久的穴居方式的

一次革命。

据说有国外的卫星把地坑院与福建的土楼都误作了导弹井之类。巧的是，它们都出于中原人之手。在战乱频仍的时代，不得已的河洛人迁居他乡，南方多山，无法下挖，只有上垒。

福建的土楼和陕州的坑院运用的是同一种概念：围守、安全、舒适、照应。当然，同样耗时耗力，精打细琢，体现出愚公样的实诚，老子样的智慧。它们一北一南，一个地下一个地上，遥相呼应，构成中国民间建筑的奇观。

七、日本人在这里有司令部，也有慰安所

两位年岁不小的老人坐在坑院的拦马墙跟前。

他们并不说话，只是那么呆呆地坐着。但是你能感觉出来，尽管他们不说话，那话却是一直在说着的。他说，上啊？他说，是，上啊。他说，今天的天不错。他说，是，天不错。他说，又活过去一天。他说，是啊，又活过去一天。他说，唉，日子稀稀稠稠就这么过去了。他说，可不是，就这么稀稀稠稠过去了。他说，也不知道是咋个过去的？他说，可不是，也不知道是咋个过去的。

两位老人抽着烟，或者烟也不抽。他们几乎每天都在这里碰面，然后就默默地坐在一起。

他们把话都说完了。自打各自的老伴走后，就说完了。

孩子们出去的时候还没有说完，还有些话唠唠叨叨地跟着这个说说，跟着那个说说。怎么着就那么一致，老伴没有了也就没有了话。不就是些日子、坑院、饭食一类的话吗，都明白，明白

得透透的。

于是两位老人就在拦马墙边坐成了风景。

那是一根几乎老朽的树木棵子，不知道是哪年被谁扔在了那里，成了两位老人的专座。

老人却都记得日本人来的事情。那个时候，也就十来岁。头明时候来的，日本人起得也真早，塬上人还在睡着，他们就来了。那是四月吧，酸枣圪针开花了，小麦也尺把高了，日本人就来了。

可真是把人吓得不轻。日他奶奶，来了就盖炮楼子，把人拉去干活，挨家挨户要粮食。三个塬上建了三个据点，司令部安在张汴塬。对了，就是张汴塬上的曲村，占了一个好好的地坑院。

日本人爱洗澡，让人给他烧水，找大缸，当洗澡的家什。老百姓都不敢说啥。只是想，这老日在东洋，跑到俺这塬上来做啥？塬上能有啥好吃的，就那么点粮食，老百姓还不够糊口，能再给你挤出点？本就是咱庄稼人的，你算老几？就都想法藏粮食。办法是有的，守着坑院，还不好说？到处都是黄土，挖个洞藏进去，一般你找不着。

真有不怕事儿的，带着人跟他干。一天老日的突然就发狂起来，原来他们的人被不知道哪个塬上的人给打死了。就"仄愣八拌"（野蛮）找事儿，也不管是不是真的找着谁了，就打死了几个人。

那是五月吧？到了九月又来了，这回打死了六十多人。全扔进井里了。

按照老人讲的，我找到了这口井的主人张来旺，这是一位九十有三的老者，井就在他家的坑院不远，现在用铁条封着。他说老日的走了以后，他家雇人从井里捞上来四个，就近埋了。但是当时没有人主张，也就没有再捞，就放了土，填住了。

我后来去了曲村，曲村的老李领着在前面走，走到一口井跟前，他指着说是"含恨井"。一九四四年，侵华日军一个师团驻扎在塬上，一次扫荡中逮捕了三十余名抗日民众，杀害后扔进了这口井。井上已用铁条封住，井旁立着一个水泥标牌，解说这个井的事件。

井旁不远，即是田地，一位老者正在砍地里蓬乱的树棵子。我大声同他打招呼，问他要做什么，他说准备栽树。看来这块地闲了有一段时间。一位妇女在一旁看着，一边做着手中的活。见我们来看井，就跟过来说话，说的都是老辈人的传说。

这时另一位老者也加入进来，说日本鬼子那个时候可狂，在俺村儿，就安着鬼子的司令部。这位老者叫李西平，同老李一样，属于村里的热心人。

我听了一愣，就问，真的有这个司令部？那两位老人说过司令部的事，但没有想到是真的。结果几位在路边聊闲天儿的老人也异口同声地说，有，就在村里，让他领你去。

李西平就带着在前面走，老李在后边说，就在前面不远。在老李心里，可能觉得那个地方没有含恨井重要。

前面是一片麦地，麦苗绿莹莹的，尚不高。右边是一处集体活动场地，还有一个戏台。那几位老人，就坐在场地边的亭子里。

我问李西平，孩子都做啥？回答说孩子上地了。这是我第一次听说还有没外出的年轻人。我问李西平孩子的情况，说结婚了，有了孩子。我说媳妇也在家？李西平说在哩。我说好啊，一会儿咱去你家里看看。李西平似乎犹豫起来，说要干啥？我说好不容易遇到一个不愿出去的年轻人，想跟她聊聊。李西平听了，就说她不会聊嘛。我说没啥，不问那么多。李西平这才说，其实不是媳妇，是他的女儿。他招了一个上门的女婿，家里买了个拖拉机，在塬上给人包用犁地、拉东西什么的，另外他包了二百亩地，种花生、玉米啥的，也需要人手。他说现在女儿没在家，去锄地了。我问一亩地承包下来要多少钱，老李说便宜的五十，贵的一百五。看来李西平还是很有能力的。不想让女儿女婿离开家，也是怕跑出去了回不来，就想办法把两个人留住，为二百亩地买辆拖拉机也值得，这村有一千五百亩地，闲了的时候还能帮带着包包活。

离开的时候，我看到李西平骑着一辆小三轮车，车上有铁锨、笤帚，原来他还在村里干着保洁。

踩着麦地边上的小道，边走边说，不一会儿就到了地方，原来是一座废弃的地坑院。坑院的一边被填埋了不少的垃圾，成了一面斜坡。坡下边是乱蓬蓬的树棵子，坑院三面还有几个窑洞，留着破旧的门窗。李西平指着说，瞧，这就是鬼子的司令部。

日本人大概也是喜欢这地坑院的，他们本是建了炮楼，但是住在炮楼上的并不是高级军官，指挥机关都选择了地坑院。可能是地坑院冬暖夏凉而且安适的缘由，只要周围把好了岗，钻在地下比住在地上还有安全感。老李说，这老日，也知道哪里住着好受啊，真他妈的鬼！于是有人看不惯这些侵占者，想着法地跟他们斗。这里距离那个伤害村民的井并不远，也就半里左右。

这个时候，又有一个人加入进来，她叫李欢琴，开始还远远地看着我们，后来也沿着地边走了过来，听我们说话，也就有了话说。她家里田地倒是不多，三亩，种的都是麦子。只有一个女儿，已经出嫁，老伴也不在家，在山下打工。这么说家里就她一个人，守着三亩地也是够干的了。她人很乐观，很愿意跟人说话。我知道她不能随着老伴去打工，这个年龄了，也干不动什么，人家也不一定愿意用，就只有在家里，好在还有三亩地要种，也就闲不住。我说你不要老是一个人在家里或地里，要出来同人聊聊天。她说是，是这样想的，人不能太孤独了，那样老想事，会想出病来。

李欢琴随后说出了另一个地方，那就是曲村还有日本人的安乐所，我后来明白了，实际上就是慰安所。那个慰安所在村路的右边，那里已经没有了什么坑院或者地上建筑，有的只是一片桃林，桃树正开着花，纷纷扬扬的蝴蝶在上面缠绕。

这个时候我想起来，在另一个村子的时候，有一位老人说曾经见一个日本人在他们的村子转了半天，打听了很多地方，但是老人都回答不了他的问题，后来才知道这是一个日本人。这个日本人还是走了，走时带走了很小的一包土。那么，这个日本人是否就是当年在塬上住过的日本人呢？也很难说。如果他曾经在塬上待过，那种不同于日本的生活方式，或许会让他产生某种念想。不知道他当年做过什么，从他在晚年历尽艰辛寻访的事情来看，他的内心同这里是有着什么关联的，以至想回到这样的地方，寻求精神的慰藉，或是晚到的忏悔。

八、几乎所有人都是天空的关注者

在这片塬上，可以说几乎所有人都是天空的关注者。无论早起还是睡前，都会朝天空望一望。他们是霞光与月光的亲密者，没有谁比他们更在意天上的事情。

在那个小小的四方院子里，一个仰着头朝上望的姿势，是塬上人特有的姿势。

我早起走出窑屋的第一件事，也是下意识地朝天上看。

一朵白云一边扭动着身姿一边往前奔，一只鸟在白云下，比白云跑得还快，几片叶子招招摇摇，想落又不想落就过去了。一声牛哞从这边开始，哞到那边还没有哞完。

你说，怎能不是小天地，大世界？其实不需要把世界看得那么明白，其实站在大天地里，仍然不能把世界看得那么明白。

在这片小天地里，塬上人活得自在而清醒。

这天早上，塬上起雾了。

塬上好起雾，雾大的时候，你会什么都看不见，就看见一团一团的雾气缠绕在这里那里。而有些雾气是那么凝重，凝重得化不开似的，就那么一团一团地凝在那里，那是雾气中的雾气吗？不，等稍稍散开的时候，你才知道那是一棵棵的树。

那些树此刻正在消化那些缠绕的雾气，它们周身要么结了薄薄的白霜，要么就悄悄地滴洒一些细碎的气珠。

有些不是太浓的雾气，就像是三月的柳絮，一咕嘟一咕嘟地聚在一起飘。飘到哪里就粘到哪里。有时候你觉得是粘到了鸟的翅膀上，那些鸟扑扑打打地升不起来，只从这棵树飞到那棵树，就尾巴一翘一翘地，苍苍浪浪叫，叫的声音也是潮潮的。

最爱凑热闹而又最灵活的是那些麻雀，赶早集似的，沾着潮气，呼呼地一群群地低飞，像乱刮的树叶子。

这样的雾气里人们出去得不多，出去了也干不成事情，还是缩在家里，慢吞吞地抽几袋烟，等太阳出来，就啥都过去了。

雾气过去以后，再出去看，坑道边上的白茅茅、墙头上的喇叭花、伸出坑院的梨树叶子，还有从哪里冒出的南瓜花什么的，都挂了一层油亮的珠珠。那都是雾气留卜的，告诉你，它早上米过的。

城里很少见到这种雾气，这种雾气一般也不去城里逛，它拖着带着露水啥的也不方便，或者也是怕被城里的霾纠缠住，毁了清白的名声。

塬上的雾气确实是清净的，不信你走上塬来，冲着雾气吸一口，那是一股清爽的朝露的感觉，绝对不是夹杂着啥子颗粒的粗重的霾气团子。因而塬上的雾气就是带有着野性的塬气，是同那些黄土那些人一样的，具有朴素的本质。

因而塬上人是不戴口罩的，塬上人觉得戴口罩的都是医院的人，感觉是很神圣的事情，但也是很堵气的事情。在塬上吸还吸不够呢，咋能堵着自己的呼吸，不叫透透那清净的气息？

塬上人可会在这样的早晨亮一嗓子，让那刚刚散去的雾气捎着走到远处去。那嗓子必然地就是塬上的味道，是人们说的"黄土高坡的味道"。你说是眉户调也好，是锣鼓书也好，反正是那种瓷瓷的、刺刺的、糙糙的嗓音。

那嗓音抻人哩，抻得人的心一扭一扭的，尤其那些坑院里的女子的心。

有人就挑着箩头出来了，走到小路上去，站在地头，冲着唱的人喊着什么。唱的人就越发那嗓子亮起来，女子也就不再搭话，羞羞地骂一句啥话，往前面去了。

那个时候，爱情往往就是这么产生的，你说塬上人能有啥方法，不就是靠着直觉，靠着感觉？不敢明里说话，只能暗里走心，那心走到了，就全都通透了。然后才能是找媒人找说客。

把胆憋大了的，就谁也不找了，干脆爬到拦马墙头，在没人的时候扔土坷垃递暗号。说没有人看见那是假的，都是自己诳自己。成了的是正事，不成的就是歪事。歪事也不是没有，啥时代里都免不了有歪事。歪到最后，不是男女走了他乡，就是男的跑了，女的把个脸面掖进裤裆里，找个远村的人家嫁了拉倒。撑不住那脸面的，也就把那条命拴在哪里一吊拉倒了。

没听人家说嘛，林子大了什么鸟都有，塬大啊，大过多少林子？那就什么事也不稀奇了。

跟我絮叨这段话的，是八十五岁的贠老爷子，在塬上一辈子，他心里什么都清亮。

九、在塬上寂寞得不知道做什么

说实在的，在塬上是会寂寞的，寂寞得不知道做什么，就上到坑院顶上，随着一双脚乱走。

这天早上，一群蚂蚁进入了我的视线。

我最初发现它们的时候，以为是谁遗落的一条小绳子。这小绳子很长，歪歪扭扭地扔在地上。等我细看的时候才发现，这条绳子的内部结构有些问题，它在动，它是由一群蚂蚁构成的。

我随即对这根蚁绳产生了兴趣。我发现尽管有来有往，但大多是朝向西北移动的，这绝非是随性的旅行，而是一次大规模的移民。它们有的带着自己的细软家什，有的什么也未带，但都表现出决绝的架势。我看见有的几蚁相缠，前呼后拥，像是扶老携幼，甚至救死扶伤，抬着不能动的同伴。它们似乎不想把谁落下，它们完全发扬了集体主义精神。

有的蚂蚁很奇怪，在滚滚铁流之中，竟然逆流而下，被冲撞得横倒竖歪也矢志不渝，或许是走失了什么亲人。还有的散落在队伍外面，像孤雁离群，走走停停，一副精神恍惚的样子。

毕竟洪流不可阻挡，亿万蚂蚁大军正万水千山急步向前。它们应该有雄壮的吼声或歌声，只是我听不到。

可笑的好奇心驱使我想知道这条"绳子"从哪里来，到哪里去。

我先顺着它的来路去找寻，走了很远，过了几个地坑院，下了两道沟坎，竟然看到一股变成了两股，一股翻下了塬沟，一股翻上了塬坡。它们是如何进行了联络，又是如何达成了一致？最终是谁下了一道命令？这个谜太大，我一时无法解得，而且永远也无法解得。

那么拐回去再看它的所往，这支神圣的队伍，走的途径竟然带有宗教色彩。哪怕前面在摸索中拐了好大一个弯，后面的也跟着迂回不变初衷，那个弯拐上一个高岗，拐上一道拦马墙，拐进一片荒地。而在这些地方，我都看到了队伍中略微的混乱，那是有的攀登者失足掉落引起的。而且在绕过一棵大柿树的时候，有的以为到了目的地，不少顺着树爬上去，发现不对又爬下来继续追赶队伍。

从那种不辞辛劳的果敢来看，还没有谁想挑头留下打游击的。这群去意已决的蚁，究竟是为了什么？难道真的像是人们说的，是为了躲雨？那么原来建窝就没有想到或遇到过雨吗？该会有一场什么样的大雨，使得它们如此行动？可以看出，这绝非一个蚁窝的出动，而像是一个蚁族的集结。

我在离它们稍远的地方站着，生怕惊扰它们，更怕伤害它们。这里没有食蚁动物，它们在塬上，该是安全的。正因为安全，它们才产生出如此多的生命。这些生命与坑院共居，而且还将共居下去。

我已经走了好远了，还没有找到这支队伍的尽头。

前面，一定有一个吹着集结号的。

这天，我看见一只狗跟着主人从坑院上来，这狗三条腿，其中一条前腿显然残废了。少一条后腿可能还好对付，少一条前腿就艰难得多，这是我从这条狗身上现得出的结论。

狗走得很难，我有些不好意思盯着它看，我怕把它的不好意思看出来。

其实它已经不好意思了，它靠着拦马墙根儿晃动，像一个小丑儿故意弄成的洋相，要引起谁的注意，然后发笑。不，它一点都不想要这种效果，你看它走得多么难为情，它蹒跚一下，抬眼看四周一下，蹒跚一下，看四周一下，它恨不得死了算了。

可主人不想让它死，主人上来是为了遛它，不遛遛，也许真的活不长了。主人在前面走走，等等，等等，走走。主人走得并不快，但它还是追不上主人的步子，主人是一位老者，腿脚也不大好，拄着一根枣木棍。

我很想上前问问，这狗怎么成了这个样子，我却不好去问，这可能会触动狗的痛点，实际上是触动了老人的痛点。肯定，狗本不想成为这个样子，老人也不想让狗成为这个样子。

老人一定为狗流过眼泪，狗把那眼泪含在眼睛里，又流到心里去了。

一个坑院上边坐着几位中年人，确切地说，是几位中年妇人。她们从各自的坑院走上来，挤坐在一起，唱着一台戏。

没有锣鼓家伙，没有高声亮嗓，那戏却十分团结人，一会儿就把我团结进去。

出此我知道，正唱的这一个折子，是说张嫂家的独生女儿，二十二了，到了让人发愁的年龄，想在家里给她说一个，却找不到个合适人，大家正在东拨拉，西挑拣。

而那个闺女性子也强，还不肯回来，一个人在郑州打拼，大专毕业找了个私企，天天干着让张嫂操心的活儿。有人说了，现在的孩子可不是那会儿，那会儿都是守着家的，谁家大人敢让女孩家家的离开半步？不是学这个就是做那个，直到做到大了嫁人，大人也就心里安稳了。现在的孩子是一点点从村子里出去读书，读着读着就离家远了。

有人又说了，那就让孩子自己找一个算了，现在的孩子都是自己做主，大人们操心也白搭。张嫂说那样就再也回不到塬上来了，成了外乡人，要是找个远的，就更看不着了。张嫂说着的时候，露出恓惶的神情，似乎那个事情真的发生了。

有人就接茬说，那就跟着闺女去，给她看门做饭抱孩子。张嫂说，那就永远离开坑院了，守了这么多年的坑院，不就荒了？我还舍不得。

我看着张嫂一会儿歪歪身子、伸伸腿的，就问她怎么了。张嫂说是去年干活的时候摔着了，一直没有治好，做了两次手术了，而且还伤及了腰，这么坐着都难受。张嫂说，这就更想俺闺女，闺女如果能回到身边，就近找个女婿，也就了了父母的心。

张嫂长得白白的，透出乡间的秀气，想她的独生女儿也差不到哪儿去。可是女大不由娘啊。一群大嫂大妈就不住地加感叹词，这一出也就一直唱不到底。

十、云是塬上奔跑的野马

在塬上，常常会看天上的云。因为云离你最近，也最容易看到。

那云有时是几匹塬上奔跑的野马，有时是村庄上空放着的群羊，有时开成了一小片一小片的韭花，有时又聚成无边无际的棉田。

遇到快要下雨的时候，云就有些乱，先是像被风吹开了包裹的白絮，到处飘，飘得飞快，接着就见远帐子边上起了硝烟，继而弥漫，使得白云、灰云以及黑云混在了一起。一忽儿灰云打着滚出来，一忽儿黑云打着滚出来，越滚越低。白云只有绲边的份儿。

不知从哪里刮来的蝙蝠，把自己的身形贴上去，一只一只地全张开翅膀，这就更好看了。

忽然斜刺里一道闪电，漫漫荒原猛然一亮。闪电后面紧接着跟来一声炸雷，又一声炸雷，雷跟雷发生了碰撞，雷的碎片散落下来，噼啪噼啪的全是水。雨就这么做成了。

雨像小孩似的，哭声一阵大一阵小，哭着哭着不哭了，想起什么，又哇的一声哭起来，止都止不住。

雨大的时候，你几乎看不到人，整个塬上就剩下一棵棵的树，在那里迎着雨。就像是一群的伞，这边歪斜一片，那边歪斜一片。最后全成了雨烟。

人们缩进了坑院里，任闪电在那一小块天上闪，雷在窑洞顶上震。反正坑院瓷实得很。

坑院里看雨，你会感到雨的偏爱，它们是抱着团地都挤到这个方井里来了，往上看的时候，就看到雨珠子扑扑簌簌连在一起，打在地上呼啦啦满院子碎。

没有人能出得去，就挤在一个个窑屋门口，一忽儿朝上看看，一忽儿朝下看看，有一股水流顺着坑院的一角哗哗地流下来，但是很快就被暗井吸进去。

暗井的好处由此显现。人们在建院的时候，就很仔细地挖了暗井，说是院有多深，井有多深。你原来一定有一个担心，不用问也知道那个每个人都有的疑问。现在你知道了，塬上人是在生活中泡大的，他们能不考虑到这一点？

但也有例外，那是雨过于狂了，连拦马墙的墙沿都不经过，就一股脑地从坑院上方倾倒下来。院子里这个时候就显得小了，一院子全起了水泡泡，水泡泡来不及渗下去，就往窑洞里找地方，门口挡不住的，就蛇一般地扭动着身子进了窑屋。

大人就叫小儿都躲到炕上去，一边用灶膛里的灰土去堵门口，一边骂着这天日怪了。找了蓑衣顶在身上，拿了铁锹或者撬棍去掀开坑院一角的渗水井，而那个井早满了。坑院里一遇到这样的大雨，也会显得无可奈何。反正也没有什么怕水淹的，就等着天晴了再晾吧。

天晴的时候，家家就都行动起来，查看坑院的上方有没有渗漏的，该修补的修补，该过石碌的过石碌。再就是将渗水井再淘深一些，把潮湿的东西拿到窑屋外边去晒。塬上人有的是对付一场雨的手段。他们的话，都经过多少辈子了，还能咋的了？

下过雨之后，塬上更葱绿了。太阳一出来，一切就又显现出了生机。

鸡还是上到高处，昂起头来打鸣，羊还是挤哄着一边叫一边紧忙地往嘴里嚼东西，鸟们的翅膀扑扇着的全是欢脆的快乐，似乎在这塬上，就没有它们发愁的事情。

下过雨之后，路上多了一些蚯蚓，这些蚯蚓一条条都好像在赶路。它们要到哪里去呢？雨是否冲毁了它们原来的家？不得而知。但是这样大摇大摆地过马路是很危险的，虽然不大会遭遇车子的碾轧，但是闲逛的鸡却会给它们带来灭顶之灾。这些蚯蚓个头都很大，它们先把头伸长一段，然后再把后面的身子拖向前去，就这么一伸一拖地解决着距离问题。它们有目的地吗？是谁为它们找到了新的住宅区？但我慢慢发现它们的行动并不统一，有的中途转向去了别的地方。

在这一大片土塬上，不知道隐居着多少小生命，它们也有它们的生活，它们的生活从容而规范。

十一、无数割舍不掉的东西，留在了塬上

我终于见到塬上的女子，我这里说的是年轻的女子。

那是真正的塬上人的后代，同坑院有着根根结结的联系的。地坑院里长出来的有梨子，有鲜桃，都是水汪汪的，带有着野性的味道。如果不好形容塬上的女子，你就想着梨子和鲜桃就可以了。

这个早上，她从坡下渐渐地冒出来，一冒出来就吓了我一跳，在这里好多天了，我还没有见过这样的女子呢。

她绝对不是穿着城里人的服饰，但也不是塬上人的衣装。那素雅的蓝，怎么就那么属于她自己呢？她一边甩手走着，一边还回头伸一下手，等到走上来的时候，我看到她身后跟着一只小

狗。不是城里那样的，就是一只普通的乡间常见的狗。黑色的，蹄上带有白色的斑点。倒是同她的衣装有些搭配。

我招呼了一声，我在这里似乎有种优越感，或者说自信，见什么人都敢打招呼，也是职业使然，对什么都敏感，都心存热情，时刻都想着打问些什么。

我知道了，她是回家看姥姥的，姥姥岁数大了，多少年前还跟着女儿到城里去了一阵子，去帮着照看女儿的孩子，也就是这个已经长成大姑娘的女子。

那个城离这里很远，女儿远嫁外省，女大由不得娘，娘只有遂了女儿的愿。然后就去照顾女儿的生活，但是那生活实在不同塬上，什么都不习惯，住的、吃的、用的，怎么就那么别扭。一群人住在一个楼里，谁都不说什么话，也不串门子。食物不是辣就是熏，去集贸市场也总是听不懂人家的话。好歹坚持了几年，还是回来了，回来就再也不出门了。女儿就脱身回来看娘，等到年岁长了，事业有成了，就来得少了，好歹是孩子大了，而后就让孩子在学校放假的时间代为回来看看。

女子是大五的医学院的学生，上大学的五年间，每年暑假都会回来看姥姥，毕竟是姥姥从小抱大的，现在姥姥真的老了，女子每次来都有一种感慨，觉得母亲当初的选择有些唐突。

事情都是后来才能看明白的。女子现在还没有明确自己心中的那个人，倒不是没有，就是没有最后认定。一代人有一代人的观念。她也是在南方上大学，离母亲不远，但是她倒是想回到姥姥待的中原来，她说她越是回来看姥姥，就越是对这里有了一种亲近感，尽管她已经算是南方人。

我说你那位能同意吗？她笑了笑说，就是因为这个嘛，才下不了决心。

每次来，姥姥见了都会掉泪，走的时候，反而是自己掉泪了，觉得有无数割舍不掉的东西，留在了塬上。

我觉得是找到了一个小说的题材。

我说你喜欢写东西吗？她不好意思地摇了摇头，说理科的她似乎对感性的东西感觉差，我说你谈的都属于感性的东西。平时有记吗？她同样摇了摇头，说惭愧。

倒是让我一下子把话聊断了，本想着她如果喜欢，会有这方面的关于心绪的记录的。

我们聊天的时候，她的姥姥就在下面的坑院里做饭，那是一个架在院子里的小炉子，老人正在往炉子里添柴火，火苗嘹亮，一些青烟升了起来。她说那些劈柴是她刚刚劈的，平时姥姥烧火，大都是捡来的细碎的柴火。每次来，都会给姥姥劈一堆柴火。我说你还挺有本事。她说原来是不会的，不都是慢慢学来的吗？看着姥姥一个人太难，自己还能有什么难的？她说她要帮着姥姥打点水，她已经会用辘轳了。说着就跑下去了。

我知道，这是一个孝顺的孩子，但是她的孝顺最具体的实施，也只能是守着老人的短暂的时光，接触了看到了尽尽孝道，而更长的时间，还是老人一个人为自己忙活。

当然这些天老人是高兴的，为了能够换回老人的高兴，这个塬上的后代，就挤出时间不断地走上塬来。

我还见到了另一位年轻的女子。转过几个坑院，在一片树下，她正带着一个小孩子玩耍。我远远地照了一张照片，镜头里框进了她和孩子，还有麦秸垛、玉蜀黍秆、好看的盘盘花。

小孩子大概一岁七八个月，上前搭话的时候，我先夸赞了那个小孩子，那孩子确实很好看，白白的，一对大眼睛，不像是乡村人。果然，这孩子出生在郑州，孩子爸爸还在郑州打工，本来她也在郑州，只是想孩子想得很，才辞了工作来看孩子。孩子已经丢在老家半年了。

一只狗从孩子身边跑过，孩子似已对这种乡间的活物见怪不怪了，没有躲闪，倒是亲近地想伸手去表示友谊。反而妈妈慌得很，赶紧把她拉在一旁。

风吹起来，孩子穿得并不多。我说她是不是冷。女子说没事，她奶奶常常这么给她穿，城里人总怕冻着孩子，都穿得多，在乡下倒好了，反而没有城里那么娇贵。听她说着这话，好像也接受了塬上养孩子的方法，并且对老人也放心了。

她是东凡塬的人，从小也生活在地坑院，和老公是在公司的一次聚会上认识的，后来就以老乡相称，以老乡相近，最后以老乡相亲了。因为两人说起地坑院都有了相同的话题，很多的话题都引得人快乐，打场呀，收秋呀，下雨呀，踩雪呀，而后是想念，而后是结伴一次次了却那份想念，再后来就有了爱情的果实，把这果实放在塬上，又有了新的共同的牵挂。

一帘秋雨，湿润了塬上的红叶，那是柿叶，柿叶一红，就该冷了。

秋雨过后，塬下的小路上来了一对年轻人，还带着一个小孩子，不知道是坐长途车还是搭了别人的车子。有人就说了，村里的后生回来了。

后生进村没多远，还没下院子，就对着坑院里喊，他喊的是娘，娘一定在里面答应了，或者没有答应，后生就引着孩子找那条进入坑院的通道。孩子看见了，就急乎乎地跑下去，等跑到了拐弯的门洞里，孩子又极快地跑了回来，叫着好黑，好怕，再也不往里进。

后面跟着后生和女人，就把孩子抱起来，笑着说不怕不怕，进去就亮了。说爸爸小的时候就是这么跑上跑下的。在过那段暗处的时候，孩子还是把爸爸搂得好紧。暗道里堆满、挂满了东西，都是一些不用的老物件，铁镐、镰刀、锄头、蓑衣、草帽、纺车、风箱，老人不舍得扔，就全堆在了这里，也就把那黑堆得更挤，难怪孩子害怕。

后生一家走进去的时候，老人从窑屋里迎出来，老人一边乐呵呵地笑，一边系着新换衣服的扣子，然后不忘用手抹抹蓬乱的白发。

儿子带着媳妇和孙子回来了，可是天大的好事情，多少天没有遇到这好事情了？怕是有几年了，她是天天想着这一天的。儿子娶了媳妇，后来又生了孙子，可不是忙，忙得连家都顾不上回。你看看，咋着连个招呼都不打就回来了，唉，看着这窑屋脏的乱的。

娘扫扫这里，动动那里，不知道咋个好，后来才想起把媳妇让到炕上，从墙上拽下来一串红柿子给孙子。给了孙子再给儿子、媳妇，给跟过来的人，而后老人就撩起衣裳抹眼泪。

老人她哭了，她把多少天的想都流出来了，而后就又笑，骂着自己，而后就对跟进来的村人说话，让他们知道自己的小子带着媳妇和孙子回来了，来看娘来了。然后就去拿了十几个大鸡蛋，从院子里割了韭菜，要去给儿子做饭。

坑院里就响起了热热闹闹的声音，这声音走失了好长时间，现在终于回来了。

一村的人都为这坑院高兴，你上去我下来的，都跑来坑院看，也都是憋闷得好久找不到话了，现在把个坑院堆得满满的，堆满了就拥到坑院上边去，把一个村子都感染。

这个秋天，猛然间有了毕毕剥剥的热闹。

十二、来了会有人问你，吃十碗席了吗？

塬上的黄土正经是本真的黄，那是中原的黄，黄河的黄。

塬上人会说，黄里透着纯正哩，透着本性哩。你就看吧，自打太阳从塬上露出脸来，就映照出了陕塬那一大片的一漫天的朴实颜色，让人看着贴心。

这黄土永远都散发着一种清香，那是本质的土的味道。坑院里的人都这么说，塬上的土活人哩，种什么长什么。磕破了拉伤了，抓把土撒上就好了，有人走远路出远门，老人会让带上一包塬上的黄土，老人说，有个头疼脑热的，烧水熬药时撒上点，就会管事。

难怪这里的人这么多年都在这里生活，代代相传。似乎有一种根脉，在那黄的深处蔓延，一直蔓延到黄河边，然后同黄河绕在一起，发出轰轰隆隆的响声。

世上大多数的土是靠风和水移动的，风的一时的执拗，水的一时的冲动，都会让土变换一下位置。世上还有一种土是乡土，它们从不移动，抱团固守。固守的根结是那些草，那些树，那些庄稼，那些人，那些互相抻拉着的魂。因而塬上也就成了独特的原乡。

我在塬上走，不断地同人说话，这话那话说着的时候，就会有人问你了，吃十碗席了吗？什么时候村里有人办事了，来吃十碗席。

听起来就觉得亲切。虽然也是客套，但是那客套里含着真情，平时见了，他们会说，来家吃饭吧，但他们不会说你来家吃十碗席吧，十碗席不属于家常宴，那绝对是十分正式场合的大餐。我敢肯定，在很长一段时间里，人们把十碗席当成了一种谈资，谁谁谁家办事了，开了十碗席，谁谁谁家的十碗席场面办得大，甚至有谁刚从十碗席场面上出来，见了人都会觉得光耀三分。

陕州的十碗席是出了名的乡间美食，历经三百年不衰，主要的一个特色，就是使用了地坑院特有的炉灶：穿山灶。穿山灶在别处很是少见，或就是由地坑院发明出来。

我在一个刚办过大事儿的坑院里见到了穿山灶，那是在院子里垒得像条龙似的一个长长的灶火炉子，它完全利用了地坑院气流向上的原理，在灶火的最前面烧火，后面依次排着七个炉灶，炉灶微微地前低后高，每个炉灶上放着一口大锅，这样烧起来，吸引力在最后面，火从前往后引，一点都不浪费，而且都能受热。第一个炉灶的火当然是最旺的，适合蒸煮，随着火力依次减弱，便有炖、焖、炸、炒等。每一口锅都能加热，既节省了柴火，又节省了时间，十道佳肴几乎同一时间出锅，因而堪称一绝。如果一口锅里做一种大菜，这个大菜可以分成很多份儿，那么，一次开十桌席也没有问题。

可以说，有了穿山灶，然后才有了十碗席。那个时候你就看吧，烧火的专门烧火，而且烧得十分在行，穿山灶边有掌勺的，有帮厨配菜的，师傅徒弟大呼小叫，勺子铲子叮当作响，那叫一个热闹。不一会儿，一切齐当，只闻着一股股香气满坑院缭绕。

十碗席的食材都是塬上自产，由于当地干旱少雨、气候燥热寒冷，塬上也就喜欢香辣咸酸、荤素搭配。十碗席最具代表性的特色菜是扣碗肉、小酥肉、炖土鸡、辣豆腐、肉丸子和杂烩菜等。十碗席上桌以后，会另配上塬上特有的馒头、窝头、饼子、麻花、蒸糕、面汤，随你喜欢。

现在来看这十碗席，可能觉得不过是一些普通常见的美食，同其他地方的饭菜没有什么大的区别。但是你要想到，过去的塬上，食品并不是十分丰富，尤其生活困乏或季节食材缺少的时候，十碗席简直就是奢侈的代名词。而且热菜用穿山灶烧柴烹制，工艺丰富、有菜有汤，味道也就与众不同。

以前必然是重要的节庆，或者红白喜事，或者来了重要的客人，才会垒砌这穿山灶，做出十碗席。就我所知，二〇一六年四月，庙后村的张强结婚，娶的妻子刘苗是张茅乡南头村的；二〇一七年十一月，曲村李雪亮结婚，妻子成倩倩是山西侯马人，都是开的十碗席，让妻子家人见识和享受了一番塬上多少年传承的美食与热情，回去后说得绘声绘色，感到是受到了一种特殊的款待。莫说别的，就看院子里那座现垒的穿山灶，就够让人心里发暖。

我在张春红的地坑院品尝了一次十碗席。穿山灶扣着玉米叶子编的锅笼罩，远处看去，就像一排懒汉帽子，高高地冒着热气，各种香味从笼罩中纷扬而出，让人不免口内生津。

老张说，咱去窑屋里等吧。一会儿工夫，热菜凉菜一起端上。那边上着菜，这边老张就讲，十碗席的座位、摆放、吃法在塬上也有讲究。吃十碗席通常是八个人一桌。上位一般由长辈、媒人或客人来坐，其他桌子也都要由年长者居上。菜的摆放呢，热菜按"上红下白、上酥（酥肉）下丸（肉丸）、上珍（黄花菜）下带（海带）"来摆放，凉菜分别放置在四角。开席的时候，要待主宾发话才可动筷，且随主宾的筷子确定下筷碗次，不能随便去动，而且吃一口必须把筷子放下来，待主宾发话说大家随意后，坐席者方可按照自己的意愿去夹菜，吃馍也不可整个吞咽，要一块一块掰着吃，这样，十碗席的场面才觉得正式而庄重。

好，怎么听着都觉出那种混合着乡塬的儒家风范。

这顿饭，由于先有了想象，后有了期待，便吃得酣畅舒服，直叫出一个爽来。

十三、黑色渗透到了世俗生活的方方面面

坑院里的窑屋风门上方，多半都是木制的方格，窗户也是木条勾连的井字方格，那么，装饰这些方格的，就是剪纸窗花了。

陕州区的乔璇说，地坑院的剪纸兼容了北方的粗犷和南方的精巧，技法纤细精致，你看他们的窗花，多是利用宣纸的渗透功能相互洇浸，染色一次完成，这在后来被认定是填补了中原一带染色剪纸的空白。

我在南沟村见到了喜欢剪纸的黄亮娥，黄亮娥笑盈盈的，脸上泛着红，一看就是个利亮人。她的剪纸，或是五牛图、伏虎图，或是关公大刀、秦琼掌门的传统图案，也有耕作、读书、欢舞等现代图案，还有恋爱、结婚、生子的喜庆图案。说着话，她又拿起了一张红纸叠拢，让剪刀快速地扭动着，你并不知道会出现一件什么景物，等剪完展开，才真正地揭开了谜底。

黄亮娥很健谈，你问她什么她说什么，不问她什么她也知道说什么，只要是跟剪纸有关的，她都会不停口地告诉你。

黄亮娥说，春节和喜庆之日，家家都要在方格上贴窗花，这就使得每家每户都有会剪纸的，不必上到坑院去找别人帮忙，尤

其刚结婚的新媳妇，需要这时显露一把，不但在腊月二十六前剪好窗花，还要去给左邻右舍赠送交流，实际上是亮亮新人的女红能力。正月初一，人们拜年串门的时候，讨论最多的就是家家贴在门窗上的剪纸，尤其新媳妇家，那些大姑娘小媳妇会专门结伴来，欣赏新媳妇剪的窗花，可以说，每年春节，都是地坑院剪纸窗花的一次欣赏会，谁家的窗花剪得好，谁家新媳妇的手儿巧，瞬间都会传遍整个村子，还会被走亲戚的传到更远。

乔璇插话说，亮娥一准是在做新媳妇时就出了名的吧？黄亮娥就笑，说那倒是真的，俺嫁过来，带动了一村人呢，所以女孩子在很小的时候，就会在窑屋里好好学习剪纸，以便打下坚实的基本功，大了，便熟能生巧，进行个人的创意创新。

乔璇说，在塬上，结婚是人生大事，剪纸装饰更是这个时候不可缺少的，你多给讲讲。黄亮娥说，我正要说呢，婚前男方家要给女方送日子，带去的衣物、棉花、礼金等都要贴上形状各异的双喜字以及喜庆吉祥的剪纸，就连礼肉上，也要贴上猪头花剪纸，新房窑屋里一定要绑顶棚，裱糊剪贴红、黑色的石榴、莲花等团花，炕上墙壁用白纸裱底贴牡丹、菊花等剪纸花屏，炕对面桌子上方也要贴桌围花。结婚当天，女方带来的陪嫁物上，也都有剪纸，娘家陪送的被子里，往往会剪个"太子耍莲"装进去，而各种大大小小的喜字是最多的剪纸了，让人拿去到处张贴，连一棵树、一块石头也不空下。

乔璇说，我听说，有了孩子，娘家妈就会提前忙起来，先剪出纸样，然后贴到布上仿绣虎头帽、花肚兜等，待到满月，会随着欢喜送过来，孩子满月了，家里人还会用五色纸剪猪头、猫头等模样，摆在供桌上，希望保佑孩子无病无灾。是这样吗？

黄亮娥说，可不是，你对俺们塬上还真了解，难怪是搞宣传的。咱再说白事儿的剪纸吧，人们好说红白喜事，白事儿的剪纸也是个手艺，有人专门会这一手。老人临终前，要做安扎纸马，灵堂门框要吊镂空圆状纸幡，儿子送葬要手执招魂纸幡，送葬队伍的孝子贤孙也要手执白纸剪须缠绕的柳棍，出殡沿途要撒外圆内方的纸钱。那个时候，很多人都会在这家里帮忙，剪纸不断。塬上除了清明、鬼节、十月一要剪纸钱、衣服等上坟祭拜，还有六月六给故人坟上剪贴纸花扇的习俗，意思是为死者送扇祛暑。在逝者三周年的时候，普遍剪扎金山、银山、摇钱树等祭拜。黄亮娥说这些都属于一般的剪纸手艺，很多人都会做，细致的剪纸则是那些能手了。黄亮娥接着又说出了不少老辈的剪纸艺人，她说塬上人就是这么代代传下来的，现在她又开始带徒弟了，其实那些徒弟也不用怎么带，都是主动地跟着学，而且一学就会。

　　说到剪纸，我在这里还有了新发现：塬上剪纸同外边剪纸的最大区别，是他们不忌讳黑色。

　　走进一个个坑院，你都会发现那种十分显眼的独特的窑屋黑，无论是佳节欢庆之日，还是结婚大喜之日，他们都会用黑色剪纸来表达心意。在一个个坑院转的时候，看到窑屋顶棚、炕围子以及其他物件上的好看的黑色剪纸，我都露出惊奇的神情。那些黑色剪纸是贴在白纸上的，这样反差效果就更加明显，甚至有些扎眼，尤其是新贴上去的时候。

　　我来到南沟村的任梦仓家，他家窑屋门两边贴着宽宽的对联：和风吹到黄河涌，画卷铺开古陕新。对联是红的，窑屋里贴的却几乎都是黑色的剪纸。

　　在我极其认真地观看这些剪纸内容的时候，任老就会在一旁讲说，并且把新剪出的图案展示给我。说真的，那些剪纸都十分有创意，内容丰富，意义深涵，但同那些彩色剪纸比起来，我还是不大能接受这种尚黑艺术。我觉得，这一定同他们的信仰有着某种渊源，同塬上的生活习俗有着某种关联。

陕州区的肖伟说，陕州曾是夏代衍生地，夏代视黑色为国色，以黑色为载体的民俗文化也自然应运而生，因为黑色最跳、最突出，什么颜色都遮不住它，而且也不容易褪色，再者黑剪纸贴在白纸上，色差对比高，图案鲜亮，塬上人相信黑色能驱邪，农村好说黑吃黑，家里贴了黑色剪纸，就什么都不怕了。

那么不少地方都属于夏代衍生地，为什么尚黑习俗都消失了，崇黑的文化却在这里影响至深呢？这或许表明，在陕塬一带，由于人们深居简出，长期与世隔绝，也就一直坚持着自己的民族信仰，而不管外边怎么变化，怎么论说。任老说，还有一点，按照五行说，黑代表水，咱塬上缺水。哦，这又是一点了，而且是很重要的一点，反映了塬上人对水的渴望。综合来说，也就理解他们为什么视黑色为高贵、庄重、理性之色，让这黑色渗透到了世俗生活的方方面面，这样，黑色剪纸也就如一朵绽放在塬上的"黑美之花"，在民族艺术中独放异彩。

我在这里还发现，地坑院里的男人会剪纸的不少，有的村子男人剪纸比女人还多，而且他们想象力不同于女人，胆子和气魄更大，也就成为地坑院独特一派。我没有想到任梦仓老人就是一把剪纸能手，他家窑顶上、炕围子的黑色团花和花屏竟然都是他自己剪的。任老八十岁了，耳不聋，眼不花，手不抖，他拿起一把银色小剪，几下就剪出了一幅地坑院幸福图。

说起剪纸，任老说，别看塬上偏远，生活里的讲究却多，不少的讲究，都要用剪纸来完成，比如腊月二十三祭灶时，要在灶爷像前挂纸剪的灶爷门帘，还要烧香祭拜，民间有"正月雷，坟骨堆"的说法，那就剪个雷公符贴在门上，意为躲灾避难，要是下连阴雨，久久不开，就剪个扫天媳妇挂在院里，意思是把雨扫光；若遇到久旱不雨，就剪个棒槌挂在崖上，做蘸水甩水的样子，希望天降甘霖。

任老说，孩子是家庭最上心的，对于孩子的讲究也就最多，比如五月端午要剪蛇蝎五毒动物，贴在墙上，或绣在小孩肚兜上，意避五毒之害；有的小孩长期夜啼不止，便剪个颠倒驴，贴在黄纸上，写上符语张贴，希望驱邪止哭；有的小孩得了红眼病，就剪一些桃子，串绳喊叫，意把红如桃子的眼疾驱除。任老说管事不管事的，反正塬上多少年里都是这么做，专家们来了就说这属于民俗文化一类。

我问任老，当初为什么要学剪纸？任老说还不是觉得好玩，喜欢，农村人，不讲究，喜欢就学。我说最早跟谁学的呢？任老说最早跟外奶（外婆）学，跟母亲学，慢慢就会了，连她们也觉得好。剪纸嘛，就是一个心里透亮，心里透亮了，就觉得没有啥，学会了就知道，难的还是按照自己的想法来，不能全照着老辈的花样剪，要在这上边创造想法。

这样也就明白，任老在剪纸上有了自己的创新，才在塬上有了名气。任老以剪团花、花屏为主，他剪的主要是顶棚花和墙围花。

任老的老伴负月英也是一把剪纸的好手，两个人算是一对好搭档。负月英是张村人，一九五七年俩人结的婚。说到当时的印象，负月英老人说，人家一介绍，俩人都愿意。老人还记得，那个时候她十八岁，骑个头牯，就跟着来了，反正都是住的地坑院，也没有什么不习惯。上百年的老窑屋接纳了这个勤快的女子，直到现在。

让他们回忆往事，他们一下子不知道从何说起，就记起当时日本人修的炮楼很高，俯视着这一片塬，小孩子就不敢乱跑。贠老太太那时四五岁，见地上有个小勺子，知道是个稀罕物，捡回来大人却不让要，又扔到原地去。再回忆，就说到了特殊的年代，那个时候，自己家的东西，也不能随便卖，卖了就是投机倒把。可也得过年吧，就把自家的剪纸拿到集上，挤在一个角落里悄悄卖。塬上人都喜欢贴门花贴窗花，喜庆啊，家里没吃的不要紧，窗户门上糊搭美美就好，也就有人买。卖了剪纸，就去割肉，买点白面，过个年。任老说，那个时候你要是剪纸，剪动物可以，剪人不行。人才有故事，为什么不让剪呢？说是封资修，想不通。

问起出了名之后的事情，两位老人又激动地说开了，说俺们到过北京、广州，到过香港，参加奥运会、亚运会展示呀，我俩都去，在现场，有人问能不能剪一个姚明？想想就上手了，几分钟剪好，人家高高兴兴地拿走。我们来，任老刚刚参加了省上的剪纸展览回来，是边展览边现场演示。他还拿出了省里给他的奖状。

我再来的时候，两位老人又是刚回来。这次出门是十月十四日，参加省上国家非物质文化遗产项目培训。任老说，不定什么时候就又出去了。闲了的时候两人也会去赶会，塬上人喜欢什么剪什么，喜欢团花，五十元一大张。也就半天工夫，带的纸就都剪完了。任老说，称斤抹两，卖个工夫。

我要给二老照张合影，任老笑着站了起来，我说坐着就行。贠月英听说要照相，先是用手拢拢并不乱的头，而后又去找了一块手帕，蒙在了头上，显得很正式，而且也显得见过世面，知道那影像要慎重对待。贠月英的个子不是太高，倚着个子高高的任老，幸福地笑着，让人感到，她是笑了一辈子的。

问他们有孩子吗？老人说有，一女三男，都在外打工。过年回来吗？能不回来？回来。

十四、火烧阳沟连通着青龙古涧

已经是秋天了，而且进入了十月。

向日葵已经成熟，大片地在塬上伫立着，发着金黄的光，有些刚被收获，一盘盘地堆在地边，堆了好大一片，有些是整个地块都堆满了。盘并不大，不像新疆的丰硕饱满，但是也成气候，能够感觉到这是塬上另一种经济作物。进到村子的时候，也就见到了一片片晾晒的葵花子。

环绕在大片葵花周边的，是苹果树。一棵棵苹果树，都挺着满满的丰收，塬上的苹果收得晚，但是日照时间长，因而也就汁液饱满，清脆甘甜。这个时候，塬下的那些果贩子早已做好了各种准备，跃跃欲试地等待着一个时刻。现在，那些苹果在睡袋里正做着最后的美梦。

满树都是浅黄色的纸袋。这里的人认真，说可不敢套塑料袋，纸袋虽然贵一些，但是环保。一个个能够防雨的纸袋子，是农家一个个套上去的，可以说一个不漏，对待孩子一样的心在这里显现，没有哪一个孩子是睡在被子外边的。

乔璇说，再有几天就该让它们见光了。她说的见光就是见太阳，把睡袋一个个拿掉，也就是塬上人说的"上色"。那是成熟后的最后一道洗礼了，十月温煦的阳光会将果实染上一层好看的亮釉。这个时候你到塬上，家家都会很少留人，大都上园去了，而你在园子周围，又看不到什么人。整个塬上，一切仍然是静悄悄的，只有大片的风，随着那些高腰的草在发出飒飒的声响。

想到春天的四月，苹果花刚刚开放，塬上是另一个世界。苹果花虽然不那么艳丽，但是多了就分外拢眼，不由你不多看几眼，因为那大片的粉白，连同着桃花李花核桃花，都缤纷在了一起。人们又是一阵劳忙，浇水、施肥、嫁接，几乎天天陪伴在了地里。蜜蜂也是这个时候来，到处都是嘤嘤嗡嗡的翅膀，农家人顾不上它们，随着它们去闹嚷。也就半年过去，一切都变了样子，但是你想啊，这也是塬上一年的盼望。

我是到人马寨找王驰的，王驰一九五九年生人，论年龄尚不算老，但他却是塬上有名的澄泥砚传承人，还有一位传承人是王跃泽，王驰是王跃泽的远房叔叔。陕州澄泥砚是全国四大名砚之一，而四大名砚中，端砚、歙砚、洮砚均是石质，唯澄泥砚为黄土泥制作，它是利用内外范模进行翻制而成的。宋代《砚谱》中，有"虢州澄砚，唐人品砚以为第一"。三道塬所在的陕州，以前属于虢州。到了清代，人们都知道澄泥砚的工艺场在张村塬的人马寨村。天津艺术博物馆存有一方清代描金蟾蜍澄泥砚，砚底印款就有"陕州工艺局王玉瑞造"。王玉瑞就是人马寨村人，是王驰的先辈。人马寨村所制澄泥砚曾在一九一四年巴拿马国际博览会上展出。《西清砚谱》记载，乾隆皇帝曾为澄泥砚题砚铭："抚如石，呵生津"。可见其做工细腻，奇态古朴，造型美观，被誉为"砚族之魁"。

有人说，当时的人马寨村子烧窑制砚已经形成了家族之势，一时间窑火之旺，使得与其相邻的窑头村径以"窑"命名。找到窑头，就找到了人马寨。

人马寨王驰的家不大，却到处都是砚台。他制作的砚台很是精细，对王跃泽也有影响，而且想象斐然，比如一池碧荷中，一只青蛙爬在一片荷叶上，栩栩如生；抓住蛙身，就可以打开砚台的盖子，设计十分巧妙。他还大胆地设计了炎黄二帝等有气势而且带有中原特色的款式。我在一个地坑院见到他，他十分健谈，让我这个不大懂得澄泥砚的外行，多少知晓了中原人对于文化的其中一项贡献。

我当时问他家在哪里，他说是在人马寨，那时听了还是一个十分含糊的概念。他就强调，说离庙底沟不远。我就更多了含糊，因为庙底沟虽然有名，但具体地点我并不知道。他就再说，窑头知道吧？挨着窑头。现在我当然清楚了，他的表达，是很清晰的。假如你是一个塬上的人，或者你对这一带并不陌生，那么你就会清楚他说的方位。我问他制作砚台的土从何而来，王驰说当然是天然的土，在火烧阳沟里取的。我当时还反复问了沟的名字，并且记住了它。

火烧阳沟，一定有着黄土中特殊的一层，它或是在气候湿热阶段深埋凝结，后来又经过水的长时间冲涤，使得这层泥土细腻柔滑，暗带深红，和成胶泥，十分适合做砚台。现在这道沟干涸了，多少年前是什么景象呢？一定连通着哪条河流甚至黄河也未可知。王驰却说，火烧阳沟就是黄河故道，说确切点，火烧阳沟以前连通的是黄河支流青龙古涧。

后来我来人马寨找王驰，王驰不在。杨振宇一打电话，王跃泽在。就去了王跃泽的院子。

王跃泽的院子后面，我看到了不大的炉子，那是专门烧制砚台的炉子了。我原以为是一个很大的窑，像烧制砖瓦那样的，却是如此地小，小得像一个个窝窝头状的笼屉。

我细致地问了王跃泽的制砚过程，他说做砚要先取火烧阳沟的红胶泥土，经过拣选、捣碎、过筛，然后加水用细布过滤为泥浆，再沉淀成细泥。将细泥揉成泥团，再装入范模，脱模后的砚坯半干时再进行整修、刻画、压印铭、记堂号，干透后放太阳下晒数日，再放置到窑内烧烤。

我知道以前烧瓷器窑是用柴火，后来有了煤也用煤来烧制。那么烧砚窑呢？王跃泽说一定要用柴烧，不能用煤，而且要硬实的柴，这都是古法相传的。烧窑时旺火烧一天，再闷火两天就可以。至于成品如何，那就要看窑的造化，入炉前是清一色的泥土色，出来后，色泽各不相同，有厚重的黑、鲜亮的黄，更多的是深沉的赭石色。王跃泽说，当然，并不是每窑都能烧好，就像是烧瓷器一样，有时会烧裂、变形。

原来只是以为"文房四宝"这种东西一般都是南方热乎，没有想到在这远离世事的塬上，也一直有人热爱着。

我提出让王跃泽带着我去看火烧阳沟。我们走了好远，穿过好几片菜地，直到走到沟边我还没有意识到，因为到处是高高低低的黄土，有些是土围子，有些是低洼的土坑，还有胡乱生长的植物，有杂草，有树木，更多的是野棵子。

走着走着王跃泽站住了，指着下边说你看到了吗？我赶紧凑上前去，果真是一道深切的长沟，看不到它的底部，底部或许有水，只是看到了深深的黄土和深深的荒芜。王跃泽说，这道沟南北有几十里长，向南便是切开西张村塬的沟头。在这里，五道沟像伸开的五指，撕开了超百万年堆积的巨厚黄土。五道沟中的龙潭沟和水泉沟都有泉水溢出，并夹着一个有着仰韶文化遗址的人马寨和窑头。

这样说，才显出了土塬的实质。要是没有这些深沟的衬托，你很难感觉到塬上是什么样子；自然，如果没有两边土塬的高耸，也就显现不出这些沟壑的深长。

火烧阳沟，塬上人真会叫名字，叫得形象而富有诗意。王跃泽指着前面说，看到那一片的红褐色了吗？像是火烧过似的，附近的百姓就这么叫下来了。

我想找个地方下去看看，但是王跃泽说很难下脚，长时间的荒凉，里面都是荒草棵子。我说是不是做砚台的都到里面取土。王跃泽说，虽然是这么说，但是沟那么深，哪里能取到好土，那都是个人的秘密。我说这么说你取土的地方也是秘密了。王跃泽就笑。

我找王驰是想看看他家的坑院。上次他说当年他家有十二个窑屋，曾经住过三批知青。那是一九七〇年，村里来了城里的知识青年，要分到各个地坑院去住，于是王驰家里就腾出了四孔窑屋，住进来二女三男，那是第一批高中生。王驰还记得有一个叫翁安福，男的，是个带班的。女知青大名不知道，人们都叫大燕子、小燕子。这些人后来都还来过，来了就回忆，说晚上在窑屋里唱样板戏，你一声我一声的，坑院里显得热闹极了。

那个时候王驰刚上初中，记忆特别深，安静的坑院里一下子住进来一帮年轻人，整天闹闹的，打乱了原本一家人的正常生活。不知道父母是怎么样的心情，但是王驰喜欢，因为孩子都喜欢热闹。没事的时候，他也会站到窑屋门口去凑近乎，想着自己长大了，会不会像他们那样成熟，敢于独立地离开父母，到另一个地方去生活。当然，即使到王驰中学毕业后，也只是回到这人马寨了，因为王驰是农村户口，只能"回乡务农"。人家叫"知识青年"，那是人家都属于城镇居民，有吃供应的粮本。王驰就有了另一种羡慕。

我问王驰，知青中有恋爱的吗？王驰说，第一批不知道，那个时候小，也觉察不出来；等到住进了第二批知青，就发现了异常，有人好上了。窑屋门是经常偷偷响的，往上走的窑洞过道里，是经常有人影子的，因为那里黑，猛然跑进去的时候，就会发现异样的男女。还有，晚上，拦马墙头会有人吹口哨或扔土坷垃，那是一种暗号吧，于是很快就有人开门溜出去。

再有就是传递书看，那个时候书很紧张，谁有好书都是先给喜欢的人，两个人不断地传书，传着传着就传成情人了。而且有时候还让王驰当传书人，王驰并不知道其中奥秘，只当是做好事，很乐意替人跑腿。有一次半路上忍不住翻看包着书皮的书，里面竟然还夹着纸条，那纸条让王驰脸上发烫了。回去只是汇报任务完成的情况，以及人家回话的内容，却并不说透什么。

我问王驰，还能说出其中一两个人的名字吗？王驰说，我家坑院的还记得，男的叫任建平，女的叫黄彩霞，两人好着好着就好到一起了。我说怎么好到一起了？王驰说，结婚了呗，回城后，还带着孩子来过。那时父母还在，院还在。

我倒是有些感慨，当年那些住过地坑院的知青，还真是惦记着这土塬和土塬上的人。他们在这里走过了一段不平凡的岁月，独特的坑院生活，必然对他们的人生产生了影响。我当年是去另一个地方了，若是来到这塬上，深切的体会当是更不一般，了解的生活内容也更丰富。我相信一定有人留下了这段文字，只是我还没有读到。而且，当他们知道当年那个小王驰，今天已经是很有名气的澄泥砚制砚能手和传承人，会更加兴奋，毕竟有着一场缘分。

王驰领着我看他们曾经生活的也是知青住过的地坑院，由于长久地无人居住，很可惜的，坑院有两面都塌了，草和蓬蓬棵子长了半院子。知青们再来时，一定还会跑下去，并指着哪一孔窑屋，说是自己住过的。我对王驰说，应该让坑院留下来，留下一个记忆。

后来我再见到王跃泽，说起王驰家的知青故事，没有想到王跃泽说，我家也住过知青啊。我惊讶了，那么是哪里的知青呢？王跃泽说可能是市里的，还有别处的。王跃泽大概是不大清楚，算算他的年纪，那个时候他或许没有出生或刚出生。

但是王跃泽说，现在不断地有人来，寻找到这里就亲切地嚷嚷，并且打电话，拍照，发微信，整得跟到了天安门似的。后来就有人来要求住一晚，好像住一晚就找回了多少年的乐趣，于是后来就引来了越来越多的当年知青。

那些知青都老了，顶着花白的头发，张着缺了牙的嘴笑。他们笑什么呢？以前在这里没有吃什么苦吗？不是，他们是笑他们曾经的岁月，笑他们现在的岁月，那是一种接续不是？有的人连这种接续也接不上了。于是有人建议他们家将小院整理出来，就叫"知青院"，说会有很多的知青喜欢上这个院子的，不一定都是在这里住过的，但是只要是在塬上劳动过的，或者在那个年代劳动过的，都会喜欢上这个院子。

王跃泽感到了某种说不出来的滋味。

十五、柿子熟了，冬天就该来了

一晃眼，我在塬上已经经历了四个季节了，这四季轮回中，时光从来没有在哪里迟疑过，也许我的疏忽，让它们就这样眨眼之间过去了。直到有一天，火红的柿子从枝头上掉落下来，才想起它刚开花时的情景。其实它刚开花时也没大顾及，那个时候到处都在开花，都在飘絮，芳香恣意地播洒，也就真的记忆成了笼统的繁荣。

现在那些柿树连叶子都掉光了，唯剩了一群的红在枝上颤，猛然一个把持不住，颤下来便成了一小堆艳艳的软泥。我知道，柿子熟了的时候，冬天就该来了。

冬天是这一年最后的节目，说不上是压轴，但会表现得尽可能地完美。

有时候落雪了，很多柿子还在树上坚持着，雪就将它们一同装点了。其实雪是喜欢这样的，否则雪就太单调了。

我最终确定是下雪了的时候，雪猛然间大了起来。初开始它只是一些风的感觉，并没有雪的弥漫性张狂。等我上到塬上，它立时就现出了原形，大把大把的雪不知在哪里埋伏着，此时铺天盖地地洒过来，不大会儿的工夫，塬上便一片片白了。

这是我在塬上经遇的少有的一场雪，我感到十分幸运又兴奋。我不能把自己憋在坑院里，努着劲儿地走了上来。

雪像一个素描大师，把一个个地坑院勾画得十分仔细，连拦马墙上的瓦楞都勾了出来。谁家瓦楞缝的排烟道散出了缕缕炊烟，而后，那么多的瓦楞间都有了炊烟，雪雾一般，让这张汴塬的黎明顿时活泛。

一只狗从地下钻了上来，似无声的画面，雪塬上有了一溜新的花瓣。这时候听见了鸡鸣，其实勤奋的鸡早就在坑院里叫早了，只是那声音被淹没在巨大的沉静中。一些雪花落在塬上，一些雪花走的路更长，它们还要再往下多少米，才能落在坑院的底部。

一个穿着一身红的小女子出现在了地坑上方。她手拿一把扫帚，一下下地想把雪扫向两边，雪太厚了，她回去拿了一把锨，先把雪铲开，然后再动用扫帚。这样，一条小路就显现出来。这是刚结婚不久的小媳妇，来的时候，柿子还在树上，红炫炫地挂满坑院四周。

我一脚一脚地在雪地里跋涉，这个时候的雪还没有上冻，更没有化水，脚下发出了极轻微的沙沙的声响。

我来到了塬的边上。雪后的空气清新得很，能见度也高了。放眼望去，塬下是一道道沟壑，此时，也已经起伏成一片莽莽苍苍的白，更远处，一条大河正蒸腾着雾气静静地流淌。

塬上人说，在下雪的时候，塬上也并不是都会普遍地沾光，有的地方大一些，有的地方会小一些。那是为什么呢？原因可能就在那些沟上，沟里上升的气将雪的气势隔开了。那么深的沟，能够隔开三道塬，也能够隔开三道塬的雪。我只能说，映入我眼帘的，是不同的雪的景象。

同张汴塬隔着一道沟的张村塬也下了一场雪，同样是好大的雪，这是近些年少有的事情。小东沟的人从地坑院里上来，感觉整个张村塬的雪都下到小东沟村。实际上，小东沟人也不会看到，整个张村塬都下满了，没有了道路，没有了村子与村子连接的痕迹，全都连在了一起，或者说全都被雪的一张大席盖严了。

高处看，那就是一幅大画，平铺在张村塬上。这里、那里，陷落的地坑院会透出村子的痕迹，那痕迹很有艺术效果。

下了一夜的雪，人们大都在坑院里睡沉实觉，就是醒了的，也就是在灶火里添上几根木柴，然后炕上坐着，望着窗户外边的院子，看雪把一棵树打扮成银伞。说着的话都是，今年的雪可真大。

倒是从塬下上来的媳妇，会有房子被压塌的担心。我后来又见到了上次遇到的那个女子，那个时候她正好又到塬上看婆婆，丈夫说自己忙得脱不开身，这么长时间了没有回家去看看娘，她就带着想念来到了塬上，来后没有想到遇到了一场雪，而且是在塬上长大的她从来没有见到的雪。

初开始还在坑院上面转，感觉有雪花落下来，从树枝间往上望去，就越来越看得分明了。雪下得大时，婆婆就在下面叫了，她这个时候已经能听到落雪的声响。

等到趴在炕上，从窗户里望到院子完全地白了，望到飘下来的已是一团团的鹅毛，望到窗台上的白结了厚厚的一层，她就从兴奋变成担心了，念叨着应该到窑顶去扫一下雪。因为听住在平原庄户的同学说过，如果遇到大的雪，早有人冒雪出去，上到房上去除雪，不尽快地清除，雪会将房子压塌。现在这么大的雪，会不会把窑压塌呀，该到坑院上面去铲一铲吧？

婆婆听了就说了，塬上可不是下面，没有说谁家操心把窑压塌的。越是下雪，在坑院里就越是安全，风刮不着，雪打不着，你就在炕上暖和着吧。婆婆说着就笑。

整个一个村子，被包裹在厚实的土塬的怀里。

等到雪停了，再上到高处去，会看到一个在平原永远也看不到的景象。雪塬上那一个个地坑院，就像谁用了一个大模坯子，将一块块坯脱在了雪中。怎么那么规矩，大小差不多，一个一个方在那里。

十六、天黑严时，坑院就成了一种暗物质

天又一次黑了。

黑，其实与人毫不相干，盼也这样，不盼也是这样。

夜晚，地坑院的灯光透不到大地上面去，整个村庄隐没在一

种神秘的气氛中，这种气氛显得安详而沉实。偶来的夜行者可能不适应，因为等同于进入了失去航标的黑海，不定哪里会有海沟和漩涡。

地坑院与大地紧紧地拥抱在一起，同呼吸、共冷暖，你说，还有哪一种人类活动与黄土如此亲密？它真正成了大地躯体上的一个深致部位。头一次住进这坑院时，站立其间，只觉得离天尤其近，轻轻咳一声，声音就直直地蹿了上去。每一个坑院上方都像是一口古代的方鼎。鼎里炒着星星，煮着月亮，有时烟气缭绕，有时云雾迷蒙。

在地坑院里看夜，感到那是一种简单明了的观景框，在这个观景框里，你会看到月亮的变化，"初一一根线，初二看得见，初三初四像蛾眉，十五十六大团圆。"等团圆了就再从头看起，没有人能够像塬上人熟悉月亮的变化。

这个时候其他坑院的人在干吗？可能也如我一样，院中对空闲坐。他们在那一方世界里，如何不是一种独有的享受？以为自己的这个框里的天空，是最美的。

有时会有音乐隐隐传出，是谁在哪个坑院里拉胡琴，并不十分鸣响的丝弦奏的是陕州老调，带动着蛐蛐、知了、咕咕喵的声音，南瓜花、扁豆花、茄子花的声音，形成一种塬上天韵。坑院的上空就越发显得静，这种静里，一定有人暗暗地流着泪水。

天黑严的时候，坑院就成了一种暗物质。我想，这种暗物质虽然各自独立，在塬上它们却是相通的，它们有着几乎相同的空间，相同的门窗和相同的火炕，它们内部所进行的事情也大致相同，所以第二天走上坑院见面的第一句话还是说，上了？

其实要我说，这些暗物质也有着自己的光亮，是的，它始终映照着塬上不灭的人性与灵魂。

塬上·春日（上篇）

一、整个的塬，所有的生命都在拔节

这是我在塬上度过的第二个春天了，去年来时只赶上个末尾。

塬上的春天比下边来得要迟一些。但是好饭不怕晚，你要是这个时候来塬上看，你就会看到不一般的景象。

寒冷早已退却，到处散发着一种湿润的气息。连阳光都有了这种气息。这个时候，三道塬上的每一块土、每一个皱褶都在打开。不定哪里，会钻出一个小小的生命。你会听到呲呲泠泠的响，那是拔节的声音。整个的塬，所有的生命都在拔节。就像农家女孩的日子，有无数憧憬在闪，无数丰盈在动。你就看吧，这里那里的，到处都在起变化。昨天是一个样子，今天从地坑院上来，发现又变成了另一个样子。微风中，你看着铺展在蓝天下的塬，土布衫子样，一时间缀满了深深浅浅的黄、蓝、粉、红。

渐渐地，你会闻到一种香，一种似有似无的、说不出什么味道的香。这种香没有桂花那么浓，没有女贞那么黏。这是一种幽香。我问塬上的人，是什么发出的味道，他们竟然说没有感觉到。我才明白，他们在这种香里沉浸得太久。后来就发现了，这种淡淡的、甜甜的香，就是从一个个地坑院以及它们周围散出的。这种味道属于北方，说白了，就是那种塬上的味道。

二、鸟把春天的快乐，写满了山塬的天空

你还会感到一种惊奇，不知从哪里一下子来了那么多鸟，好像是一夜间来的。我认定有些鸟儿不是塬上的。它们把春天的快乐，写满了山塬的天空。

塬上人早已熟悉了鸟的叫声。该逗孩儿的逗孩儿，该睡觉的睡觉。啥时候一阵小风刮过，才想起那些鸟来。鸟在塬上总是很遂心，很舒展。你看，你看着那些鸟从天上跌下来，眼看就跌得头破血流，竟然一扭身，挓挲着翅膀又旋了上去。很多鸟都会玩这样的把戏，有的像一块土坷垃直直地向你砸来，你都想着躲闪了，它却猛然现了原形。它们恣意得很呢。有些鸟喜欢聚群，树叶子一样，呼啦啦从树上刮下来，又呼啦啦地还原到树上。

我最初听到鸟叫天还没亮，一只鸟在靠近我窗外的梨树上，把我叫醒了。我开门出来，紧贴着窑屋轻轻走向过道。它果真没有发现我，只顾在那里叫，好像这个坑院是属于它的。

我上来坐在一块靠近坑院的老树疙瘩上。这个时候你就听吧，满塬都是鸟的叫。像小学在晨读，像剧团在练声，还像是在赶露水集。那个热闹！好像它们知道这个时候就该热闹。简直热闹成一疙瘩蛋了，跟年夜塬上的鞭炮有一比。但是并没有聒噪感，反而让人有一种兴奋，你要是只鸟儿，你也加入进去了。

各个坑院各个树上都有鸟叫，你不知道那是些什么鸟，也不

知道它们怎样发声。仔细听的时候，又会发现其中的特点。你能听出它们的性情，它们的语调，它们之间的意趣。

一只鸟尖着嗓子在拉腔：咿——咿——咿，那边也有一只亮着嗓子随和：吔——吔——吔。一个压着声音问候：咋啦，咋啦？接着一个沙哑的回应：不咋，不咋。有的很干脆又很亲切：你吃啦，你吃啦？那边回答：没有，没有。有的鸟很能让舌头绕弯，那拖着的长音像是懊恼和埋怨：你要把人急死哩，你要把人急死哩！下边你等着，还真的跟来一声不紧不慢的闷音：别慌，别慌……

这些都是同一类鸟吗？不见得。但是在这群鸟大会上，你听见的鸟声怎么就那么默契。

有些鸟叫的声音，像是谁的布衫子被树枝挂了一下，挂住了又猛地一扯，很清脆，又很拖延。有的声音像是往瓶子里倒玉米籽，扑扑叮叮的，扑叮得人心里痒痒。有的声音像老婆儿咳嗽，咳又咳不出来，听着都为它着急。

春天的鸟儿一准在恋爱。它们也是有感情的，知道像人一样，该主动就主动，该配合就配合。不过，也有失意的，这是自然界的自然。我是在夜晚获得这个秘密的。两只鸟没有在一块儿，中间隔着好几个坑院。这一只离我很近。它们都把坑院里的人忽略了，或者说已经顾不得许多。

这边的看来是主动搭讪的，但不知为什么不到另一只的跟前去。开始还不错，它刚说完，那边就回应了。但回应的声音没有它洪亮。我先以为是它的声音在远处的回音，后来才分清楚，那是另外的一只。这样你一句我一句地说得还可以，让人渐渐忘了那是说的鸟语，竟感觉听懂了那话语的内容，而且听得真真切切。不过，不久却听出了问题：这位说完以后，那个回应消失了。

为什么消失了？难道哪句不合意，就不想说了，或是飞走了？你听，无论这位如何重复着那声亲昵，那边就是不再有声音。这一个为了召回那个声音可谓耐心至极，它叫得有些拖音，甚至有些沙哑。我都有些感动了，你看它刚才还是柔情满怀，现在却伤感满腹了。

它还在沙哑而吃力地叫着。又叫了好一阵子，突然停止。最后的声音在夜空中划了一圈，在哪个地方消逝。就像谁关掉了开关，整个世界霎时静寂，静得有些苍凉。

三、这些天，我对于鸟鸣格外敏感

这些天，我对于鸟鸣格外敏感。在东凡塬，我听到了一种新奇的鸟叫。像是布谷，但是布谷鸟一般是芒种时节才会飞来，声音像泥咕咕吹的，"布谷布谷"四声。眼前这鸟却只是短促的两声。我说，这不像布谷吧？他们说在哪里？振宇说，我也听到了。于是都支着耳朵等待。又听到了，是"咕咕"的两声。

老赵说，哦，是咕咕。咕咕是什么鸟？朋娇说俺这里就叫"咕咕"。老赵说，这鸟叫的声音会改变，三月就这么叫："咕咕，咕咕"。到了五月，叫声就成了"咕咕——噔，咕咕——噔"。看到他认真的表情和形容，大家都开心地笑了。

这时我又发现了一只鸟，它扑棱着翅膀，从一座毁弃的坑院飞上去，挂在了崖顶。我赶忙又问。于是大家又往那里看。振宇说，看见了，不小呢，好像是喜鹊。朋娇说，是乌鸦吧？但是那只鸟并没有显形。我们再次走近，这下它呼啦一声从乱蓬蓬的崖上腾起来，落在一棵枣树上。终究没让人看清。

我说这个时候还有什么鸟叫得欢？斑鸠。老赵说，斑鸠是灰色的，鸽子大小，却比鸽子有着一副好嗓子，音域很浑厚。还有一种不大的鸟，叫金翅，黄色夹着黑色的那种，喜欢落在柏树上。为啥？柏树密呀，好做窝。老赵说，再过些天，就会听到"吃杯茶"的叫唤了。

我知道这种鸟，大清早四五点的时候就开始叫，光怕你听不见。其实勤劳的人们那时正起来下地。农家五月人倍忙，一地的麦子赶着人呢。劳力少的人家，总有外边工作的回来攒忙。你还没进村，就听见"吃杯茶"的叫声。那声音亲切哩。它一边在你的前面扇着翅膀，一边不停地叫："吃杯茶，吃杯吃杯——茶！"早晨的阳光里，老人守在村口，一脸的笑。茶早就倒好了。塬上人管白开水就叫"茶"。麦忙季节，人们拿着镰刀担着水到地头，钻进麦垄里可劲地干，不多时就汗透衣衫。慢慢伸直累酸的腰，就听到了"吃杯茶"的叫唤，走到地头舀起一碗水咕咕咚咚喝下去，那个舒坦。

我在塬上还认识了一种鸟，叫的声音是"吃馍喝汤"。那个吃的发音是"乞"。这里的人说"吃"都发"乞"的音。"乞馍——喝汤"，声音在乞馍的后边拐一下弯，先乞馍后喝汤，我学不来，你一想就想出那个音来了，"乞馍——喝汤"。叫得很细很甜，像一个女人在喊，喊那个人回家吃饭。走一路喊一路，也不说名字，那个人就知道是喊他的。不过，听到这声叫喊，很多的人都有了回家的感觉。

四、春天里，每一株草都在蓬茸

春天里，每一株草都在蓬茸，那是一种个性特征，一种无法遏制的生命状态。它们自身存在的巨大能量，只有泥土知道。

惠特曼说："哪里有土，哪里有水，哪里就长着草。"草不开花，草只长叶子。开花的草都有名字，不开花的只有一个名字，就是草。其实草跟草也是不一样的，可是它们依然被称为"草"，因为人们记不住它们，它们也就一直无名。无名地生，无名地长，然后无名地枯。

实际上，草供养着这个世界，装点着这个世界。草最善良，以草为食的也最善良。牛、马、羊，都是最后把皮也要贡献出来。草知道它们，草总是放量地喂养它们。然后，无声地留存它们的痕迹。

五、她如那些花草，有了蓬勃的憧憬

有一些人也注意到了这些可爱的生灵，目光里带着温柔，当然也含着激动。那是一些女子。她们想留住它们，想着将大自然中的美直接拿过来，让它们长在农家土布上，让草叶以另一种生命形态，在生活中永不枯萎。

最初听到"捶草印花"，我听成了"春草印花"。就想着春日里，一个女子，一根棒槌，一片青草，一块土布，组合成诗样的景象。

捶一捶，就能让草叶印成美丽的花布？可真是大俗大雅，亦梦亦幻。当我们走进朱秀云的屋子的时候，就觉得这是一个不可思议的事件。是啊，塬太大，长久地不通外界，高高地隔着天地。在中原，哪有塬上会发生的那么多新奇古怪的事情？每一次遇见或者听到，都会呆愣一阵子。

也确实，人的智慧，在生活的闭塞与困顿中会发挥到极致。陕塬的女子自小到大，都要学习如何种棉，如何纺线织布，如何缝制衣服。原材料少得可怜，又什么都要一个好，什么都要试一试。你可以相信，农家女子即使再没文化，那种自带的慧心也能让她们成为生活大师。在黄土中长知识，增见识，然后汇入愉快与满足的日子。那日子稠着呢，生儿育女，缝补浆洗，春耕秋作，什么不会能行？

人马寨的朱秀云，一看就是位热情向上的人。春天来到的时候，她又如那些花草，有了蓬勃的憧憬。

一块农家自制的土布铺上案桌。你看见来自乡间的绿草，被朱秀云随意地摆放着、搭配着、调换着组成内心的所想。一切感觉满了，就压上塑料纸，拿起棒槌，轻轻地捶打起来。一时间，满屋子都是清脆的声响。清脆中，草在布上鲜活地舞动，绿色的汁液在一点点释放。它们终究要释放成什么姿态呢？似乎全在了一颗心上。

朱秀云屏息静气地做着，大家屏息静气看着，看着她作法一般。

是的，这一切就像是一种仪式。轻轻地净手，轻轻地择草，轻轻地摆放，轻轻地捶打，轻轻地呼吸。没有其他声音，只有这轻轻的声音。没有其他气息，只有这青草的气息，心绪起伏的气息。

春天的风在门口徘徊。有一些花影徘徊到了窗子上。时不时有鸟的鸣叫在哪里响亮一下。响亮带着花木的芬芳渗透进来，整个地氤氲成了一种氛围。

当塬上的"捶草印花"传出去的时候，很多人是带着莫名其妙的感觉来的。包括我，只是我来得有些晚。那个时候，朱秀云已经被确定为非物质文化遗产的传承人，并且去了国外现场表演，获得了不少荣誉。人们说，这个有心的女子，可是将塬上失传了好多年的土法技艺找回来了。

以前都只是在老辈人的口中传说。九十多岁的乔改苗记得小时候，母亲就捶草印花，给她做花布衣裳穿，给她做嫁妆用。朱秀云也是听母亲说过这种塬上独有的手艺。只是到底是怎么一回事，她不清楚。母亲去世多年，她只能去找乔改苗多唠唠。按照说的意思，凭借想象去摸索。

那些个日子，她就是跟棒槌和花草过不去了。采了捶，捶了采，一次次的希望，又一次次的失望。坑院周围的花草几乎都被她采光了，还有各种树上的叶子和果。那些个日子，她盼望着春天，又等待着秋实。人家听说她要找塬上的老手艺，来了看了，又摇头走了。只留下她，再次去到田野里，再次回到小桌前，拿起沉沉的棒槌。

人们说得没错，成功绝对是眷顾那些辛勤者。多少年过去，这个倔强的女子，终于将草的灵魂，安妥在了一块块土布上。

六、木棒的敲击声里，多少意趣多少迷情

现在，捶打的声音已经停下。经过了木槌的敲打，谜底终于要揭开了。

朱秀云正在揭下蒙在花草上的覆盖。屋子里静得出奇，揭下的刹那，土布上赫然现出了想象不到的奇迹！那些草，那些柔嫩的叶脉纹络，已经清晰地印在了白色的土布上，印成了好看的天然图案。图案散发着一股青葱的芳香。而且，连草叶上的小虫眼

儿，也被捶印在了上面。几个连在一起的天然虫眼儿，真就是体现了生活的真实。

这之中的一种草形引起了我的注意，似乎它在唱主角。它就像只啄木鸟，张着尖尖的嘴，在图案中格外出彩。我听了半天，才听清朱秀云说的它的名字：鸹棒棒草。我上网查了半天也没有查到。这是塬上特有的草吗？为什么叫这个名字呢？

朱秀云说这种草的果实形状就像是啄木鸟，塬上人把啄木鸟就叫作"鸹棒棒"，也就将它叫成了"鸹棒棒草"。我拿起了一棵没有经过捶打的鸹棒棒草，感觉它的确有点特别，尤其那伸展着长嘴的饱满的花果。朱秀云说除了鸹棒棒草，还有红蒿、白蒿、红薯花、野菊、西番莲、胡萝卜叶都能敲上。另外具有染色功能的还有拉拉秧、爬墙虎，以及槐树、石榴、月季等花瓣，捶打后都能产生效果。

这个时候，我看到朱秀云又在一块块方巾上摆放着花草叶子了。曾经的一个时期，捶草印花而成的方巾手帕，成为人们使用最广的物品，尤为女孩子喜爱。它甚至成了表达感情的信物。谁如果得到这样一块精心制作的花布，一定得到了一片芳馨纯雅的心意。

我拿起那个木头棒槌，还是挺有分量的。可以感觉，她们每每拿起那根沉沉的木棒，就首先面对了自己温婉的内心。每一件都不相同的捶草印花布，都是塬上清活灵动的标本。越是如此，就越是不断培养着才情与性情、美心与美德。这就是塬上人的生活态度，把一件看似简单的事情，当作一种郑重的仪式来进行。

在染色方面，朱秀云说，用石榴皮、洋葱皮、竹叶、茶叶等，可以使色泽光鲜并且持久。最后还要抹白矾或黑矾水。如果放进污泥里再浸一个小时，就更不会掉色。朱秀云说，在没有染料的年代，塬上人就是这样着色的，后来有了染料，如果还想要其他颜色，先用石榴皮汁或者白矾、黑矾加到草叶图案上固色，再根据喜好，放到颜料锅里煮上十几分钟，底色就可以是粉的、黄的，或是其他颜色，而先前捶打上去的草叶图案，就成了黑色。

说真的，这个程序并不复杂，但是我从来没有在其他地方见到过。这种古老的印染技艺，应该比蜡染和扎染都要早。我看过塬上的另一个女子秦仙绸的扎染，那也是来自民间的手工染花技艺。但比之捶草印花，要先进一些。在明、清直至民国初期，大部分地区的印染技术已经进化到了新的阶段，陕塬上却仍然流行着这种带有原始色彩的捶草印花。

是较强的地域性隔断了交往与流传吗？翻遍厚厚的中国印染史以及民间印染技艺书籍，竟然都没有关于它的一痕墨迹。

一块光秃秃的农家白布，瞬间就变成一块女子向往的花布，这是多么有趣的制作！草随处可采，没有成本，无须花费。为了审美需求，女子们凭了喜好，选取草叶在土布上设计心爱的花样，榨汁渗印，自制出彩，留驻永久的芳菲。那些芳菲缠在头上，缝在鞋上，穿在身上，盖在床上，套在枕上，成为特有的勤劳与智慧的展示，使得封闭的地坑院，有了新的生机。那个时候，捶草印花一定是像剪窗花一样，成为乡间女子的一门功课。

你能够想到，坑院里的鸡鸭早已入窝，小虫子在哪里轻轻地叫着，韭菜、菠菜在周围长着，南瓜、丝瓜在院墙上爬着。猫狗卧在脚边。女人忙完了一天的事情，在月光下静静地摆弄着香花野草，然后就是木棒的敲击声。那声音里有多少意趣、多少迷情？或在此时，一曲眉户调轻轻哼起。曲调缠绵，随着暗蓝的云气飘向很远。

是的，时间长河中的一个个女子，她们那带有着塬上人特有的巧手与心思，为一棵棵草找到了永恒的归宿。留在棉布上的何止是草的芬芳，也包括她自己的美丽。这是乡间的诗，是塬上的《草叶集》。

七、地坑院的上方，连着一片田野

跟着朱秀云来到地坑院的上方，那里连着一片田野。田野里到处都是逢春而发的青草和野花。塬上的女子对于这些花草再熟悉不过。她们不仅是为了捶草印花，还为了生计，为了养猪养兔养羊。

我因为享受过它们的赐予，看到这些生灵就心生爱怜，总是问它们的名字。那些名字都在心里藏着呢，只要一听见，立刻认亲似的蹲下去好好看看。雁麦草、苜蓿花、江波波、灰条、狼尾巴、野麦、苦曲、扫帚苗、灰灰菜、艾草、荆苕……

我们走着看着，指着说着。这里蒲公英的花是黄的，他们叫"黄黄苗"。野菊开很小的白花儿，散着清香，掐下来有一股汁水。红蒿二三月生长，到十月才结籽，霜降后枯黄。还有猪耳朵，张着莹莹的大叶子，煞是喜人。紫色的荠荠菜他们叫"刺刺草"，生长得到处都是。还有小蒜，也就是那种野蒜苗。看到小蒜，我身旁的人拔了就吃，说"二月小蒜，想死老汉"。以前当地人春天里没啥吃的，就等着这野蒜苗在嘴里调味了。

朱秀云采起一把嫩草，说好吃的还有茵陈，裹上面可以蒸着吃，还可以做面团，做花糕，都说"二月茵陈，五月蒿"。到了夏天就变成茵陈蒿了。茵陈蒿营养更高，蒸吃、凉拌都行。朱秀云说，还有面条菜、粽粽花，都是人们喜欢的。

这些同人类同生共长的生物，在地坑院四周似乎更加显得自然、和谐。人们想吃什么了，走上坑院就能采到，比到菜园子和地里都要方便。

我看到了车前草，车前草是路上最多的一种草，也是人们最常见的一种草。人们拉着车，赶了车，低头都会看到它们。它们被人踩着，被牲口踏着，被辘轳碾着，它们不怕，它们有一颗负压的心灵。车前草，人们旅途的伴儿。还有锁草，紧紧地扒着泥土的一种圪巴草，就想要将大地锁牢。你薅它的时候，尤其地费劲，它有一种不屈的性情同你较劲儿，你薅不动，只得放弃。大片的锁草锁在塬上，使得塬密实坚固，不怕风雨的侵蚀。

朱秀云还告诉我绿色的燕燕草、红色的步步高。现在，朱秀云比他人更加在意那些野花野草。她知道各种花草的生长时令，在不同的季节，去采摘不同的花草，捶成不同的画布。

我竟然看到了鸽棒棒草，它们就绿在百草之中，那独特的模样一下子跳入了我的视线。

塬上，多么让人沉迷的土地，多么独特的大书，这里永远有认不完的东西、学不尽的知识。

八、蜜蜂飞撒出去，嫁接在一朵朵花上

养蜂人这个时候该出门了，他们会在一个没有人知道的时间来到塬上。那些蜂箱是如何带上来的，更是没人知道。蜂箱像战场上的炮弹箱子，整齐地摆放成几排。蜜蜂们会很自觉地上战场，它们知道该到哪里去，去采什么样的蜜。养蜂人只管在蜂箱旁边搭一个小小的窝棚，等着它们胜利归来。

在这个春天里，阳光温暖地照耀着大片的土塬。塬上各种好看的花儿，杏花、桃花、苹果花、槐花、枣花、山楂花，到处都在笑引着那些精灵。蜜蜂们飞撒出去，将自己嫁接在一朵朵花上，悄悄地说着体己话，而后张扬着翅膀离去，在另一朵花蕊送去只有它们自己知道的秘密。

实际上，来到塬上的养蜂人还是少了。人们看到他们，总是热情地上前搭话，上了？上了。吃了？吃了。窑院里喝茶？不了。今年花开得早哩，可不是吗？

养蜂人一般都不是塬上的。他们走南闯北，一年也不大有长久落脚的时候。你真正跟他聊了以后才知道，他带着他的"人马"会在一年内穿越大半个中国。到的地方可是多，都是开花的地方。

塬上的人说起来也可怜他们，毕竟不如在坑院里待着好啊，老婆都顾不上，跑个什么？花是见了不少，不顶舒坦不顶饱暖。想到这些，也就很满足了，就会带有怜惜同他们聊聊，或者送上一个南瓜、葫芦之类。

下雨的时候，养蜂人就急急地忙碌一阵子，然后钻在窝棚里发呆。这个时候还会有人来，送一两个馍馍或一两块红薯。养蜂人总是说，塬上的人好啊，待人实在。养蜂人也不是没有良心的人，走的时候，会留下好大一罐子蜂蜜或者蜂王浆，让你尝尝鲜。实际上养蜂人的那些蜂蜜，有不少都被塬上人买去。然后你还是不知道他什么时候走了，怎么带走的那几十个大蜂箱子。

又一年过去，塬上人发现养蜂人变成了一个女人。他们惊奇地围上来，当然不是成堆地围上来。也就是那几个没事的、好事的，其实也是善良的、热心的。因为他们认识那些蜂箱，也认识那个早就变成帆布帐篷的窝棚。然后他们就唏嘘着离去，说一些怜怜惜惜的话语。

原来那养蜂人年根上死去了，留下一堆蜂箱不忍闭眼，婆娘应承下来，才吐出了最后一口气。婆娘就在春天到来的时候，踩着养蜂人的脚印到塬上来了。婆娘说自己跑不了那么远，也就是到这塬上来放放，终归是顾不了。谁要是能承接这些蜂箱，就是行了大好了。塬上人互相传递着这个信息，但是没有谁来接她的热情与可怜。塬上人已经习惯了塬上的生活，他们不知道外边的世界有多大，他们怕这些蜜蜂把他们带野了，回不到这塬上。最后怕老婆也像这婆娘，剩一个可怜的孤独灵魂。

我看到一大堆蜂箱的时候，同样是一个春光明媚的早上。我去了那个崖边。但是没有看到养蜂的人。蜜蜂是早就出去了，静静的只有一堆的箱子。我听说的养蜂人的故事，不知道是不是属于这堆箱子。

傍晚我再次经过那里，还是没有见到养蜂人。三角形的帆布篷前，放着两个萝卜和一棵白菜。像是谁送来没见人，放下的。我有些失落，不知道为什么。而且我也没有见到蜜蜂归巢的景象。

九、断崖中的峡谷，曲曲弯弯通向远处

在塬上走，在意的自然还是地坑院以及坑院里的生活，虽然都差不多，但有时还是能看出其中的差别。你看这个坑院，就同一般的坑院不同。它极好地利用了三面环绕的高高土塬，只在一面缺口垒了一道墙，墙上开着门，门外竟然是塬中间的沟壑。从上面看去，一院子的阳光，都聚拢在蹿出来的白炫炫的杏树上，

那个欢实劲儿，一下子就扯住人的脚步。

　　我说怎么下去？老赵说得从那方走。说着带着我们拐向了一条小路。小路在塬崖一侧，很窄也很陡，平时怕很少有人走，尤其是村子里的老人。最后断掉的一段，还是跳下去的。然后我就看见了那道深沟，宽宽的，铺了一沟的明朗。明朗里有高高的槐树，还有杨树枣树什么的。

　　老赵指着一些崖上凌乱的藤条说，这是啥知道不？荆条啊，这要是以前，早就有人砍了。细的时候最好用，编篮子、筐子、箩头什么，现在没人在意它了。他叹息着。你看，都多粗了。我看着那一丛丛的枝条，每一根都是直煞煞的，以柔韧的身子指向蓝天。

　　我说我知道，那个时候，荆条编的物件集市上卖得很多，几乎家家都用。老赵说，为了赶到集上卖，也就是在荆条开花的这个时候，赶紧编。这一带编筐的好手，该是老赵头。人家那家什编的，方圆都知道。带到集上很快就卖光了。现如今，没有人再侍弄那玩意儿了，用不着了，再过些年，这样的手艺人都没了，老赵头早不在了。

　　荆条与乱蓬蓬的酸枣棵子形成了反差。它们混在一起，显得又乱又疯。在以前，那些酸枣树也会被人砍光，扎院墙或烧火。它们的下面，有荒了的靠山窑院。有的连门也没有了，里面一丛乱草，倔强而快乐地生长着。

　　这是一条夹在断崖中的峡谷。峡谷并不直，曲曲弯弯通向远处。如果在过去，就是个设埋伏的好地方。不知道当年和鬼子斗，这里是否被塬上人利用过。日本人当时在这一带驻扎了一个师团，塬上有很多的地理优势。我明白了，我刚才在上边看到的窑院，就是在这样的峡谷中挖出的。这种院子，类似于靠山窑。

但又比靠山窑多了三面的合围，加上靠门的地方垒一堵墙，从上边看还是地坑院。

我问当过村干部的老赵，为什么这里的窑院同地上挖坑的窑院不同。老赵想了想，还是回答出来了。我在心里感谢振宇找来了老赵，他还真是个乡村通。老赵说，你看，那么长的岁月，不少村民是从外边迁来，先来的就先找了地方，家族扩大了，也会再选地方。找不到地方了，就只有在这样的崖下挖靠山窑院。

我认为老赵的回答是对的。由于各种原因，人们在不同的年代聚集于塬上，条件的选择自有不同。即使这样的窑院，也不知过去了多少代。

一个院子的边上，开着一簇紫色的小花，紫得亮眼。就问老赵是什么花。老赵还真被我问住了，说让我想想，就在嘴边，就是说不出。他上前掐下来，手里举着，远远地见了谁就大声说，来，我问你，这是啥花？男的女的都问过，就是没有人知道。老赵就笑着，举着那一束紫色，满村地走。

虽然春节过去了好久，坑院门上的春联都还新着。按照塬上的传统，不管住人不住人，都是要在新年贴上门对儿的，除非这座窑院真的没人了，或者毁弃得实在不能住人了。

十、院里的杏花，没有一朵不是盛装出场

偶尔有院子开着街门。我们走进了在上面看到的那个院子。

老赵一推门就喊叫起来，他喊叫窑院人的名字。从下面再看院中的杏树，更亮眼了，白中渲粉的花，没有一朵不是盛装出场，好像这样才对得起透亮的阳光。院子里有三个女人。门口洗

衣服的年岁最长，一边和老赵说着话，一边把我们往里让。我说，现在的水多凉，为什么不用洗衣机？老人笑了，说没事，闲着也是闲着。另一个手里织着毛线的女人说，她都是用手洗，除了被子。我知道，这是农家的习惯，能节省一点就节省一点。

我问织毛线的女人，老人是她婆婆还是母亲，她说是母亲。她叫王当霞，只有一个女儿，出去打工了。我说为什么不让留在身边呢。王当霞说，现在的年轻人哪个愿意守着家，能出去的都出去了。自己自由，挣钱花着也安心。再者说，家里也没有啥活，留在家里也窝心。我问在哪里打工，王当霞说倒是不远，就在山下。那就是三门峡了，有空的时候，还能经常回来看看。

院子里摆着几口大缸，盛满了水。老赵说，现在这个时候，几乎家家都在培育红薯苗，到时候用水量很大。虽然村里通着水渠，家家接了水管，但还是不能救急。

就看见当院里有一个垒起来的长方形池子，里面是黑色的肥土，土下面可能就是红薯了。老赵走上前去，伸手就在土里扒开了，还真从里面抠出来一块。老赵说这是新品种，西瓜红，可甜了，好看又好吃。我看着那红薯，确实不同于以往所见，这种红薯带有着名副其实的色光。红薯还没有滋芽，老赵把它埋进去，又扒出来一块。这一块已经滋出了几个小芽。老赵说，用不了几天，就会长出一蓬的芽来。

热心的老赵还在土里扒着，他终于找出一块长出长芽子的红薯，举在手里让我看。我说看明白了，赶紧让老赵埋起来。感觉是一个正熟睡的婴孩被拎出了热被窝。老赵说，这没事儿。可我看几个女人也都有了心疼的样子。老赵说，等芽子长大了就会钻出土来，一般是三月培育，到五月十号差不多就长成了。

朋娇说，方圆里种红薯，主要用东寨、东凡几个村子的红薯苗，都是出了名的。以前这是村里的一项主要收入。一到五月，集上卖红薯苗的都是这几个村的。我问为什么。王当霞说，俺村上培育红薯苗有传统，培育的苗壮实，栽到地里好长。你看这土，都是掺了牛粪的。再说塬上的光线也足。

经过他们的讲说，我知道培育红薯苗不能上化肥，必须使用牛粪。羊粪呢？羊粪性热，烧得慌。鸡粪、猪粪没劲儿。那人粪呢？以前都是用人粪尿肥田。大家就笑了，说不行，没有用人粪的，放在家院里不卫生，而且出苗的时候也脏。我倒是没有想到这一点。人们赞扬牛，说它全身都是宝，生来就为人类做贡献。牛粪不但养分高，而且温和、透气性好，正是育苗的好肥料。这是人们长期的生产实践中得来的经验。

我说，需要经常浇水吗？王当霞说，只要苗一露头，就该可劲儿浇了。俺这几口大缸，就是为了给红薯苗浇水。水浇得勤，阳光照得足，长得就欢实。

想王当霞的那个后人，小时也会对于红薯苗的生长充满好奇与期待。后来长大了，还是走出了地坑院。那么，这个不太复杂的育苗传统，会传到什么时候呢？

往外走的时候，看到王当霞的母亲还攥着一件衣服。就说，水太凉，现在用用洗衣机，等暖和的时候再手洗吧。王当霞的母亲就堆起了一脸笑，说没事，习惯了。

回头告别，王当霞她们全立在门口，说着再来的话。她身边站着一个比她大的妇女，说是塬头养蜂的，过来说说话。忘了同她聊几句。

老赵还没有忘记问王当霞的母亲，手里的花叫什么。王当霞的母亲也答不上来。老赵就笑着说奇怪，开在村子里的花，竟然都不知道名字。

拐过弯来，一个衣着鲜艳、扎着小辫儿的女孩儿正在路上玩，听见声音，扭过身子看我们。阳光将她的轮廓完全地透视出来，古朴的窑院和四周的野花成了很好的衬托。孩子的家人从门里出来，笑着打招呼，而后招呼孩子去了。

　　临别的时候，老赵终于高兴地说出了花的芳名：兰荠荠花。

　　他是从一个老人那里知道的。看到慢慢走过来的一位老人，他举着上前去问，终于如愿以偿。他大着嗓门说，我觉得就是兰荠荠花嘛，脑袋就一时想不起来。这种花能排毒，治疖子，脸上身上长了什么，用它一抹就好。

塬上·春日（下篇）

一、氤氲的雾气中，渐渐有了人的走动

我经常起得很早，从地坑院上来，在塬头站着。我喜欢这样站，每次站立，都会有某种快意的收获。其中就有天籁样的塬声，那声音能使气韵通爽，内心敞阔。

太阳尚未出来。氤氲的雾气中，渐渐有了人的走动。踢踢踏踏的，感觉是一点点到了坡下。另一条道上，传来汽车引擎的声响。也是上上下下的，去远。

光亮渐渐透明起来，渐渐地能够看到塬下，看到远处的黄河，它也是刚刚醒来，喧腾着一层水汽，绕过沉厚的土塬，莽莽东去。

淡蓝的云光在更远处勾勒出天际线，一条长长的孤云，似刚刚卷起的纱帘。纱帘启处，太阳带着红晕羞涩地起来了，感觉它仍有"浓睡不消残酒"的慵懒。

这时再看那条大河，竟然泛出一层炫黄。

二、镶嵌塬上的坑院，镶嵌着温暖与温情

后来遇到了老贠，老贠说今天村里有人娶亲。

不知道早起的人，是否在为这事张罗。现在在坑院办喜事的少了，年轻人多是选择在塬下的酒店。老贠说，要是以前，搁塬上可是村子的大事，一个女人嫁进一座坑院，就注定要在这坑院里，拉扯着日子直到终老。

顺着小路拐过去，就看到碾上、树上贴着的一方方红纸。凡是拐弯的地方、挡着的地方、高出的地方、有坑洞的地方，都贴上了。红纸一直贴到村子的一个角上。

太阳老高了，新人还没有到。娶亲的坑院里，上上下下早忙起来。

院子里垒起了穿山灶。有人正在生火，抱来一堆的劈柴棒子，风箱拉得呼哒呼哒响。等火着旺，风箱就不起什么作用，穿山灶优越的吸引能力，绝对保证七个灶口旺旺的。有人在叮叮当当地备料，各种食材该切片的切片，该切块的切块。开剥好的大鱼，摞在一个大盆子里，就等着下锅。从哪里借来的几大篮碗筷，哗哗啦啦放在水池边，一件件再过一次水。有人这里走那里串，关心着什么事情。最后问到执事人那里，执事人自然是村里德高望重的，披一件外套，手里始终夹着一支烟，不停地在忙乱的人群里哼哼哈哈地指导着。那派头，类似宫里的李总管。

结婚的娃儿叫赵林，女方叫方翠翠，两个人是在郑州认识的。年轻人回塬上结婚，一是让老人高兴，二是图个新鲜，让新娘子感觉一下塬上的婚俗。今天是阳历三月二十八日，阴历

十二，阳光明媚，空气透亮，百花飘香。正是好日子。

坑院上方的场地里，有人或站或坐地看着，说着，高兴着。大家的话题，多是同喜事有关。

我见到两位老人，他们是一对夫妇。一位叫张留贵，一位叫负么花，聊起来，他们记得日本人是"四三年"过来，"四五年"投降后不见了。张大爷说，一九四九年，那年是牛年，我十四，她十六。她家是张村的，离这里也就一里多地，两人是照老辈的规矩订的婚。"四九年"塬上安静了，就把事儿办了。

我问是不是也要花轿娶媳妇。张大爷说都那样，咋着也得雇个轿子，找几个吹手。不了人家娘家说嘴，庄户人也笑话。一辈子的事。

大家都感了兴趣，让张大爷说得细致些。张大爷说，老根来（早些年）规矩可不少。先说搬嫁妆，迎亲前，男方要到女家去搬嫁妆。嫁妆有桌、椅、箱、柜、脸盆架子什么，五至七件不等。要是十二件，就叫半份，一般家境不错的会准备。要是二十四件全份，绝对是大户人家。箱柜里是满的，装着给姑娘的衣服被褥。另外还要备一个马搭装馍，根据去的人数装，不能装少了。再放一大块熟肉，让搬箱的半道吃。嫁妆抬到男方家，就要亮箱展示。无非是让大家看看那些衣裳物件，亮亮新娘的手艺。咱戏里的"亮相"，就是从这儿来的。

有人问负大娘还记不记得当时的陪嫁。负大娘说，好像不多，那个时候都不富裕。

张大爷说，迎亲前夜，新郎要在祖宗神位前演习礼仪，以防去到女家丢丑。迎娶当日，叫一人担着装米面的盒子先走，米面盒上挂两瓶酒，手里拿着写有"迎亲大吉""一路福星""天作之合"的路条，逢岔路、水井、古树什么，就贴上红条，跟现在差不多。迎亲的时候，炮手持三眼铳一路放炮，炮声惊天动地。伴郎和新郎还有两个迎姑，骑马在前面走，牵马夫必须是结过婚的全人。后面就是花轿。这样一路浩荡，到女家，女家执事人安排迎亲人入宴席。宴罢再引新郎到女家祖神牌位前插花插香，行八拜九叩礼，礼毕登马。这个时候新娘头戴凤冠、身着霞帔，由兄长抱入轿中坐定，手拿两棵连根葱、不分瓣的两骨朵蒜和一面明镜，意为聪明伶俐、能打会算，脚放在牡丹莲花剪纸包着的脸盆上，脸盆里放棉花籽、单枝一对儿的石榴，还有糖果、小钱，意为莲生贵子、甜蜜富裕。这就上路了，花轿前是男方家两个迎姑，后面是女家派的两个送姑。再后是女家送亲的亲戚，送亲的人越多，越显得光气。让男方家看了，不敢欺负人家闺女。

大伙就说，怪不得张大爷对大娘这么好，一定是让大娘家的人给镇住了。大爷就笑，说可是哩。大娘也笑，不说话。

张大爷接着说，规矩都是塬上传下来的，一切都有执事人操心。新娘下轿时，男家姑婶持一盅蜜往轿里新娘嘴上抹抹，意为到家甜甜蜜蜜。下轿新郎从新娘头上摘下一朵花，意为采花。然后双方长辈会面，敬酒三杯，互致礼仪。举行结婚大典，先在正堂桌上放一斗小麦，放一根织布绳，插一杆秤，再摆上新娘拿来的葱、蒜和明镜。地上铺着苇席红毡，新人站在上面，在喜庆吹打中，由司仪主持三拜大礼。礼毕入洞房。双方长辈再进洞房相聚，说些劝导儿女孝敬父母过好日月之类的话。

这时有人问贠大娘，那个时候闹洞房吗？贠大娘是个开朗人，笑着说，闹，咋着不闹，就怕闹洞房。原来听到这事就害怕，农村女人没见过啥世面，一听说"新房三天没大小"，就问怎么个没大小？娘就说不分长幼辈，都可以闹着玩。听了心里就慌，不想走这一回。嫂子、婶子就陪着劝，你还能咋？说得众人更笑了。

当过村长的老李说，结婚就是闹。一般闹到夜深，等妇女小孩走散，剩下结过婚的过来人，就出些男女亲密接触的节目，像"吃包子""推磨""点炮""栽老杆"，都是些对两口子的暗示和引导。虽说不是太文明，但是以前塬上农村闭塞，很多人婚后不懂夫妻生活，有些长期不生孩子，长辈们也愿意这样闹闹。

一位老人插话说，有的娘家陪嫁，还有和合枕，中间有窟窿，叫"桂花孔"。白天是装饰，夜晚是身子的用品。

农耕时代的生活，也蛮有意思。不久会有新生儿诞生，那是塬上的下一代，尖锐的哭声撞在窑洞的穹顶，再通过坑院的方喇叭直冲云天。满塬的笑便起来了。人们顺着一条亲情的小路走来，一直走下扬着红布条的窑院，冲着糊着红纸的窗子高声地祝福。窑院的婆婆笑不拢嘴地接领着，那祝福不多时会堆满一院子。

张大爷说，娶回来直到二十岁她才有第一个孩子，接着就不断线了，一直生了三男四女七个。负大娘说，那个时候不懂计划生育，坑院里能知道啥？就是生孩子，生了就养，累得不行。张大爷家里有十几亩地，土改的时候，划了个"下中农"。后来的日子过得还凑合。

就这样，大家问着，说着，有的就说起了自己。几位八九十岁的大娘，她们的家在黄河边上的辛庄、城村或大营。说花轿抬上塬头的时候，心里就跳个不停。说了都露着豁牙的嘴笑。

为什么都愿意嫁到塬上来？她们说，塬上人实在，不欺生。有的说，塬上稳当，没那么多事儿。有的说，塬上敞亮，透气儿。还有吗？地坑院啊，窑屋多，安逸。这回大家齐声附和，数唠着塬上的好。看得出来，这些老人，到现在还是那么满足、自在。是啊，塬上成了塬上人的宗教。

这一户一家的喜事，为大家提供了相聚的机会，唠唠嗑，叙叙旧，温暖而温情。每一个镶嵌在塬上的地坑院，都会适时地镶嵌这种温暖与温情。这是极好的乡村盛事，也是传统的民俗民风。让人觉出一种不灭的精魂，使古塬风雨不弃，日月常新。

三、幸福随着号子随着坡道流进坑院里

响器班子来了，老远就听见了叽叽哇哇的唢呐，砰砰嚓嚓的锣鼓家伙。还有掺和在其中的嗡嗡嘤嘤的高笙。快到塬上时，唢呐的声音更加高亢起来，那是吹手换了更大的喇叭，将喇叭对着天空，把一身的气量都用在了那个扁嘴上。这一吹不打紧，敲鼓的打镲的也都把劲头铆得十足，声音把整个塬都给震动了。

一群的孩子嗷嗷叫着，跑着迎接去了。

看见了，露头了，从塬下一直吹打着上来了。怎么，今天吹响儿的，是一个女子？真的是一个女子，一个姑娘家！人们更欢了，一齐跑上前去，又一齐往两边让开，让那姑娘把一支大唢呐吹得天地摇荡，花鸟飞扬。

姑娘长得这般水灵，齐耳的短发，花色的上衣，头上还扎着一只好看的头花，同这喜庆蛮配嘛。你看，姑娘她不单单是吹着，她是在表演。她将唢呐一忽儿对着大地，一忽儿摇向蓝天。她的脚步迈得多轻巧，那不是在迈步，那是在舞动，舞动得浑身都是喜庆因子，满眼满脸都是盈盈笑意。你听，那笑从铜喇叭里飞出来，变成了耶耶耶耶，哈哈哈哈……人家可真是有一手！

就有人说了，这不是袁霞吗？袁霞从小就跟人学吹响儿，后

来就这里那里的上台，再后来就被哪家团体招走了。没想到又回到这塬上，哪里也不去，就给人吹响儿。凭着那名气，谁家请，还得排号哩。

塬上娶亲，来了女子吹响儿，可是个新鲜事。于是更显得热闹，孩子们跟着不停地跳脚欢呼。

人们的眼睛不够使了，袁霞那唢呐班子前头领着，后面就是长长的仪仗队伍，有喜庆的大红灯笼，张扬的龙凤彩旗，再后面才是四人抬的轿子。抬轿子的到了跟前，故意做出各种各样的动作，一忽儿走，一忽儿停，把个轿子弄得颤颤颠颠，惹得众人也就跟着颤颤颠颠，朗着声地笑。

鞭炮在这时炸响起来。人们又是躲让，又是捂耳朵，又是推嚷。新人方翠翠在轿子里坐着，一个人六神无主，把牢了扶手，不知道怎样地晃悠，怎样地激动，怎样地慌张。

轿子正在往下走。轿夫们大声地喊着，看好了呀——看好了！走稳了呀——走稳了！终于要到了。方翠翠顾不得往外看，只让幸福随着号子，随着斜斜的坡道流进坑院里，流进骨髓里。自此后，她就同这坑院同这坑院里的人，有了息息相关的联系。她的生命会在里面脆亮，在里边开花。

当然，现在的新人都是用一下地坑院，还会走出去。他们稀罕塬上的喜庆，也顺应老人的心思。哪个老人不希望孩子能像他们一样，在这坑院里来一场惊天动地的婚礼，扎扎实实体会一下黄土窝窝的滋味，体会一下塬上的十碗席，体会一下窑屋的大炕头，体会一下城里人体会不到的热闹。那喜庆气氛也就深深地扎进了你的日月里，你就是走得再远，也不会忘记了。你就会想，就会念，想那个"回"字一般的坑院，念那个平展硬实的热炕。就会经常回到这塬上，回来看看乡亲，看看娘。

四、塬上生活的作料，塬上生命的狂欢

坑院上下、窑屋内外都是人。那些人里有亲戚朋友，有乡里乡亲，还有看热闹的。这个时候，只要是来的，都欢迎。认识不认识的，见了都喜气洋洋地笑。笑是前提，是一个标准。塬上今天遇到好事了，谁遇到好事都是好事呀。

新娘的头上也像过去一样，给蒙了一幅盖头。揭开盖头的一刻，人们叫开了，说这新媳妇，六月蜜桃似的，像咱这儿的妮子，一看就近乎，不会耍心眼儿，蛮配赵林那小子。新娘翠翠让塬上人一下子就喜欢上了。也确实，这姑娘眼里的羞怯与温润，是一种自带的光芒，可以想象，那光芒遇到感情时，会多起作用。

闹洞房还是塬上的老一套，老一套热闹啊，塬上人就等着谁家有喜事去凑个热闹。而有喜事的人家也是张皇着凑个热闹。你不来热闹，还显得不热闹哩。这是塬上生活的作料，是塬上生命的狂欢。你看那一个个心里猫抓似的，不安分地挤来挤去。

跨了火盆，拜了天地，拜了高堂，一应仪式举行完毕，一说进洞房，那股子潮水就挡不住了，全涌进了窑屋里，里里外外挤得不透气。这个"洞房"可是实打实的。让人想了，难道最先说的入洞房，就是指的这地坑院的窑洞？

再看那些人，已经闹腾疯了。他们让新郎赵林抱着新人方翠翠上炕。让新郎给新娘脱鞋还要脱袜。让新郎吻新娘的光脚丫。新郎还能配合，新娘则不好意思地缩来缩去。

他们让新郎新娘咬苹果叼柿饼吃山楂。让新郎把蜂蜜舔进新

娘的嘴里。让新娘咬着辣椒再让新郎一口口吃掉。无论谁一个提议，众人都嗷嗷地赞同。无非是要个热闹，甚至要个好看。

这还不算，还要吊夯。把新郎吊起来扔下去，扔下去吊起来，最后把新娘扔到新郎身上，蒙上被子。你看那些个大小子，还有那些个平常秀秀气气的女孩子，怎么都那么坏。一个个你推我拥，伸进手去，嗷嗷地笑闹。几个年长的，也在人后，挤着扛着，掀着波澜。

直到几个娘家亲人，拼着老命将流着眼泪的新娘抢出，保护到另一个窑屋里。这时看赵林和方翠翠两位新人，脸上头上身上早花成了一片。

唢呐响器还在吹打，快乐被地坑院放大。人们上下进出，拥挤穿梭。糖果、柿饼、花生、大枣可劲地撒，可劲地吃。满坑院的红，满地的碎花花。

人家就说了，赵林这小子，事儿办得光鲜！有人说，他娘攒了半辈子，都花他身上了。有人说，那又咋，老婆儿痛快！

直到很晚，还有人围聚在坑院里。那些小孩子，也是一忽儿上到坑院顶上蹦跳，一忽儿钻到新洞房里笑闹……

地坑院最大的好处，就是隐秘。隐秘才能保守人的隐私。谁在地坑院里，都会感到十分的安全，不必防着外人。农村结婚，听房是个常见的事，门窗你是防不住的。但在地坑院里，闲人却靠不到近前去。地坑院里进了洞房，那是真的进了洞房，谁也别想听到什么。人家两口子洞房里怎么说笑怎么游戏，都不会成为第二天公开的秘密。

闹够了，散了场子各回各家去，洞房里就是两位新人的天地。你有什么想，也只能在自家热炕上去想。

五、翠翠早没了那天的羞涩与慌乱

后来，我又偶然见到了新娘方翠翠。她竟然又回到了塬上，在坑院里守着婆婆住下了。听人说，赵林去了公司在国外的工地。说是那边挣得比国内多，小伙子为了和妻子过得更好些。结婚就是赶在去之前，结婚不久人就走了。本来翠翠还在郑州打工，发现自己怀孕了，就不好再干下去。因为翠翠在美容会所做技师，人家说浓烈的精油之类易导致流产，就只好回到这塬上。

我是在坑院旁边的地里遇到翠翠的。见到翠翠的一刻，脑子里还会现出喜庆的唢呐、大红的花轿和如潮的狂欢。而翠翠早没了那天的羞涩与慌乱。当然，仍掩不住那种本真的纯然与大方。

翠翠正拿着一把铲子挖苦菜。翠翠说婆婆爱吃这苦菜，每年春天，婆婆都会挖一些。婆婆说苦菜败火、明目、爽心，吃点对身体好，一年中就这个时节是吃苦菜最好的时候，再晚就开花了。前两天跟着婆婆下地挖了一些，婆婆择好，清水泡了，用自己做的豆瓣酱拌着吃，有一股苦味的清爽，比曲曲芽还有感觉。

翠翠说婆婆去打牛奶了，是去养牛的人家买新鲜奶。婆婆说要好好让翠翠加强营养，补补身体，婆婆说翠翠有点瘦。要是照这样下去，还不养胖了？但是翠翠知道婆婆的好，自打婆婆知道翠翠怀孕之后，婆婆每天都会去买新鲜牛奶。翠翠要自己去，婆婆不让，她说还要看着，要最新鲜的才好。这次本想陪着婆婆一起去，婆婆说要么去采点苦菜吧，晌午做菜卷你尝尝。

我想起新鲜牛奶要煮一煮才能喝。翠翠说这些婆婆知道，卖牛奶的都会告诉，都是煮好了才让翠翠喝。翠翠说以前从来没有喝过新鲜牛奶，真的很好喝。

苦菜在地里并不像其他的野菜长得旺，不仔细看，不大好发现。有时它们会成片地聚集。细窄的叶片紧趴在地上，挖起来，根部会有白色的苦汁流出。我儿时也跟着母亲挖过，那时似乎没有塬上多。塬上的田间、沟坎甚至地坑院周围都有，出门不远就能采到。我找了一根竹片，虽然没有铁铲好使，但战果还可以。

翠翠提着的一个荆条篮子很精致，翠翠说是她婆婆新编的。婆婆的手可巧了，编了好几个，都送人了。

我说看得出，你同赵林的感情蛮好的。翠翠说是，但赵林不是她第一个男朋友。翠翠大专毕业去东莞打工，跟老家的一个小伙子好过。那个时候，刚刚二十岁的人，什么也不懂，看到厂里有的女孩子，男朋友给买这买那的，就受了些影响，觉得有人照顾真好。那个老乡开始对自己也不错，就跟人家好了，在外面租了房子。

后来感觉那个老乡就是整天玩，过年了也不提去他家或者去自己家看看，忍不住就问他是怎么想的。老乡竟然说没怎么想。这让翠翠没了方向。很多的向往成了虚幻。半年以后，厂里又来了新工人，老员工都成了师傅。翠翠发现那老乡同小徒弟好上了，很是伤心了一场。从东莞辞职回来，有一阵子没再上班。后来在一位老乡的介绍下，才到郑州找份工作。经受了一次打击，人就有些变了，觉得男人都不可信。而且也不再把容貌当作自信的筹码。

老乡聚会时，认识了现在的老公，老公竟然是大学生，懂技术，在单位里很受器重。接触几次，都是赵林邀请，不是吃饭就是看电影。有一次去开封清明上河园，晚上看了《东京梦华》的实景演出，回来已经很晚，就跟着赵林到他的出租屋去了。

当晚翠翠将自己的经历和盘托出，说如果赵林嫌弃，就算了。谁知赵林也说出了和其他女孩的经历。都不是第一次，也都曾经被人甩过，算是同病相怜了。同病相怜的人很容易就走到了一起。她就跟着赵林一直走到了塬上。

翠翠说，赵林说过一句话，说，不是因为我执着，而是因为你值得。这句话把翠翠感动了好久。翠翠后来问赵林，怎么就想着说这么好的一句话。赵林说也不知道在哪里看到，觉得说到了自己心里，就记住，拿来用了。翠翠就给了赵林一拳头。赵林太实诚，不过翠翠喜欢赵林的实诚。

六、翠翠一点都没有嫌弃这老旧的坑院

头一回听赵林讲地坑院，翠翠还很吃惊，怎么河南还有这样的地方，从来都没有听说过。第一次跟着赵林来看他母亲，下到地坑院新鲜至极，这里那里看个不停。这种在地下挖坑，然后掏洞的方式，实在是让人赞许。原来想象是陕北那样的窑洞，但那种靠山窑防御性稍差。而住在这深深的地下，就成为一个小天地。野兽下不来，水患到不了，也会削弱雨雪和风沙。即使盗贼也没办法。而且还有一个最大的好处，就是防火。农家的房屋最怕失火，一旦着火，整个家就没了。土造的地坑院却很难发生火灾。就是地震，也比地面上的房屋要安全得多。翠翠在这坑院里高兴得跳脚。

赵林说，你真的喜欢这种窑院？翠翠说，简直是人间奇迹，想不到的美好全藏在地平线以下，隐秘而庞大。谁的主意呢？这

让赵林心里很自在，翠翠一点都没有嫌弃这老旧的坑院。这也让赵林母亲的担忧一下子烟消云散。

赵林母亲也是对未来的儿媳稀罕得不行，总是拿眼睛在翠翠身上晃来晃去，而后就合不拢嘴地笑，一会儿给翠翠端上一碗水，一会儿给翠翠递上两个红柿子。翠翠知道，婆婆是喜欢自己的。

当晚，赵林去跟娘要新铺盖。娘说早就在炕上铺好了。赵林说没有看到。原来赵林还想着同翠翠睡一个窑屋。有心的婆婆却早把翠翠的铺盖铺在了自己的炕里。哪有没成家就睡在一个炕上的？这可是在塬上。赵林和翠翠对视了一眼，两人偷偷地笑了。只好按照婆婆的意思，在家里住了一宿。可婆婆对翠翠怎么说的呢？婆婆说，那屋的炕时候长了，没有这屋的暖和。

后来翠翠回家跟妈妈说起，妈妈还赞赏婆婆的举动。翠翠想，难道婆婆知道自己会回家学给妈妈？总之婆婆是个很不错的婆婆，从来不说翠翠，而是提醒儿子。婆婆还跟翠翠说，咱们女人家，在这塬上，要是以前，那可是苦命得很，什么也见不到，去趟镇上都得走半响。天天在这坑院里做，没孩子忙，有了孩子更忙，反正一天到晚不识闲。等把孩子忙大了，孩子又走了，一年半载回不来一回，回来待上一半天，就又不见了。这时你就转吧，坑院里到处都是他的影子。说着的时候，婆婆就有泪水落下来。翠翠就赶紧拿纸巾给婆婆。翠翠想，这哪里是说的女人家的事，分明是说的婆婆自己。

塬上的老人这一生也确实是不容易。翠翠后来在赵林出国之后，决定来这塬上，也是出于自己的内心。父母身边还有弟弟呢。她是真心要替赵林尽一尽孝心，守着婆婆好好待上一阵子。还真是，自从翠翠来了以后，婆婆整天高兴着呢，想着法给翠翠做好吃的，翠翠能感觉不到？翠翠就将心比心，好好地同婆婆相处。

外人说，看着两个人还真的不像是婆媳俩，像是一对母女。翠翠在美容院里是技师，就给婆婆按按背、搓搓腿的。婆婆欢喜地说，这辈子养了一个儿子，儿子孝是孝顺，就是到不了娘的跟前。这下好，等于引来一个闺女。闲了的时候，婆婆也关心翠翠的工作，问些美容院里的事情，翠翠说那是专为女人办的美容院，男人是不让进的。翠翠当然知道婆婆的想法，婆婆担心城里，塬上就有人说有些按摩城乌烟瘴气。翠翠说自己知道什么是好赖。

翠翠说，在塬上住着长知识了，跟着婆婆认识了不少事物。知道南坡开的是杏花，北坡是苹果花。杏花先开，苹果花后开，苹果花落了开枣花。花期各不一样，枣花能开一个月，核桃花也就开十天。知道了桃树开粉花，茱萸开黄花，柿子开的是黄白相间的花。山楂开白花，樱桃、梨、李子也开白花。村南那棵扑棱成一大片的是皂角树，以前人们常用它漂衣捶布洗头发。庙后最老的核桃树，已经数百年。

翠翠说，你看，还有一片片的连翘黄和野枣花在塬的四周围着。如果没有事，住在这塬上，真的是一种享受。可惜自己不可能长久地住在这里。

翠翠说着这些的时候，手一挥一舞地配合着。这种配合，就将一整座塬给指点、给带动了。实际上也把我的视线、我的感慨给带动了。

七、食欲及精神欢愉是最基本的生命追求

和塬上的人慢慢熟悉了，白天晚上的，就经常同他们说话，

听他们聊天。他们聊的，无非是过去怎么怎么，以前咋着咋着。你一言他一语的。有的还相互指着，出些小时候的洋相，逗得人笑。我在这说笑中，感觉他们的所想和他们的畅快，并且将自己融入进去。

每天都有不同的话题，总是开始的一段时间是空白的，你的心思可能在一个烟圈里，他的心思可能在一片叶子上。不定谁说了句什么，有人搭腔或没搭腔，再有谁说了句什么，搭腔的人多起来，这才像找到了毛线头，嘻嘻哈哈地倒腾了。

有时候像说正事儿，上到天文，下至地理，盘古开天，三皇五帝。你说他补充，你错他纠正，争执是一定的，争执也是乐趣。

这天就扯到了黄河陕塬，再扯到陕塬东西的洛阳长安，慢慢就又扯到了唐明皇和武则天。

于是就有人说，杨玉环还是咱这一带的女子哩，那是有谱可查的。杨玉环是个漂亮女子，也就有地方争抢。有说这儿的，有说那儿的。但是塬上人说起来，可是论真的，他们说杨家庄就离这里不远。当时宫里到这一带挑人，就把杨家的玉环挑走了。你想宫里挑人会去远的地方，挑一些说话侉侉的，连皇上都听不懂的？不会，还是长安周围的女子皇上看着顺眼。后来就说杨玉环没有死，又回到了这一带，隐姓埋名重新过起了农村时光。有人描绘得有鼻子有眼，说有个村的女子就是杨玉环的后人，一个个长得水灵着呢。

接着就有人又说出一个女子，上官婉儿。说杨玉环有人争，上官婉儿可实打实是咱陕州人，陕州出美人哩。咱不说她爷爷上官仪，咱就说上官婉儿，从她的聪明慧敏来说，历史上没有几个能比过她的，十四岁就被武则天重用了，从大的方面说，杨玉环都不及她。有人随着说，那可是，人家还会写诗哩，这谁都知道，光《全唐诗》就收了她三十多首。有人知道得更多，就又扯开了。

今晚，扯到以前的生活，他们笑了，食欲及精神的欢愉是塬上最基本的生命追求。为了这一点，他们狠劲地劳作收获，拼命地挖院掏窑。然后娶一房媳妇，一切就都满足了。"油罐儿离不了油勺，老汉儿离不了老婆。"物资贫乏的时代，塬上人的愿望朴素而现实。

在这个高高的三道塬上，天是这么低，低到了伸手就能采摘星星的程度。过去的时光，月亮成了地坑院最亮的灯，满院都是银光一片。你在院子里搓玉蜀黍，修理农具，做鞋，纺线，做什么都能看见。那灯让一村一村的人都有事情做。一直做到很晚，才回屋里去。再做着不要月亮的事情。

还别说，外边的人走上塬来，看到如此宽敞、安全、自在的居住和生活条件，会有少见多怪的惊讶。有人便放下行李不走了。最开始是找一处崖坡，挖一孔简单的靠山窑洞，然后给塬上人帮工干活。但凡这样的人都是精明的，敢吃苦，肯下力。等塬上人慢慢接受了，就将努力也往能娶来女子的地坑院靠拢。"小瓷盆，腌萝卜，我去塬上找个活儿。活儿做了三年整，没人知我热和冷。咬咬牙，狠狠心，娶个老婆待我亲。"直到有一天也在哪个角落，打下自己的梦想。不久你就会听到，一声啼哭从那新筑的坑院里嘹亮地传出。

然后就是塬上女人都会唱的摇篮曲了："嗯哦哦，娃娃睡，明天上地掐麦穗。掐一垄，磨一磨，给咱娃娃烙馍馍……"

春天起，人们开始收拾场院。场院就在一家家的窑屋上面，该垫的垫，该碾的碾。夏秋时节，那里是最繁忙的。好在守着窑院，渴了下去喝水，饿了下去吃饭，累了下去睡觉。倒也方便。有的时候，小伙伴们也会相约了跑上地坑院，到场院一同玩游戏。那些游戏早就被大人玩过了，因而大人们是支持和理解的。去吧，早点回。他们知道，他们的孩子不会跑丢，因为是在塬上，远离喧嚣与危险的塬上。

我知道，他们扯着这些情景时，神思早回到了趣味无限的当年。其实在这样的时候，都会觉得时间并没有走远，就好像是在昨天。

早年的事情还有哪些？有人就又扯到了窑上。

原来塬上也有窑，我还真的没有看到过。塬上很少用到砖瓦，尤其是早些时候。后来人们为了美观，才在坑院顶上用砖代替土坯做拦马墙，用瓦搭一圈滴雨檐。为了不跑得更远，塬上才有了窑。那窑不在这个村，却是方圆都知道的。

有了窑就有了烧窑的人。有了烧窑的人，就有了人的故事。我听到的故事，里边竟然有翠翠的婆婆庞杏花。

这真是个意外发现。翠翠的公公很早就去世了，翠翠不大熟悉公公的事情。只知道公公比婆婆大不少，是一个编筐能手。有赵林的时候，公公已经四十多了，而婆婆杏花才二十多。公公后来一直是婆婆照顾的，可以说是照顾到养老送终。婆婆对此没有一句怨言，公公走时对婆婆是感激的。村里人都这么说。村里人说，那女人命苦啊，人活得太不容易。

翠翠知道后，并不背婆婆。她跟婆婆交心，就像在家跟母亲一样。她把这些话说给婆婆，婆婆就掉泪了。一个响着春雷的夜晚，两个女人说了很久。婆婆没有拿这个懂事的媳妇当外人，实际上自打媳妇进地坑院的那一天，婆婆杏花就觉得是年轻的自己回来了。或者是回来了一个年轻的姐妹。那是一棵树上的两朵花，无非一朵先开了，另一朵后开。

怎么就那么喜欢这个媳妇，是因为太喜欢儿子的缘故？而儿子太不会跟娘交心，儿子只会做些表面的事情。他不懂一个母亲一个女人。多少年的相处，儿子就和他老子一样。

现在好了，来了一个替代品，或者是代言人。什么都跟你说，拿你当亲娘待，有时候像老姐妹。这个鬼妮子，直掏人的心窝子。

婆婆就像跟自己述说一样，把多年沉埋在心底的石头样的往事，给掏了出来。掏出来也就轻松了，敞亮了。要么这一辈子，跟谁说去！

雷声已经停了。窗外有了一层月色。这中间翠翠还烧了一回水。她听着婆婆的讲述，就像眼前在过电影。

八、杏花就奇怪，烧窑为啥不兴妮子家看

村里的窑场是一个受人看重的场所。窑场里干活的也是受人看重的。师傅是从外村请来的，人们都叫他"五爷"。五爷平时带着两个徒弟，出窑的时候需要人手了，村里会派人来。平日里窑上冒着青烟，远远地吸引着人们的目光。

那个时候，窑场周围经常会有一群孩子跑着嚷："挖新土，烧新砖，烧了新砖垒窑屋，垒了窑屋娶媳妇。"

那个时候杏花总是跑下沟来，瞧那窑场的热闹。五爷手不离烟袋，眯着眼睛看着两个徒弟做活计。装窑的时候却不敢怠慢，烟袋往腰上一别，钻到窑里，亲自码坯。两个徒弟推着小车，一车一车地将砖坯和瓦坯推到窑里，再一块块递给五爷。

杏花从窑旁的小门伸头进去，看那些砖瓦在巨大的窑膛里码得一圈一圈的，一直码到高高的窑口上。然后封了窑口，在底

下点火。五爷伸手接坯的时候看见扎着小辫子的杏花，就吼叫起来，小妮子家，离远了去！

二堆就把杏花往外推。杏花说，二堆哥，让俺看看，让俺看看！二堆说，小妮子家，快去，烧窑不兴妮子家看。杏花就奇怪了，烧窑为啥不兴妮子家看？是因为他们都穿得少吗？杏花看见二堆油亮的脊背，一层层地渗着汗珠珠。

杏花还是被撵得远远地站定了，看着五爷和两个徒弟点火、搬柴，直到把窑烧旺。五爷上到邬梁上看看窑顶，而后就在那里吸那个大烟袋子。

杏花放假没事，一天天真的就把烧窑的事情看下了。开始烧窑时，先用柴烧一天，然后再加煤，连烧七天七夜。等五爷观察到了火候，就喊一声，停啦！二堆他们就紧忙用砖块堵住窑门和烟囱，糊上泥巴。然后从窑顶一点点洇水冷窑。冷窑需要好些天，等窑完全冷却了才出窑。

晌午没事的时候，杏花还会跑到窑上来。杏花家离窑近，趸下沟就到了。杏花就看见二堆趁闲在那里脱坯。二堆弯着汗油油的脊梁，挽着裤腿儿，光着脚丫子，把坯模在桶里过一下水，放平，摔上泥巴，填满后一下下用拳头杵紧塞实，再洒点水，刮扳一抹，端起坯模的把手，稳稳一脱，三块漂亮的砖坯就脱在了地上。

二堆头也不抬，就那么手脚麻利地闷着头做。一会儿工夫，就有了一长溜好看的砖坯晾在天地间。有时候杏花看到的是另一道工序，砖坯晾上两天就可以改换姿势了，二堆将砖坯一块块立起来，一会儿就让它们立成了折线形。杏花看到阳光和风在里面窜来窜去，几只鸟儿也在上边跳房子。又过了五六天，二堆又将砖坯一块块、一堆堆地码起来，在上面蓬了玉蜀黍秆。

杏花看着二堆做这些的时候，觉得二堆棒极了。有时候杏花想，二堆整天这样不吭不哈地做，怎么就有那么多使不完的劲？二堆那时在杏花眼里很大，而杏花在二堆眼里很小。二堆总是说，小妮子，快去一边玩去！不，俺就要在这儿玩。杏花说。这儿有什么好玩的？快回家吧，你娘叫你了。二堆说。不，才不叫我哩，俺就在这儿玩，俺看你。杏花噘着嘴说。杏花最讨厌二堆叫她小妮子。听了就小声说，就你大？你大你咋不娶媳妇？！

杏花喜欢听二堆唱戏，二堆在没事的时候，会站在窑上亮嗓子："我这走哇过了，一洼呀又一洼，洼洼地里头好庄稼，俺社里要把那个电线架，架了高压，架低压……"

那声音直撞到塬头上再撞回来，嘤嘤嗡嗡的。杏花就觉得二堆好能，二堆应该去戏班子唱戏。

杏花听五爷跟二堆说，二堆呀，攒点钱让你爹给你说个媳妇吧。二堆说，俺不，俺就跟五爷干。五爷就笑了，说，傻小子，娶了媳妇不耽误你跟着我干。我只是让你有个知冷知热的，别像我。

二堆说，谁愿意跟咱呀？

杏花听了说，我，我愿意跟你。

五爷哈哈大笑起来，手里的烟袋锅子一抖一抖的。

二堆回过头说，去去去，小丫头片子，去一边玩去。

那时杏花才九岁，嫩杏柔枝一般，而二堆都十七了，壮壮的像头小牛。

九、也就是那天黄昏，杏花出事了

杏花着实喜欢二堆，喜欢在窑上玩，杏花把二堆和窑连在一块儿喜欢了。有时杏花会拿大半个馍馍递给二堆，说自己吃不了。二堆正被坯模掏空了肚子，看了看将泥手在身上抹两把，接过来三口两口地吞下去。有时杏花还会在馍馍里夹几片酱瓜咸菜，那是娘精心腌制的。

其实杏花能感觉到二堆也喜欢自己。杏花去窑上的时候，二堆会把捉到的一只小麻雀递到她手里，麻雀脚上绑着线绳。二堆还会捉几只蚂蚱，在火里烧了给她。娘让杏花够桑葚，够桑葚的钩子脱了，杏花到窑上找二堆，二堆就给她弄一根更长的柳棍，重新扎好。

二堆对她的好她都记住，杏花就是恨自己长得慢，她想着，什么时候长到能嫁人的年龄就好了。只是还没到那个年龄，杏花就出事了。杏花那年十六岁。

其实杏花学习还是可以的，但她上完初中就不上了。她怕上高中以后就不能经常见到二堆。高中要去县上，从塬上下去要走半天时光，那时还没有城乡公交，一个学期都会住校。再说了，高中毕业不还是回到这塬上？杏花没有别的心思，就是二堆这一门心思。她就像一棵土塬的葵，一天天盼着为他伸节，为他开花。她不知道她守护的那个独有的世界，是一个易碎的世界。

出事的地点就是窑上。那时窑已经停了，二堆去了镇里的砖瓦厂。但是杏花还是喜欢去窑上玩。她觉得窑上有二堆的汗，二堆的喊，二堆的唱。她只要一来到窑上，就觉得见到了二堆。杏花挎了篮子去挖野菜，走着走着就会走到窑上。窑上窑下都生长着密密麻麻的野菜，尤其是杏花和娘爱吃的苦菜。

也就是那天黄昏，杏花出事了。杏花的事老丑，娘都不敢说出去。可还是有人传了闲话。还有人把她落在窑坑里的小衣裳挑在了窑的烟囱上。

杏花就是那年嫁人了。嫁的是这个村编筐子的老赵。后来就有了赵林。赵林还没成人,老赵就死了。

杏花多少年都不回自己的娘家去,娘就总是来看她。她恨那个地方,恨那孔窑。那个地方、那孔窑毁了她的梦。

二堆一直难受了很长时间。他有时会觉得杏花是在开一个玩笑。杏花曾经生气地躲在麦秸垛后面,让他找不着。但是这个玩笑开大了。他曾经来找过杏花,杏花就是不见,也不找人捎什么话。生米煮成了熟饭,二堆只有在几年后娶了媳妇。那媳妇比杏花能生,给他生下三个闺女……

十、她是怎样将爱恋与愤恨狠狠咬碎

这个女人,她是怎样将自己的爱恋自己的愤恨狠狠咬碎,在这深深的窑屋及漫长而粗鄙的光阴里,让水亮的青春艰涩地生长,而后枯萎?不能向谁说,不能给谁解释,只将一腔酸楚,一次次反刍又一次次咽下。翠翠简直要哭了。是的,翠翠哭了。翠翠陪着婆婆杏花一同哭了。翠翠甚至比婆婆哭得还痛。

翠翠想到了自己。翠翠已经忘了那是婆婆在述说,那就是自己在经历。翠翠恨婆婆,你怎么能那样选择自己的道路?可那时不同于现在,那时的观念那般保守,一个女人的贞操比生命都重要。你自己不在意,唾沫星子也把你淹死。如果不是为了娘,婆婆杏花也许早把自己挂在了塬下。有人还说杏花怀上了孩子,怕显了身子没有人要,才草草把自己嫁了。在那之前,就有一个女子,不知跟谁好了,把个肚子弄大了。冬天穿着棉袄还好点,慢慢脱了一层层的皮儿,再藏不住,被家里嫂子发现。嫂子本来就恶，散布出去，让这家无脸见人。先是小姑跳了崖，后是婆婆挂了树。

但是赵林是杏花嫁给老赵几年之后才生的。有人便又说先前怀的掉了。她要给编荆笆的生一个真正姓赵的儿子，不断地喝老赵给她煮的荆条汤，终于把那丑喝下来了。喝下来她疼得死了一样，老赵拉着她去了镇上。

翠翠对这些知道得不是太清楚，婆婆有的讲了，有的没有讲。

塬上有塬上的道德观、价值观和审美观，那是一种普众心理，或也固化了塬上长久的民风。就像那厚厚的黄土，沉郁而瓷实。而民风也包括淳厚，小风吹过几季，便又安静地过自己的日子，什么时候想起来，话语中反有了一声惋惜。

叫"杏花"的这个女人，竟然就这么过来了。她跟着老赵打下手，学编筐。把个老坑院收拾得干干净净，日子过得不让外人笑话。后来有了儿子。后来送走了老赵。后来儿子初中毕业，再送他去塬下读高中，上大学，参加工作。后来就盼望着儿子回来，回来又无奈地将儿子送走。

翠翠还记住了婆婆另一些话，那些话像石头子一样，敲疼了翠翠：唉，有时候想起来，就嫌自己的命长。你说一个人，守着这么个坑院，一天到晚地，有个啥意思。翠翠把婆婆换成了自己，自己也会这么想。坑院好是好，可对于一个单个人尤其是单个女人来说，反而正是它的深幽，让人愈加地压抑和孤独。人在孤独中会胡思乱想的，胡思乱想久了，不定生出什么念头。

翠翠体味过那种感觉，那是从东莞回来的一段时光。一个人，一个房间，抱着一大堆孤独，简直就是拱在坟墓里。年轻人原来不懂，老年人也会寂寞孤独？年轻人觉得，老年人已经变成了另一种物质，这种物质经历了无数岁月，具有了抗孤独的属性。原来老人同年轻人一样，他们也有着喜怒哀乐，也有着生活的渴望，哪怕那种渴望，只是清清浅浅的一层波光。

善良的翠翠明白于此，恨不能与婆婆永久地守在一起。翠翠就说了。翠翠说了婆婆自然感动。但是婆婆还想着儿子赵林。她也不能把一个年轻娃子拴在这坑院里，那不太自私了？翠翠说那等以后就跟着我们离开这里。可婆婆说也不是没有跟赵林去过城里，咋着都不舒服，磨不开身子，没人说话，没地方去。还得回到这塬上来。

也是啊，塬上是祖辈认定的精神方位，他们这代人已经离不开这里。他们的身上，烙印着千百年的塬土黄和芳草绿。

十一、感情是相互理解相互给予的

翠翠说婆婆一直没有说那个害她的人是谁。翠翠说，她不说，不知道是认识还是不认识。也许认识但不敢说，也许根本就没看清。唉，但愿那人后来遭了报应。

翠翠有些想见见那个二堆。想知道他后来的境遇，以及现在的情况。翠翠觉得一切都谜一样牵扯着她的心。她现在还不能告诉赵林，赵林这个家伙太傻小子气。他只懂自己的女人，不懂生养自己的女人。

翠翠觉得婆婆对自己比亲娘还亲。翠翠不会忘记，第一次进地坑院，婆婆慌得埋怨赵林事前不说，家里什么都没准备。婆婆去做的手擀面。翠翠端着吃的时候，从碗底发现了三个煎蛋。婆婆还一个劲儿地给自己添菜，那是坑院里种的萝卜、南瓜和菠菜。人是将心比心的，尽管翠翠把两个煎蛋偷偷夹在了赵林碗里，但婆婆的好意翠翠收下了。婆婆自己养的鸡，一天到晚听着鸡咯哒，省吃省穿都为了儿子。容易吗？

夜里睡觉，翠翠能感觉到婆婆给自己披了几次被角。天不明就早早起来倒了尿盆。看着翠翠醒了，就给脸盆倒上了开水。不是头一次回家这么对待自己，直到现在也是如此。

婆婆还说，为了给她和赵林布置新房，专门找个日子把炕盘了。盘炕是有讲究的，不能随意说盘就盘。婆婆让人择了带"七"的日子，盘炕的尺寸也是带"七"的：长六尺七，宽四尺七。婆婆看得可仔细。婆婆说，带七是因为"七"和"妻"同音，是"与妻同炕，偕老百年"的意思。塬上人还是很传统的，把娶来的妻子看作是家的一部分，要好生对待。婆婆坚持这样的传统，希望赵林好好待翠翠，使生活长久幸福。婆婆感叹，唉，有个一起走到底的人，就是前世修来的福分。翠翠觉得婆婆的这些话，不单是说给自己的。

知道了婆婆的良苦用心，翠翠眼里就含了泪水。感情是相互理解相互给予的。打这之后，翠翠更加敬爱婆婆了。

我见过翠翠的婆婆，她中等个儿，人长得很匀称。儿子结婚那几天，不停地忙上忙下，总咧着嘴笑。知道我是外头来的，让我多上来走走，晒晒太阳，需要啥了，说一声。让人感到了塬上特有的温情。

但我无论如何不能从她身上看到那个活泼可爱的杏花了。她经历太多的磨难与苦痛、压抑与寂寞。岁月已将她变成一棵表面还在颤动实则已经空洞的老杏树。只不过儿子的新婚与新添的儿媳，让她有了纾解与释放，有了触动与活泛。她其实并不老，才五十多点。

十二、捯饬得田野都带有了艺术性

我是在一个阳光明媚的上午找到老庆的。"二堆"是老庆的小名，很久没有人叫了。

这个时候，塬上人都在忙着，不是浇水施肥，就是插枝打杈。对这片土地，他们总是不停气儿地捯饬，捯饬得田野都带有了艺术性。

老庆正在地里给果树嫁接"红富士"。阳光里的老庆，高高的个子，留着平头，背稍微有些驼，但很矍铄。见来人找他，就热情地笑，说要不咱回家去？我们坚持要陪他忙完。老庆家里有八亩地，种着小麦、苹果、桃和核桃。三个闺女都出嫁了，平日都来不了，也就是老庆一个人在忙。

老庆拿着一把手锯，将一棵黄香蕉的树杈锯断，然后顺着树皮开一个小口，把一根"红富士"的细枝削扁，轻轻插进割开的小口里面。一根树杈，插上两根新枝后，用胶带缠紧，再去掉枝头，套上小塑料袋。老庆做得很认真。他的手磨得有些粗糙，大拇指上缠着胶布。

一棵小树要锯掉三四根树杈，嫁接七八根新枝。整片地里，老庆已经完成不少。老庆说前几天就开始忙了。我有些好奇，树是人家黄香蕉的，这样插个枝子，就长出"红富士"了？老庆说，枝子的基因是"红富士"的芽基，结的自然是"红富士"了。那为什么要嫁接呢，是要改良这些果树？老庆一边忙着一边说，这就是科学，小麦棉花都是靠种子，种子好坏决定收成的好坏。果树就不同了，果树的种子繁殖出苗木后，经过嫁接，才能长出好

99

品种。要是不嫁接，一是很晚才挂果，二是果的品质也不好。老庆指着另外一个地块，说你看那一片，都是前年嫁接过的，效果很不错。

这么说，从一棵苹果枝子到一颗好吃的苹果，还真是要经过无数辛苦的历程。侍弄苹果的活也够繁琐的。老庆说，等长出了新枝，还得一个个将塑料袋子去掉，等嫁接的枝子完全结合，再把胶带去掉。够细致了，今年能结果吗？老庆说到明年了。等长出了果实，到落花，再过个二三十天，还要套纸袋子。老负说，套袋子也很麻烦，就像是给苹果戴上一个头套，一树的苹果，差不多要全套完。干啥都不容易，苹果还没有长成，先期就投入不少钱。

我顺口就问纸袋的价钱。老庆说有好有差，大致五分钱一个。那么一棵树需要多少个纸袋，一亩地算下来呢？老负说谁家里都会有几亩地，这样的开支还是不小的。但是为了品相和质量，他们还是不会选择塑料袋。这里最好的苹果收购价在四元左右一斤。塬上光照时间长，敞亮，果实就长得好。一到收果季节，就会有大车小辆地来，那个时候，是塬上最开心的。

几个人帮着老庆忙完，便随老庆穿过林间一条土路回家。路曲曲折折，中间不时有低缓的水洼。风在枝权间轻轻地拉，这里那里的，拉出丝弦般的声响。

十三、院子里静静的，开着一院子阳光

到了村里，走过平整的场地，很快就拐下一个地沟。

地沟的门框上一副红红的对联，上联是：窑院烟火传薪依厚

土；下联是：乡间洞天颐神享淳风。虽然对得不是十分工整，却显现出生活气氛及主人的心境。老庆竟然说是他写的。听我们夸赞，他笑得露出了一口好牙。再往下走，过道两边，贴着各种剪纸画，竟是整地、播种、施肥、浇水、除草、灭虫、收割、晒干、碾场、脱粒、储藏的农忙全过程，一幅幅看去，便了解了塬上的农耕文明。老庆说这是他早年收藏的，因为喜欢，就覆上膜挂在这里。让人觉得这是个有心人，而且是个有情趣的人。

院子里静静的，开着一院子的阳光。一棵石榴树，热闹地配合着。院子虽然不大，收拾得却很整洁。老庆笑着让我们进屋坐，还张罗着倒茶，我们说不客气，看看你的窑院。他就给我们讲说八孔窑屋的构造，拉着我们一个窑屋一个窑屋地看。其中三孔能睡人，炕上叠着整齐的被褥。其余的多是仓房，放着老庆收集的农活和生活用具。每到一个门口，他都认真地找钥匙打开门上的老锁，让人感觉一种"芝麻开门"的郑重，心生奇妙与渴望。

老庆说中央电视台还来过，拍的内容好像是："现在还有人生活在地平线以下的坑院，是真的吗？"节目组在这里拍了一个星期才走，看来做节目也不是那么容易。打开的窑屋里放着石磨、石碓、碓杵、木桶、食盒、礼盒、扁担、筐子、篓子、簸箕、油灯、汽灯、风箱、蓑衣等生活用具，大大小小、新新旧旧堆得满满的。另一间窑屋放着木犁、木耙、抓钩、箩头、镰刀、锄头、锤子、铁锹、手风机、脱粒机、独轮车、马灯、马槽、马镫、马笼套等生产用品。其中还有木锨，那是扬场用的，倒也不大稀奇，稀奇的是另一把木锨，前面半截结实地箍了一层铁，这可是头一回见。若果是场上用，没必要正反面箍铁，这一定是要它发挥更大的作用。老庆说，这就是干重活的家什，可以铲地、挖肥、和泥，不知道是什么年代的。我们看着，议论着，应该是产生于真正意义的铁锨出现之前，人们在木铲上包一层铁样的物质，使其成为一件挖掘利器。一旦能够打制铁锨，这种工具的作用就削减了。看来这件东西跨越了不短的时间长河。

还有一间窑屋，里面放着纺车、纺锤、织布机、捶布石、捶布槌、制绳机、老粗布、老棉帘等与纺织有关的物件。织布机是那种低矮型的，条条框框都做得简陋，似乎并不在乎用料和外观，只求实用，简单到一个人就能搬走，与那种高大笨重差不多占半间屋子的织机形成反差。也就想，这可能是那种大织机的前辈，并且是一般农家的用具。

很多物件都不是单数，让你想到，老庆有事没事的，在这上面花了不少时间和心思。捶布的棒槌大大小小可不少，有圆头的，还有扁头的。以前家家户户门旁都有一个捶布石，浆洗了粗布，要用棒槌在石上捶实打展。洗衣的时候，也会用棒槌捶打去污。问老庆这些棒槌为什么这么沉，老庆说，做棒槌一定要用好料，禁得住敲打，还要禁得住水泡。一般都是用枣木、梨木做成，还有用杏木、楸木和槐木的，多少年都不会变形、腐朽。我想起小的时候，几个孩子为了做陀螺，不知从哪里找了个棒槌，用小锯锯开一段，再用刀削。削的时候，就没有那么容易了，硬是用坏了几把刀子，也没有达到满意。我说，朱秀云捶草印花的棒槌，就是这一类。老庆笑了说，以前攒的，比这多。自从朱秀云捶草印花火了以后，不少人来这儿找棒槌，有的还是先前给我的。

说实在的，老庆攒的这些物件，真正值钱的不多。老庆说，值钱的都被塬下的收走了，咱收不起，咱就只能稀罕点这些人家不入眼的。像老犁头、脱粒机之类，堆在过道里落了厚厚一层灰，人家巴不得送个人情，让你收走。

老庆不知道，他的地坑院，成了塬上的一个文化框，随着时间的推移，这帧文化框会越发显现出它的价值。

在这些物品当中，我还看到了一整套的窑上用具，有筛土的筛子、脱坯的模子、钩火的钩子、出窑的推车、挑水的水桶等。老庆说这是他用过的物件，三四十年了。我们都跟着感慨一番，夸老庆的当年。

慢慢就聊起老庆的生活，问他的老伴，老庆说老伴走了十几年了，老伴比他大三岁，生孩子落下病了，身体一直不好。实际上她从小就落下个病根，气管炎，老是咳。老贠说，老庆不容易，这么多年，一个人艰难，要是早续个弦就好了。老庆说，老贠说得轻巧，你这里三个孩子，谁愿意续你这个弦，来当保姆？

老庆一边说着话，一边烧了水一碗碗倒上。

坐在老庆的炕上，看到老庆炕围子贴的是塬上特有的黑色剪纸，屋顶上也是。墙上还挂着两块捶草印花布，一块是普通的白色，一块是浅黄色，花草的图案摆放得很有特点。老庆说这是人家来找他要棒槌时带来的。

我说孩子们平时回来吗？老庆说，一般都来不了，都不在塬上，远的在外省，近的也在洛阳。怎么都嫁了这么远？老庆说，不是嫁了这么远，是她们外出打工和人家认识了，而后在当地租了房子，老大还贷款买了房。你说，还能回到这塬上来？妮子大了不由人哪，只要她们过得好就行。过年都会回来吧？那也不一定，还有人家男方家呢，有的还加班，再加上都有了孩子，事儿多，很难凑齐。

老庆其实很通情理，也很开朗。熟了，问什么说什么，有时你没问什么，他也说个不停，让人想到，年轻时他真的是一个讨人喜欢的人。

我说你这个坑院里的宝贝不少，又来了电视台一拍，可就出了名了，你可以再收拾收拾，搞个塬上民宿，谁喜欢了就可以住两天。一来增加了收入，二来也可以多结交些朋友。我一说，老庆就高兴地说好，也有人这样劝过他，这样他就不寂寞了。他说一到晚上，老是睡不着，老是倒腾着以前的事情。我们坐在老庆的土炕上，想听听老庆都倒腾什么事情，老庆就笑。

老贠就说，老庆有故事，老庆你说说，大家又不是外人。就引着老庆说，实际上是引着他讲讲年轻时候的事。

十四、杏花的身后，丢下了长长的话音

那时的老庆，也就是二堆，确实喜欢着一个女孩儿，这个女孩儿就是杏花。虽然那个时候杏花还小，但是杏花长得个子不低，人也机灵，知道对你好，也知道你的好。

二堆后来去了镇上的砖瓦厂，回家却总是会在村头遇到杏花。杏花所站的位置，可以看出去很远，她能看见莽莽的三道塬抱着一道沟又一道沟，起伏在一片烟霭中，一条裤带样的小路在其间时隐时现。起先是看不到人的，等看到了人，那人就总是高高低低隐没于土塬间。无论那个影子怎样起伏出没，杏花都能及早地认出二堆。

有时那粗犷的戏剧老腔先传过来："我这走哇过了，一洼呀又一洼……"而后才看到一个人慢慢露头。杏花就更不用辨认了，杏花就会扬着手又是跳又是喊。后来知道害羞了，就会一捂心口，往回跑去，一直跑到大槐树后面停下。

二堆每遇到杏花，都会给杏花一个惊喜，不是一条新手绢，

就是一根红头绳，或者一个头花。总是把杏花高兴得一蹦一跳。杏花也会从身后变出一个苹果，一个馍馍，或是一把红枣。

有一天，二堆把一个新买的绿书包递给杏花，把个杏花高兴得挎着书包原地转了两圈。这时二堆却在地上搓鞋底，而后将一块石子猛地踢出去好远。二堆磕磕巴巴地说话了，那话竟是：杏花，你那时，当着五爷说的，嫁给俺的话……还，还算不？

老槐树下的杏花脸一下子就红了，头一低撒腿就跑，跑得好快，都把二堆弄愣了。杏花跑去的身后，却丢下了长长的话音：算——

那时爹爹有病在床。爹爹希望二堆赶紧说下一房媳妇，把终身大事了了，自己好合眼。但是二堆就是不言声，有主意得很。眼见得杏花长到了要嫁人的年龄，却没想她突然就不见影了，嫁到了外村，而且还是一个老光棍。不打鼓不吹响地把水汪汪的一生，就那么交代了。这不就像是坑院里的树，天天看着长大，好容易看到露出了芳华，那半截，却长到了人家家里。

二堆听说后站在塬头上，流了两天泪水，吼了两天嗓子。他也确实听到了一点风言风语，他却怎么都不能相信。有人说那老光棍攒了半辈子的钱，都给了杏花妈，而二堆家里还有个病恹恹的老爹。这倒让二堆有些信。此前他也曾听杏花说过娘的顾虑，怕杏花过门后受委屈。但是杏花说她是铁了心的，只要跟了二堆，吃糠咽菜都不后悔。难道杏花跟自己说这些是违心的？

当二堆知道一切已不可改变，在爹爹去世前，听了媒人的撮合，同东凡塬一位老姑娘结了连理。日子说不上幸福，但女人还是真心实意过生活的。为了生下个男孩，不顾身子虚弱，连怀了四个孩子，最后一个掉了，再不能生。

老庆聊开了，也就爽快了。我们这个一句那个一句地问着老庆，老庆也是一句一句地回着。似乎都过去了，成了剪掉的旧枝子，说说也就是说说。而实际上让人感到，那个十六岁的杏花，已经嫁接在老庆心里了。

想过那个杏花吗？

想过，能不想？

记得杏花长啥样？

小时候看不出来，也没在意过，长开了可不一般。就这么说吧，周围村子都没有比的。

去找过她吗？

咋没去过，去了人家不见咱。

后来呢？

后来还偷偷跑着去看过，看杏花抱着孩子从坑院里上来，站到塬头上望。唉，杏花自打出嫁后，就很少回家，除了她娘去世。杏花娘走后，她家的坑院就空了。再后来还塌了两孔窑屋。

塬上的地坑院，生活的一个个缝隙，每个缝隙都填满了无尽的酸甜苦辣。个中滋味，只有自己品味。

有时，我的眼前会在老庆的坑院里叠印出一个身影，透亮的阳光下，这个身影透亮地笑着，八孔窑的坑院被这笑填满了。

十五、感觉他是走在痛苦里

我们往外走，老庆跟了出来，通过一道斜坡，上到上边就看到了一片平阔。凡是半截子的树，就知道那里有一个坑院。

我想起了什么，说，老庆的戏唱得好，还能来一段吗？老庆摇了摇头，说早不唱了，提不起气了。

这时我听到了一声清脆的叫。一只鸟隐在树间，看不清是只什么鸟，似乎一片叶子在发声。它不像别的鸟发两声、三声，它比人家要多拖一个音，嘎嘎嘎——咕，就是这个音，但是那个咕声是弱下去的，似乎声音跑着跑着没劲了。没劲了就别喊那声了呗，可每回还都要喊齐全，像一个小学生朗读课文那样机械。

老贠说，有人管这种鸟叫"关公好哭"。我想起来了，我们那里也是这个叫法。关公为什么好哭呢？我进过关帝庙的，出城墙往西去五里地有个关帝庙。要是再远点，到西张进的镇子上去，供销社旁边大柳树下有个更大的关帝庙。庙里总是香烟缭绕，把关帝的红脸膛熏成了黑紫红。有人是先从那棵柳树上听到"关公好哭"的，听的人很快就躲回家了，人们都祈求关公保佑呢，它却叫唤什么"关公好哭"，真的想不明白。可是后来运动来了，关帝庙被拆了，关公的像毁成了四块。听说拆关帝庙时天上好好的，不知从哪儿刮来一片黑云，空气立时就带了湿潮，没一会儿哗啦一声闷雷，雨就下来了。等下过雨再去看关公，早泡在了水里。那天夜里，大柳树上的鸟叫得特别邪乎，声音听着也凄凉，嘎嘎嘎——咕，关公真的哭了，被这鸟说中了。乡人们说，叫叫叫，都是它叫的。

老庆说，咱们这里也有人叫它"光棍好苦"。说着自己先笑了。等我们走到跟前，这鸟忽地一下飞跑了，跑的时候还不忘把那声"光棍好苦"叫完。这时我似乎看见了它，它的双翅是深灰色，胸脯是白色。

我们这时跟老庆说近乎话。我说老庆，原来热闹的一家子，现在整天就一个人，不单吗？老庆说，单，单有什么法？我说，再找个伴嘛。老庆呵呵地笑，说，说笑话哩，谁还愿意跟咱？老贠说，你不想就没有，想了就有。哦，塬头上那个养蜂的，不是剩下了一个女人？看着也就四十多岁，我看可以考虑考虑。几个人听了，也都说是个主儿，让老庆想想，不行找人去说合说合。我也跟着打趣，说人家要是乐意了，那一堆蜂箱说不定就成了陪嫁。

老庆不好意思起来，本来背着的两只手挪到前边来，一只摸脑袋，一只从地上薅起一棵蒲公英在手里搓着，然后朝旁边一甩，让一根根银针在光线里飞扬：别扯了，人家能看上咱？谁说，那可不一定，这年头，就讲究个对眼，这眼要是对上了，可不就有戏了？老庆说，嗨，你们拿我编戏本是不是？不说了不说了！大家就笑。

老庆很快就转移了话题，说有一种鸟你平时听不到，半夜里被梦惊醒，你会突然听到咕咕喵的叫，声音不大，"咕咕喵——"他学了一声，说可瘆人。

我说我小时后院里张大爷得了噎食病，就是食道癌，我们都去看过，后来张大爷瘦得不像样，起来去茅房，他女儿跟着，站在茅房门口等着给他提裤子。张大爷没有儿子，老了得了闺女的济。我们这个院子是个通院，前后有四进院落，早前是个大户，张大爷是大户的后人，房子盖得很高，檩上铺的都是青砖。不像有些人家，铺的是草苫子。房外高墙处有神龛，房脊上是神兽，年数长了，瓦上长出一串串的绿扑棱。那天天黑时光，我猛一抬头，竟然看到一双贼眼在神龛里，初开始我以为是龛里的神像，再一看不对，那眼睛溜圆溜圆的，周围都是毛羽。吓得我撒腿就跑，后来听到咕咕喵不断声地叫，我就把头缩进被子。再后来就知道张大爷不行了，没有多长时间，后院传来了响器的吹打。

老庆说，你这么说就对了，塬上都知道一句老话，"不怕咕咕喵叫，就怕咕咕喵笑。"咕咕喵发单声没事，就怕一连串，那可能就是有人要升天了。

我想起那孔窑，问老庆村里的窑还有没有。老庆说还有，只是太破了。

我们让老庆领着去看看。老庆说，老贠也知道。老贠则一定要让老庆去，说还是你领着去好，可以介绍得更清楚。

老庆在前面走，我们在后面跟着。下到一道坡下，又上了一道坡，再走到坡下。他那不紧不慢的神情，让你感觉他是走在痛苦里。那条土路很长，他的痛也很长。

十六、女孩与这窑，有着怎样的爱恨情仇

最后到了一个土坳下，那里有一片平地。老庆默默地说，到了。

我有些惊讶，因为我看到的平地南头，只有一面高高的土崖，并没有什么窑。老庆就领着再往前走，直到到了跟前，才看见一个蛤蟆嘴样的窑口，半边已经被土和野草埋住。

从窑口猫腰钻进去，就像进到一个深广的世界，那是一口窑的肚子。站立其中，能直接看到天空，天空只剩下一个坛口。里面是坛子的内部，下面大，上边小。内壁是青砖垒就，涂的灰泥，由于常年烧制，已经变成了青绿色。两米高的地方有一个平台，是烧窑重地。半腰上还有一处平台，平台两边有拱形门洞，高可容人行走，可能是出窑的地方。我们所站立的，就是窑底了。

真的是年数久了，这窑不仅废弃，还经历了毁坏。烧窑的炉门以及出窑的拱门，已经被土堵死，所以外观看不出模样。也许站在塬上，还有一点形状。

在平整的窑底，有一堆玉蜀黍秆和麦秸，一定是什么人铺在

那里。是闲着的时候玩，还是另有他用？我的眼前出现了各种场面，包括儿时躲猫猫的场面。因为我的童年没有这孔窑，少了很多乐趣。当然也少了很多恐惧。这窑如果一两个人钻进来，着实会心生不安。

这样想着，就想到了一个现场，一个让一个女人悔恨一生、让一个男人迷茫一世的现场。

我匆匆爬了出去。在外面的地上，到处都是砖瓦的碎片，当然是出窑时遗弃的。仔细看了，碎片埋在土里还有不少，甚至两边的沟里扔的都是。拿起半截砖，会看到烧得有些焦灼扭曲，可能临火太近。一窑砖瓦烧下来，总是会有一些残品。听老庆说，大多数残品会被人拉去垫地，剩下的已经很少了。

顺着旁边的坡道上到上面，就是平阔的土塬。窑在这里显现出了土堡状。土堡边上有一处出烟的地方。

细如羊肠的小道环在四周，可能是当时上窑的通道，也可能是闲人留下的痕迹。老窑不远，是大片的麦苗，这个时节正自在地摇荡。

从上面往下看，就看到了一个窑场的景象。窑实际上是依着峁梁建的，峁梁下有的是土，直接取了，过筛，用细土和成胶泥，脱坯，晾干，再送到窑里。我们来是抄了近路，一般人来，可能就是顺着塬上走，而后再下到窑场。

这时我看见老庆一个人站在那里，久久地不动。不知道想着什么，他一定又陷入了回忆。回忆中，一个小女孩走过来，看他脱坯、烧窑。五爷说，二堆呀，攒点钱让你爹给你说个媳妇吧。二堆说，谁愿意跟咱呀？小女孩毫不犹豫地说，我，我愿意跟你……

他的心里或就像烧砖的窑，都到火候了，没想全烧残了，一地的碎片。那个小小女孩与这孔窑，有着怎样的爱恨情仇？以致远走高飞，~~再~~也没有来过。而他二堆也是，也是再也没有来过。不，当他听到那个传闻的时候，一个人来过一次，手里紧紧握着一柄铁锨。

十七、回头望，望见娘还站在高高的塬头

我后来见到方翠翠，就告诉了我见到老庆的情况。

我说老庆人其实挺好的，乐观开朗，见多识广，不似塬上一般的老农。翠翠婆婆呢，也是一个心地善良、通情达理的人。她当年的举动，完全是站在老庆一边想问题，觉得对不住老庆，而将所有一人承担。这两个人，应该是心里都还有对方。两人都已单身多年，只是刚把孩子的事情办完。我看老庆田间地头、坑院上下的，一个人也比较孤单，翠翠婆婆也是越来越需要个伴儿。那么，如果能把俩人撮合到一块儿，就使他们结束了各自的孤独晚景，帮他们找回了当年的愿望与幸福。

翠翠听了我的想法，也兴奋起来，说真的可以吗？俩人真能到一起吗？那样可太好了。

没有想到翠翠如此明理，她总是在替婆婆着想，而不考虑其他。她说婆婆说每到冬天都把灶火烧得很暖，把炕烧得很热，然后早早地躺上去，躺上去却久久地睡不着，一天天地睡不着。冬天的塬又是那么沉静，还不像这春天，鸟能叫到很晚。翠翠说我懂婆婆，她就是把灶火烧得再暖把炕烧得再热，她也仍然是缺暖少热的。自己早晚要离开这塬上，那样会更加担忧婆婆，如果婆婆能同老庆在一起，她和赵林就放心了。

翠翠说，赵林前两天视频时还说，以后争取把自己也带出去，工地上有不少一家子的，那样既解决了分居，又安心了工作。我问赵林的公司主要做什么，翠翠说好像是做化工。

　　翠翠说，这些天赵林总是说，娘对翠翠是真好，而娘以前对他却从没有这么耐心。娘总是督促他，训说他，要他争气。娘甚至还打过他，那是他小学的一次逃学，还有一次是把书丢了。他高中住校，暑假都不让回来，让他读学校的补习班，逼着他一定要考上大学。那几年，赵林就像一匹烈马驹，狠下心也要考出去，再不回到塬上来。

　　通知书下来的那一天，赵林听到娘在灶屋哭了好长时间。赵林没有去打搅娘，也没有去劝娘。上学走的那天，娘早早就起来，备好了赵林使的用的，还给赵林煮了一兜子鸡蛋，烙了厚厚一打子油饼，把赵林一直送到村头。一路上，娘不像以前，总是嘱咐，总是督促，总是操不完的心。一路上，娘什么都没说。村头上，娘把一卷钱塞到赵林手里，赵林不要，学费生活费娘已经给过了。但是娘还是把钱塞进了赵林的书包里。赵林就那么走了，头都不回地走了。赵林一直盘绕到了塬下，好久了，赵林不自觉地回头望，望见娘，还站在高高的塬头上。

　　翠翠说她听到这里，眼泪一下子流了下来，说赵林，你该冲着塬喊一声，你喊了吗？赵林说没有，赵林就那么梗梗地走了。他不知道，这个女人，把所有的挣扎，所有的不甘，都投注在了儿子身上，当儿子携带着她的满足而去后，她的精神世界一下子空了。

　　后来，赵林说，自那以后，他再也没有听娘训说过一回。赵林回家看到娘的白发越来越多了，赵林还想，娘怎么就老了呢？而娘每次都是那么欢喜，不是做这就是忙那，哪怕是赵林刚穿的袜子也要再洗一洗。晚上赵林睡醒一觉，发现娘还坐在炕头不吭不响地看着自己。

赵林慢慢理解了娘。越是学习有了进步，工作有了成绩，自己心情舒畅的时候，就越是理解了娘。

翠翠还给赵林说了一件事，说赵林父亲走了以后，婆婆一个月都是恍恍惚惚的，她曾经在过道里的水井跟前转。转到最后，扶着辘轳往下跳。也就那么一瞬，想起还有个上学没回来的孩子。她都把孩子忘了，尽管每天也是给他穿衣吃饭。这个孩子叫醒了她，这么多天，她第一次走出去，一直走到小学门口，一直等到赵林放学，一直把赵林紧搂在怀里，流着泪，说着赵林听不懂的呓语。赵林说他记不起来了，他从来不知道娘的心思。

翠翠并没有把婆婆说的全部都吐露给赵林，但是赵林似乎明白了一切。翠翠说赵林在视频中哭了。翠翠说她头一次看到赵林哭。

翠翠说赵林后来跟自己视频时，也要跟婆婆说说话。赵林说借着这个机会，让翠翠在家好好陪陪婆婆，弥补一下他的过失。

翠翠说真的希望这事能成，希望婆婆迈过那个坎，要么有个什么事，身边连个人都没有。好歹是现代社会了，没有什么好顾虑的。翠翠说找机会就跟婆婆说，探探她的口气，也许开始她不好意思，但是毕竟熟悉了，婆婆她一定会吐露真心的。

我想起刚才在塬上走的时候，看到一个挎着背包的女子，好像是往蜂箱那里去，或许就是那个养蜂人。我将人们跟老庆半开玩笑的话也告诉了翠翠。说老庆心里如果还有你婆婆，自然不会轻易给别人腾出位置。

翠翠听了倒是有些着急，说，谁知道呢，这么多年了。翠翠说她见过那个养蜂的，她跟婆婆还去看过她，给她送过东西。婆婆说回头要买些蜂蜜让翠翠养身体，婆婆说吃蜂蜜对胎儿也好。

那么，我说，我找机会再去会会老庆，看看他的意思。咱们共同努力，争取促成一曲人间佳话。正说着，翠翠的手机响了。她一看，是赵林的微信视频，就同我告别，边往家走，边说话。赵林每天都会跟翠翠视频聊天，并且同母亲说话。翠翠说，感觉赵林并没有远去北非，就在郑州或者什么地方。

翠翠也许会将婆婆和老庆的事情透给赵林，不知道那边的赵林怎么想。

十八、辉芒从云层挤压出来，像炸裂的焰

这时，远处响起了一声闷雷。

由于三道塬高居于陕地之上，山阜裹挟，形势险绝，东有崤山，西有函谷关，南北有小秦岭和中条山，再加上一道黄河劈峡裂谷，这里的气候就经常有出人意料的变化。

向天上望去，太阳已经隐入低矮的云层，又将辉芒从云层里挤压出来，像炸裂的焰。旋即起了阵风。古塬敞开胸怀，一切能摇动的都摇动起来。蓝色的光在远方闪烁，将天地焊接在一起。

如果再有一场透雨，塬上，又该是一番新的景象。

乡间的瓦

一、瓦完成了先人对土与火的最本质认知

汉字是以象形为基础的，"瓦"是象形字吗？"瓦"的结构之特别，超出了汉字的基本特征。那个往里拐的钩，在我开始习字时，总是让它不情愿地往外拐一下，此种痼习很长时间不能改变，以致我对瓦一开始就有了深刻的印象。

想象一场天火，很大的天火，天火过后，先人看到了被火烧过的东西，其中或许有像瓦的形状的物质，扁扁的，带有一点弯曲。泥土形成了瓦的雏形。这个雏形或让我们的先人想到了防雨的功能，也就在房顶上加以利用，由一个不自觉变作了自觉。泥与火的自觉。

而这个"瓦"字，是否就是那个时候第一个惊喜的发音呢？我不得而知。但想象告诉我，这是可能的。很多的事物都是偶然获取的，很多的发明也是利用了某种自然的变化。

我不能进入瓦的内部，不知道瓦为什么是那种颜色。在中原，最黄最黄的土烧成的瓦，也还是瓦的颜色。

好瓦的颜色是十分好看的深蓝色，那是一种长期的民间蓝。那种蓝让人看着特别舒服。我说不好那种颜色。有一个词叫"瓦蓝"，说那个颜色瓦蓝瓦蓝的，你就知道是多么好的一种颜色了。瓦蓝似是一种沉稳而深刻的颜色，它不浮漂，不混杂，而且不褪色，经过了火的淬炼，它就形成了永远的色彩。火的物质渗入进去，火该是一种让人琢磨的东西。

你可知道由土而成为瓦，是物理变化还是化学变化？叫作"瓦"的物质，竟然那么坚硬，能够抵挡数百上千年的岁月。

屋总是不嫌弃瓦，即使屋子实在承受不住，也只是先将瓦卸下，重新做好下面的东西再将卸下的瓦盖上去。瓦对此总是沉默地忠厚地接受着。

瓦掉落地上的时候，是不会发出大的声响的，尤其是这些经过了数年风霜的瓦，它们的掉落甚至是无声的。

瓦最终在地上落成一抔土，那土便又回到田地中去，重新培养一株小苗。瓦的意义合并着物理和化学的双重意义。瓦完成了我们的先人对于土与水和火的最本质的认知。

我曾经试图挽救一片碎瓦的命运，我用胶水将两块瓦片黏合，但是没能如愿，那是好多年前的事。那个时候，还没有像现在的"502"之类的黏合剂。我用泥和水将它们对在一起，然后架到砖上，上边覆上东西，下面不停地烧火。最后还是垮了。

一滴水打在瓦上，瓦会吸收到体内，再一滴水打上去，瓦还会吸收到体内，只要不是连续的打击，瓦都能承受并且吸收，而且不会渗入到下面去。直到一连串的雨水的灌注，瓦才会承受不住让水下落。

当你对瓦有了依赖的时候，你便对它有了敬畏。在高处看，瓦是一本打开的书。

瓦，我的小村的一部分，我的生命的一部分。

二、人们把瓦当成一种高贵的物质

真正的瓦的出现应该是离水，离土地，离氏族首领、诸侯王最近的地方，只有有了财富，有了统领的能力，才能把房子盖得好一点，才会利用瓦。

瓦的大量的出现，起码应该是"国"出现的时候，"秦砖汉瓦"是指的成熟期，知道利用的时代是一个建筑需求较为讲究的时代，这个时代或许在周，在春秋战国时期。

西安的郊区发掘了一座汉墓，西安的朋友领着我去看。我看到了一片被土压着的瓦砾，想象出瓦的曾经的宏大。

前些日又一次去河南博物院，由于留意，竟然看到一群的瓦。有些瓦非常大，事先想象不出来的那种大。我们的祖先在制造瓦的时候，竟然那么用功夫，像对待他们的生活一样对待一片瓦。那个时候瓦的烧制技术已经炉火纯青，而应用更加具有了美学意味。

有一个图景，远处是草房，还有瓦房，近处是他们的土地，土地上劳作的人和牛。让你感觉到时间没有走。中国的农民在汉代已经生活得很好了，在草下，在瓦下，在天地之间。

在人最需要什么的时候，会去寻求，科学的进步是因为寻找的力量，寻找的力量是因为生活的推动。由此来说，从一开始人们就把瓦当成一种高贵的物质。

瓦是最慢的物质，从第一片瓦盖上屋顶起，瓦就一直保持了它的形态，到机器瓦的出现，已经过去了两千年时光。我曾经观察过北方和南方的农具，部分农具会有很大的变化，而瓦却是一成不变的。在人们走入钢筋水泥的生活前，瓦坚持了很久，瓦最终受到了史无前例的伤害。

三、瓦是这个屋子的忠诚守候者

砖连砖成墙，瓦连瓦成房。砖不像瓦，永远上不了大席面，砖费了老鼻子劲，从地上往上爬得再高，没有瓦还是成不了气候。瓦就像那主要人物，等人到齐，停当了，才会出来。所以建房只要瓦上齐了，一切都齐了，就可以把生活安顿到里面。

瓦堆在那里，从瓦窑场运来就再没有动过地方，它们大小不差，地位相等，很长一个时间段，亲密无间。只是后来，由于建筑工的随意性，或可先从左边搬起，又从右边搬动，由此改变了一些瓦的命运，多数瓦上了高大的屋顶，少部分剩余的盖了鸡窝。这样，不仅盖鸡窝的瓦每天要最晚才能享受到一许阳光的照射，而且还要承受大屋上的瓦滴落的噼噼啪啪的水滴。

鸡们出窝的第一件事，便是上到窝瓦上到处拉屎。鸡并不会觉得它们用上了同人一样的瓦而自豪，由此也使得鸡窝上的那些瓦自豪不起来。鸡一般是上不得高屋之瓦的，必是知道那是人之所居。除非遇到非常事件，鸡才会有出格的举动，并且叫得非常响亮，以表明不是自己的故意。停留的时间也不会很长，似乎它心里很知道高瓦的地位。

离地越高，越神圣，这谁都知道。

有钱的人家盖房子，在瓦的下面，要铺上芦苇或秸秆编成的箔。多数屋子的瓦下是不铺设东西的，直接把瓦盖在檩条上，连泥都没有。这使得瓦可以直观到屋子里日常发生的一切。人们在做着什么的时候，总是能够看到屋顶的瓦，但从他们的表情上看出他们是放心的。除非有人在上边将瓦挪开了一道缝隙，借助瓦的掩护实施自己的某种目的或欲望。

每一座屋子里的瓦，都成为这个屋子的忠诚的守候者。即使由于某种原因被从这个房屋转到另一个房屋，瓦也不会将这个房屋的秘密带到另一个房屋里，而且瓦会坚守新的房屋的秘密，将以前的记忆永远封存。

能造屋的人被称为"瓦匠"，而非砖匠或泥匠。瓦匠可以担当砖石泥木等一切分责。

在我的印象中，瓦匠是很受人尊重的，给人盖房子，瓦匠可以上大席面，吃大块的鱼大碗的肉。

而最初的瓦匠，则是在王宫里面，建造殿堂豪舍，更是一种少缺的手艺人。

我们的祖辈会聪明地利用瓦，譬如，把瓦合起来，由于瓦是有弯度的，摆成一组一组的，就能合出美妙的结构。第一次吸引我目光的是在江苏盛泽一户豪门的后花园，合在一起的瓦构制的甬道，弯弯曲曲的，最外面的也是弯曲的花边。后来我在很多地方见到过这种甬道。瓦缝间会有一些青苔，不规则地出现在甬道上。细雨刚下过，有些湿滑，但踩在上面不是那种坚硬感，而是带有着一种温润，似乎还有一种清新，从脚底泛上来。

周围的墙上，是两片瓦扣成的一个个的叶瓣，多片叶瓣组成的好看的墙围花里，似仍有一阵唧唧的笑声传过。

四、瓦片左右不了自己的命运

一片瓦被一个孩子捡了起来，放在地上在小拳头下变成了五六瓣。

其他的孩子加入进来，更多的瓦遭遇了厄运。碎片又被这些手旋进了坑塘，一片片地在水上飞。水上起了波澜，波澜变成花朵。瓦片左右不了自己的命运，不自觉地旋转着，由上层建筑转入了黑沉沉的地域。如果没有特殊情况，它们将永无天日。

我想很多从童年过来的人都做过这种损瓦不利己的事情。只是瓦不会记恨他们。瓦始终采取了沉默。瓦的性格决定了它自身并且由此获得了人的永远的信任。

上世纪六十年代，铺地、修路主要借助于砖屑瓦砾，也有平房的房顶是灰沙掺和着这种物质锤砸而成。

一般是将废弃的砖瓦砸成比铁路奠基石子还小的碎块。受欢迎的当然是那些废瓦，好砸，大小容易均匀，功效显著。

那个年月，就像城市街道糊纸盒子，家家都参与，大人小孩都会挑着箩筐，四处寻觅碎砖烂瓦。而由于对瓦的偏好，瓦相对较为难拾。

我所在的那个小城，白天晚上都在响着这种沉闷的砸击，尤其晚上，真可谓，长安一片月，万户捣瓦声。

时常会有人上门来收，一堆堆地摊成正方体或长方体，以便丈量。好大一堆，卖不了块儿八毛钱。但是能使废砖旧瓦换钱，觉得还是很值得的一件事。那个年代不缺力气。

不知道多少瓦变成碎片被铺入了地下。铺上房顶的倒是与瓦的作用有些联系。

小时候，有人告诉我，使蚕蛾将卵产在瓦上，然后放在水中去泡，一周以后，便会变出金鱼来。我听了感到好笑。但小伙伴都这么传，也就动摇了我的疑心。我们那时都在养蚕玩，做个实验也不费什么事。于是便使用强迫的手段，让蚕蛾将卵产在了一块瓦上。瓦是我特意选的，没有一点破损，洗净后透着朴实的蓝色。盆子里盛了水，将粘着卵的瓦放进去。瓦上起了几颗泡泡，就安静地躺在了水底。一天过去了，两天过去了，每天我都仔细观察瓦片上的变化。

我已经完全相信，是蚕卵和瓦的特殊结合而产生了离奇的变化，这即是要用新瓦而不能用旧瓦的特别之处，新瓦一定带有着炉火的温度以及瓦蓝的色彩。蚕卵的变化就需要这种条件，而瓦也是一个特殊的介体，为什么是瓦而不是别的东西？

　　我至今都认为是我的操作有问题，我没有耐性坚持不懈，当我发现水质出现异常时，我不得已做了放弃的决定。而那时那些卵有的已经脱离了瓦片，我瞪大眼睛，也看不出它们有小金鱼的雏形。

　　邻家大妈在瓦上焙鸡胗，炉火在瓦下，瓦的温度在上升，鸡胗的香味浮上来，钻进我的嗅觉，我的胃里发出阵阵轰鸣。鸡胗越发黄了起来，而瓦却没有改变颜色。瓦的承受力很强。

　　在最冷的时候，邻家大妈会用布片包好烧热的瓦放在孩子的被窝里，那种温暖能够持续很长的时间。我让娘也这样做。冰凉的脚放上去，瓦的温度渐渐上传，等瓦把自己的体温传遍我的全身，瓦变得冰冷起来。

　　下雨了，我顶着一片瓦跑回家去，雨在地上冒起了泡泡，那片瓦给了我巨大的信心。我快速地跑着，我的头上起了白烟，闪电闪在身后。

五、风改变不了瓦的方向，只能改变自己

　　风撞在瓦上，跌跌撞撞地发出怪怪的声音。那是风与瓦语言上的障碍。风改变不了瓦的方向，风只能改变自己。

　　从我们的先民的茅屋生活、窑洞生活，进入到瓦的生活，是一种生活的进步。瓦是家的新理念的最外面的东西，是家的

被子。

失落那么一片、两片，为了维护家，也会修修补补。时间长了，你会看到瓦的不一样的形态和布局。瓦是家温暖的补丁连缀的形式。

屋子一直在漏。雨从瓦的缝隙淌下来，大盆小盆都接满，然后溢到了地上。娘要上到屋子上面去，娘说，我上去看看，肯定是瓦的事。

雨下了一个星期了，城外已成泽国，人们拥到城里，挤满了街道的屋檐和学校走廊，后来学校也停课了，水漫进了院子。我说娘你要小心。娘哗哗地蹚着积水走到房基角，从一个墙头上到房上去。

我站在屋子里，看到一片瓦在移动，又一片瓦动过之后，屋子里的雨停止了，那一刻我感到了家的温暖和瓦的力量。

鳞是鱼的瓦，甲是兵的瓦，云是天的瓦，娘是我们家的瓦。

一个"五保户"老人走了，仅有的财产是茅屋旁的一堆瓦，那是他多年的积蓄。每捡回一片较为完整的瓦，他都要摆放在那里，他对瓦有着什么情结或是寄望？他走了，那堆瓦还在等着他，瓦知道老人的心思。

一条狗不知道从哪里衔着一片瓦跑过来。

不知道狗对这片瓦有什么情愫，难道它认得这瓦或这瓦的主人？

六、第一次听到用瓦做形容词使用的话语

我们的姓氏的起源，多是由先人出门所遇或所居之物而定，比如石，比如水，比如花。只是没有姓"瓦"的，大概是瓦出现得晚的缘故。

外国人中出现了"瓦"的名字：瓦格纳，瓦西里，瓦尔特，瓦德海姆。这个瓦的发音非常适应于外国人的口齿吗？每次听到这些名字，都有一种油然而生的亲切感。

涅瓦，哈瓦那，瓦尔登。似乎这个"瓦"很适合那名字的本意，让我们叫起来觉得亲近。尽管我明白，那只是汉语翻译而整出的事情。

这个瓦，在物理上还有一个意思，表示功率的单位。同瓦的本身没大意思，是同那个叫瓦特的人联系着。

在西藏扎什伦布寺，我看到了一种带有"瓦"字的树。

扎什伦布寺是日喀则市最负盛名的藏传佛教寺院，修建在日喀则西面的尼玛山上。以前，达赖喇嘛主持前藏，驻锡地是拉萨的布达拉宫，班禅主持后藏，驻锡地就是日喀则的扎什伦布寺。十世班禅最后在这里圆寂。

通往寺内的路在爬升，庙宇层层叠叠，一种树也是层层叠叠，高高地遮盖了一条路和路两边的屋舍，绿色的叶片同白色的屋舍形成了比照。

我第一次听到树的名字的时候，惊喜地让人再强调了一遍，不错，卓瓦树。

像卓越的瓦的植物，它长在寺庙里，长成了三百年树龄的参天大树，荫蔽着广大无边的佛。

树也是瓦啊。

卓瓦树据说只能在西藏生长，先开花后长叶，树的枝条可用来做酥油灯的灯芯。

尽管我并不明白为什么叫"卓瓦树"，并且我带有了某种主观的理解，但是我喜欢这种树，喜欢树的名字，卓瓦树。

像黄河一样奔涌的济水早就消失了，只留下济南、济宁、济阳的地名。我在济水的源头，依然能看到滚涌的泉水，泉水流过的地方，土地肥沃而润泽。临近泉水处，有三十亩的土地，种的都是蒜，长得非常好，早年是为贡品，当地人叫"精蒜"。

我奇怪这片地的名字：河瓦地。不错，当地人都这么说。河瓦地，是河的形象说法吗？河消失的时候，留下水的痕迹，一层层的，像一大片的瓦。

村人说，是因为土下边盖了瓦，瓦下面洇水，上面种蒜。

第一次听说瓦的另一种作用，一鳞鳞的瓦拱起身子，让土在上面肥沃，苗在上面蓬勃。

不知道为什么由瓦和土构成的地上只适合种蒜而不种其他作物。

而且，这些瓦从来不见天日。

我曾经试图瞻仰那些瓦，它们一定比我的年龄长。但我没能如愿，我只看到了黄色的土地和土地上的蒜苗。

我对这片土地充满了好奇。我不知道，除了这一片土地，还有没有其他地方叫这个名字的。这或许是一个独特的创造。

河瓦地，很好听的名字。

去大连的路上，看到一个地名：瓦房店。

多少年前，或许看到这个地名会有一种欣喜。

那里是先有一片瓦房的吗？既然不叫草房店，说明当时的瓦房给人的印象很深，很特别。

尤其在离海不远的地方，一大片的瓦。

在当时，或许是一个很气派的地名。

你听说过"弄瓦之喜"吗？那是因为谁家添了女孩。

那个瓦指的是古代纺车下的物件，大概是纺轮或纺锤之类。

让女孩在下面玩弄，或许不会影响母亲纺纱织布，还给女儿找到了乐趣。玩耍之中，就会对织布机产生印象和兴趣。女孩嘛，长大了就是要相夫教子、纺织缝补的，这也是一种早教的方法吧。所以生了女孩自然称为"弄瓦之喜"。

那么，对待男孩是怎样的？会让他在床上把玩玉器，希望儿子将来有玉样的追求与前途。因而对于生了男孩的，被称为"弄璋之喜"。璋为玉质，瓦为陶制；璋为礼器，瓦为工具。在两千多年前的周代，男女做事有别，《诗经》反映了时代的真实。瓦本就是带有着一种平民性，女子是平民中的平民。

让女子与瓦相连起来，倒是使得瓦的美质上升了，那是一种优雅的、柔韧的、静默的、隐忍的美。

我第一次听到用"瓦"来做形容词使用的话语。那是在乡间，瓦竟然表示一种姿势。

"这人，瓦着腰窜过去了。"似乎是身体前倾，腰部微曲，腿脚极力朝前。"我要去城里，瓦着劲猛干，挣我自己想要的。"状如瓦的形体活泛起来，形象而贴切地出现在我的想象里。

瓦是乡村的产物，也就必然地出现在乡间土语中。

在中原，瓦还可以和其他词组合在一起，比如"瓦开"，"这家伙，一出门就瓦开了"。"瓦开"既是指跑的神态，又指跑的速度，透露出跑者的诸多信息。当我明白这种意思的时候，我甚至找不出更好地与之相对应的词语。

瓦，实在是一个好用的物件。

七、瓦同石头一样，坚硬地同岁月抗争着

在周庄的桥上闲坐的时候，我常常把目光长久地放置在瓦片上。那一片片的瓦以灰暗的色调，涂抹了周庄的岁月。

这种瓦从窑里出来便是一种不太光明的颜色，不像西方的屋顶，会让它出现红和蓝色的鲜艳，也不像皇宫和寺庙，有那种金黄的宗教色光。

这种瓦本就是代表了平民性，它不是用来装饰的，而是直接进入了生活。

这些瓦只在中午的时候会全部保持一种颜色。早晨或傍晚，阳光会像涨潮一样，一点点漫过一层层的瓦。而有些瓦由于屋脊的遮挡，还是会呈现出灰暗的颜色，让太阳感到无奈。

到了傍晚，又如退潮一般，光线会一点点从一片片瓦上消失。最后消失得无影无踪，最终使一片片的瓦，变成一整个的瓦，变成一顶巨大的黑色的草帽。

我发现一些屋角的瓦片出现了空缺。正是由于它们的空缺，其他的瓦也出现了裂隙。

　　不知是在哪一天，一片瓦悄然滑落，坠地的声音没有谁听见。而且会碎裂得成为一小撮灰灰的土。不细心的人会轻易地扫走它。

　　有些屋角的瓦是落在了水里，那同样激不起多大的声响，而且会以极快的速度沉入河底。

　　这些瓦就此完成了它们的使命，它们是用尽了最后的力气才失落的，它们绝不想失去自己的弟兄和责任。

　　它们知道由于更多的瓦片的失落，会改变周庄的形象和地位。

　　周庄的瓦同石头一样，坚硬地同岁月抗争着。

　　很小的时候，我以为瓦是一整块地盖在上面的，后来才知道，那是一小块一小块的个体所组成。每一块所覆盖的面积并不大，只是因为多了，才显出它们的作用。

　　在有雨的时候，我钻进屋子里，听着薄薄的屋顶雨打瓦片的声音。那声音让人有些伤感。尤其连日阴雨的日子。

　　是那些瓦片撑住了人们的日常生活，一天天一年年，只要瓦片不坠落于地，这生活就总是延续下去。

　　其实瓦片不知道，屋子里的主人已走了一拨又一拨。

　　周庄是生活在瓦片下的，周庄只能生活在瓦片下，没有瓦片的生活，周庄活得就失去了意义。

　　瓦片不仅对同类表示出了友好，也对其他物种表示出亲切的包容。比如燕子或其他的鸟类飞过时忘掉的一颗草粒或瓜子，瓦片会精心地为它们保存起来，不致它们死去。

即使没有谁找回这些失物，瓦片也会供养它们生长，长成花，长成草，甚至，结成果。

八、瓦不是娇贵的，瓦是让人娇贵的

在泰山十八盘，我看到挑夫挑着两篓子瓦，一步一艰难地向上攀登。

瓦在篓子里很安静地拥挤着，它们知道它们的身体在一级级地升高。

带着它们升高的人正在流汗。

我至此也知道，泰山顶上有的是石头，却缺少瓦。石头可以就地取材，瓦不行，瓦必须由挑夫挑上来。

山上的风大，瓦同样会履行它们的责任。正因为如此，瓦才会不分地方，不论条件，被人们所依赖。

挑夫担着瓦，累了会将担子放下。他知道他挑的是瓦，不像其他物品，所以放的时候很是小心。瓦不是娇贵的，瓦是让人娇贵的。这两篓子瓦担上去，就会遮挡一片雨雪。什么能比得上瓦能让人感到安适呢？

瓦仍然相拥着，随着阵阵喘息在上升。

我跟着瓦，也一级一级地上升，若果当天不能下山，我终也要暖和在瓦的下面的，我对瓦充满了敬意，由此对挑瓦的人也充满了敬意。

这些瓦在山顶盖起房子，那样，瓦就垫高了泰山的海拔，成为离天最近的俗物。

五岳独尊，尊的也有瓦。

一色的石头房，高低错落，在一个岛的山坳里。岛是洞头岛，离台湾只有一百多海里，有些房子已经很老，老的不再住人，但是房上的瓦还在。

在很多的海边的民居，我看到石片的瓦。也就是说，渔民是用石料来当瓦用的。石料可以就地取材，瓦不行，瓦要来自很远的内地，运过来要花费很高的代价。而且，海上的风大，瓦待不牢。铺瓦要做好不断修补的心理准备。

但是洞头岛的渔民对瓦有着格外的亲近感，这或许与他们的祖地有关。为了生存，祖先避乱从福建、浙江的陆地迁来。内心却依然对瓦有着强大的崇尚和依赖感。为了这种情感，有了钱后，他们不管花多大代价也要将瓦运来，覆上屋顶。

为防止风的侵扰，他们又在瓦上压石，密密匝匝的石头成了房上另一种装饰。让人想起小时候，在"三大件"之一的自行车漆面缠上一些布条或胶带，以小心保护不至磕碰。

瓦下的生活心理是满足的。怎么说住的都是瓦屋啊。

从湖南益阳的周立波故居走出来，阳光打在院墙的瓦楞上，吸引了我的目光。

那是一片挨着一片的小方瓦，那些小方瓦不能挡水，也不起排水作用，似乎只是压实和装饰，小瓦粗糙，却拙朴得可爱，衬托了檐瓦的细致和庄重。

看周围房上的瓦，竟然摆放得有些随意，这几片瓦压得多一些，那几片少一些，少的地方，是因为瓦不够了吗？但是似乎没有妨碍下面的生活。

阳光在上升，一个从这处普通的瓦下走出的作家，离我们渐渐远了，但我仍旧怀着格外的崇敬来看他，看他的《暴风骤雨》，看他的《山乡巨变》。那个时候，捧着他的作品坐在 处瓦下，不明白一个人会如此地了解那些平民的生活。

来到这里，我知晓了。

车子越来越远，拐过那片池塘的时候，我又看到了那片瓦，那片完全地呈现给阳光的朴素的瓦。

在"瓦库"这样一个喝茶的地方，你会感到瓦的厚重、茶的美妙，会想到瓦的男性气质和茶的女子形态。瓦的发音那么沉郁浑厚：瓦。而茶的发音则清脆明净：茶。这是优雅的结合体呢。各种各样的瓦，呈现着各种各样的时光和生活。设计师余平在帮助我们找回那些失去或正在失去的温暖。瓦和绿色植物构成了一个古朴的本原氛围，让你一下子回到了久远的从前，回到了久别的故乡。甚至会觉得，在哪堆瓦后面，会走出一个苍苍老者，闪出一个翩翩秀姑。

潺潺的水声野溪一般从哪里流来，直飘出淡淡的茶香。

瓦，让我们仰视，而茶也让我们仰视，他们都是我们最亲近的物品。有言道，上无片瓦，那是最不愿有的情景，也就不可能有品茶的境界。

《说文》中说瓦是"土器已烧之总名"，好多都跟瓦靠谱，最初煮茶的工具说不准也是瓦盆陶罐。

有瓦有屋，才会有茶香。爱惜我们头顶的瓦，便会引来好的茶。

因瓦而聚茶，因瓦的朴才有茶的香。瓦让人心生敬意，茶才会让人有感觉。对瓦有雅兴，对茶才会有感情。

九、说到瓦砾就让人心酸

瓦藏在草中。那是一坡委顿又复生的草，那是一片不再完整的瓦。

不知道谁将它遗失，它一定承受过很长时间的承受。它没有可去处，不在这里又会去哪里呢？

草里散布着各种形态的瓦，这是一个遗址。

早晨的阳光从山上斜照下来，淅川县滔河乡凌岗村第一次没有了鸡鸣，一切显得出奇地安静。一二三四五……有人在查数。五百零六人，一个不差，登上了开往唐河县毕店镇移民新村的客车。

南水北调工程，丹江口库区第一批移民搬迁全面启动。人们在挥手告别，送别的长队，送别的手，送别的喊声：找空儿回家来看看……

还能回来吗？回不来啦。一个老人眼里滚出了两滴浑浊的泪水，而后传出了哭声，哭声把一片瓦震落了。

一片废墟留在那里，瓦砾散乱，有脚步走在上面，瓦片发出破碎的声音。阳光破碎在瓦上，也是一片片的，瓦或许不明白为何有一天，会乍然碎裂。

一爿房脊挺立着，把最后一溜瓦托举到天上。

一块块墙皮脱离了原来的位置，露出里面一块块本质的土坯，同托举的瓦形成了最后的和谐。

滔河，曾经是大水涌流的地方，终将又要变成一片水。土墙坍塌，瓦会无声落地，落在大地的最底层，同阳光永别。

也许，多少年后，有人发现这些瓦，会进行一番研究，找到多少年前瓦的故乡。那故乡里，有此起彼伏的鸡鸣，此起彼伏的问候。

一个小人儿拿着一片瓦跑着，上车的时候，被老人夺下丢在了车外。

老人不想带走让人心乱的东西。

黑龙江的宁安原是渤海国的首都所在地，那曾是亚洲最大都城之一，街市不亚于当时唐朝长安城的规模，人们的生活也过得十分富裕。

正因如此，受到了契丹的觊觎。

强盗的铁蹄踏破城池的一刻，昔日繁华毁于一旦。

契丹由此也感到了害怕，害怕这样的一座城池会唤起人们的回忆。于是契丹人放了一把火，让一世大都竞相赴焰。

数月过去，唯余一片瓦砾。

我写这段历史，不是别的，是想起了那片瓦砾，后来的考古人员发掘这片遗址时，竟然发现那些瓦砾多被黏合在了一起。可以想见火烈的程度。

瓦是经历过高温考验的，如何经不住这场火了呢？一定是瓦上的其他物质的混合与凝聚加上爆裂的烧灼，方使瓦体产生了化学反应。那些伴随着生活的至今不好得出定论的物质，化入了瓦中。

这么说来，也许那瓦中会有柔弱的香肤凝脂，有坚实的金银瓷玉，以及无数哭喊与笑声。

一切都消失了。

只是那些瓦还在，尽管它们已经变成了另一种物质，但它们还是以"瓦"相称，证明着自己也证明着历史。

我经历过唐山大地震，地震发生之后，很多的房屋夷为平地。砖头土坯毁弃一地。

一个村子一个村子都是如此。

远远看去，只有瓦在起伏，像一只只被折断的翅膀。瓦最终仍然恪守着它的责任。

一大片的瓦，说确切点，是瓦的荒原。活下来的我站在荒原上，突然想哭。

我哭了。

开封的宝物太多，那些宝物多埋藏于地下，什么时间，什么地方翻腾出来，就会让人惊奇。有人说，在开封随地捡到的一片瓦，说不定就是大宋江山的一角。

多少年前开封对潘杨二湖清淤，抽干了潘家湖的水，没有往下挖几下，就发现了瓦，那不是一片两片的瓦，而是一大片的瓦。

说是瓦，实际上是一片瓦砾。

说到瓦砾就让人心酸。因为瓦砾就是废墟，就是惨遭祸端的残留。潘家湖的这片瓦砾，也当是如此。那么，这是一片什么瓦砾呢？据说这里曾是周王府府邸，一处十分阔大、十分豪华的庭院。有人推断是遭遇了突然的袭击，那或许就是一场大水，使得这一大片王府完全地被淤泥掩埋。

淤泥一点点清理出来，能够看出一进一进的院落，院落门前的门当和兽石，曾经的花坛和树木，防火的水缸以及青砖铺就的地面。那个地面很低了，它低于了潘家湖的水面。说明过去的开封的位置。大量的黄河泥沙灌入了古老的都城，一座美丽的城市只能藏于水下了。

如果不是潘家湖的开挖，谁又能看到这样的院落呢？大水之下的开封不知道有多少院落静静地沉睡，或许也是这样，一进一进的院子依旧，房屋的摆设依旧，甚至花草树木还能辨得清楚。

我怀着好奇走进了一个个的院落，很多的开封人好奇地走进了这样的院落。我那个时候，只是一个正在上大学的学生。没有人阻拦，似乎开挖和研究的人也想让人分享一下过去的开封的模样。

可以想见，最先遭受厄运的是瓦。

大水来时，是齐着屋顶推进的，那些瓦就像一些纸片，被即刻冲散在了狂暴之中，随之纷落于水底，依然对自己守护的房屋不离不弃。就这样，在一个个院落的跟前躺下来，在院落的主人旁躺下来，尽可能地躺成原来的姿势，以便多少年后，让人辨认出，那是大宋的姿势。

只是在清理的时候，这些瓦还是被冷落在了一边，人们比较在意那些大的物件，那些物件显得更有价值。我捡起了一片瓦，看了看，也是随手抛弃了。当时不知道拿走一片，没有那个意识。那些瓦，或许在不久，又被新放进来的水重新淹没。

清明上河园离潘家湖不远，不知道在开挖汴河的时候，挖没挖到什么，一定是有的，只是我没有看到。大学毕业以后，我远离了开封，到了另一个城市，开封就来得少了。但是在心里，我还是一次次地来着，来寻找东京梦华。

我现在看到的清园，就是那梦华的闪现。我终于又看见了瓦，那些久违了的被沉埋在水下的瓦。一个个宽街窄巷，瓦鳞次栉比。

我觉得这个鳞次栉比的鳞，很能形容瓦。站在虹桥上、站在上善门楼上看去，就看见一片瓦的世界，而这个世界现在在乡间是看不到的，瓦，代表了一个时代的辉煌，承受了一个时代的荣耀。

那些整齐的地垄一样的瓦，被进到这个都市的人看得一阵惊喜，一阵崇敬。茅草房屋掩在勾栏瓦肆之中，茅草不会使人有这样的感觉，只有瓦，青蓝色的一片，映照着青蓝色的天空和河水，那是多么宏阔的世界。那就是"大宋"的世界。

郑州富士康的一名员工，趁周末休息闲转，在一处施工工地发现大量的黑青色的残砖碎瓦。机器轰鸣，那些躲藏了很久的砖瓦，正默默承受良知和疑惑，报警电话响起，文物考古专家赶到现场。

是一处较为典型的西汉中晚期墓葬群。工地暂停施工，进行抢救性发掘。

又是发掘，在近几十年的时光，我不断地听到"发掘"的字眼。发掘是多么伟大的事情，又是多么可怕的事情。发掘使我们有了了解和见证，也无形中造成了一种破坏。

实际上，发掘和破坏是联系在一起的。乾陵至今没有发掘的原因就是怕受到破坏。

由于有着很多的破坏，便不得不进行发掘。而发掘出来的历史，很多都不能在原地停留了。

包括那些砖瓦。

十、不是什么土都能烧成瓦

在偃师的赵庄，我找到了一座废弃的砖瓦窑。那是顺着一条越走越低的村路，一直下到了黄土塬的低处。它靠在一堵高高的土塬上，不注意，怎么也看不出一座窑的影子。只在土塬的下面，有一个蛤蟆嘴样的洞口，洞口的外围散落着瓦的残片。

少君找来了几位老者，其中一位腰一猫，钻进了那个蛤蟆嘴里。

能进去？

进去以后，发现里面那么敞亮，上面一个窑口含着一片云。窑里面可以看到火口，看到出窑时走的平台。这么一个独立的天地，让人想起来，在这样的地方，会有多少故事发生。

几个曾经烧过窑的师傅热情有加地讲述着过去的红火。

瓦不会单独装窑，也是要有伴的，这个伴就是砖。砖放在火的四周，外围再放瓦。层层叠叠一直盘到窑口。一窑装瓦六万，用煤两万斤。连烧十五天。

窑装好了，师傅在窑前郑重地点上三炷香。然后才点火。出窑时，仍旧上香。十分庄严的仪式，似乎窑是圣母，祈望生出他们想要的宝贝。

二十四小时的精心呵护。早上添一次煤，中午一次，后晌一次，黑天后一次，再就是半夜。直到天亮。

若果单烧红砖，就一直到十五天，烟囱一直开着。窑上有三个烟囱。十五天后开窑，出来的砖全是红的。

如果要蓝砖蓝瓦，必得有一个窑变。烧十天后，添实煤，三个烟囱堵上，窑口封起。准备好充足的水，从封住的窑口往里浸，这时会有热气升腾，烟在窑里转，这叫"挂色"。浸水掌握不好，烟转不全，颜色不好看，黑青黑青的，不蓝。

水浸三天。一天浸两三次。这个时候，大师傅一窑的心思，抽着烟袋，围着窑不停地走。

十五天后，等窑凉下来出瓦。瓦经过了从冷到热、从热到冷的历练，就再也不怕任何风霜雨雪。

就此窑师傅的心情是激动不安的，如果烧不透，很多砖瓦都会变形，砍都砍不动。

先从上边开窑，一圈圈地出。出来先看色，这时你会看到干干净净的瓦蓝色。那可真是一种诗意盎然的颜色。不沾一丝尘土。

在清阔的原野间，一座窑冒着青烟，吐出来整齐而漂亮的蓝瓦，那些瓦被一圈圈码放起来，像一座座的塔。

三个工要三天才能出完，小推车从旁边的洞口出出进进，热火朝天。那个时候，谁在窑上做，是十分让人羡慕的。有时会在赶活儿的时候，要一两个零工，零工也争得很。

农村三间房，需要一万片瓦。我曾经对着房顶一片片地数过瓦，从来没有数出数目。一万片，真的不是一个小数，密密匝匝地将一个新生活护佑在了下面。

下面的人该是多么地安逸。

瓦是精贵的东西，不是随便的什么土都能烧成瓦。

不好的土烧出的瓦会渗水。土要选用细致的黏土，少含沙粒。所以耕地的土是最好的烧瓦土。

我去的那个窑址，所在是黄土高坡，有的是土。但是烧瓦的土，底下的不能用，是生土，依然得用上面的那层耕种土。瓦的身世不凡。

窑场大都在这些好的耕地的周围，以便就地取材。瓦的最终减少和消失，也许和后来的控制损毁土地有关。

做瓦前要将土挖开，而后晾晒，而后筛检，而后上水和匀。

看着做瓦师傅，就像看着大厨在做面点。平展的场地上，柔和的泥块被做成圆柱形备用，在备用的过程中，泥土在慢慢地醒来。"醒"一会儿才黏实、筋道。

一只手将一块泥巴摔打在模子上，另一只手轻轻转动模子，慢慢地抹匀，从模子上取下的竟然是一个筒状的泥圈。

工具将这泥圈划出均匀四个条状，稍干后，手掰开，瓦的外形就产生了。

瓦，每次都是以四胞胎的形式诞生。

一片片的瓦的雏形摆在那里，被风和阳光抚摸，远远看去，是一片好看的图景。

我第一次知道，做瓦先做成圆筒形，圆在生活理念中是最上等的，是一种理想的追求。一片瓦是一个半圆形，盖上屋，还是圆满的意义。

十一、瓦是屋子上面的田

又一个春天了，细雨迷蒙，空气湿漉漉的，我在一片深色的瓦中行走，雨水或者露水将草和瓦一同洗亮，让它们泛出一种柔润的光。

我的脚步很轻，呼吸很轻。我看不见我的祖先，但是我常常看到瓦，那从周从汉走来的辉煌的瓦。随着那种辉煌，我能够找到我的祖先，我知道在一个庞大的根系中，民族的血脉盈动而蓬勃，文明的因子始终在殷殷传递。瓦，即渗透着这种汩汩流淌的血脉。

我还在朝前走着，雨打湿了我的头发，打湿了我的目光。

瓦是屋子上面的田地，一垄一垄长满了我的怀想。

瓦——叫起来我感到那般亲切。好久听不到这种亲切了，或以后愈加听不到这种亲切了。

瓦呵，在我结束这篇文章的时候，我依然听到了你的呼吸，看见了你的起伏，你的翩翩飞翔的翅膀。

辑二　旷野

　　这是我不能忘怀的情感所系，是我的少年乃至青春时光的展现。

旷　野

一、第一次同女孩躺在一个土炕上

炕是土炕，用一块块土坯垒起来，中间隔成风道，烟火顺着风道在大炕下绕几圈，然后从另一面墙洞蹿到房顶的烟囱上去。这样，饭做好了，炕也烧热了，而且会保温很久。晚上睡在上边，炙烤得屁股疼，得不断地翻身，或垫上厚厚的褥子。这么跟你说吧，睡炕的人一般都不会犯关节疼、腰疼的毛病。

你要是外边来的，到了这里做客，看到这样的炕，会思想半天，不知道晚上会睡在什么地方，一个屋子里，就一个大炕。结果是，你和这家人要睡在一个炕上。如果人家家里还有女孩，也是一样的，有条件的，会让女孩临时去隔壁住上一晚，而隔壁也没有地方的话，就只有将就了。

那样，晚上你会听到各种各样的鼾息，有沉闷的，有轻细的，甚至你觉得有芳香四溢的，你会在不知不觉中，在遐想联翩中沉入梦乡，那梦温暖而沉实，第二天你醒来的时候，外间屋里早响起风箱的呼哒声。

我第一次借住在人家家里，是爷爷送我过去的，由此便遇到了那种芳香。爷爷家里来了人，是孙家庄子的大姑，大姑带着一儿一女来看奶奶。奶奶身体不大好，我也是跟爸爸来看奶奶的，爸爸有事先回去了，让我在这里多待一段。大姑来了，奶奶的炕上睡不下，就让我跟着爷爷到后院去。

后院是要穿过几户人家的，那个时候，我们这里的人家都是串着的，每家都有前后院子，后院基本上就是人家的前院。可能是历史的原因造成的，原来都是亲戚，渐渐出了五服，后代们还是这么生活着。而大家相处都还很和睦，怎么说也都是叔叔婶子、大爷大娘地叫着，一个庄子里，远不了。爷爷搭了话以后，叫婶子的就高兴地把我让了进去。听他们说话的意思，白天爷爷已经先上门打了招呼，所以带我来是水到渠成的事。

爷爷走的时候说，明早我来叫你吃饭。婶子赶忙说，快别着，大侄子在这儿吃怎么了？

我们那个地方的房屋结构，基本上都一样，中间的是做饭的灶屋，两边各有一间，住人或者放物。那么婶子家的大人们是睡在东屋的，我就同这家的孩子睡在西屋的炕上。孩子是一个男孩一个女孩，我睡在男孩旁边，也就是炕的另一头。

男孩一躺下就睡了，女孩则钻在被窝里趴着写作业，煤油灯就放在枕头边上，灯花一跳一跳，照着她红润的脸和长长的眼睫，也照着她盘卧在枕边的长辫子。我最烦写作业了，可感觉女孩特别喜欢写她的作业，她的笔不停地在纸上发出嚓嚓的声音。女孩是姐姐，一准上着中学。她写一会儿就歪着头瞅瞅我，我躺在被窝里，不看她看什么呢，却是偷着看，她扭头的时候，我开始是装着闭一下眼睛，但她就那么一笑，似乎是知道我在看她而且还装睡，我就干脆不装了。

后来她终于噗的一声把灯吹灭了，放在了墙洞里，而后就窸窸窣窣地脱衣服，我感觉那声音好奇妙，就像一只可爱的猫咪在朝着我走来。我的眼前一片彩色的光环，那是红色的、绿色的，还有蓝色和白色混合的，一个个光环溜过来又跑过去，带着一股淡淡的清香。我原来一直想不明白，女孩子梳着那么长的辫子，晚上睡觉的时候怎么办，全部放到被子里贴着身子？那样搅着多别扭。等一切进入了平静以后，我悄悄地向那边望去，却什么也望不到，屋子里一片漆黑。我不知道这个女孩子的辫子被她放在了什么地方。

接下来又遇到了问题，我做了一个梦，梦见出了爷爷的家门去赶集，半路上想找厕所，可是到处都是人，就是找不到个地方，我急得要命，弯着腰一边跑着一边左顾右盼，我真的憋极了。实在憋不住，正想对着墙角掏家伙，冷不丁拐过来一个女孩。立时就吓醒了。

还好，没尿了炕，我紧忙爬起来，偷偷地溜到地下，光着脚打开屋门，跑到外间屋子，又打开房门，就对着院子哗哗地撒开了鸭子。这时我看见了月亮，它什么时候从云堆里钻出来了，照亮了整个天地，院子里的一切显露无遗，西边是一座低矮的厢房，还有茅厕和猪圈，东边的菜园里尚未长出东西，摆放着鸡笼和柴草什么的，中间是石板铺就的小道，现在，石板上泛着一层的辉光。

我冷呵呵地回到屋子的时候，一下子就看见了那条长长的辫子，它是从女孩的枕头上垂到炕沿下面去的。那么舒展、自然，像一根常青藤，藤上开着一朵蓝白相间的蝴蝶花。

我轻轻地走过那根辫子，辫子竟然说话了：外边多冷啊，屋里又不是没有尿盆。

她说的尿盆就在外屋的门口，我哪好意思在那里放肆。我没有说话，我不知道说什么，就抖抖索索钻进了热被窝。都到了后半夜了，炕还是热着的，怪不得这里的人叫"火炕"。它一下子就把我的冷身子暖热了，暖热的还有女孩的那句话，其实那话一开始就在我心里暖着。

我躺下后，才说，你睡吧，把你闹醒了。

女孩说，好，快睡吧。就不再说话。

外边的月光透过窗子泼进来，一格格的窗户是用纸糊的，只有中间的一小块安了玻璃。月光就是从那一小块玻璃溜进来的，其余的贴在纸上，只渗出一些朦胧的蓝光。

过了一阵子，我听到了女孩起来的声音，那声音很轻很轻。我偷偷眯着眼睛从被子角望过去，女孩也是去解手了。女孩只穿了一件自家织做的三角小内裤和一件精短的小汗衫，露出洁白而圆润的身体。

这使我立时觉得脸上发烧，呼吸急促，我怕她听见，赶紧缩进被窝里，想把急促的呼吸降下来，可是却越来越觉得闷气，就又将头露出来。她已经走到外屋里，外屋的一角发出一阵浅浅的水声，像潺潺的小溪滚过一片光莹的石子。又停了会儿，她才轻轻地抱着膀子进来，扭过去关门的时候，我又看见了那圆润洁白的身子。此时想不到她的身子竟然出了声音：

不许看人家！

我立时吓得憋住了气，再也不敢露出头来。但我的心却像一匹野马，在渤海湾的荒原上踢踢踏踏地狂跑。

我不知道什么时候睡着的，睁开眼睛，天已经大亮了。男孩还在被窝里睡着，女孩却坐在柜子前，对着镜子编着又黑又长的辫子，她早起来倒了尿盆，洗了脸。镜子里的她看着我浅浅地笑笑，那笑是红润的，腼腆的，友善的。

醒了？她说。

我说，嗯。

快起来洗脸吧。她说。

我说，嗯。但就是没有动。

她像想起什么，脸一红，嗯，我出去。就风一样地趔出去了。

在乡村，人们睡觉一般是不穿衣服的，一是习惯，二是被窝里热，穿着衣服多余也不舒服。女孩子顶多穿件内衣。我是不好意思，穿着短裤还穿着衬衣。趁女孩出去的当口儿，我三下两下裹上了棉衣跳下炕来。

女孩已经给我打好了热水，拿来了毛巾，并且特意说，这是我的，别嫌脏。

那毛巾粉红色，泡在水里立时泛出一股洋槐花的气息，我用它擦脸擦了好半天。我知道农村大都是一家人使用一条毛巾，女孩是怕我嫌弃，拿来了自己的。为此我心里有了一股暖意。想起昨晚上的一幕，刚擦过的脸上热乎乎的。而女孩似乎忘记了一切，两只手静静地翻着浪花，那条油亮的辫子，又顺溜溜地垂在了她的身后。

我很快知道了女孩叫什么，那是一个听了就很难忘记的名字。是她妈妈叫她的时候知道的，她妈妈叫，芦芦，快摆桌子，盛饭，芦芦……我起先以为是"露露"，我们这个地方的发音有些含糊，后来看她的作业本，上边是个"芦"字，而且我还知道她上的是初二，比我低一年级。

农家的女孩大都叫花呀枝的，不知道谁给她起了这样一个名字，很野，很飘摇，很清香。

吃过饭，芦芦拿着作业本子说，你知道 jù 傲的 jù 怎么写吗？

我说，一个单立人一个"居住"的"居"。她笑了，立刻写在了空格处。原来她昨晚写的是文章。写完又瞅了瞅我，我知道这是奖赏，因为那瞅里光艳艳的，把我心里的一角照亮了，我那个角落一直都是暗着的，空落落的什么也没有。不，有的，就是昨晚上被人捉住的羞愧。

她说，想不到，你语文还挺行嘛。说完她就出门走了，像一枝芦草，飘摇在了早晨的阳光里，长辫子在身后一甩一甩，最亮眼的，是那只跳来跳去的蓝白相间的蝴蝶。

二、她已经有三年的织布史

姑姑他们在这里待了一天就回去了，晚上睡觉，我又回到了奶奶家的炕上。但是因为熟了，我还是会到后院去，找那个弟弟和芦芦玩。弟弟不大爱说话，而且总是在做作业，芦芦呢，放学回来就帮着妈妈操忙，不是烧火，就是整理这里那里。见我去了，咧嘴一笑，说，来了，快坐炕上去暖和。婶子也是这么说。

我怎好来了就进到人家里屋上炕去呢，就说，不用，不冷。芦芦就叫着我，还拿一把扫炕笤帚，把炕扫一扫，让我坐上去。而后就在里屋擦起了柜子镜子什么的，我知道她是在陪我。

一会儿婶子拿着一块热乎乎的地瓜给我送过来，我说婶子我不饿，刚吃过饭。趴在桌子上的弟弟就抬起头来，说吃吧吃吧，也给我一块。芦芦就笑了，说，一见吃的，你就慌了，我去给你拿去。

回来的时候，又多拿了一块，放在我跟前的炕沿上，而后就坐在织布机上，咔咔嚓嚓织起布来。那是一架构造简单的木制织布机，在农村并不少见，而且几乎所有妇女都会织。但是芦芦的动作，让我还是有些惊讶，她还是个正上学的学生。可芦芦说，她已经有三年的织布史了。

芦芦的弟弟在一旁插话，说妈妈说了，学不会织布就找不到婆家。芦芦骂弟弟，去，去一边去！芦芦回头时，脸上一片羞红。弟弟说，就是就是。芦芦不再言语，红着脸对我说了句，你赶忙吃吧，就埋头织起来。

芦芦手里的梭子在彩色的棉线中来回地跑着，头也一忽儿左一忽儿右地跟着动。我上前去看，她织的是一条门帘样的花布，红的绿的蓝的线交叉混用，使布上的图案产生变化，已经织出不小的一卷了。芦芦一边织着，一边同我说话，问我在奶奶这里住多少日子，什么时候回去，还问着我学校里的事情。说话的时候，芦芦会时不时攥住梭子，抬起眼睛把一束波光送过来，然后再咔咔嚓嚓，拉两下织机。

后来还见过芦芦纺线，炕上的她盘腿坐在纺车前，一手摇动纺车，一手拿着棉卷抽丝。我看着好玩，就要求试试，芦芦二话没说，起身就答应了。看着容易，这只手摇动纺车，那只手就顾不得棉卷了，总是断线，好容易抽出了棉线，却是疙疙瘩瘩，粗细不匀，还没有拉长就断了。

芦芦就在一旁笑，说，这哪是男孩子做的，你们做了，还要女孩子干什么？那棉卷又回到了芦芦手里，神奇了，它又乖乖地吐出了又细又长的棉线，就像商店里卖的白线一样。

再去后院，婶子在猪圈旁边说，芦芦去后边的地里采猪草了。

我越过一个个的院子，朝后边走去。出了家院，就进入了辽阔的田野。田野里尚未起庄稼，只有些稀疏的干芦，再就是正在发绿的野草。芦芦远远地在田野里，像一丛树棵子，在慢慢地移动。

太阳刚升起不久，羞答答地在云彩里半露半掩，一抹光线正好照到芦芦的地方，芦芦低头的时候，那根辫子滑下来，芦芦又甩了上去。她再直起腰来，就看到了我，远远地露出了笑。

芦芦说，正没有意思呢。

我说，你经常一个人采猪草？

芦芦说，嗯哪。

旷野里没有什么人，一个人真的是够寂寞的。可是有什么法子？芦芦只有迎受这种寂寞了。

篮子里已经有了厚厚一层，我不知道哪些是猪草，问芦芦。

芦芦说，都是可以的，只要是田野里长的，猪都吃，只是猪也有最喜欢吃的，比如这棵，叫刺儿芽，还有车轱辘草，你看，就是这种。芦芦边说边用铲子剜下来。

我看到刺儿芽边上一层的小刺儿，还是好辨认的，而车轱辘草没有什么特征，在地上扒得很紧。走前面不远，芦芦又指着一些细小的叶片说，你看，这儿还有苦苦菜，猪都喜欢，人也能吃，吃了败火明眼呢。

我说我认识苦苦菜。芦芦又拔起来一棵小苗，说你认识这种吗？看我摇头，说这就是荠菜呀，很好吃的，春天里人们都喜欢剜了吃，今天咱们多剜些，回去包饺子尝尝。

我的嘴里已经起了潮水。芦芦又递给我一棵茎叶长得像葱蒜的嫩苗，你闻闻，什么味道？好闻吧，这就是小根菜，拌豆腐可好吃了，咱们都多剜点，还有苦苦菜，回去蘸酱。

再往前走，芦芦又说话了，她指着一撮叶片像卵形的草芽说，知道这种菜吧？

我摇了摇头。

这是大名鼎鼎的麻生菜啊。芦芦说。

麻生菜？还大名鼎鼎，我第一次听说。

你看，它虽然味道有些酸，但是它养人呢，我奶奶说，以前遇到灾荒年，有这个麻生菜，人就能挺过去，其他的野菜吃多了可能不好，麻生菜没事，还能消炎解毒，我常给我爸采这种菜。芦芦边说边采。芦芦说，还有一种你一定知道的。

什么？我问。我心里一点底都没有，这大片的田野，有着这么多的好东西。人即使在最难的时候，也能利用田野让自己挺过去。

芦芦将我引到一条沟渠旁边，沟渠里的水暗暗地流着，不知道流向哪里，水中窜动着一些鱼，一会儿隐了身子，一会儿又露出头来。沟渠两边萌发了那么多野生植物，有的就要开出花来。

芦芦将掉下来的辫子又一次甩到肩膀上去，指给我一株长在绿草黄花间的明晃晃植物说，你看看，认识不？我看着那一个个毛茸茸的花球，喜欢得不得了，却一下子说不出它的名字。

蒲公英啊！芦芦说。

啊，蒲公英？我真的是惊叫了，我原本是知道的，怎么就没有认出来。我掐下一朵，攥在手上看，阳光照着它，白色的花球染着一层的金边，微风吹过，一晃一晃。

芦芦趁我不注意，凑上来噗地一吹，花球随即散开，像一针针光线在飞升。芦芦笑开了，说好玩吧？我也吹了一下，将最后剩余的吹跑了，它们欢快地在微风中飘摇而去。

芦芦说，你知道飘走的是什么？是它的种子，它们会再次生长出很多的蒲公英。芦芦说，蒲公英也有清热解毒的作用，村里李大夫说的，他让我经常给我爸采些煮水喝。

我蹲下身去，沿着沟渠，一棵棵地跟着芦芦采摘着这些鲜奇的花草。芦芦的篮子已经快满了，但是我们的兴致还是很高。

一个周末，过到后院去，做作业的弟弟告诉说，姐姐和妈妈在后边脱坯呢。

穿过院落，一到野外，就看见婶子借了两个脱坯的模子回来，模子已经磨得很粗糙，但里面的四边很光滑。芦芦也刚把水担过来，倒进土堆，土里放了碎稻草。和泥的时候，芦芦脱了鞋袜和妈妈用脚使劲地踩着泥土，芦芦说这样和出的泥匀实。带有泥水的土粘在芦芦的小腿上，像一副紧固的深色靴子。

这是一个地势较低的空地，这里的土有的是，随便一块地都可以挖土做坯。地多不好好长庄稼，只爱长些不大旺盛的草。因为常被水淹，也就大片地荒在这里。芦芦的妈妈很能干，芦芦爸爸有病不能下炕，家里的活就全靠芦芦妈了。我到东屋里去看过芦芦的爸爸，他躺在炕上，炕头放一堆的药，还有水壶、水杯，还有鸡蛋、饼子、点心之类，靠里边还放着带盖的尿盆子。一个人占了大半个热炕。他的脸有些蜡黄，说话少气无力的，他对我说他跟我爸爸很好，小时候在一起玩过。他说他身子不争气，拖累了家里，也拖累了孩子。这个时候芦芦就说爸你瞎说啥，快好好养着，吃了这些药，过段时间再去天津看看。芦芦跟我说都是带着爸爸去天津看的。我们这里离天津虽说就一百多里，走起来却不容易，要到十几里外的军垦去搭车。我就是从那里下车的。后来听说芦芦想休学帮着家里，但是妈妈不让，非要让芦芦读书，弟弟还小，还不能成为家里的帮手，芦芦就特别懂事地帮着妈妈，好远的学校，一放学就往家里跑。

我也脱了鞋袜跳进去，早春时节，泥土还是那么凉，怪不得婶子不让我下脚。婶子说，大侄子，你可别脱，凉着了你。

婶子说是说，也没有硬性阻拦我。我看见芦芦友好地笑，那笑里有鼓励。再说了，芦芦一个女孩子都不怕，我怕什么？

我说，婶了，不怕的，我能受得了。由于凉，我的两只脚不停地跳跃，泥水拌着稻穗子草，在我的脚下被踩得不停地翻腾。还真的好玩，踩一会儿就不冷了。

芦芦跳出去，用铁锨将泥土重新堆成堆，而后再次踩起来。婶子看着差不多了，就去做脱坯的准备。她把场地高出的地方铲平，而后在好大的范围内撒上干土，再撒上一层薄薄的稻草。

我和芦芦两个人四只脚来来回回地踩腾，我的脚丫子不时会踩到芦芦脚上，芦芦的脚也会踩到我的脚上。芦芦的脚暖暖的，有一种滑腻的感觉。她的两只脚丫像拔莲藕，在泥水里轮流地闪着白。

婶子开始脱坯了，她先将模子在水里过了，摆在地上，芦芦铲过去一块泥，又一块泥，婶子将泥土使劲地塞在模子的各个地方，尤其是角落，按瓷实后，用刮铲把上面抹平，而后慢慢端起模子，那块长方形的土坯就落在了地上。原来垒炕的土坯是这么造出来的。婶子说，垒炕的土坯加稻草，加了稻草传热快，垒墙的就不能加，因为时间长了，稻草会变成灰，土坯就不结实，房子支撑的时间就短。脱坯还有这么多学问。

我们两个铲着泥，婶子脱着坯，干得很顺手。一会儿工夫，就出现了两行整齐好看的泥坯。泥坯差不多有三块砖那么大，一块半砖那么厚。

芦芦说，妈妈准备把炕再盘一下，火炕好多地方都有塌陷，等盘好了炕，再脱些土坯，将来把西厢房翻盖一下，西厢房老得不成样子了，后边的墙上已经出现了裂纹。

这里的人家盖房，多数都还是用土坯。婶子说，盖房子的土坯要么用大锨铲子去泥地里直接挖，挖一块是一块，晒在地里就可以。那是力气活，女人家干不了。还有就是脱坯，和半干的土就行。

土坯其实也是很结实的，一层层用带有米浆的泥粘起来，外边再用泥浆拌着穗子草抹严实，上边用芦苇蓬起来，房子就成了。花钱的地方在房梁和檩条上。芦芦家里没有棒劳力，只能一步步慢慢准备着。

姊子要回家做饭了，剩下我和芦芦。我要求执掌那个模子，芦芦也不跟我争，就当起了坯泥的搬运工。

模子得不停地过水，有时我偷懒，坯泥就不会好好地脱下去，哪个边角会粘在上边，那样脱出的坯就歪斜着，不能用，要返工重做。如果面抹不平也不行，中间会高出去或塌下来，看来哪一点不注意都会造成次品。

我一会儿就感觉到累了，两条胳膊酸酸的沉沉的。芦芦和我换了，我去铲泥。还是这活轻松些，没有技术含量。芦芦光着脚丫蹲在那里，脱一块坯倒着挪一下，粗辫子掉下来，她会搓搓手里的泥，用两根手指挑着甩到身后去，辫子上也就沾了泥，阳光一晒，像缠着一块土黄的碎布。芦芦不理会这些，甚至不理会头上脸上的泥点子，干得一丝不苟，把每块坯都脱得孪生兄弟一般。

不知不觉，我们和的泥已经用完，场地上出现了四排一块块的整齐的作品，远远看去，像一幅好看的画。泥土真奇怪，能随着人的性子改变自己。

我们再重新和泥，还是要走先前的程序。渐渐地我就觉得力不可支了。

这时芦芦妈妈的叫声传来了，该吃饭了。

后半晌我躺在奶奶家的热炕上养腰，感到浑身都在疼。

奶奶说，你去哪里淘气了，弄得这一身泥？我没有说去帮着芦芦家脱坏了，我不是怕奶奶说我，是怕奶奶埋怨人家。

奶奶说，你爸妈头一回把你放到老家来，你可是要好生地，听话，别去扒高上低的，弄出个什么毛病来，还不得怪罪你奶奶？奶奶絮叨了半天，看我不言语，就用拐棍敲着炕沿说，你听见了没有，你个小祖宗？我只得回答说，听见了。

瞌睡虫在捣蛋，我不知不觉地睡着了。一觉醒来，太阳已经偏西。我爬起来，想到了后边地里，就跑着去了。那里依然有两个身影在忙碌，我没有往跟前去，有些不好意思。

我看见芦芦的腰一弯一弯的，来来回回地铲着泥土，芦芦妈妈蹲着一点点后退着，一块块泥坯从坯模里脱出来。红黄的光线照在那里，照着芦芦和妈妈，照着一片的长方块图形。光线在变化，红的和黄的在分离，分离的时候起了一层雾气，腾腾地炫着，像鼓动起一个巨大的帐篷，太阳不见了踪影，只把剩余的微光抛洒出来，给芦芦她们打着最后的招呼。

芦芦和妈妈在变化的帐篷里起起伏伏，很快就变成了两个好看的剪影，剪影的边沿，有一层淡蓝的光晕。

天上飞过一群大雁，嘎嘎地叫着，不知道要飞到什么地方去。我总是见到头上过大雁，觉得它们是不知疲倦的旅者，会永无止境地飞。

三、一个人的旷野

这天，我正在奶奶家吃晚饭，芦芦的妈妈急慌慌从后院赶了过来，对爷爷奶奶说，芦芦到现在还没有回来。奶奶问芦芦是放学没回来，还是干什么去了？回答说芦芦是打柴草去了，按照以往的规律，这会儿早该回来了。

天已经快黑了，爷爷说，还是去找找好。爷爷让我跑快点，从后面出去，直奔北边的那条村路，爷爷和婶子则去周围问问刚回来的人，看有没有见到芦芦。

我们那儿，旷野里不长什么树，却到处是芦草，盖房子编席子的大芦苇是专门种植在坑塘里的，其余就是蔓生自长的芦草，不密实，也长不大。冬春时节，瘦瘦黄黄的干芦在田间地头和河汊子两边到处都是，也就成了家家烧火的主要柴火，人们下工都会顺手割上一捆，孩子们则是在放学后专门去打。离村子近的地方肯定早就被割完，就要到远一点的地方去，那样，割是好割，割了要把芦草背回家，却是要费些力气。

芦草不禁烧，填进灶膛里，着得很快，一抱柴火，一顿饭就烧光了。由于烧火费得快，就得不断地去打，芦草就成了炊烟的根本。所以回家的路上，人们看到家里冒出的炊烟，会有一种十分亲切的感觉，他们担着或背着的芦草，就是炊烟的接续啊。有人说炊烟是有香味的，我信，我就能闻到白米饭的香，闻到黄饽饽和炖小鱼的香。

我很快就穿过了那些院落，径直跑向了后面的旷野。太阳已经落了，只给大地留下最后的一抹辉光。这辉光去得也快，我刚跑上大路，就消失得无影无踪。说是大路，其实也就是两辆牛车的宽度，什么时候都有着深深的车辙，下雨泥泞难行，不下雨干裂扬尘。本来村人割草是可以推小推车的，但是在这样的路上驾驭很难，得有大把的力气，因而一般人也只能是肩挑背扛。

路的两边都是沟渠，沟渠以外是茫茫无际的荒野，远远看去，路就像把大地撕开了一道口子。由路引出三四里远近，才能看到能耕种的土地，那些土地都是块状的，四周也有沟渠围着，便于灌溉。

我上了大路就开始呼唤芦芦的名字，茫茫的芦草上泛起暗蓝的烟霭，我的呼喊滚过沉静的大地，在很远的地方跌落得无影无踪。已经看不到什么人，终于过来一个担着柴草的，仔细看看摆手扭腰的姿态，就知道不是一个小女子。问他可见到芦芦，他大声地问我说的什么，人已经从身边过去了，然后从草捆后边回话说没见，他是刚从地里拐上来的。

我的奔跑并未停止，已经跑出村子很远了，还是没有芦芦的影子。我的喊就有些慌乱起来，我本以为一上大路就能看到她的。这里的民风淳朴，小偷小摸很少，但是有野物呀，不定有狼什么的。

路面在脚下越来越显得不平，实际上视线已经模糊。就在这个时候，我似乎听到远处有声音传来，是的，是一声叫喊，并不太响亮的叫喊。我早就慢下来的步子立时变得踉踉跄跄的了，声音也从我的嘴里踉踉跄跄地吐出。

朦胧的光线里，终于看到了前面的一个影子。到了跟前，我首先看到的不是人，是一大捆草，宽宽的厚厚的芦草。芦芦见到我，有着惊喜却没有恐惧和委屈的感觉。

原来芦芦听天气预报说从明天起要下连阴雨，就想着多打些，结果打多了，捆在一起成了好大的一堆，又不想舍弃，就连背带扛地往家走，走不动就在地上连拖带拽，直到脚下一滑，连人带柴草一起滚到了路边的沟渠里，弄了好半天，才将草又弄上来。一路上不知道草捆子散开了多少次，又重新打了多少次，不知道天就黑了。

我想帮着芦芦把那捆草背起来，芦芦说不行，你背不动。我逞强地坚持蹲下身子，用了用劲，那捆草竟然纹丝不动，再下狠劲，就听到了筋骨喀喀吧吧的响声，那捆草实在是不听使唤，芦芦搭了把手，才被我背离了地面。

芦芦笑起来，说看你，别压坏了。我坚持着往前走了顶多二十步，那草个子就轰然一声，从背上滚落下来，扯带得我也歪斜在草上。芦芦更是呵呵地笑了，说，你还真行，比我走得还远。

如此沉重的草个子，芦芦是怎么一步步挪了这么远？我在心里慨叹起来。没有办法，只得和芦芦每人拽一条绳子，将草拽向前去。我们顺着深深的车辙外沿，芦芦让我走好走的边道，自己走牛马蹄印子。

远处传来了芦芦妈妈的呼喊，还有摇晃的手电光。我同芦芦齐声地应和了。

婶子和一个不认识的人来到我们身边，电筒的照射下，才看清芦芦衣服都湿了，浑身成了一个泥人，婶子一下子就掉泪了，忙把自己的衣服脱下来，硬是给芦芦包上。一旁的芦芦叫叔的人一边说着怎么打这么多的草，一边把草费力地扛在了肩上。

这个时候，我才觉出了冷，刚才出的一身的汗，这会儿一落下去全凉了。

四、为我迎受了危险和痛苦

啪的一下，一颗雨点打在了我的额头上。啪，又是一下，雨点爆裂后顺着额头流下来，像一条游蚓。我顾不上擦抹，我正搬着四块土坯往芦芦家跑。

还在炕上的时候，从外面进来的爷爷说，快下雨了，你去后院看看，你婶子家可能要收坯，你去帮着搬搬。我答应着出门，身后传来奶奶的声音，注意别累闪了腰！

来到后院，芦芦家已经没有了人，我次第穿过一个个院落，一直奔向旷野，远远看到芦芦和弟弟在前面跑着。我加快了脚步。

天上的阴云越来越浓，眼看就遮住了那些白的、灰的云，而且像要把它们压下来，一直压到平旷的地上。

赶到芦芦家脱坯的地方，一大片侧立的土坯中，芦芦妈妈正将那些土坯翻摆起来，芦芦的弟弟抱着一块土坯就往家里跑，芦芦抱起了四块，也往家里跑，她看见我抿着嘴笑了笑，没有说话，人已经跑远。

远远地传来了一声雷，这个时候怎么会有雷？如果这些土坯泡在雨里，可就费了芦芦和妈妈的一片力气。我也抱起了四块坯，弯腰站起身时，感到那般吃力。那是四块土坨坨呀，我咬着牙一步步往芦芦家快步走着。

身后传来婶子的声音，可要小心点啊，大侄子。

迈过一个个门槛，我喘得已经上气不接下气了，这时芦芦和弟弟又返了回来，看到我在那里吃力，芦芦伸手要接我，我不让，芦芦就跑去了。等我放下四块土坯的时候，身上立刻轻松起来，撒腿就追他们。

来回几趟了？说不清了，我已经大汗淋漓，身上的衣服全湿了，粘得痒痒的。雨越来越近了，而且起了风，那风刮在身上一阵凉爽。我跑到那片地上，看到还有几十块土坯，婶子还在那里翻摆着。芦芦已经搬起四块土坯，这时我听到了她叫，来，再给我放上一块儿。我犹豫了一下，都四块了，还要多放一块，怎么能吃得消。

可是芦芦直喊着，快，快来一块儿呀！我搬了一块土坯，举着往芦芦搬起来的土坯上面放去，四块土坯已经到达了她的胸部，我再放上去，就紧紧地挤压在了那里。

芦芦喊着，往里推推。我使劲又推了一下，芦芦抱着那摞土坯快步走去了。

我弯腰抱起了四块土坯，也要让婶子给加一块。婶子说，别了，你受不了。我说，没事，放吧。

五块土坯怎么那么重啊，我一步一晃地朝前走，挺着腰几乎看不到前面的路，过了一个个门槛，最后两个门槛我几乎就迈不过去了。

这时芦芦回来了，看见我也像她一样，呵呵地笑了，说，逞能啊。立刻就不由分说地从我怀抱里抽掉了三块，急急地往家里赶去，我的腰立时有了力气。

一个又一个大雨点终于打了下来，而且重重地打在了我的头上。

芦芦还是让我给她多放上一块土坯。

我不行了，抱起四块土坯跟在她的后面。我看见芦芦已经勉强支撑着，她的脚步明显像我一样变得迟缓，腰肢扭动着，仰着脸看着天，迎受着一滴又一滴的大雨点。她的头上不知是汗水还是雨水，辫子也湿漉漉的了。

快到西厢房的时候，我紧走了两步，放下怀里的土坯，去接她。她的蓝底白花的罩衣到处都是泥花花。

雨真的下了起来，哗哗的，我们抱着最后的土坯往家里跑，芦芦的弟弟大呼小叫。

最后的土坯已经淋了雨，不似那么坚硬了，却是更沉重起来，比原来像是沉了一倍。我听到了芦芦的喘息声，我们两个的喘息声像槽里吃草的牛。

土坯在西厢房已经摞得很高了，我接过芦芦手里的两块坯再往上堆，踮脚使尽了最后的力气，还是放歪了，重心一偏，最上面的一块一下子掉了下来，眼看要砸到我的头上，芦芦赶忙把我推在了一旁，自己去接。那块土坯就斜斜地砸在了芦芦的肩膀上，又从她的胸前滑到了地上，而后重重地碎了，芦芦几乎同时歪坐在了地上。

我把芦芦搀起来的时候，看见芦芦的眼泪滚了出来，嘴一咧一咧的。我知道一定疼极了，我很是恨自己，让一个女孩子为我迎受了危险和痛苦。

回到堂屋，我说，真不好意思。芦芦说，你是帮着我家干活呀，还说啥不好意思。快去把衣裳脱了，擦擦。芦芦说着去找盆子倒水。

芦芦的弟弟已经脱了衣服在那里嘻嘻呵呵地擦着，小小的身子冒着热气。芦芦把水倒了又换上干净的温水，让我赶快擦洗。我不好意思，就跑回奶奶家去了。

擦洗了身子，换了干净的衬衣，停了一会儿，我又戴了顶草帽，往芦芦家去。

芦芦没在外屋，我掀开了里间屋门的帘子，芦芦穿件白色小汗衫，正在擦土坯砸着的地方，她洗了的长发松垂在脑后。我看见她白嫩的肩膀有好大一片擦伤，已经渗出了血丝丝。

听到动静，芦芦扭过身来，立刻用胳膊遮住前胸，脸红红的。我说，砸得这么厉害，去诊所看看吧。芦芦去拿了外套来穿，一边穿一边说，不碍事的。芦芦伸袖子的时候，胸部显显地鼓凸出来。我惊惶地将目光朝墙上的一张福寿图看去。

芦芦接着就编她的辫子。她跟我说着话，并不看着，手翻来倒去地一会儿就将一头浓发编成了一根粗粗的蒜辫子，而后朝脑后一甩，从头上顺顺，就说，该做饭了，今天你劳苦功高，在俺家吃。我看见那根辫梢上换成了一只红的蝴蝶结。红蝴蝶一晃，就飘去了外屋。

外屋的地上，已经堆了好大一堆晒干的芦草。

细细长长的芦草被点燃，芦芦将它们放进灶膛里，立时就听到了烈烈的轰鸣，轰鸣里夹杂着爆裂的开花声，让人兴奋。刚填进去的芦草从每根细管里往外冒着白烟，像在吸火，瞬间又被火吸着。火光映亮芦芦的脸，红扑扑地闪。

芦芦回头再抱芦草的时候，就有火苗顺着膛草蹿出来，我抓起了一大把芦草塞进去，灶膛里立时就有了浓浓的烟气。正忙着贴饼子的婶子看见了，赶忙从里面拽出来一半的芦草，用脚将冒着的烟踩灭，然后抓起灶膛剩下的草抖了抖，灶膛就像被呛着的孩子，猛然透了气，大声咳嗽一下，又呵呵地乐了。

婶子说，放少点会烧得好，柴放多了，费火还不好着。婶子也是心疼柴草上的辛苦啊。婶子说，这场雨算是下透了，亏得芦芦备下的柴火多，坯也晾干，搬进了屋，多好。婶子的话语里透着简单的满足感。

大侄子，听你奶奶说，你快回去了，什么时候走啊？婶子将一块饼子啪地贴在了铁锅的边沿上。

什么，你要走了？不知是婶子的话，还是婶子的动作，让芦芦一惊，把抱来的柴草猛然扔在灶火前，脸上也猛然掠过一道红晕。

是，奶奶一直撵我走，说我要耽误了学习。我说。我还说了，我暑假还会来看奶奶。我还说，芦芦的学习很好呢，我偷看了她的作业，要是放在我们学校，早就被老师重点培养了。芦芦闷着头不再说话。婶子却说，芦芦老师也是这么说，说芦芦早晚成了这一片的尖子，将来会去县上和省上上学。唉——婶子接着叹了一口气，就没有往下说。

芦芦正烧着火，猛然说，忘了，爸该吃药了，她撩了一下辫子，起身就往东屋去了。起身之前芦芦往炉灶里填了一把柴，她抬头的时候，我看到她的眼里含了一颗晶莹的泪珠。

我说，要是芦芦去我们那里上学就好了，我们老师是北京下来的，可喜欢学习好的学生了。

婶婶说，可惜了孩子，她爸这个样子，她哪儿都去不了啊。

屋外，雨点子还在敲打着，房檐处接了一排的盆盆桶桶。

我抬头望去，前面的屋顶上起了一层的雨烟，我知道再往前去，出了街道，就是辽阔的原野，那里一定满是雨打的烟气。烟气里，一切都会滋出新芽。等到又一个艳阳天，那些芦草，又会是飘飘摇摇的一片了。

陡 河

一、嘻嘻哈哈的大尹

我不知道是一种幸运还是不幸，十几岁就当了回乡知青。那个时候的口号就是"下乡扎根一辈子"，既然是一辈子，按照父母的意思，还不如回到陡河姥姥家。姥姥家在唐山郊区，属于蔬菜队，也就是专门指定的供应城市蔬菜的大队。这在乡村较为优越而且相对富裕。

回去一说，还真接纳了我，没有住的地方，就先住在舅舅家。分配的时候，让我去了大田的四队。四队在蔬菜队里最不起眼，前三个队有两个专门种蔬菜，有上好的菜地，还有玻璃大棚。里面都是挑的勤快的姑娘、媳妇，上工个个穿得干净利亮，下工还是照样利亮干净。还有一个队是副业队，主要是烧石灰窑，在山坑打石头，赶马车跑运输。这个队多是体力活，工分也高，年轻小伙儿居多。四队则不同，一群散兵游勇，三十来号人，守着村东一片山坡地，种点玉米、地瓜、大豆、棉花什么，饮露餐风的，给村里创收不多，分红也差。

这样一支队伍，选个队长可是难，基本上每年都换人，换到后来，没有人再愿意干。村里就公开招聘，动员了半天，大尹站出来了。大家一看都乐，他整天嘻嘻哈哈，还爱吼两嗓子，没个正形，平时没有谁放在眼里。再说，大尹在副业队打石头，一天十二分，收入不低了，当四队队长，只能拿到十分，不是自找苦吃？可大尹还真就立了军令状，走马上任了。

我下乡乍到，去不了蔬菜队，那里有几个小伙子，是开小拖拉机运菜，副业队是力气活也是技术活，就只能先去四队。

一见面，大尹挺高兴，跟我称哥们儿兄弟，对我挺客气。

大尹个子高高的，足有一米八五，脚板特大，迈起步子扑踏扑踏，架势很好笑。眼睛却不大，上眼皮发紧似的，看人总扬起脸。干活却没的说，干净、利落，不拖泥带水。我来的时候，他刚当队长不久，没大有人在乎他，有的上工能迟到半晌，下工早走也不打个招呼。

开始大尹只是一个人狠劲干，把众人甩下老远。过了一段时间，大尹拿出个小本子来了：谁谁迟到半晌，按两小时记工，谁谁早走一会儿，扣一小时工分。我们每天按八小时记分，这一着够厉害。大尹然后宣布，从明天起，迟到十分钟者不再派活儿。

那时还没有兴承包制，大尹就开始计件派活儿了，上午干多少，下午干多少，干不完扣工分。我这刚去的学生娃，也是如此，一天下来，累得饭都不想吃。有些妇女干脆撂了挑子连歇几天不上工。背地里没少骂大尹。

"兄弟，你大哥有点孙子是不？不这样不行呀，误了农时，到年底完不成任务，就要我的好看啦。"大尹跟我说。

大尹的母亲晚到了十五分钟。

"妈，你回去吧，上午没活儿了。"大尹说。

大尹母亲面子上过不去，大骂儿子混账："你一吃饱走了，你老娘就不刷刷锅洗洗碗？"

"妈，你回去吧，你不回去，我还怎么说人家？"大尹给别人分配了活计，带着人走了，真的把自己的老娘晾在了那里。

大尹就这样整饬好了纪律。

除此之外，大尹还是挺随和的。锄地的时候，撒种的时候，他总是亮了嗓门，来段故事，讲个笑话，逗大伙开心。诸如"苏小妹三难新郎""卖油郎独占花魁"之类，那时这些都属于"封资修"，是不能公开讲的，大尹却不在乎，大伙也爱听。哪天他没开口，还都要求来一段。于是大尹总能讲出新段子，有时想不起来了，大伙就还让他把讲过的再讲一遍。为能听得见，众人不得不跟着他紧忙活，一会儿工夫，地里的活儿就出来了。

我后来知道，他肚里的那些货，都是"三言""二拍"里的，他不知道从哪里找到这些书，头晚上看看，第二天再说给大家。

其实当队长的，一天十个工分是死的，干不干活都行。大尹却实干。他不是党员，家庭出身不沾"贫"不带"雇"，当这队长，或有点争强好胜，说起来让人看得起。

大尹爱音乐，尤喜欢唱歌，轮到休息了，不定谁想起来就会让大尹来一段，大尹也不推让：那就来一段？说着仰起脸眯起眼睛，张了大嘴练声似的"呷呷——"两下，然后就"延河那个流水……"地唱起来。那声音顺着一片黄土，直接就蹿上了山冈，而后又从山冈那边踅回来。

说实在的，他嗓音挺亮，音域也宽，就是发出的颤音过于抖，让人立时起一身鸡皮疙瘩。他爱把一只手放在下巴底下，像是怕那下巴颤掉下来。看他那般忘形，让你失却嬉笑的勇气。真的，小顺子在田里嬉笑大尹是驴叫的时候，跑了半里地，还是被大尹追上，不来半点含糊地给了一把子。我有时想，大尹遇不到伯乐，遇到了好好训练训练，说不定真会把他招到哪个文艺团休去。他那么喜欢李双江，李双江却不知道。那个时候，几乎人人都知道"延河流水"，却不知道是李双江唱的，大尹知道，大尹简直对他崇拜至极，说这个李双江，怎么就唱得这么好！

大尹很快就和众人打成了一片，大家都有点喜欢他了。没有架子，还会逗人乐和。还是咱们队好啊。人们说。

那天刚上工，大尹把一只手捂在嘴上，颇神秘的样子："哎，昨个儿晚上呀——"昨个儿晚上怎么了？大伙催他快讲。

"她说顺子妈病了，去看看，天一黑就走了。我才不信，找着顺子一问，拉着他就去了，嗨，果然在干那事。"干啥事？大尹笑了，故意拖着不说，舞着锄头干到前面去了。众人就都起劲地追他。一直到地头休息，大尹才又说起来："我们一看，就在后窗底下压着嗓子喊，哎，都别动，开斗争会去！屋里一下子就乱了，哈哈，她第一个跑出来……"

大伙顿时说笑起来。我弄了半天才明白，大尹是在说他母亲。好像他以前就说过母亲玩牌的事。那个时候，赌博是会挨批的，可在农村，人们还是要找一点娱乐。大庭广众下，大尹如此说笑自己的母亲，让人有些想不通。

想不通的还有一件事：大尹竟然没有一块表。上工下工，干到半晌该歇歇了，他都要问人家时间。

陡河这地方，不知什么时候形成个风气，都比着戴表。那可是身份的象征，有一块表戴在腕子上，就显得十分光耀。尤其是名牌表，比如谁戴块上海表，绝对受高看，因为你很难买到，不定有多大门路。买不着上海表，买块"西铁城""百浪多"也算可以。上海表，一百二十块，西铁城之类，一百八十块，价钱上把面子补齐了。但你要是戴了"英纳格""梅花"之类，当要另眼相看，因为接近了三百大元，差不多是全家劳力两三年的血汗。这还仅仅是拿蔬菜队说事，普通的村子，想都不敢想。戴了这样的表，不仅人格提高，谈对象处朋友都是重要资本。这样你就看了，年老的年轻的，谁腕子上不戴一块表呢？无论在哪里，露出腕子光秃秃的，首先自己就矮了三分。意识到这一点，我也把有一块表当成了奋斗目标。

队长没有表，没有人信，有说大尹的表高级不舍得戴，有说大尹的表给他对象戴了。大尹还真的，很认真地否认。因而大尹问人家时间，总是有人骗了他，大家落得高兴。后来被他发现，便非掰着人家腕子看准不行。

再后来大尹真就有了块表。

那天他乐滋滋来了，大伙一眼就发现了奇迹，争着要看是啥牌子。

"不值得，不值得，能走个时间就行了。"大尹显得很谦虚。

小顺子他们几个就上前去压下大尹举着的胳膊，众人全围了去，一看都不再言语。那是商店里成盒摆着的"红旗"表。这种表不要票，也很少有人买。一是半钢的，便宜，二是走得不准。戴这样的表，与大尹的队长身份多么不符。我知道，其他几个队长戴的全是名牌进口表，就连团支书还托人买了二百九十元的"梅花"。

大尹对这块表却是十二分地爱惜，总是在衣襟上擦，放耳朵上听，和别人对点钟，说他的是"北京时间"。

大尹二十八了。在农村小伙子来说，二十八算是大龄青年了，何况他的长相要比实际年龄大得多。

"大哥，你还挑到什么时候呀？"我们有时候凑拨大尹。

"就你大哥这揍性，除了大耳朵黑姑娘，谁愿意跟哪。"大尹仰着脸笑着。

等我们闹懂大耳朵黑姑娘笑翻天的时候，大尹早扛了铁锹到前边给我们划任务去了。

逗这乐子的时候，大尹刚刚谈了个对象，后屯的，离我们村二里地。听说是小顺子妈介绍的，小顺子妈跟后屯有亲戚。

大家都没见过大尹的对象，就想着从大尹嘴里套出些什么。

"大哥，昨晚又去相嫂子了吧？"人们拿他找乐。

"可不，你大哥白天就慌了。"大尹把头扬起来，一双小眯眼看着你笑。

"亲嘴了没有？"

"那还用说。"

大伙就又笑一阵子。活不少干，时间也过得快。

二、陡河长得最好看的就是美儿

该浇地了。

陡河村子里有一条小河，从来没有干过，也从来没有宏阔过，就那么浅浅潺潺地流着，一直流进陡河。可惜离东坡地太远，离西边的蔬菜地也不近，不能被很好地利用，只能是村子的一个过客。老人们说，陡河原来是靠近村子的，那个时候陡河水很大，里面能走船，可以进入滦河，直通到很远的海上去。后来发了几次大水，这河就改了道，离村子远了。现在的村子，只是留下了一个名字。村子里用水，是经过提灌站一级级过来，谁用谁申请，谁交钱，不能随便用。蔬菜队有自己打的机井，大田的地就得靠架在岗上的水渠分水，水渠全区共享，各村都抢着用水。

大尹已经跑了好几趟。人家说，你们要是想先用，就只能排给你们两个晚上。为了那几十亩山坡地，大尹答应下来。大尹选了我们四个人，说要找心细的，认真的，万一哪里走了水，浪费不说，还浇不完。

"兄弟呀，辛苦你一下，其他人上前半夜，后半夜责任大，我们两个干好不？"

我很感怀大尹的掏心和看重，当然乐意。

"你住得离地太远，晚上早点到我家来吧，快到半夜我们一起去。"大尹说。

第一次走进了大尹的家门。迎接我的是一阵狗吠，一个姑娘掀了门帘，一个轻轻的声音，那狗就没了张狂。

"是你呀，进来吧，大尹，来人啦。"

没想到这姑娘长得这般好，白皙的脸上透着红润，眼睛里一汪水，映得你不敢直视。就听到右边屋子里回了声，大尹一掀门帘，叫着我往里进，然后说，美儿，你回屋去吧。

美儿？原来听说过美儿的，因为都说陡河长得最好看的就是美儿。一溜姑娘走在田埂上，叽喳如燕雀。"看，第三个就是美儿。"有人说。没看清面目，却先记下了这个名字。陡河人把"美儿"两字是叫转了的，听起来就像小牛的叫声。美儿，真不知道有人会叫这个名字，直接把标签贴在身上。后来问过美儿，美儿说，那是父母给起的乳名，小时候总这样叫，叫大了，知道了，也改不了了。

现在，那名字，那面目亮在了一起。

看得出，这是一座新起的三间屋的新房。外表看蛮可以和村子最新式的房子比，只是屋内摆设太陈旧，空荡的屋子就两个旧式的卧柜一个立柜，墙上的对联镜子，水银一块块剥落了，再就是椅子、农具之类。土炕上铺着烂边的席子，满炕就两个枕头，两床薄被，其中一条搭在大尹父亲的腿上。此刻老人正眯着眼睛，品咂着一支又细又长的烟袋。这便是大尹和父亲的屋子了。

进屋时，大尹正叽叽吱吱拉一把破旧的二胡，听出来是《江河水》，让我刮目。没想到大尹粗中有细，对文艺还真钻研过，那技艺没几年工夫是练不出来的。我来了，大尹很高兴，连父亲都没介绍，就把二胡推过来。

"兄弟，来，拉一段。"那情味像是酒友见面，说，来一盅。

大尹的父亲侧身缩在炕头一角，人显得萎靡，眼睛似睁似闭，看见我来了，冲我点了点头。大尹这么闹，父亲也不反感，或也是拿儿子没办法。

我坐在凳子上，拿过二胡试了一下，还真是一把不错的二胡。想不出什么曲子，就拉了一段《沙家浜》第二场的序曲。

这让大尹来了精神："兄弟，真有你的，比你大哥拉得还好。来，你拉，我唱!

"呷——呷——延河……那个流水……"

他没顾及老父亲和对面屋里的母亲、妹妹，亮起大嗓门号了起来。那表情，真有遇了知音一般的忘形。空旷的屋子产生了共鸣，有几声使我的耳鼓敲起来。

大尹兴高采烈，唱了一遍，再唱一遍。

别号了，都睡了!

直到妹妹撩了一下门帘，递一句轻轻话语过来，他才打住，看了看表。

"哟，快十一点了，睡会儿吧。"

那是一种没过够瘾的无奈。

果真就没有什么盖的。大尹拿了棉大衣自己盖，要把被子给我，我坚持盖大衣，那被子又脏又破。大尹也明白似的，不再争执，迷糊一会儿便朝地里走去。

夜很沉，我们打了手电巡了水来回地走，扒口子，挡口子。轻灵的流水，把一个个地块一点点洇透。有几处冒了水，费了好半天才堵上。天亮的时候，两个人都成了泥人，回家睡了整整一天。

那晚在地里，大尹跟我聊了很多。我竟不知大尹有那么多心事。想当兵，走不成；考文工团，人家不要；找对象，家里没资本；好不容易拆了寒碜的旧房，盖起这三间新屋，花光了所有积蓄，还欠了一屁股债。即使谈了个对象，也没订婚。拿不出订婚礼，没有满套家具摆设，纵有"黄金屋"，人家也不会进门。而妹妹也到了谈婚论嫁的年龄，在郊区农村出嫁个闺女跟娶个媳妇一样讲排场，何况大尹的妹妹又那么出众。

"赶上年景好，庄稼蔬菜大丰收，兴许年终会有个好分成。"
大尹满是信心。

三、轻轻的声音缠住了我的脚

那个嫂子我见过，虽然没有看清楚脸面，个头却是看清了，到大尹的肩膀那里吧，说不上胖瘦。

第二天晚上，也是后半夜浇地。我去找大尹，还是那狗吠，还是那声轻轻的唤，还是露出润红的脸儿。

"是你呀，进来吧。"这里的过庭是用来烧火做饭的，客人来了都会让进两边的屋里。美儿扬手掀起来的是自己屋的门帘。

美儿说大尹被小顺子叫走了。你坐炕上歇会儿,说不准一会儿就回来。小顺子跟大尹家多少沾点亲戚,但大尹并没有怎么照顾小顺子,反而把一些不好干的活儿交给他去做。小顺子对此也无怨言,他知道大尹的不容易。

美儿说着话拿起炕上的茶壶,给我倒水。这里家家炕上都有这么一件瓷壶,放在热炕头的褥子下面,里面的水总是热的。

第一次走进美儿和母亲住的屋子,一架卧柜,一只箱子,一块梳妆镜子,全没了漆色。再就是占据房间一半的大炕。同大尹那间没什么两样的简陋,居然承载了十八岁的亮丽。

美儿正在洗衣服,洗的是一件红罩衫。晚上还洗衣服? 我说。

美儿说,嗯。美儿身上穿一件青布小袄,素得分不出颜色,却得体,透出丰润年华。白天见过美儿穿着这件红罩衫。她这是洗了明天还穿吗?洗了不好干。我说。不碍事,先晾着,天将明,叠起来压在炕头,一烧火就腾干了。

这可能是村里姑娘们常用的妙方。

"哎,下乡的,想家不? "美儿在问我。

"不想家,想也没用。"

"还回去不? "

"不回去了,在这儿扎根了。"刚下乡,回去能回到哪里? 下去的都是抱着扎根念头的,尤其是我,办的是回乡。

"真的? "美儿在搓板上揉搓的手停了一下,抬眼看我。

"嗯。"我觉出热来,空气回旋得太慢。一会儿听见狗叫,而后就停止了。进来的是美儿的母亲,她个子没有美儿高,却像是美儿的老大姐,年轻时一定不差。大尹白日里说的母亲,就是这位颇有些气质的大婶。后来我知道,大尹说的赌博,无非是婆娘们玩纸牌,输赢就是几分钱。我不知道是美儿娘真的有此喜好,还是抹不开老姐妹的脸面。

美儿母亲见了我很客气，看美儿已经倒了水，就又添了让我喝，说晚上地里冷，喝不着热乎水。而后就问我可吃得下苦？可给爸妈写信？听了我的话，就说村里人都夸新来的外甥懂事，肯吃苦，干了一个月，一天也不落。美儿也插嘴，说大尹说我很能干，学什么都快，干得也仔细。我说一个大小伙子，闲着干啥，下乡还不是干活？母女俩就说，村子里也有回乡青年，都是很少坚持下地，不知道都干什么去了。我自然是没有什么根基和门路，只能一天天好好干，指望着能评个高一点的工分，年底能多分点红。我后来知道，给我评的是八分，新来头一年，已经很不赖了，队长才十分。

美儿娘就说，咱这里也不错，离城这么近，好好干肯定差不了，将来盖个房子，找一房媳妇，也挺好的。美儿正抬着水汪汪的眼睛看着我，听母亲这么一说，脸一红，立时低下头去。

走在路上，说不清酸甜滋味，搅在心头。

大尹母亲说她从小顺子家回来，大尹对象来了，现在领着去地里了，大尹说让我眯一会儿，打个盹就去地里找他，他不回家了。说着要去西屋收拾收拾。我看了看柜子上的座钟，十点多了，就说，不了婶子，我不困，今天白天睡够了。就往外走。俩人送出来，说了有空来玩的话。美儿还专门问了句穿得暖不暖，我说不冷。

村子已经睡了，一个人走在夜梦里，还真有种英武感，若不是知道大尹在田地里等，怕没有这样的勇气。

没有月光，东坡地显得无边的宽厚。借助水的声音，慢慢循着水渠找去。水渠建在高岗子上，岗子东边的地块是后屯的，西边的坡地属于陡河。后屯的地要比陡河好，但是后屯不属于蔬菜队，他们主要是种粮食，再就是到石头坑里打石头搞副业，相比之下，经济状况不如陡河，所以后屯的闺女愿意找陡河的小伙子。

陡河最不好的地块就是这里了，这是一大片的旱地，坡度虽然不大，却是常年干旱，起风的时候，一层浮土扬得哪里都是，长不了好庄稼，也就是栽些地瓜种点玉米什么。

还是没有看见人，我扛着铁锹，顺着地垄一点点往下走。地里一片昏暗，月亮从哪片云里稍微露一下脸，才勉强看清不远的一点地方。

地沟里有人说话，实际上不是在说，像在拌嘴。男的就是大尹，大尹不停地说，说到年底就会有分红，还不是早晚的事？可女的不高兴大尹的话，并且向高岗走去，大尹拉住了女的，两个影子就合在了一起，但很快被女方挣脱，而且推了大尹一把，还是往岗子上走。

我故意干咳了一声。

大尹说，是兄弟吗？我回答了。大尹说，兄弟先等我一会儿，我去去就来，我让二祥他们回去了，你看着这一块，水快到头的时候，就打开旁边的口子。说着就追上女的，翻到高岗子那边去了。大尹拿着一支手电筒，只照出脚前面一点地方。我知道那边有一条小路，是通往后屯的近路。

等大尹回来，我已经打开另一个口子，并且发现了刚才的地块里有一处正在跑水。大尹来了，看着一下子堵不上，脱下鞋子一撸裤腿就下去了，这是一个较陡的斜坡，先前灌进来的水都集中到这里，很快形成一个漏斗，流到了沟底下。沟底下再没有土地，而是通向了一个废弃的石头坑。大尹很用力地搬来一块石头，而后用力地砸在了跑水处，叫着我把旁边的地垄打开，用上边的硬土加在石头周围。大尹用脚将填埋的土一下下踩实。我知道水很冷，我说大尹快上来，会坐下病的。

大尹只顾着忙，身上的破大衣也被他甩脱扔在石岗上。我这会儿也出汗了，也把棉大衣脱了，想找个干的地方放。大尹说，兄弟，快穿上，你身板不行！

总算是把跑水的地方堵住了。大尹又带着我巡视了一番，看看一个地块快要浇满，就又打开了另一个口子。我有些愧疚，说都怨我没有早发现苗头，跑了这么多水。大尹却说兄弟你够仔细了。

大尹掏出一小片纸，而后又从哪里摸出一点烟丝，卷成一个漏斗状，嘴上一抹，用火柴点着了。大尹说，今儿个晚上，这片地就浇完了，这两天兄弟跟着我受累了。我听了心里暖和和的。跟着队长干，没说的。我说，大尹哥，刚才是嫂子吧？大尹说，嗨，那还能是谁，可不就是你嫂子。我知道大尹又笑了。大尹不等我问，就说了，兄弟，你能帮着给你嫂子买块好表不能？咱这边托不着关系。我其实也没有表，而且暂时还不能有这个念头，也就不知道如何能买到好表。大尹说，上海全钢的就行。我说我回头写信问问吧。大尹说，不着急，你嫂子非要一块好表，没有表就不跟我定亲。我好歹跟她说先结婚，买表到年底分红再说，可她就是不松口，非要这块表装面子。

我说也怨不得人家，现在不都这样？大尹说，可我去哪里给她整这个表钱？上海全钢要是买不上，那就得二百多的瑞士表了。你嫂子说，后屯人都说咱陡河人有钱，连个好表都买不起，还结哪门子亲？看来今年又结不成了。我说你再跟嫂子好好说说，她也是一时僵到这里了。大尹说，你婶子整天叨叨着我没本事，娶不进家里一个媳妇，她总想着抱孙子呢。

我俩裹着大衣侧卧着，同田野浑然一体，让风在身上起伏。在夜色的遮蔽下，人是容易卸下任何负担的。我感动大尹将心底的一角向我敞开，他是真拿我这个刚下来的知青当兄弟。

大尹岁数不小了，可那个嫂子也真是不让，两个人不是过感情的吗？物质条件就那么重要？我那个时候感情还是一片空白，不知道怎么劝大尹。大尹却说，兄弟你的条件好，以后找对象，千万别找这种论真儿的。这个时候不知怎的，我的眼前突然就冒出了美儿的笑，美儿会论真儿吗？

慢慢地知道，美儿家原本有些积攒，为了大尹能找上对象，才扒去旧屋，盖了新居。这新居对美儿是没一点意义的。三间房屋，中间烧火做饭，美儿同母亲住一间，哥哥同父亲住一间，娶进嫂子，美儿就无栖身之处了。

美儿要打扮自己，却也没这个能力，一件好看的衣衫，晚上洗了白天穿，总是那么羞羞的几件。美儿美名在外，难言在心里。

"哎，下乡的。"村街的一角，轻轻的声音缠住了我的脚。

街角有一口水井，半条街的人从那里打水吃。水井西边的高台上还有一个碾子，村里人碾米碾面都离不了。碾台下面即是村中那条河，河上有桥，是人们往西或东边上工的必经之地。从石桥过来，两边都有树，高而粗壮，美儿就是从一棵树旁走了出来。

我早看见了她，只是不知在等谁。她叫人不叫名字，比别人新奇。我住了脚，却不敢朝前去，我怕她的名字，她的光彩，怕周围的眼睛。

"哎，吃糖不？"说着伸过手来。

不好拒绝，又觉荒唐。什么时候，什么年纪还演这儿童游戏。一伸手竟是一把，热热的黏黏的。那个年代，糖也是稀罕物，平日里没有谁能随便吃。

"吃呀！"她竟用了命令口气。

忙剥一块在嘴里，感觉是一块磁铁在滑动，将所有的感觉吸引出来。

这个时候，我才发现美儿伸过来的手腕上，一片白净，那里该着有一块手表。这是陡河姑娘们少有的，我表妹也是哭着闹着让妗子给买了一块"百浪多"，每天美滋滋，回家摘下就放在一块小手绢上，戴的时候故意靠下一点，一伸一缩显出明晃晃的表带。我舅舅家人多，劳动力也多，每年都能顾及两个大点的孩子。美儿的腕子却享不到这种待遇。

你在这里等谁？姑娘们上工，都是相约着走。

不等谁……走啦。美儿说完转身就往西边走去，这时我才看到她拿着一把小铲子。

四、怪不说陡河的姑娘心性高

地里的玉米长到小腿高了，大尹带着我们开始间苗。按照株距留下一棵壮苗，把多余的苗锄去。这可是个技术活，锄头在手里不大好使，弄不好一锄下去，一簇小苗都锄断了脖子。我干得很是吃力，大尹在前面正讲着什么故事，眼看着大伙唰唰啦啦都锄到前面去了，心里越发急，一会儿就累得腰酸胳膊疼。

休息了，我还顺着自己的地垄干着。众人都东倒西歪地在地头上歇息，有人叫我快别干了。我没有听。大尹从苗地那头走过来，边走边检查，不断地把锄坏的苗扯起扔出来，大声问是谁干的。还真的被他发现了不少。大尹说照这样干，还咋个能有好收成？他正经起来，人们反倒是不敢吭声。大尹过来看了看我锄的后面，让我的心里一阵猛跳，幸亏他没有说出什么。走回来安排两位大嫂抓紧去补苗。而后接着干起来。大尹就是这样，他要是说干，总是自己先抄家伙，走到地里去。

下工的时候，大尹把我叫到一边，端着脸很认真地说，村里把稻田交给四队了，兄弟你说多让人高兴！我知道稻田原来属于副业队，四队的人觉得不公平，好事都是三个队的，四队就该着啃黄土受累，得不到什么好？就撺掇着大尹去找村里，村里一研究，同意了四队的要求。但是稻田地的人不愿意归为四队，他们在副业队干起了其他。这就需要找六个人去管理。大尹说我比较踏实，又有文化，是他信赖的人，让我当这六人的组长，一边干，一边学技术，将来成为队里的水稻专业人员。我听了心里自然很温暖，觉得大尹真不赖，这以后就可以掌握一门技艺了。

稻田在村西边，也就是在蔬菜地的最里边，再往西，就是别家村子的地盘了。这五十五亩水浇地，地势明显低于蔬菜地。第一次来的时候，心情与以往格外不同。那是要顺着一条硬实的小道，穿过两个蔬菜队，一直走下去。蔬菜队大都是蔬菜大棚，没有棚子的地块种着土豆、大葱等。不要说在这里上工，就这个氛围，也让人感觉爽极了。而村里那些姑娘就是走向这里的，她们不用像东边四队，每天都穿着鲜艳的衣衫，走亲戚一样，披着霞光朝这片彩色的田野走。怪不说陡河的姑娘心性高，一般村子都看不上，找对象不是城里的工人，也是本村的，或是其他蔬菜队的。

陡河人也真有办法，他们把东边的丘陵地整成地瓜玉米地，西边整成蔬菜地，还要辟出一块，来种植稻米，那可是稀罕的细粮啊。蔬菜供应城里的蔬菜点，粮食自己村民分配，完全保证了一个名副其实的强村形象。

这下大尹更忙了，他要两头跑，而且不能把工作重点放在稻田，那样大田的那群人还不放了鸭子？所以他得找几个放心的，来做这稻田的事情。主要的活在开始的育苗、整地和插秧，然后是浇水、除草、施肥。

这天早上去上工，就见大尹和人打起来。稻田地势较低，远处看不到。跟大尹打架的这人原来就是稻田的技术员，昨天大尹请他来帮忙整地，主要是给我们做做示范。地还没有整完，今天却不干了，并且要把整地工具带走，说是借给了邻村。大尹不让，姓田的大叔便骂起了大尹，骂到劲儿上，连大尹爹也捎带了。

于是两人扭打在了一起。别看大尹个子大，打在一起并没有沾什么光。小顺子说大尹不舍得下手，下手早把田叔打惨了。小顺子和我都不敢上前去拉，只是大声喊叫人，蔬菜队有人跑过来，拉开后田叔空手走了。搞得一身泥浆的大尹又领着我们整了一上午，把灌了水的地块一点点打细找平，那可真的是跟水一样平。自此知道，"水平"就是这么来的。最后看那五十五亩稻田地，真叫人心里舒坦。

大尹看着又笑了，从口袋里摸出纸片，给自己搓了一支烟点上。那神情，好像把早上打架的事忘了。

下工的时候，他让小顺子我俩把工具装在车上，一起拉着去给田叔家送。走到村头，大尹去了小卖部，买了一盒恒大烟。我知道大尹从不抽烟卷，他拿着这包烟进了田叔家。小顺子说，大尹这人，给队里干事儿，那么认真干啥？弄得自己吃亏，掏力又掏钱！

插秧的时候，我们的人手不够，光是处理秧苗，再送到地头，就都占用了。大尹就去蔬菜队搬兵，来的都是以前在稻田干过的熟手。蔬菜队帮了我们，我们也是要回报的，遇到大葱或者土豆下来，我们这里的活儿赶上空闲，大尹就会让我们过去帮忙装车。那可都是力气活，一篓子土豆、一捆大葱的，每个都有二三十斤。

一共来了五位，来了就利落地脱鞋脱袜子卷裤腿，下到冰凉的泥水里去了。当然会咧着嘴叫唤两声，随后就传来了笑声。姑娘们还是挺经得起冻的。

稻田里来了援兵，还是蔬菜队的，我们都劲头十足。我负责将秧苗担到地头，然后一把把扔到姑娘们的前面去，她们手里拿着一把，插完了也就正好到了秧苗跟前。我后来才发现美儿也在其中，她就站在中间的位置，来了并没有跟我们打招呼，我也不好意思去一个个瞅她们。美儿直起腰的时候，才发现是她。美儿围着一条花格头巾，这里的姑娘都会在上工时围一条头巾，遮阳也挡风。我看见美儿的时候，美儿的一双眼睛正冲着我笑。我赶忙低头挑着担子走了。

说实在的，这些姑娘干得真不赖，一会儿工夫，一块光秃秃的水田就有了绿莹莹的景象。大尹也下去了，只问了几句，就开始上手，而且插得又快又整齐。只是可怜了他那个子，由于太高，腰起的作用就不一样，一会儿就见这汉子扭动起他的腰杆来。

我们几个除了小顺子他们在育秧地里连拔带捆，其余三人走马灯似的挑着个担子跑来跑去。也就在这时，我脚下一滑，一个趔趄摔倒了，右脚直接插到了垄沟里，拔出来时一阵刺痛。扬起脚一看，有一股血从污泥间流出来。大尹赶紧过来，问我怎么样，扶着我在水里涮了涮脚，发现破口处有一根刺。大尹就叫他妹妹。

美儿随即拔腿过来了，她把筐子往地垄上一扣，让我坐在上边，然后把另一只筐子也扣过来，自己坐上去，捧起我的脚。她摆弄着我的脚，像是在摆弄一个正纳着的鞋底，看怎么方便入针。而后就从哪里摸出一个小别针，说，别怕疼啊。就下手了。之前她放了放裤腿，让我的湿漉漉的脚直接放在她的腿上。她的脸几乎要贴上我的脚了，幸亏在泥水中浸泡好久，不会有什么味道。就此仍感到难为情，似乎让一个姑娘窥到了自己的隐私。而美儿如葱段的脚丫和两条腿也裸露在阳光里，就算对等吧。

我看着美儿低着的头上，有一个布带子扎的蝴蝶结，在扭成麻花的一缕发丝上，扎得恰到好处。现在那个蓝底红花的蝴蝶在微微振翅，上面还有几珠细碎的水点。

可能蔬菜队的姑娘都有这一手，也就是几下子，那根长刺就给挑了出来。而后她两手狠劲地捏着我的脚挤了几下，说，好了，你去地边歇着吧。我说那怎么行，轻伤不下火线嘛。说着要站起来。美儿说，那你先别动。说着一只手去头上摸，把那朵蝴蝶结扯下来，原来那是根长带子。美儿将这布带在我的脚上紧紧箍了几圈，在脚背处打了个死结。说起码可以对付一下。好在那刺扎在了脚掌一侧，没有扎在脚底。我试着踩了一下，感觉好多了。

后来我把布带子洗了，拿着去村里的小卖部问，还真有，照着买了一条。再上工时递给大尹，让大尹捎给美儿。大尹却不接，说，还不自己送？我说没有机会见到美儿。大尹大声地笑了，说了句电影里的台词：没有机会创造机会嘛！

五、我明白我收到了一个信号

插过秧苗的稻田一天一个样，开始还是稀稀疏疏的，过去一阵子就变得密实实的了。尤其是大尹带着我们撒过一遍化肥又浇过一遍水之后，早变成一片墨绿。

大尹每到一个节点都会赶到，撒肥他怕撒不匀，总是大声交代，千万要撒匀，不能多也不能少。现在明显看到，那些撒不到的地方，就发浅发青，而且低矮。大尹又去补撒。拔草他怕拔不净，光着腿同我们一块儿下到田里，顺着一畦往前拔。蚂蟥把腿上叮得到处都是血口子，别人看到了喊他，他不在乎地啪啪打几下子，拽出长长的蚂蟥扔得好远。

只要是听到"延河那个流水……"的歌声，就知道大尹来了。但是大尹一到了稻田，就变了一个人，不再唱歌，也不像在大田有那么多话，就是一个劲儿地闷头做，这样别人也就跟着忙，腿上爬了蚂蟥同样顾不上打。所以几个人不大愿意大尹来，大尹一来我们就苦了。可大尹图什么呢？没有见到村里领导来视察过，表扬过，他就像是给自家干似的，那么认真，那么拼命。

下工了，走过小桥。

"哎，下乡的。"不知道美儿是故意等我还是巧遇，"最近怎么不去我家？"

"没什么事。"确实找不出什么借口。"哦，这头绳。"我把一直在口袋里躺着的布带子递给她。

"认那么真，我还有。"美儿说着，接了过去。

"人家来人了。"话语很轻，没听明白。

"下午走的……"

"跟你说话呢！"

"哦，谁来了？"依然不知她说的什么。

"提媒的呗！"

陡然出口的话语，有点言高。我心一震，她竟跟我说这些。

"哦，你愿意？"

"你说呢？"

我的心跳起来，慌慌的。看见表妹去井上打水，找个借口跑去。

我明白我收到了一个信号。它来得这般突然，我没有一点准备。我不知将来的命运，不知我的前途、我的归宿。刚刚插队到这里，连个小屋都没有，寄住在舅舅家里，我只是在一天两晌地打发日子。

"表兄真行，被村里的俊丫头看上了。"

表妹回家说。话语中分明一种鄙意。

"哼，那丫头，都不看看他的家底，也想让人家给她背黑锅？"

我的头嗡地一响，什么话也听不见了。我知道这话语中的分量，在那个大讲"政治清白""划清界限"的年代里，我连自己的亲二姨家都不敢明着常去，不就是怕影响前途吗？

终于闹清了，美儿的父亲被抓过丁，干过伪事，美儿的母亲是父亲从外边带来的，本不是庄户人。我说怎么看着美儿的母亲不像农村人。人家说，她原来是天津卫一个大户人家的闺女，那大户后来破落了，带着全家到了这边闯荡，不知怎么这闺女就跟了当时混得还可以的大尹父亲。别看大尹父亲总是一言不发，那个头儿，那架势，一看就是见过世面的。这使得大尹是队长却不是党员，美儿是青年却入不了团，永远是"考验"的对象。

美儿的形象坍塌了。美儿美得那般不似人家。

我开始躲着那街角、那小路、那个软软的声音："哎，下乡的……"

我恨自己，我也想着能入团能参军能被招工能出人头地。

有时我也想，你是自作多情，人家又没跟你有过任何表示，兴许人家定了亲呢。

那么她会跟定个什么人呢？如果像有些例子，"地主"找"富农"，"土匪"找"三青"，那她将永远翻不了身。

六、美儿好像真的病了

这天要给稻田打一次药，我们把喷雾器带来了，就等着大尹的农药。农药属于村里严管的剧毒物品，只有大尹去签字才能领出。

做完了准备工作，去坡下方便的时候，小顺子没话找话，问了我舅舅家的事情，还问起二表妹她们平时干什么，看什么书。我说倒是看到她们看《苦菜花》和《青春之歌》。小顺子就说那是他借给她们的，而那些书，是从美儿那里拿的。我说二表妹为什么不直接跟美儿借？小顺子说，她也不知道我从哪里拿的嘛。我说美儿还有这些书？小顺子说其实也不是美儿的，是美儿跟人家换着看，有些是大尹换来的。不过最近好像美儿看书少了，问她几次，都说没有借新书，好像美儿心情不大好。

我就问起美儿家的情况，小顺子便将自己知道的都说了。小顺子说，美儿曾经被一个城里蔬菜店的男孩喜欢过，那人是蔬菜公司主任的儿子，经常跟着运菜的拖拉机跑到地里来找美儿，美儿开始总是躲着，终是躲不过人家一片真诚，就见了。可不久这人就消失得无影无踪。听说是他父亲了解了美儿家的情况，让儿子当兵走了。美儿就整个儿变了一个人，不言不语了很长时间。

小顺子说，美儿就是太善良，她的善良超过了她的好看，她在家里在村里对谁都好，却还是常常受到伤害。

我说小顺子，你怎么对美儿这么了解？因为我喜欢美儿！小顺子说，可是她不喜欢我，我又不能伤害她。我说，小顺子，是不是我二表妹喜欢你？小顺子说，实话跟你说，她确实有这点意思。你呢？我说。我还说不好。小顺子说，不过你不要跟她多说什么。我说我懂。

大尹半晌才来，他带来两瓶农药，我看到是亚胺硫磷。大尹亲自配比兑水加到喷雾器里，打压后试了试，然后领着我们各自在稻畦分开，排成一排往前喷。

风有时会趔过来，我们都没有戴口罩，药味就会浓浓地灌入口鼻，这个时候谁也不敢张嘴说话。而实际上，我发现大尹今天本来话就不多。

喷完两个地块，一壶药就都打完了。走到地头，大尹再次配好药，突然想起什么，从口袋里摸出一个纸包，递给我说，你大哥忘了，你知道美儿的一队在哪儿干活吧？顺着这条路走到头，然后往左拐，到那儿见人再打听。她昨天发烧了。

我接纸包时碰到大尹的手，我说大尹你也发烧了，你的手好烫！大尹说，哦，你让我拿两片药。他从药包里取了四片土霉素、两片磺胺，一扬手送到嘴里去了。随后说，这丫头把我也传染了，没事儿，很快就好了。

我顺利地找到美儿上工的一队，问了一个人，说在哪个暖棚里。暖棚就是一个个大玻璃房子，外墙刷着白灰，远远看去，就像工厂的车间，整齐、干净。我很快就找到了其中的一个暖房，掀起厚实的棉门帘，进去就像是进了澡堂子，阳光透过玻璃照射进来，喧腾着一股温暖的气息，还有蔬菜散发出来的清气，舒爽极了。

真是一个年轻人的天地，姑娘们有说有笑，正在摘西红柿。我一进来就听到了她们的话语，看，下乡的，来找谁？

二表妹先站起来，问我怎么来了。听我说是找美儿，二表妹脸上一红，喊，美儿，找你的！美儿站起来，脸也是红红的。

我把药递给美儿，说是大尹哥让送来的，让她赶紧吃了。美儿说，他一早说去村上拿药，是又忘了吧？我说是，他太忙了，自己发烧都没顾上吃。我问美儿病了怎么还来上工。美儿说，在家待着也是待着，吃了药就好了。

我知道美儿是不愿意误那一天工。美儿是记工员，她从没有请过假。一个大棚子分配有几个姑娘，干起活来轻松而愉悦，无非是摘摘果子、打打枝杈。她们甚至都脱掉了厚厚的衣装，只穿着薄衫，外罩一件蓝色罩衣，戴着手套，就像城里菜店的售货员。要不人家说蔬菜队的像上班的工人。

几个姑娘每人一个小提篮，摘的西红柿放满了，就去倒在地头的筐子里，然后会有小拖拉机拉到两公里外的城市蔬菜站去。

美儿好像真的病了，脸上红扑扑的，却有些不大精神。美儿脸盘不大，甚至可以说有些瘦巧，这就使得她的一双眼睛格外醒目，你看不到别的，只看到一波涟滟。我跟自己说，快走吧，别再傻站着了。可我好像没有听见，我的腿只是随意地换了一个姿势，并没有离开半步。

怎么不见你了，怎么了？美儿说。没，没有。我怎么都不能把眼前这个人同她的父亲贴在一起，也不能同大尹贴在一起。他们各是独立的人。美儿从生下来就不知道自带了一种基因吗？不，她是知道的，而且是刻骨铭心地知道，只是有时候她又忘记了，天真地忘记了。

美儿拿了两个鲜红的西红柿，在罩衫下擦了擦递给我。我一下子脸热起来，说不要。美儿说，吃吧，不要紧，在菜地里都吃，只要不往家拿。

这时有人说话了，吃吧，吃吧，还能把我们队吃穷了？不行算美儿的，今天没有美儿的份了。而后就是一阵笑。原来这些姑娘都没闲着。

我不好意思，也不好推拒，接过一个三口两口吃了。还真好吃，这是今年第一次吃这么新鲜的果实。而蔬菜队的天天都能享受，怪不得她们养得个个桃红柳绿。

吃完一个，美儿又把另一个塞给我，眼睛里说，快吃了，要不她们又叽喳了。我只好再次将那甜润吞进肚子。

我的腿带着我的甜润往外走。美儿说，知道地方了，休息时来玩吧。

随后就听到，是呀，没事了来玩吧。还有的更损，直接就说，是呀，没事了来找美儿玩吧。我走出好远了，还听到后面叽叽咯咯的笑声。

七、那一次便是与陡河长久地告别

眼看着稻子已经抽穗，每一棵都显得茁壮起来，风一过，一赶一赶地起绿浪，看着让人欢喜，这可是我们亲手侍弄的，大家都说，今年的收成，一定错不了。

大尹又带着农药来了，这是最后一次打药，然后就只等着收割了。为了一天喷完五十五亩稻田，晌午连家都没回。吃块饼子，就两口咸菜，而后就接着干。

紧赶慢赶到太阳落山，六个人已累得迈不动步子。吸了一天的药粉，顶了一天的烈日，中暑一般难受。

大尹一高兴，就让小顺子去蔬菜队摘几根黄瓜来。一会儿工夫，小顺子就抱着自己的褂子回来了，足够一人两根。大尹说，你小子，还真敢要！小顺子说，人家让随便摘，咱不多摘点？

坐着吃黄瓜的时候，小顺子悄悄跟我说，你知道吗，陡河镇的一个什么主任，托了咱们村的主任，一直跟大尹家做工作，那个主任老婆死了，想让美儿续弦，说是要给美儿一辆飞鸽链盒车，一块上海全钢表做定亲礼。我心里打起了鼓，说，美儿愿意吗？小顺子说，美儿当然不愿意，美儿她爹也不愿意，但是她妈愿意。我说，大尹呢，大尹什么意见？小顺子捣了我一下，说你傻子呀，大尹什么意思，你不知道？我的脸一下子热起来，怕小顺子看到，忙低下头不再言语。

太阳虽然落山，暑气却还没有消退，地表泛出氤氲的热气。吃了黄瓜，虽然说爽了不少，还是有些疲累，身上头上都是药味。有人就说去哪里洗洗就好了，小顺子说去陡河吧。大尹竟然同意了，这让大伙一下子来了精神。收好了家伙，直往北边奔去。

我还没有见过陡河，差不多走了两里多地，一条大河出现在眼前。

现在看陡河，一切还处于原始状态，两岸没什么树木，更多的是蓬勃的杂草，堤岸在远处还是低缓的，到了这里却高陡起来，形成一种深幽感。从上游急急流下来的河水，到了这里陡然一转，无怨无悔地转到后屯那边去了。

大尹说，今天的水有点怪！小顺子说，是呀，怎么这么狂，还浑。

水面很宽，岸边的一些泥土不时地被带进水中。小顺子几个并不顾忌，直接就扑扑通通跳了下去，而后从哪里露出头来。大尹问我可会水？我说会。就跟着跳了下去，脚自然是挨不到底，一个猛子蹿上来，呼了一口气。大尹是最后下水的，没想到平时处处胜人一筹的大尹，却是泳技最差的一个。他打着狗刨，不停地呼呼直喘，游不多远就到岸边抓住一蓬草，手一抹脸，叫着痛快。

这时就听到大尹叫唤起来：我的表！我的表——他举着一只胳膊，爬上岸去，不停地叫，胳膊上是他那块"红旗"表。

我们都爬上来，看他的表。他的表已经进水，表蒙子上一层水渍，哪还见得着表针表盘的影子。完了！他甩着，晃着，放在耳边听着，不住地跺着脚。我们都没有表，也就不知道提醒。

有人笑，我却没有。大尹是累昏了头。他完全可以对我们交代一下，让我们干就是，自己找个地方避暑去，没有人会去追究他在哪里干活。

看着一向乐呵的大尹，从没有这么哭丧着脸，我也不好劝什么。

小顺子偷偷告诉我，其实这表是大尹给嫂子买的，嫂子一直要一块表，没有表不定亲。为了买这块表，他妹妹美儿都贡献了自己的私房钱，可女方嫌赖，不要。

回去的路上，我们让大尹赶紧找人去修修，大尹却是一路都没吭声。

夜里我还想着第二天问问表的情况，夜里就地震了。那突如其来的灾难如一个恶魔，吞噬了整个城市连带乡村。

我侥幸跑出了房屋，迷途羔羊一般，那个时候觉得塌天了，几乎家家都传出了哭声，自顾自还顾不上，谁还能管其他。整个世界都处于无序状态，听说蔬菜队的玻璃大棚都被震塌了，晚上看大棚的人有的被埋在了里面。大棚外边的菜地受到了来自村里村外的疯抢，包括土豆，包括大葱和大蒜，什么都没有留下。东边的大田同样被殃及，玉米棒子和地瓜、大豆被抢得丝毫不剩。水渠也被震得七零八落。大半年来的辛苦，算是白忙了。好在还有稻田地，整个地块有一部分塌陷，但基本不会影响今年的收成。

那两天，逃难一样躲避可能而来的水灾，原始人一样学着搭起奇形怪状的窝棚，动物一样寻找水和食物，然后等待着传闻中更大的毁灭性回震的到来。这之后才被组织起来，执勤、巡逻，才慢慢以为地球又转了，才想起许多人来，包括自己的亲人，包括大尹。我的二姨在地震中走了，还有大尹的父亲。大尹和母亲、美儿躲过一劫。

我去看大尹的时候，黄昏的雨刚停。院子里，大尹头发蓬乱地蹲在防震棚前，一支接一支地卷着纸烟抽，木木地看着眼前的一点泥地。临时搭起来的棚子，无非是利用了一些木头棍子、雨布、草帘子之类。他的身后，是那房屋的残骸，是他所有的家产。那条狗卧在他的脚边，一动不动，见了我也没有发出声音。卧在他脚边的还有一样东西，一把碎了的二胡。

半天他才醒过劲来看出是我。那只可怜的表还在手腕上，里边布满了浓浓的水汽。

他去看过后屯那女子，也有幸脱难。只是他的"黄金屋"没有了，不知那女子会不会也就此失去。

"兄弟，狗操的地震没把咱砸死，咱还得干！"

走的时候，大尹起身送我，本想说句安慰的话，听见这一句，终是不必要了。

看着大尹站在那里，树干子一样。我倒真想听见那声宏阔：

"延河那个流水……"

没有见着美儿。不知道是躲在防震棚子里没露面，还是去了哪里。身后传来大尹的话：兄弟，常来啊……

十余天过去，河南的抗震救灾车再次开进村子。上次我曾经让他们带信给父母，我还贴上了个人保存的邮票。他们说只能带到安阳，因为他们是安钢的。后来知道，那信投进邮筒，根本就没有再转投。这次再来村里，还是上次来的人，他在这个村子里有亲戚。舅舅看到了，赶忙去跟人家说情况，请求把我带回去，说我的父母在河南，电报电话都不通，不定怎么着急。人家同意我跟车回去，但是只能捎到安阳，剩下的路我自己想法。舅舅很高兴地赶回家说这个事，说家里的房子也不能住人，整个恢复不定到什么时候。我知道，舅舅也是怕担责任。说这话的时候，舅舅已经给我准备好了行囊。

走得那般匆忙，来不及跟许多应该告别的人告别，包括其他的亲戚，包括大尹，就那么挤在了人头晃动的车厢里，那些人或是从其他地方带上的。舅舅考虑到一路的风险，不停地嘱咐我靠着车头近些，裹紧大衣，包好头。那是一辆带篷子的卡车，行程千里，不知道会发生什么情况。

那时感觉茫然，一切都没有预期，不知道行为的对错，不知道以后的结果。父母每天都是怎么过的？走了，还会来吗？何时回来？后来知道，父母那时快急疯了，每天都会去电信局发一封电报，尽管人家告诉说唐山的电信系统都已震坏，根本收不到。但是父母还是木然地走向电信局，木然地发一封没有结果的电报。母亲的头发，一夜间全白了。我回去以后，他们再也不准我离家半步，半年以后，把我的手续办了回来。那么，那一次便是与陡河长久地告别了。

汽车开动的刹那，我不无留恋地向后看去，送行的和看热闹的人群后面，竟看见美儿站在不远的街角。她还是穿着那件碎花的红罩衫，一动不动地朝我看着，手却是不停地擦着眼睛。夕风里，一绺鬓发零乱地飘。

我扬起了手。只是越来越远了，留那个浅红在黄昏中。

我的心模糊起来。

辽 阔

一、这片土地原是属于大海的

家乡在渤海湾里。记忆里那般辽阔广大，放眼望去，四下里总能望见蓝天和大地的相接处。夏秋季节，旷野里便到处飘扬了细细长长的芦草，白穗子在风中高高低低，翻起无尽的波浪；白颜色的太阳，也总是那般邈远，苍苍茫茫浮涌在芦丛中。

这片土地原是属于大海的，每条河流都是大海的经脉，有潮涨和潮落。因而这土地就显得特别地殷实，特别地黏厚，时常被海水浸滋，又时常被长久地遗忘。因而那旷阔的大地，就有了无数条随意的道路，连着晨星样稀落的村庄。

在我的记忆里，故乡总是泥泥泞泞，路上满是深深的车辙。即使到了晴天，路也并不好走，一条条道沟凝固在那里，生出许多艰难。而此并未阻碍人们的脚步，他们依然赶着牛车，推着吱呀响的独轮车，骑着笨重的大杆车来来往往。牛车上那种古战车一般的大木轱辘，周身铆了铁钉，箍了铁圈，既笨重又显得凛然。老牛拉起来慢慢悠悠。那种悠然自得的节奏，是否也培养了家乡人沉稳朴实的性格呢？生活的闭塞，以至村头猛然出现一辆汽车什么的，小人儿们会嗷嗷叫着追出去好远。遇到街上来了生人，村人总有一脸善意冲你微笑，问你几时来的，吃过饭没，邀你到家里坐。

我的家乡人就是这样，他们世世代代在这块土地上繁衍生息，早已认可了这种现实，或者说被这种现实所征服。他们没有感觉出什么叫荒凉、寂寞和种种不如意，反而整天都生活得很自在，很充实。

每天都有干不完的活，早起天刚亮下地，晚间星星点灯才归。而每个人归来的担子上、车子上还必是结结实实的两大捆芦草，以续燃喷香的炊烟。那些个男人们，个个生得黑红粗壮，肌骨疙疙瘩瘩，女人则温婉细腻，高挑匀称。让人感受到阳刚之武与阴柔之美。尤其在插秧时节，女人们将裤腿挽得高高，露出健美的小腿，欢笑中涌动一股春情。到了秋天，又白又香的稻米、手工编织的细细密密的苇席，从条条泥泞的路上运送到很远的城市和地区。

儿时我曾随二叔下过一回地，地离家很远，推着独轮车走上一两个钟头才能到。正是深秋时节，田野孤辽而寂寞，看不见什么人影，只二叔一个人在那里翻地。一晌才翻出两片席子大小。中饭回不了家，三块饼子就一壶凉开水。二叔却很满足，为那鱼鳞状的成果。后来二叔患了很重的肝炎，坚持了六年之后去世了，我曾答应等我长大领二叔出来转转，却终是没有等到这一天。

遥望家乡，还总遥望一个值得铭记的形象。小的时候，她是作为一个坟墓走进我的视线的。她牺牲那年才十七岁。敌人剥光了她的衣服，而她以坚毅与信念迎受了羞辱和死亡。不少乡亲都记得她的模样，外表上那只是个细皮嫩肉的俊妮子。她掩护下来的人，有的住进了城市的小楼。乡亲们把她埋在村头上，她叫王翠兰。她是家乡人勇敢坚毅、俊美向上的代表。多少年后灭顶之灾的大地震都没有摧垮家乡人的意志，不能不说是一个证明。妇女主任王翠兰是从堡垒户王化朋家里搜走的，因而王化朋的名字也上了宣传英烈的小册子。王化朋即是我爷爷，同样是个性格刚直的人。他把两个儿子一个送入部队一个供上大学，自己却永久守着那片老土，看风云变幻，观日月经天，直到九十六岁离世。

爷爷活着的时候，我问过他掩护王翠兰的事，那时我正看到一本宣传王翠兰的书。但是他说得轻描淡写，认为把一个孩子可惜了。当时爷爷将她藏在厢房的草堆里，最终被坏人说了出去。爷爷说，孩子出去就说是自己藏的，跟谁都没有关系，一个好孩子啊，论起来你该叫她姑姑。王翠兰姑姑，多少年回去我都去她坟头看看。我总以为一切不大真实。我想着，爷爷也许为此后悔了一生。他不知道那些小册子里怎么描述。他没有做过什么干部，他好像不屑去做。爷爷一生深受人们的尊重，生命的最后，不吃不喝，不拉不尿，干干净净地躺在那里，一直挨过了十一天，直到吐出最后一口气息无疾而终。

如今爷爷同王翠兰埋在同一块土地上，漫天的苇草在他们的周围荡漾着绿波，荡漾着一片耀眼的阳光。

二、生养他的辽阔的家乡

爷爷拒绝进水进食已是第十天。爷爷依然没有闭眼。他时不时翻动着身子，随意地摆放着手和腿。停食第七天老家的人看看不行，才给远在河南的父亲和河北三河的叔叔发了电报。我和父亲赶来时，叔叔已经先到。父亲上炕去拉着爷爷的手，叫着爷爷，爷爷神志依然清醒，他知道是谁来了。人们都说爷爷最亲我这个大孙子，都想着爷爷会精神振作，重新开始他的生活。可爷爷只是睁了睁眼说："我，哪儿都不疼。"就又归回了原来的状态。爷爷说得很轻，屋子里的人都听到了。爷爷他没有疾病，没有痛苦的折磨，他甚至没有了便尿，体内完全地排空了。他是想干干净净地进入天堂吗？

父亲想给爷爷找大夫，可村里的大夫就在这里。大夫说爷爷从一开始就不让给他看，他说他什么病都没有。父亲想给爷爷输液，大夫说爷爷也是不让，依着爷爷的脾气，他会把药瓶子甩到地下去。村里的干部说，爷爷是个明白人，他知道自己该走了，他不想拖累任何人。如果按照父亲的做法，爷爷还会活下去，活过一百岁也是可能的。

爷爷有三个儿子，一个走了，两个在外地。爷爷分别去两个儿子的地方，试着生活，都不如意，实际上是都不习惯。比如来我们这里。我们几个孩子每天都在上学，父母上班，留下他一人在家寂寞。他有时出去遛遛，但是光秃秃的街上，不辽阔，望不到远方。没有流水，没有芦草，也没有说话的人。他说的人家不懂，人家说的他也不懂。吃的也不一样，没有烧火做饭的大锅，也做不出那种味道。面食吃不惯，父亲去买来米，也不是家乡那种米。睡在一间小屋的床铺上，不是家乡宽展的火炕。只有在我们放学的时候他才会露出欢喜的笑意。但是我们正是爱玩的年龄，跟爷爷玩有什么意思呢，就都跑走了。那个时候，真的不能理解一位老人的心思。

爷爷终于向父亲提出，就如他半年前向叔叔提出一样，他要走了。这次再没有别的选择，只有回去，回到生养他的辽阔的家乡。

回去也有无数苦衷，原本爷爷是和奶奶住在一处祖屋，二叔住在爷爷的后面，前后院子相通，二叔家的人对爷爷好歹有个照顾。但是地震之后，奶奶和二叔先后病故，二叔没有男孩，家里的女孩出嫁离家后，二婶也改嫁了。爷爷没有了依靠，小儿子就劝说到他那里去。那时三叔刚从寒冷的东北调来三河不久，那里离老家不远，爷爷应该习惯。只是三叔是重组家庭，我们对于新三婶子都不熟悉。爷爷似乎别无选择，相信了三叔，卖了祖屋，带上盘缠跟着小儿子走了。

没有想到在小儿子处过得并不如意。是如何的不如意，爷爷从来没有跟任何人说过。爷爷是突然来河南我家的，只是让叔叔给父亲拍了一封电报，让父亲接车。爷爷就带着他的铺盖卷来了，那已经成了他的全部家当。他在三叔家待了还不到一年。我和父亲去的火车站，见着爷爷的时候，爷爷是带了一脸笑的，爷爷是个个性很强的人，即使老了，依然秉性不改。他自始至终都没有向他的大儿子诉说一句苦楚和怨言。爷爷回去的时候，也是如此。

父亲说，在他小的时候，七口之家全靠爷爷给大户人家做长活，管理着六十多亩地，从种到收，没有人帮他，他任劳任怨，甘苦自知。那一年一连下了二十多天雨，家里实在揭不开锅了。父亲跟着爷爷到西北街的大户去借粮，先有大狗汪汪地叫，好半天出来个管家，看见是爷爷，回去问了主人，就借了三十斤玉米，管家说，这是看了爷爷的面子，其他人不会借的。到时给五十斤就行了。灾荒年景，还顾得什么。爷爷一声不吭地回去了。当然，后来也是一声不吭地还上了。爷爷是如何做如何还的，他从来没有提起过。

爷爷回去就住到了大姑姑家里，大姑是老大，当时已经七十多岁，后来大姑父也去世了。爷爷在那里住着心里不安。按照家乡规矩，爷爷百年之后是不能在女儿家里发丧的，何况大姑的身体还没有爷爷壮实，爷爷担心有一天大姑走到自己前面去。爷爷的独轮车，在他的晚年迷惘了。

三、一道近了又远、远了又近的向往

我坐过爷爷的独轮车，那是我一个人代表父母探家的时候。爷爷将包裹在独轮车的一边缚好，让我坐到铺了厚褥子的另一边上去。我看了，有些犹豫。一个轱辘着地，稳当吗？"坐上，没着事。"爷爷慈祥地笑，两手把了扶手，一条带子挎在脖子上，看那架势，果真就有了一种安慰。手扶着坐上去，褥子卷过来盖好脚，独轮车就动了。

随着爷爷的步子一晃一晃，很有些在马背上的感觉，虽然只坐过一次马背，那味道却永远新着。

向后望去，刚才送我来的长途汽车，已掉转头离去好远，屁股后边一溜的烟尘。现在坐了这独轮车，比坐汽车有意思多了，汽车太高太快，看不清楚四野。四野里，有多少景致可以享受。

单就这路，就让人新奇不够。雨水、黏土和车轮搅和出来的路，是一道近了又远、远了又近的向往。深深的车辙，该是多少牛车马车碾过，碾成一条又一条坚硬的道沟。多少天日，识途的牲口就沿了这道沟一许不爽地将车子拉向前去，除了新雨又来。可见这泥泞的黏土路，并不曾绊了人们的腿脚，误了人们的行程。

那些推了独轮车的，骑了自行车的，全都有那般本事，把个车子顺了道沟直直地远去。后来我曾骑了车子玩过这把戏，本觉车技不错却总是撞到道沟边槽，摔了不少泥巴跟头，让身后的小人儿笑破肚皮。

爷爷也是循了这道沟，悠悠颤颤地走。路就越发离得眼近，放下脚来，就擦着地面。地面正倏倏地向后逃去。任何一种车子坐了，都没有这般与路的亲近。

仔细看这独轮转动的车子，几根木条钉了框架，轮子串过正中，并不用多少材料。迎面来的、过我们而去的车子，有推了宽宽大大的一蓬芦草垛，着一个小人儿牵着绳子领路；有推了结实的大麻袋，盐或稻米之类；还有一边一个大筐，老婆孩子坐满，整个一个全家福。比中原的两轮车不少装，却还要省料。更主要的，是没有了路的局限，只要人能走去的，车子便也没有过不去的。推车人那般轻松，那般自在，随你想了即使他不扶车把，靠那根带子也就走了去。果真就见一爷们儿掏烟，双手擦火点上，那车还在稳稳地走着。

我着实喜欢上这车子了。到了家，得了空，第一件事便双手把了车杆，挎了带子，以为那车会顺顺当当前行，哪想一个趔趄连我也翻了。看看没人，又把起来，憋红了脸扭歪了嘴却还是让那趔趄占了上风。再来几下，摔得更重。方知遇了对手，因此也就越觉出爷爷那些"把式"的了不起来。

只好讨教爷爷。爷爷说，你还小，胳膊腿还没劲，这车也不是为你设计的，等你长大了，自然就会了。

又有一些时间过去，再回老家，自然还想着那独轮车。趁爷爷要出去打草，我把了车杆，挎了带子，叉了腿，那车子竟顺顺地前行了。我说，爷爷，你坐上吧。话没落地，又是一个趔趄在那里，只是没把我带翻过去。我和爷爷都笑起来。

四、乡音和乡情在周围弥漫

一拨一拨的晚辈来看爷爷了，一屋子又一屋子的人，从早到晚不停歇地来。摸摸他的手、他的身子，同他说说话。爷爷穿着白色的上衣、黑色的裤子，整洁地躺在炕上。他时不时微睁一下眼睛，向人们示意，话语已经没有了。

风从敞开的窗子吹来，屋子里阳光明媚。乡音和乡情在爷爷的周围弥漫。大家热热闹闹地拉着家长里短，气氛那般自由、和谐，完全没有压抑的感觉。

爷爷为大家提供了一个聚会的场所。有矛盾的、平时不来往的也在一起递烟对火了，面对一个对生命看得如此平淡的老人，谁的心灵都会开窍。

父亲十七岁的时候，爷爷执意要父亲随着村里几个后生去当兵。"就是俺们家老人目光浅，去了又让俺们跑回来，现在不都在庄里啃地？还是化朋他老人家看得远！"我听出来，那是几个同父亲一起跑去参军的人，半路上却偷跑回来。

我问过父亲，那么小，爷爷就舍得？那也是把命揣在腰里的事情，并且还去了朝鲜，经受了更多的艰难。回来到了山东，又到了河南，离家千里远。父亲没有正面回答我。爷爷还让三叔好好念书，中学是去稻地，距家几十里的一个镇子，爷爷就推着独轮车送叔叔，中间还要送吃的用的，一直把小儿子送去了大学，而后分到了东北长春，更是离家千里之遥。而他自己，守在苍茫的苇乡，经历近一个世纪的坎坷。

爷爷的棺材拉过来了，那是用上等的木料制作的。爷爷曾亲自看过它成材的过程。就如皇上钦定过自己的陵寝。那即是爷爷的新屋了。棺木是深红色的。死亡多由白色或黑色代表，不知为何将棺木漆成了红色。这是喜庆的色彩，是表示爷爷九十六岁的喜丧？

二姑父在给爷爷剪发。这是爷爷最后一次剪发了。爷爷一生都是硬硬的短平头。爷爷翻了翻身。爷爷不问为什么。周围的人们看着爷爷一点点又变得精神了。那些头发，爷爷不再带走了，就像土地被割去最后一季稻子，爷爷把该留下的都留下了。

不少的人讲起同爷爷在一起的快乐，他们大都比爷爷小，显出对爷爷的敬佩与尊重。说着的时候，还不时地看看躺着的爷爷，似乎也在讲给爷爷听。爷爷都听到了吗？父亲也加入其中，不时地插话。父亲的情绪也被他们感染了，他已经从六神无主中摆脱出来，有了更多的理解与宽慰。

五、炊烟里都有了那股野味清香

极辽阔的渤海湾，稀疏地散落着星星点点的村庄，村庄里的人极享了这片宽广的天地。

农闲的时候，爷爷他们组成一组，划了船便下了芦荡。

小船一共七八只，每一只船头放两杆土枪。那土枪里装了火药和铁砂，长长的枪筒尾部露出不长的火药信子。一旦点着信子，信子催着火药，铁砂子就憋足了劲从枪筒里冲出来，热烫烫地好一片散开去。

野鸭子聚群，渤海湾里有丰美的鱼虾虫草，更有茂密的芦苇可安家立业，于是就有了成千上万的野鸭群，生长栖息在水森草盛的芦苇丛中。人们说，野鸭子从苇丛飞起时，唰唰啦啦像一片响云，遮天蔽日，极壮观。

那时没有什么保护野生动物的条文，渤海湾的人本就祖祖辈辈以捕鱼种稻打野鸭为生，因而就把此看作是一种极为愉快的劳作。

打野鸭子一般都在晚上。野鸭子捕了一天的食，晚上便聚群钻进深深的芦苇荡歇息。

野鸭子也特精灵，一点风吹草动都能使它们睁开眼睛，并在一瞬间拍翅上天。

人们说事先要看好目标，知道哪一片沙洲是野鸭子的栖息地，然后用芦草做好伪装在鸭子归巢后悄悄包围。这时小船要极轻极轻，不能出一点声响。临到离沙洲十几米远近，就有人下水推着船走，其他的人则全伏在船里，一点影子都不能露。直到七八米的样子，才同时点火，让那十几杆土枪放出响亮的光芒。

这之前，野蒿做成的火捻子全藏在袖筒里，一露光就会功亏一篑。爷爷是领头，看看时机成熟，率先亮出火捻，各船的人几乎同时把火对准药信子，这时野鸭子正好看见爷爷划出的火光吃惊起来，一声叫唤唰啦啦抖起翅膀，就在拍翅离地的刹那，威力极大的火药枪响了。

人们说爷爷亮那火光既是信号，也是故意给野鸭子看的。小船在水面上漂着，枪又是在小船上架着，野鸭子只有在飞起的刹那，才能让火药枪出效果。

那野鸭散落下来，水里、沙洲上、苇丛中到处都是，爷爷他们要费好半天时间捡拾。

每遇打野鸭子的枪响，临近村子的小人儿们也沾了光。他们拿着网，拿着长杆子，在天色熹微的早晨，不需近前，就能捡到零星的战利品。有时还要脱了衣服，光着屁股扑进水里去。

野鸭子打回来，很慷慨地分给大伙，于是每家的炊烟里都有了那股野味清香。野鸭子毛，是极好的取暖材料，厚厚的塞进布袋，铺在炕上，隔潮保暖，一冬都不要寒冷。多少年过去，回老家时，我还睡过那样的鸭毛褥子。

他们说，那个时候野鸭子繁殖特别快，野鸭子多了，鱼虾就少了，地里的粮食也受到毁坏。

他们还说，后来日本人来的时候，庄里人也都躲到了芦苇荡里，一应粮食都上了船。本来日本人想进去，听说爷爷领着一帮子打野鸭子的在其中，船上都有火枪土炮，也就不敢擅自闯入。那个时候的水流子多，芦草也旺盛，没有人知道爷爷他们会藏在什么地方。

六、水里生长肥肥的鱼虾和螃蟹

月亮升起来的时候，就有小风吹过了。细长的芦苇顶着毛刷子，一闪一闪，把夜擦得清亮。我跟着爷爷，兴冲冲地向那片月色微茫的地方去。

汪汪的一片水，隐约泛着星光。水一直通到大海，水里生长了肥肥的鱼虾和螃蟹。

爷爷早早看准地方，把苇草编的长帘子横插进水里，一圈一圈围成迷魂阵，让鱼虾顺着口子游进去。爷爷管这叫"下箔"。然后爷爷穿了防水的皮衣裤，只需拿一个小网，就稳稳地把围在里边的肥物捞上来。

爷爷说，这样逮的鱼很少有鲇鱼。鲇鱼认路，月上三竿，水中一片明亮，鲇鱼就认出来路，转着圈地溜出来。遇见正往里钻的鱼，它许还幸灾乐祸呢。鲇鱼不好逮，却好吃，水边的人都极喜鲇鱼。

天津人总是远远地来收鱼。这里的人去不了天津那么远，不知道行情。天津人带点针头线脑、锅碗瓢勺的，就换了好大一堆鱼虾去。

这些人跟爷爷熟，爷爷是这一带有名的下箔能手。同样地在水里下箔，下得好的比下得差的能差出好多鱼。爷爷会看水流，眯着眼一看就知道哪些地方是鱼群的必经之地，哪些地方是鱼的退避之舍。

我跟了去，帮爷爷捡鱼，或在岸上看堆。那晚，一条鱼被爷爷甩进杂草里，我伸手去抓，便抓住了一个滑腻的东西，仔细一看，尖尖的绿脑袋在月光下伸着长长的舌头，是条水蛇，慌忙甩得远远的。那情景是多么刺激好玩。

更好玩的是逮螃蟹。螃蟹钻进鱼箔里去，转悠半天再找不着路径，就翻城一样层层往外翻。螃蟹喜光，月亮升起的时候，它们就如士兵攻城，好大一群在月光下唰唰啦啦爬上来，在鱼箔顶沿吐着白沫子欢呼。

逮它们也就在这个时候。

爷爷戴了帆布手套，身后背一个大肚小口的篓子，悄悄站在鱼箔边，单等它们爬上来。然后就眼疾手快，摘果子一样摘进篓里。那一个个大夹子螃蟹，一斤才称两三个。

爷爷说，在河岸也能逮着螃蟹，那需是没有月亮的晚上。在岸边放一只亮亮的马灯，戴了厚厚的手套在马灯前等它们。那螃蟹见着光眼就花了。它们先聚在暗处商量一番似的，然后就一个个窸窸窣窣爬上来，偷袭城堡一般，直往马灯跟前凑。这时只需动作快些，等那横行者终于明白怎么回事，早进了布口袋。

爷爷告诉我，说不定什么时候，会看到河对岸有狐狸炼丹。我听不大懂，爷爷说就是两个狐狸在一来一去地吐火球，老人们都知道，那就是狐狸在炼丹。我听了有些害怕，不让爷爷再说。而眼睛却睁得大大的，看着漆黑的夜晚，真怕看到爷爷说的景象……

七、落日的时辰

晚间九时，感觉爷爷情况不是太好，众人七手八脚给爷爷穿上了新装，戴上了一顶仿古的官帽。然后等着爷爷冥入天堂。爷爷脉搏渐弱，呼吸困难，人们开始张罗一切。亲人们在从庄子各处相拥而来，围在爷爷身旁。

这时，爷爷却扬起手来，一把扯掉了头上的官帽。

爷爷心里清楚还是糊涂？冥界的路不太好走，还是门难进？尽管这一会儿工夫，亲人们动手又是折又是剪，为爷爷准备了充足的纸钱，让爷爷大把地去花。

那是个什么官帽？相当于几品几级？一生不入官场的爷爷看不上这些，死后再不需要这样的东西。甩掉帽子躺在那里，爷爷又挨过了十五个小时。

家乡紧靠渤海，爷爷同海有着深深的情感。我看着爷爷，眼前是一片大海。

海水正一点点漫过爷爷的身子。几近一个世纪的沧桑在他身上的每一处都留下了斑斑烙痕。骨节粗大的手掌、结实的脊背、硬朗的腿脚，那是沙粒、贝壳、盐末变就的化石。多少年过去，庄子周围的海已经退去，人们不再撑船、扎箔、撒网，更多的苇塘变成了良田。遍地腾飞的野鸭子时代已进入了爷爷的梦乡。白色的盐碱早已爬过爷爷的发梢。

爷爷渐渐地随海远去了。

下午五点二十分，这是什么时辰呢？是个落日的时辰，是个农人回家的时辰，是个炊烟袅袅升腾的时辰，是个表示着一天完结的时辰。就在这个时辰里，爷爷吐完了胸中最后一口废气，乘着那轮太阳，一同落进了大海，落进了他老人家生活了近一个世纪的田园大地。

爷爷像一颗星辰陨落，将六月十三日的黄昏砸得辉光四溅！

从此这个世上的人，少了一份劳烦，也少了一份牵挂。

八、路好像总也到不了头

那时大概四五岁，随母亲住在唐山市郊的姥姥家。爷爷趁着给村里拉货的机会，从丰南的乡下来看我。我很是喜欢那马车，不停地爬上爬下，挥动鞭子享受大人们驾驭的滋味。只是那马拴在树上，正悠闲地吃着草料。

爷爷要走了，问我："跟爷爷坐马车回老家吧？过几天再送你回来。"我动心了，决意好好坐一坐马车，母亲的劝说也未能阻拦住马车对我的诱惑。我爬上去，和爷爷一同坐在车辕上。就此头一次离开母亲，开始了长途的旅行。

马车出了村口，爷爷便不让我在车辕上坐了，他把我抱到物品围好的车顶上，嘱我好好待着不要乱动。没有母亲在跟前，我有些害怕生疏的爷爷，只好扒着头，望着爷爷高高扬起鞭子，在空中甩着，并不落在马的身上。那枣红马竖着耳朵，尾巴一摆一摆，时不时喷两下鼻子。

慢慢地就转到了石子路上。转到了沙土路上。回头望去，有着高房子的城市早远了。这条路上，城里的汽车很少开过，走的全是吱吱扭扭的大木轱辘车和手推车，马车都是很少。因而这套小红马的胶轮子车，着实让我自豪了好一阵子。当我们的马车赶过牛车的时候，车上的孩子们冲着我叫，我便很骄傲地挺直身子，把目光迎过去，一直看着他们远远地落在后边。

在这悠悠的土路上，我看到爷爷不断地与来来去去的赶车人、推车人打着招呼，人家也一样，显得很是亲热。

眼前越来越开阔了。很难见到有什么村庄，那些村庄稀疏地散落在渤海湾的深处。路两旁全是荒凉的洼地。洼地里，满是细细长长的苇草，白色的穗儿一闪一闪，太阳就在斜斜飘扬的草丛中沉浮，圆圆的，远远的，好像我们去的地方就在那里。

有白色鸟灰色鸟在苇丛中飞起又落下，爷爷指给我说哪些是雁和芦鸟，哪些是野鸭子。

马车上了一道高高的河堤。堤下全是闪闪的水。爷爷说那是盐场，我们吃的盐都是从水里晒出来的。爷爷指给我远处的一座座小山，说那就是盐山。爷爷说海就在我们前边，盐场的水就是从海里流过来的，海里有像星星的鱼，像长虫的鱼，还有像马的鱼呢。有大螃蟹吗？可以去坐大轮船吗？我的脑子里装得满满的。可这条路好像总也到不了头似的。

我开始不断地问着爷爷，咋还不到？爷爷就说快了。甩两下鞭子，像催促马，并不多说什么。

天就这么渐渐地黑了。路上的行人越来越少，最后就只剩下我们的马车在路上走。望望后边，空寥寥的，紧忙收回目光，再不敢望。再看看爷爷，依然坐在那里，不时地吆喝着马，偶尔扬一扬鞭子。心底稍有些安慰，可最终还是耐不住寂寞了。那斜飘的芦草，远去的盐山，曾是悠哉自得的马车，都使我乏味，鸟的叫声也不再那么动听，好凄、好冷。三只两只鸟迅疾地飞去，让人羡慕它们回家的本领。

我说我饿了。我说我想妈妈。我说我不想回奶奶家了。我终于放声大哭起来。

睁开眼睛，看见了三两颗星斗在遥远的天幕上，听见车轴发出吱吱扭扭的响声，才醒过神来，原来我还躺在车上，同爷爷同枣红马进行着长途旅行。一定又走了很长的时间，我吃了饼子，喝了水，迷迷糊糊地睡在了爷爷备好的被窝里。

此刻，四野里太静了。风斜过大地的声音萧萧的，还有车轴的声音，那般尖厉，整个夜都像被刺破了。挂在车辕下的马灯摇摇晃晃，洒出的光亮很快被黑暗吞没。我高高在上，有些发怵，不时地叫着爷爷。

爷爷此时已从车上下来，狠劲地拉扯着枣红马，并真格地抽打起来。然而那马终于拉扯不动，车子颤抖了两下，死死地歪在了那里。

我被爷爷抱下来，站在地上才发现车子陷在了泥浆里。顺着马灯微弱的光影，看出我们走在一条泥泞的路上。必是爷爷来前，这里下了一场大雨，使得这胶土路在许多牛马车走过之后，变成了这般模样。

爷爷把车上的东西一点点卸下来，把草料口袋放到枣红马跟前，拍拍马的脖子，马便喷香地吃起来，咀嚼的声音好响。我不敢向四周张望，两脚朝爷爷身边挪，爷爷说，别过来，会陷进泥里。说着消失在黑影中。我不断地叫着爷爷，爷爷答应着，两个声音传得很远。

好一会儿工夫，爷爷找来了几块石头，填在轱辘下边，然后搬着轱辘大声喝着马。爷爷整个身子都扛在了马车上。马车忽地一下，跑出去好远。

马车依然晃晃荡荡在泥里跋涉。我觉得晚间的路比白天还长。我真是后悔极了，坐马车一点都不好玩。

前面有了一处亮光。我大叫着"爷爷到家了"。原来是一个大车店。爷爷把车赶进院子。有人出来客套，帮爷爷卸下东西，领我们走进了一间大屋子。潮潮的霉味、汗腥味、烟味立时包围了我，我看见好长的一个炕上躺满了人。有的在唠话，有的在抽烟，有的呼呼大睡，打着很响的鼾。我跟母亲去部队看爸爸的路上住过旅馆，我想这就是乡间的旅馆。我和爷爷挤着躺在炕的一角。爷爷给我吃了东西，披了被角，还问我冷不，饿不，爷爷说明天上午就到家了。我真想哭，想着眼泪就出来了，我背过脸去，用手偷偷擦着。明天还要走多远？到奶奶家就要求回去，爷爷会送我吗？好不容易刚走完这么远的路。

明天就好了，明天天亮了，就出太阳了，有了太阳就什么都不怕了。再往前能看见海吗？像星星像马的鱼会是什么样子？我觉得我一下子长大了，知道了很多东西。我想了满肚子的话等着回去跟母亲说……

九、芦苇发出莹绿的光芒

爷爷的棺椁穿过庄子，悠扬的唢呐叫开了一个个街门，街门里走出一个个老伯老婶，手里拿着早已准备好的冥纸，送葬的队伍路过便献上来，跟着哭号一阵，男的还要三叩九拜。庄里人都知道爷爷是个好人，是大家仰慕的尊者。

爷爷的棺椁上了村路，路两边全是清一色的芦苇，在风的拂摆下，芦苇发出莹绿的光芒。

光芒里，小姑擦着火柴，手中干瘦的芦草便成一团肥肥的火苗，递进灶口，锅底毕毕剥剥地响。

歪着头，蹲在小姑身旁的我很觉好玩，便也一把一把地把芦草填进去，火很凶地烧着，灶膛盛不下，溢出来，沿几根零草明明灭灭地爬，很顺利爬上我脚下的草堆。

往锅里添水的小姑看见，一瓢泼去，一声响，火没了踪影，余下一股青烟蹿起，熏了我的眼睛。

"你个小人儿，哪敢玩火，看我不揍你。"小姑嘴厉害，脸上却笑，我才不怕。

我觉得那炉灶是我在喂着。迟给它几根，看它气息奄奄，便又塞进去一堆，直堵得炉灶浓烟直冒，好半天才咳嗽似的呼一声着了，好开心。

小姑淘好米，端着来，拍着盆子，"哟哟，你这小人儿，一顿饭的柴火，水没开就让你塞完了，打点草容易吗？"边说，边抽出一沓子烧得有滋有味的芦草，放脚下踩灭，又把塞在灶底的草抽到灶前，铺开轻轻一抖，灶膛里竟轰轰像远方的闷雷。锅里的水恰在这时文文地响了。

"来，想学烧火姑教你。"小姑说。我好不泄气，摸着被燎热的脸，说看爷爷，就跑了出去。手里像旗帜一样举着一根带穗的芦草，一直举到村口。

以往，太阳落上远处那排屋脊的时候，爷爷就该回来了。现在那屋脊上满是斜斜的炊烟。那炊烟一定很香。姑姑说了，做好饭，就烧螃蟹。一只只盘子大小的螃蟹往锅里一倒，一会儿就鲜红鲜红的了，夕阳一般。

今天的夕阳不知躲到了哪里。从那片变着花样飘来的黑云里，从担着大捆芦草的人们呀嗨呀嗨的步子中，黄昏的意味越来越浓。

真的有雷声，在云的后面响着。爷爷怎么还不来呢？爷爷也是要担两大捆草回家的。旷野里的芦草越打越少，路程就越打越远，可爷爷他们每天还是要打。没有草，就等于没有饭食。这是小姑说的。

每回爷爷打草回来，都汗湿了衣衫，累得什么也不想干。

"少打点不行？这么大一捆，得耗多少力！"小姑总是劝。

"下雨咋办？冬天冷了咋办？这个时候可不能图清闲。"爷爷总是不知道人家的好意。

我感到我的头发被风扬了起来，凉凉的，不，是雨。

我撒腿往家里跑去，小姑正迎来，抱起我就跑，把我放进门槛，又找了塑料单子去盖堆在墙角的草垛。风大起来，雨扫出一排排子弹，打得地上直冒白烟。小姑的身子整个地压上去，腾出手一块块抓起墙上的石头。

小姑叫着笑着跑进屋子，浑身散出热乎乎的雨气，她的湿头发贴在脸上，让我想起远方的母亲。

"这下好了，浇不湿了。"她在说那堆草。随即小姑又拿起雨衣冲出门去。

"待着别动，我去看看你爷爷，他一准又是打草贪多了。"走时她说。

灶膛的火已经灭了。我发现草灰里尚有几粒火星，送一棵芦

212

草进去，吹一口长气，芦草便顶起了一支尖尖的火苗。

看着看着我就把它吹灭了，我看见灶前姑姑抱进来的好大一堆芦草，此时仅剩下小小的一撮。

不下雨了，我要跟爷爷去打芦草。

十、表现出出奇的坚毅和自制力

跟着送葬的队伍走在前面，我竟然一直没有眼泪，我总觉得爷爷是去打芦草了，他还会回来。

回头望去，真的是爷爷的棺椁，像一艘船漂浮在芦草间，红色的罩幕醒目而辉煌。

"常回家看看，回家看看……"大大小小的唢呐竟然吹起了这样的曲调，曲调随着风传得满世界都是。猛然听了，让人一下子泪流满面。

爷爷，你走了，可要常回家看看，回家看看这些老河、老街，这些老屋，这些大地震中站立起来的乡亲。

大地震发生在七月二十八日三点四十二分。同百里外的唐山一样，五颜六色的地光和剧烈的震动，顷刻间使这个丰南的古老村庄毁坏了。祖祖辈辈印证并且信服的泥土茅屋，没有一间存立在地上。许许多多的生命瞬间熄灭。

爷爷在轰响和恍惚中冲到了屋外，然后不停地唤奶奶，奶奶扒在窗台上，不知道如何是好，又是一阵剧烈的晃动，刚要进去的爷爷发现，奶奶竟然随着窗子被簸了出来。

没有失去亲人的家庭几乎没有，包括我们家族。只是你听不到哭声，乡亲们表现出出奇的坚毅和自制力。也表现出了友爱，一件衣服、一瓢米、一把柴草……没有了爹娘的孩子，大家互相照料；失去了孩子的老人，比别人拥有更多的生活品。没有怨恨，没有泯灭祖传的精神。他们在原来的废墟上搭起茅草棚，再建起防震房，后来干脆重新拆掉，把废墟清理得干干净净，规划出一个千百年没见过的整齐新村！

这些，我多病的奶奶都看到了，直到住进新居她才闭眼，八十年来她没落遗憾。

地震前的这年春节，是我在家乡度过的唯一一个春节。家乡人默默生活在渤海湾深处，自给自足自娱自乐。那年我将要到唐山郊区的姥姥家插队，提着小提琴回老家看望爷爷奶奶时，庄子里的文娱队便邀我加入进来。

在没有多少走出过渤海湾的家乡人中间，我总是不自觉地被感染。参与导演的节目获得区里的奖项后，村干部笑着对我说，别走了，就在咱庄里教书，给你盖两间房子，再在咱庄姑娘堆里挑个媳妇怎么样？说实在的，当时我真有些心动。

文娱队有个小荷子，脸儿红润，瞅人的大眼睛总是泛起一层羞涩。她同庄子里的姐妹一样能干，还多一口好嗓子，唱的梆子总能引起轰动。去乡里、区上演出，都是她骑车子带我，一路风雪弥漫，不知摔了多少跤。倚着她那绿花棉袄的后背，竟觉出许多暖意。

叔叔婶子和姑姑姑父他们都同意我留下来，说守着爷爷，可以尽尽大孙子的孝心，爷爷也一定欢喜。何况村子还给盖房子，教书也累不着，去哪里找这样的好事情？

可爷爷一直不说话，只是闷声喝他的老酒。又是一天，爷爷端起酒盅自说自话：这些人们，眼光看得就那么一丁点远！

原来爷爷是指的我的事情，爷爷没有直接表态，却就是表了态。我不再言语留下，心里开始做离开的准备。别人问起来，也找话回避。过了正月十五，爷爷送我走好远的路夫车站，一路无话。看着车来了，爷爷才眯着眼睛，如以前一样慈祥地笑着。爷爷说，不是爷爷不想让你留下，你留在爷爷身边，爷爷能不欢喜？可你姥儿家那是市郊，条件比这里不强太多？留出的路子不也宽阔？

车子开动的时候，我看到爷爷向我摆手，摆着摆着停在了半空。车开出去好远了，爷爷还站在那里。爷爷的身影好孤单。

半年后唐山大地震发生，我幸免于难，两年后考上大学，分到了省会。如果留下，或结婚生子，满足现状，难有什么出息。

可惜的是，地震中，小荷子没能走出那座房子。

十一、草的香味更加浓烈起来

爷爷的红棺在乐曲中庄严地下葬。我跪在一片草上。草几乎将我遮没了。

草虽然都是绿色的，却有好些种样子。离草这么近，我闻到了阵阵悠扬的草香。真真正正的草香，浓浓地扑面而来，伴着我的悲伤直冲头顶。

那是一种哀伤的味道。只有这时，我才闻出了草的真正味道。

这片三面环水的坟地，被草们完完全全地覆盖了。爷爷的到来，使忧郁的草兴奋地狂舞。

爷爷是热爱草的。爷爷生在草里，长在草里，爷爷拥抱着草，收割着草，用草烧饭食。每年每年，草就是爷爷的生存方式。没有这些草，就没有爷爷的炊烟和欢喜。

草知道爷爷多么喜爱它们。爷爷割不动草的时候，就拄着拐棍到庄头望草，从露珠初升草尖一直望到夕阳在草穗上跌落。晚上爷爷寂寞时，也会出来听听草们在风中唱起忧伤的调子。

爷爷终于归入这片草了，爷爷不会孤单，爷爷终会变成一棵硬草，从土里摇曳而出。

爷爷十一天拒绝饭食，不再诚信"民以食为天"，爷爷将人间的杂物全部排泄干净，就是为了要变成一棵草。

草的香味更加浓烈起来。

爷爷完完全全地入土了，又是五点二十分，正是爷爷闭眼的时辰。夕阳又一次坠落了，坠落在一片绿色的草莽中。

十二 、只有雨，空落落地落着

下雨了。昨天爷爷刚入土，天便落雨了。

昨天满街还是送葬的人们，今天街上一片空寂。人们忙着插秧去了。只有雨，空落落地落着。

雨落在坟上，滴滴入新土，将土里的草籽滋润得发胀。过几天就会同稻秧一同泛绿。那是爷爷念叨的话语。

雨在下着。唰唰的响声顺着南风阵阵掠过大片大片的苇。

又是落日时分。

明天，该是个艳阳天了。

辑三　地气

这里写到我的生命故土，也就是我真正的家乡，每个人都有这样一个根本，却又大都在了忆念里。

那年好大雪

一

那个时候我特别易得病，不停地发高烧，一发高烧，村里的大喇叭就广播叫大夫，叫来了大夫我的哭声更厉害，以为那样可以把大夫哭走，但大夫还是在我的屁股上扎针。

我恨死了那个大夫。

我大表姐病的时候他也来过，我撩开布帘子的缝隙，看到他给我哼哼不停的大表姐也打了针。大表姐是女的，他竟然看我大表姐的屁股，三叔都不让我看，一瞪眼把我瞪跑了，他竟然看，我更恨他了。他挎的那个酒红色药箱好似他的法宝，可以让人家脱下裤子而不脸红。我三婶病的时候他也来了，他给我三婶的肚子上按了两个大瓶子。用火一烧就按在三婶的肚子上。

后来我知道他是一个城里大医院下来的，他娶了同样从城里下来的一个女青年。女青年看起来好小。

女青年来的时候也总是哭，雪地里哭着扑倒也没有人扶。大夫是很多年前就来改造的，不知道怎么就把女青年改造到他的家

219

里了。

　　这里离城里远，路途很难走，乡路泥泞不堪，不通汽车，要坐汽车必得跑十几里地。漫天漫地的盐碱滩，到处都是飘摇的芦草。干活的人们，每天只吃两顿饭，要跑出去好远才能到一块地面。全靠了两条腿在折腾。男人们受不了，女人们更受不了，何况城里来的女青年？有人说女青年也是爱生病，总是让他去打针。那就对了，反正屁股也给他看过了，嫁给他也就顺理成章了。

　　可我们很是不乐意那个大夫把女青年娶走，那么好个人怎么就跟了他去？可女青年不跟他又跟谁呢？听说女青年总是受人欺负，一天夜里女青年的门都被人从下面端掉了，女青年好一阵大哭大喊，第一个跑过来的还是那个大夫，他夜里总是在村子里跑来跑去的。

　　村里人说，这个大夫来了很多年了，一直都是当大夫，因为他的医术高，村里找不来别的人能够顶替他。他平时还算老实本分，没有听说过招惹什么是非。只是村主任一直对他不满意，总是给他小鞋穿。大夫先是借住在村部的偏房里，后来村主任把他撵到村子边上的空屋子里去了，那个空屋子原来是村里的五保户二爷爷住的。村主任还总是散布他的坏话，说他是没有改造好的坏分子，让大家提高警惕。不知道女青年怎么就嫁给他了。人们就对女青年也没有了好看法。这都是听大人们说的。可有些老人却对大夫和女青年另有说法，说他们都是好人，也都是可怜人。我闹不懂这个世界。

　　女青年出嫁的时候，我们把女青年的门堵得严严实实，女青年什么也没有，家里也没有来人，好像他们家就她一个似的，连找个肩膀哭一下都不能，女青年就毅然决然地上到他借来的马车走了。

那天雪下得那个大，小人儿们团起雪弹不停地攻击，好像
都是攻击那个大夫的。有一团雪不偏不倚地打在了女青年的眼睛
上，女青年捂着眼睛哭了，大伙一呆愣，马车跑走了。

二

第二天我们掀开大夫的门帘子，看女青年果然就和当姑娘时
不一样了，脸上红扑扑的，还有一股香气从屋子里散出来。一见
我们就抓了一把糖过来，我们有些不好意思接受她的东西，忽地
跑走了。

女青年一直没有孩子，有人就开始说女青年的坏话，说大夫
吃亏了，也有的说大夫本来就是知道的，女青年曾经被人搞大了
肚子，自己打胎打坏了，才找大夫给打针的，大夫是帮女青年捡
了一条命。有人还说，看见大夫从大雪地里把女青年背了回来，
女青年在一个水塘边转了好久，身上都转白了。水塘上有一层变
得越来越厚的冰层，有人在边上凿了洞，一些水漫上来就和冰冻
在了一起，那个洞也就越来越小了。女青年呆呆地停在了那个
冰窟窿的前面，冰下的水涌起丝丝波纹，在召唤着她的魂灵。
女青年又挪了一下脚步，再抬脚的时候，被呼呼喘着的李大夫
拽住了。

人们不敢大声议论这件事，是因为坏女青年的是村主任，村
主任经常会把大夫在喇叭里叫去训话，喇叭里经常听到那个声
音：村子里的李大夫，听到广播立刻到大队部来一趟！听到广播
立刻到大队部来一趟！那声音似乎是刻不容缓，哪怕在给人打针

也要立即拔了跑过去。

有一天喇叭没有关上，传出来村主任的吆喝声：你不要以为你会看病，就不知天高地厚了，你是个改造分子你知道不知道！李大夫走出队部脸就黑了，那时我觉得李大夫有点可怜，但心里又想，那你为什么要当坏分子呢，你当好分子不行吗？你给女的打针，不打人家屁股不行吗，为什么偏要让人家脱裤子呢？全村的女人的屁股不定都看过来了，村主任还不恨他？村主任比我都恨他。

不过村主任也不是个好东西，有人说，他给人派了活儿，把人安排到地里去，就该去找那些留在家里的女人了。他先是问人家为什么不去上工，把人家说得一无是处，说到严重处，甚至上纲上线地说是破坏学大寨，要挨批斗的，然后就要他的那一套把戏。什么把戏，我总是搞不明白，大人们说到这里声音就小了起来，看到我在一旁还偷偷地笑。反正我知道那笑里没有好的意思，就觉得村主任坏得很。

三

城里来的女青年后来还是死了，说是宫外孕死的，这是后来人们传出来的。大夫找村主任要马车，村主任不给派，牲口都是队上的，个人家里没有马也没有车。李大夫就用自行车推着女青年去县里。

大雪天，县城离这里几十里，推到半路就不行了，女青年让李大夫把自己放下来，说要躺一躺，女青年就那么躺在了李大夫的怀里。李大夫坐在雪地上，怀里是渐渐咽气的女青年。李大夫的眼泪滴在女青年的脸上，两个人的眼泪合在一起流到女青年的脖子里。女青年的脖子一点点变硬了。女青年最后跟李大夫说，你，你是个好人，我真想给你生一个孩子，我做不到了……

女青年声音越来越微弱，但每一个字李大夫都真真切切地听到了，每一个字都真真切切地扎在李大夫的心坎上。李大夫抱着女青年发出了震天动地的哭声。那时的雪呼啦一下子就下来了，把沟沟坎坎都下满，把李大夫的心坎也下满了。

我大表姐说这话的时候一直不停地哭。大表姐喜欢女青年，她知道女青年命苦，爸爸妈妈都是同一所大学的教授，后来被下放到东北去了。她跟着奶奶生活，奶奶又因为成分高被赶到陕西的乡下去，说是不能住在城里。

十六岁的女青年只好趁机报了名，下到了我们这个村子里。女青年来的时候，先来的一个男青年很照顾她，后来那男青年不停地被队长找碴训斥，后来县上修水库，给各村派劳力，村长就把这个男青年派走了。男青年走的时候，和女青年在一起哭了很久，男青年想带着女青年偷跑，女青年说那样会毁了男青年的前途。男青年家里出身很好，父亲是军队的高干，父亲来看过他的儿子，那个高干是坐吉普车来的。女青年心里什么都知道。

男青年一走，女青年就落入了村主任的手心。女青年住在一家五保户的隔壁。那是两间单独的厢房，五保户是个双目失明的老人。院子外面没有街门。不像我家晚上能够把大门关上，插上门插。女青年的房子外面只有半人高的土墙，即使不走院子正门，也可以从胡同边上翻墙进去。男青年曾经想帮着女青年垒墙的，带有稻草的泥刚刚抹了半个垛子，就被村主任支派走了。人们说男青年曾经在村部对着村主任大声责骂，被村主任叫民兵攮了出来。

不知道大雪封门的那些时光女青年是如何度过的，她都会想些什么。她不能和我们一起玩，因为她是大孩子。冬天里也没有什么活儿做，女青年就找我大表姐玩，她什么话都跟大表姐说，包括她和男青年的事情，还有她和李大夫的事情。

女青年走了，大表姐很同情李大夫，她常拉着我去李大夫住的地方看看，李大夫住在村头的两间草房里，街上也是没有院门。五保户二爷爷走了几年了，那属于村里的房产。

李大夫的家里失去了往日的气氛，早没有了那股香气，李大夫以为大表姐找他看病呢，可大表姐到了屋里什么也不说，只是那么愣愣地坐着，好半天了才拉着我走出来。

后来大表姐再去就不带我了，大表姐是真心地对李大夫，她想替女青年做些什么，或者说她自己想做些什么。还没等三妗子弄明白，就听到了李大夫的死讯。

李大夫是跳在那口水塘里了，就是女青年围着转的那口水塘，李大夫把女青年救了，自己却跳了下去。

李大夫再也不能给我打针看病了，也不想看女人的屁股了。有人说李大夫是寻女青年去了，可女青年不是被李大夫埋在荒天野地里了吗？最后李大夫也被埋在了那里。

大表姐哭得可是个痛，一会儿哭女青年一会儿哭李大夫，她也不害怕。我们去找她时，她还在雪地里哭，雪把她的头都落白了。后来还是见到大表姐去坟头上，大表姐给他们两个上坟，送吃的，送寒衣。

大表姐到好大都没有嫁人。直到三十了，才跟着一个煤矿的矿工走了。三妗子说，大表姐的心早就和女青年和李大夫埋在一起了。

四

　　那个时候特别爱下雪，一刮北风雪就跟着来了，雪喜欢我们的村子，雪总是把村子盖得严严实实，然后就让年跟过来，让炮仗跟过来，让欢天喜地跟过来。我渐渐地长大了。

　　雪总是把我引到地里去，无边无际的雪把天也连在了一起。我发出一声喊，喊声就变成了雪花回到我张开的口中。我发出更大的喊，就有更大的雪花回到我的口中。我快乐地笑着，咳嗽着，让寒冷浸透我的棉袄，然后就滚打在雪中。

　　一只狗在雪地里跟着我，狗的肚子紧擦着雪，四条腿带起了一片雪花，狗喘的气比我还大。

　　邻居的小丫跟在我的后面，叫着叫着就哭起来，手上的糖葫芦都冻住了，最后那串糖葫芦扔在了雪地里，远远地看去刺眼地红。

　　一团火焰慢慢起来了，一坡的荒草被我点燃。火和草似乎并未接触，草就兴高采烈地噼噼响，一会儿就响到坡那边去了。我知道坡那边埋着女青年和李医生，我不敢到那边去。

地 气

一

春耕时节，大人小孩都下地了，大小牲口都下地了，满地里都是闹腾腾的热气，这里还有"二妞——二妞——再拿些种子过来"的声音，有"吃饱了就好好干活，这个时候可不敢偷懒"的呼叫牲口的声音。牲口头一低一低地猛干，时而还会有一头驴子把低着的头扬起来"唔哦——唔哦——"地叫上一阵。八岁的笸斗提着吃食一呼一吸地在垄上走，边走边喊："吃饭了——大——姐——"

那些声音呼着气，人一喘一喘呼出的气，牲口一低一低哈出的气，混合在一起了，这里那里都是这样的气，或许就构成了那种浓重的地气，或者说那浓重的地气里就有这样的混合的气。

庆爷爷说，什么都有一股气，没有那股气撑着，许就要塌陷了。打仗还一鼓作气，那作的气就是精神，是战场上的灵魂，制胜的法宝。

二婶说，别动了胎气，胎气是什么？胎气就是养孩子的内

226

气，是胎儿在母体内所受的精气。胎气不足孩子就可能出毛病，还会早产，所以老人总是叮嘱孕妇保护胎气。

奶奶说，这就像蒸馒头，那就是用水气把一团面蒸熟的，可不是用的火也不是用的水，火和水只是为了闹腾那股子气。

有时我会看到一团一团的东西飘着，在地边上呼吞儿呼吞儿地飘，一会儿高，一会儿低，像一个充满气的球，但又不像球，它不圆，不方，就是那么一团一团的，一会儿合成一团大的，一会儿又分成一堆小的，一会儿又乱得不成样子了。

遇到这种气团，你只能远远地看，不能去跟前，你跑到跟前你什么也看不见，有时还会把你吸进去，你就成了那团气的一分子，你觉得闹嚷嚷的，眼睛就湿乎乎的了，眼睫毛上粘的不知道是啥，就是不停地从头上往下淌着潮潮的水样的东西。你呼吸，那些气就大呼小叫地进到你的肚里，而后又大呼小叫地出来，进到肚里你觉得就是一团气，呼出来时还是一团气。我那个早晨就是这么感觉的。

人们说，山岚就是山上呼出的气，那些山岚是怎么形成的？就是那些张着口的洞里呼出的，一个个山洼洼里都是这样的气，多了就成了云气，所以山上的云气多。

西头的四奶，儿子在省城做了好大的官，她六十大寿那年，儿子把她接到城里去享福，走的时候黑亮亮的轿子车来接，一村的人都出来看，四奶眼睛笑得成了一道缝。可住了不到半年就回来了，说什么再也不去，村里的人问，城里咋样？四奶说，挤，到处都挤，挤得不接地气，喘。

四奶就还在她那座老屋里住，也不让儿子翻盖，说会把气翻没了。四奶早起会先把鸡仔撒开，让它们叽叽咯咯四野里撒欢，而后走到塬上，遮着眼望远处刚起的太阳。

四奶已经活得很像样子了，但她还是那么活着，她就像一个榆木疙瘩，堆在黄黄的一堆土边，很多人以为这棵树已经死了，但它的上边，还开着几枝子白色的小花。四奶的儿子后来从城里回来了，他是以一个骨灰盒的形式回来的，他没有活过四奶。四奶对着儿子说，回来就好，家里的土埋人。

四奶此后活到了九十岁，死后就葬在了村头那片黄土里，四奶说，中了，活够了，还要活多大？该入土了。四奶是在絮絮叨叨中走的，四奶走得很安详。

二

关于地气，我问过奶奶，啥是地气。奶奶说，你张嘴。我张开嘴。奶奶说，你喘气。我就吸了一口气又吐出来，再吸一口气再吐出来。奶奶说，人会喘气，地也会喘气。人喘气活着，地也喘气活着，都不喘气了，那就死了。人活着种地，地活着养人。

我就往地里看，看地喘气。远远的有一个高谷堆，会冒出青青的烟，我以为那就是地气。有一天我拉着狗跑了好远才跑到跟前，到跟前一看是一孔窑。我就又问奶奶，地气是从哪里冒出来的？奶奶说，地跟人不一样，地气是从肚脐眼里冒的。

我不知道地的脸在哪里，身子有多大，我感觉，怕是跟天一样大的，天罩着地。地撑着天，就像锅和笼。

村里的大夫和奶奶说的不一样，大夫跟奶奶聊天，说地中之气，春秋最为明显，孟春之月草木萌动，天气下降，地气上腾。秋季平定收敛，天高风急，地气清肃。我听不大懂，我还是喜欢奶奶说的。

那是一个早上，一股青烟从地上升起，是一大团，离开地面或没有离开的样子，冉冉地动，一忽儿浓一忽儿淡，摆来摆去，像在水里的纱，感觉能摸到。就跑着去摸，却是总也摸不到，逗我似的总在前面飘。我追到塬头就没法追了，塬头上是一处四下里都齐崭崭的断层，下得很深，对面还是塬，还是通向好远。

不知道这是什么时候出现的深沟，沟里长满了草棵子，这时我看到，断层下面的沟里冒上来一涌一涌的清气，真的如奶奶说的，是从地的肚脐眼冒出来的吗？

后来我不止一次地看到地气。

夏天的夜里，一群人卷着席子、抱着被子去场上睡，躺在晒了一天的地上，暖暖的，觉得比家里的炕还沉实。躺着望着天上的星星，从东往西数，数着数着就数不过来了，流星像偷划火柴一样，一会儿嚓——划一下，一会儿嚓——划一下。夜晚的大地真静呀，静得连蚯蚓的叫声都能听得见。

第二天你会发现，蚯蚓在你的周围犁了很多地。醒来的时候，天刚蒙蒙亮，你会闻到一咕嘟一咕嘟的清气，那个舒坦，深吸一口，再深吸一口，爬起来就看见了地气。后来我就觉得，地气有时能看见，看见的就是那坨坨的气团，有时你看不见，但是能闻见。

咱这个地方人好把味说成"气儿"，地里时常飘来的那个味，就是地气。油菜的味、豆角的味、黄瓜的味、柳树槐树桃树桑树的味，还有羊粪牛粪的味，有人把粪一车一车地往地里送，一小堆一小堆地卸到那里，然后再一小堆一小堆地扬开，地里就有了一种说不清的混合味道。夏天和秋天的味道是沉厚的，那是麦浪稻浪的味，玉蜀黍的味，大豆和桃黍的味。

另外，不管是春夏还是秋天，你还能闻到各种野草和野花的味，那种混合在一起的味顺着地垄一波一波地涌，淘洗着你的肺叶，你感到地气好极了，有时候你会把地气认成风，一丝丝的小风带着悠悠的气儿飞，呼呼的大风携着浓浓的气儿涌。

在地里干到半晌休息的时候，脱下鞋子枕着，就地一躺，脸上或是遮个草帽或是什么也不遮，四周的土香就弥漫过来了，太阳照得身上暖暖的，眼皮子里的眼睛感觉是一片艳艳的红，薄薄的一层血脉在游动。一会儿的时光，就会睡得呼呼的。

地下的人也是这么睡着。四奶躺的地方离我并不远，她下葬的时候，一口厚厚的棺木漆得油亮油亮。四奶躺好以后，村里的木匠张说一声"把好了"，就叮叮哐哐让木楔子安安妥妥地将棺盖揳得严丝合缝。四奶的棺木下土的时候，那土是一点点地盖到棺木上的，直到盖成了一个土堆，四奶的周围全是黄黄实实的土，没有别的东西。四奶闻了一辈子土味，她知道什么最舒贴。

三

再后来我就感到，所谓地气，其实就是你的乡村，你的故土，是那些庄稼那些草木，是生你养你的父老乡亲，地气就是你对故土的感念，对家乡的认识，说白了，地气其实就是你的底气，是你生命的基础，你有着最扎实的最本质的最朴素的基础，你就有了活着的底气，否则你就是一叶浮萍，轻狂、无根无落。

你的生命里总是能看到地气，能闻到土地的味道，你就会活得踏实、过得充实。

二　叔

水田把太阳一口一口吃进肚里，最后一呼吞儿，连落在田里的霞布也给吞没了。四下里变得一片漆黑。田地睡着了，偶尔哪里的一声响，像田地动了动身子。

二叔上地里去了。二叔没事的时候总是会上地里去。地就是二叔的命。二婶子说，地里有他吃的喝的，他愿意去。他不去不好受。

二叔去的时候，肩头总是扛着一把锹，他肩上没有那把锹他心里空，他就那么扛着，哪怕什么也不干，最后再扛回来，他也离不开那把铁锹。

二叔到了地里，先是圪蹴在地垄头上，一动不动地望着，掏出烟袋来，搓上一袋烟，一口一口地抽，就把那滋润抽到肚里了。

有一条蚯蚓从二叔的脚边钻出来，二叔扯着它，把它扔进地里，蚯蚓像根小绳子在空中打了一个弧圈。

二叔经常会挎着一个箩头，手拿着粪铲去地里。走一路捡一路粪。越是起得早越能捡到好粪。遇到下地的牛或者叫驴在路上翘起尾巴拉出一溜的废物，二叔就捡了一个大漏。走到地里的时候，箩头也满了。有的粪被车子碾成了碎饼，紧紧地粘在路面上，二叔会拿着铲子小心翼翼地铲起来。二叔说，这都是好东西啊。

有时二叔去地里的时候没有带箩头，那是干别的什么去了，想起来二叔还会拐到地里去看看，这时就会看到路上一大泡新鲜的牛粪，二叔会捋几根芦草，弯折起来，将牛粪铲起来，一路端着去地里。就像端着一个小笼屉，笼屉还热热地冒着烟气。

有时二叔左手里吃着窝窝，右手就会端着这样的一泡牛粪。遇了乡亲两人就打招呼：

吃了？

嗯啊，吃了。

上地？

嗯啊，上地。

并不因为二叔手里有一泡牛粪而受到耻笑，没有谁耻笑一个喜爱土地的庄稼人，二叔也不会为一泡牛粪而不好意思。

有时候二叔遇到的不是牲口粪，是狗或者羊或者獾或者人的粪，二叔都会毫不犹豫地捡到箩头里，到了地里，一点点撒到玉蜀黍苗或者豆秧上，那嘴角就有了一丝的笑意。

二叔看着地的时候，会把眼睛眯起来盯着一个地方，盯着盯着就走过去，把藏在土里的一个瓦片抠出来，扔到地头上。地头已经有一堆这样的小瓦片小石头小木棍什么的，甚至还会有一片河蚌壳。这些东西，不定都是通过什么渠道进来的，有的是随着粪车，有的或是随着一个顽皮的孩子，还有的也许是随着一阵大风。但是它们一般都不会逃过二叔的眼睛，二叔把他的那片田地研究透了，就像是把二婶子的身体研究透一样，什么地方哪一天有一点变样，二叔立刻就会发现。

一个钉子把二叔的脚底板扎了一个洞，实际上二叔发现的时候，那根钉子还在二叔的脚底板上扎着。钉子是钉在一块木头片上，木头片深埋在土里，二叔拉粪上地的时候，感觉脚下发出刺的一声闷响，就像奶奶纳鞋底的锥子扎透鞋底一样，随即一股热流传上来，二叔抬脚的时候，那个带着钉子的木板也被抬了起来。二叔咬着牙从鞋底把那个木板拽了下来，脱掉鞋子的时候，满鞋子都是红色的印迹。

　　二叔抓一把干土到鞋子里，然后用脚搓搓，就又把鞋子穿了起来。而后不声不响地接着干活。二叔下晌回家，没有忘了提着那个钉子片，走出地去，到了路上，把钉子用铁锹砸弯，砸到不能伤人的程度，而后远远地扔进了土堰的深处。他原本是想扔到河里去的，想想又改换了主意。

　　田地里说不定什么东西会从天而降。一只鸟飞着飞着，飞到二叔的田地上空，突然就掉落下来，渐渐地化为泥土。一团麦秸被风团着，到这里就散开了。

　　田地是二叔的心尖肉。二叔养着它就像二婶子养着猪一样，看着它长膘，撒欢，换钱。

　　后来二叔得了肝病，二叔还是坚持了好长时间，二叔觉得那病会从体内自己跑掉。二叔说，咱庄稼人，又没有招惹过谁，人家招惹咱干啥。可二叔最后还是不能去地里了。二叔不能去地，二叔就总是在炕上念叨，说这个时候该上肥了，那个时候该浇水了。

　　那片地一直在二叔的心里。二叔总是想着那片地，最后还是躺在了那片地里。

夜黑里

一

在乡村，夜总是比城里的黑，不信你来看看，你看不见什么的，天上有星星还好些，没有星星的时光，你就知道乡村的夜是什么样的了，其实我给你说也说不好，但你可以伸出手来试试，你是看不见你的手指的，你只是看到了自己的半截胳膊，那半截就伸到夜里去了。

你在村子里走，看到一个火头一闪一闪，你以为那是谁的烟头，你问了是谁，那火头不说话，一忽儿站着一忽儿蹲下的，好像与你玩着把戏。等你近前了，那火头又远了，你不知道，那是一只萤火虫。还有的火头就是鬼火了，那种火头大一点，但是不集中，老是恍惚了你的眼睛，你一会儿感觉有个地方亮闪了一下，揉揉眼睛再看时，闪的地方又黑了。你可不敢再往远处去，野地里不定有什么东西，尤其在这样的夜黑时光。你若果跟着鬼火走，说不定就走进了乱草蓬茸的坟地。有人说鬼火就是起这个作用的，那是坟地里的鬼魂寂寞了，出来寻一个活口说话的。

你好不容易看到一处光亮，走去就知道，那是牲口屋。一般都是光棍老五在那里，再有就是几个没事的，聚着一堆火喷闲空儿，不过是些光棍们爱说爱听的话题。光棍老五也惯了，总是不停地给牲口加干草或者料豆。柴火不大干，潮潮的一会儿火大一会儿火小，白色的烟顺着芦草冒出来，熏得人睁不开眼睛，睁不开眼睛闭着也不行，眼泪也不听使唤。关键是嗓子眼也痒痒，于是就不停地咳咳地咳嗽，你一声他一声的，让一个牲口屋像一列火车，搞得牲口闹不清人的意图和兴趣。

出来的时候，你可千万别乱伸腿，说不定就掉到了水里去。你得两只脚左两下右两下地迈步，这个时候别不好意思，说我咋恁像傻小根儿，人家傻小根儿晚上不出来。再有，你耳朵还是要张着点，你若果听到"噗吞儿""噗吞儿"，就别往前迈了，那是蛤蟆跳水里了，前面是村里那个老坑。你随即会听到蛤蟆的叫唤，蛤蟆鬼着呢。你就是听不到蛤蟆的叫，也不要把那一大溜浓黑当墙去扶，你一扶就扶到蛤蟆窝里去了。那是芦苇。前年张狗剩喝多了酒，就是把芦苇当墙了，等狗剩媳妇找到老坑时，狗剩媳妇就成狗剩寡妇了。

还是得怨自己，人家二瞎子咋不掉到坑里去？黑地里长俩眼那也是个搭儿，人家心里长眼了。有人说张狗剩没有喝多酒，他是去那谁家去了，那谁家你不知道？男人当兵去了，对了，就她，他去人家家里了，出来的时候走得愣急。都说，那谁会看上狗剩？还不是狗剩想高了。

对了，这个时候，你若果听到一阵急切的脚步声响起，又陡然地消失，你就知道有人到狗剩寡妇房后等着什么去了。其实狗剩寡妇人不错，就是人们寡妇长寡妇短地把狗剩寡妇家的门说成风箱了。有谁抓着个现行吗？都是闲人干的事情。说实在的，谁到夜黑都闲不着，总要找点事情干干，别看一个个地儿都黑着，黑着也没有闲着。谁干的啥，夜黑地都知道。

夜黑，那些狗大都不出院墙，守在自家门里半睡半醒，想着白天的事，白天里有没有咬错人，有没有到下水道撵一只耗子，惹得人家记恨。狗却记恨着一件事，一根骨头被四老白抢走了，四老白就是身子是黑的、四只爪子是白的那条狗，四老白讨好给了斑点狗，斑点狗一高兴，就跟四老白好了一场，闹得一群狗不高兴。不高兴也没辙，斑点狗是村长家的。因为狗的事情弄得村长不高兴了，狗的主人就会不高兴，最后不高兴的还是狗。鸡也早进了窝，相互挤着，发出一些亲密的声音。不过再亲密，鸡也不像人，不会在晚间弄出什么令鸡喜欢的事体。鸡和狗都喜欢在白天给人做榜样。

倒是那些猫，白天特老实，一喵一喵地在人前装乖，眼神都是极其慵懒的，让你不忍心像踢狗似的踢它一脚，或者像骂鸡一样地骂它一口。可到了夜黑的时光，猫就像一个个幽灵，张着电光一般的眼睛，发着哆声哆气的声音，爬树上房、钻墙过洞，极尽各种能事找寻体己。你看不到那是哪只猫，丢了谁家的人，那也可能就是狗剩寡妇家的那只黑狸猫。一只只猫在夜里蹿起来就像黑闪电一般，你看不到的，只能感到什么东西在你的前面倏一下过去了，让你的身上一热，随即又一凉，那就是猫。猫身上是带电的，一只公猫和一只母猫带的电是不一样的，两只猫电在一起的时候，整个夜都带了那种电能。

谁家若果死了人，可不敢让猫近旁，有人是要专门交代并且让人专门守候的，猫在这时被人看成不祥之物。我曾经守过爷爷，当然不是我一个人，在此之前，二姑姑就紧说慢说地让我们看好猫，前后门都要关好，还要听着墙上哪里的，弄得我们一夜紧张。据说猫从死人身边一跑，就能把人带动得坐起来。而这些大都是晚间才会发生的事。

乡村的夜，你看村子和田地是没有什么差别的，因为黑成一块儿了。房屋和树、田地和河流、人和动物，都黑成一块儿了。你在村头坐着，你也是夜的一部分。你走着或躺着，都一样，都不会影响夜的黑。

每到夜的时候，我都会想到村里的二瞎子，二瞎子整天坐在夜黑里，也不知道什么滋味。二瞎子说，又黑了吧？我说，嗯哪。二瞎子说，又一天过去了。我说，嗯哪。我感觉二瞎子眼睛看不见夜黑，却能听见夜黑，他的耳朵知道什么时光天黑，什么时光天亮。二瞎子把眼睛的功能转给耳朵了。这是不可思议的事情。二瞎子说，刚才是狗剩寡妇家的黑狸猫过去了吧？我说，我没看见。二瞎子说，是黑狸猫，刚刚顺着墙根过去了。我说，我没看见。

我是个怕黑的人，我总觉得黑是个怪物，黑能把一切覆盖。我第一次看见棺材的时候，很是吓了一跳，等我走到近旁我才发现它，它黑在那里，和草屋的颜色几乎一样，于是我感到，死的颜色也是黑色，人死了，家人就会戴上黑袖箍。晚上我是不敢出门的，非出去我就伸着两手走路。那天我摸着往家走，就遇到了一条蛇，蛇不知道从哪里掉下来，搭在我伸着的手臂上，凉凉的，我吓得心里紧跳，想喊又不敢喊，可我还是喊了，我使劲地扯着嗓子喊，胳膊抖动中，感到那蛇一点点滑了下去，我紧忙跑。刚才喊叫半天，就给我一个人听了，没有谁过来，不知道那些人都在忙啥。第二天我专门去事件发生地看，看到路上有一截麻绳头，似是从树上落下，可那条蛇好像还滑滑地在我胳膊上。

夜黑的时光，老人最容易离亲人远去，尤其是久病在床的老人。白天都还看着好好的，夜黑就去了，有人说那是让夜给收走了。有人说老人就是夜，经过了白天，就回到了夜里。在夜里待得久了，就待烦了，就会随着夜一起遁去。村南的二姥爷是夜黑去的，西头的四奶也是夜黑里去的，还有狗剩寡妇的公爹、庆家奶奶。天明一开门，就有人在村里跑着哭着报丧了，一个门一个门地进，到门口扑通跪下，磕一个响头，说，大伯大妈啊，我爷爷昨个晚上过去了呀。大伯大妈就说，还是啊，这可咋好哎，哎呀咧——就陪着哭上了。报丧的就转去另一个门。另一个门里也就传出了号哭。

那号哭不论真假，都让人觉得亲近、温暖，一个村子都是一个心情，有喜大家乐，有悲大家哭。这才是村子，一个村子建立并且维系下来是有根据的。就是大水把村子冲垮了，把人冲散了，人们还会再聚起来。还是那个村子，叫不成别的村子。你的籍贯最详细的一栏里，还是那个小小的村名。

夜黑时光，村子就睡了，村子也是要睡的。睡醒了才更有朝气。村子的树才更高，树叶呼呼啦啦迎着风。太阳照到村子的时候，才更光鲜。一早的炊烟才更香甜，一袅一袅地馋人。穗草、二妞、喜枝、桃黍才更水灵，说话的声音才更好听。

夜黑里，她们不知道都做了怎样的梦。

二

夜是有声音的，夜的声音同白天的声音不一样，白天太嘈杂，夜就像一个大筛子，把那些嘈杂过滤了，留下来纯粹的东西。
你现在听到的，就是那种纯粹的声音。

平时可能不注意，或者你的心不静，那些声音就在你的耳边滑走了。由此我理解那些被火车轧住的人，火车的轰鸣都闻而未闻的人，他的内心不知是怎样的世界，他一定沉浸到内心的烦乱之中了。所以我也明白，内心凌乱的人是听不到夜声的。

夜刚刚来临的时候，夜声还不是太明显，一旦夜得深了，夜声才显现出来。

夜静得会让你睡不着，夜是给那些没有思想的人准备的。有思想的人受不了这夜。越听到夜声越睡不着。只有还回到烦乱的世界才能睡着。对于这样的人，村人就说，这人心荒了。

你如果听到"噗嗒"的一声，而后又是"噗嗒"的一声，你就知道，那是露水从窗边的葵子叶上滑落了。叶子很大，露水聚多了，才会落下来，从上面的叶子滑到下面的叶子上，就发生了连锁反应。

还有就是躲在叶子下面的一只纺织娘会被惊醒，叽叽咕咕地叨叨几句，又继续睡它的好觉。

一声婴儿的啼哭是夜声里最亮的，它压倒了一切的声音，穿透了每家的院墙。村子就知道，又一个生命来到了这块土地上。

鸡的嗓子也不是都好，有的鸡打一个长长的鸣，末了还会拐一个弯，而后在那个弯处猛然销声，有的只会拖一个长音，不会拐那个弯。看来拐那个弯是个技术活，有的连长音也不行，生就的不行。就像我唱歌总唱到茄子地里去，也就不再唱。鸡不行，鸡唱得好不好，都得唱，鸡要是不唱，就会被其他的鸡看不起，主要是被那些母鸡看不起，天亮以后，就不会在它的追求下乖乖地卧那儿，让它当一次雄鸡。

夜黑里还是有东西在村子走路，那都是白天不敢进村子的，像獾、黄鼠狼、狸猫之类，这些东西你挡也挡不住，它们几乎都不带出声音，跑的时候像黑色的电，这电一闪过谁家的下水道或者墙头，第二天你就听着骂街吧，骂归骂，这些东西是听不见的，骂街的只是为个心理平衡。

在晚间跑着的还有老鼠，几乎哪一家都养着一群老鼠，而且没有一家是自愿的。老鼠这是欺负人哩，所以人要是逮住了老鼠，就是点了它的天灯也没有谁上前做一回好人，求你放了这货。二妞她爹那次打一只吃了他家鸡娃的野猫，就有人劝说着，让放了算了。

老鼠也许知道这一点，所以老鼠很有自知之明，尽量避免同人照面，以免人骂出贼眉鼠眼之类的话来，为了这一点，老鼠总是在夜黑里出来寻找吃食。问题在于老鼠的吃食同人的吃食差不多，老鼠要是像牛羊一样也就没有这些事情了。人越是没啥吃的时候，老鼠也最饥荒。老鼠更不要说像狗那样懂人，可以不吃人吃的东西，还可以吃人消化掉不要的东西。所以老鼠在人周围的动物里算是一样好处都不沾。

其实，夏天里，还有那些叫叫油、蛐蛐啥子的叫，声音小点可以忽略不计，但是蛤蟆的叫声却是嘹亮得很，好像一村子都是它的嗓音。

银瓜地

一

　　瓜庵是个出故事的地方，瓜庵不大，作用不小，一大片瓜地，一个瓜庵在那里，就像一个衙门，判别或端正着你的行为。行为稍显不当，一声断喝，你的心里就少了支柱，出的气也细了三分。为避嫌，即使要从那里经过，也要寻些路径，故意地要离瓜地远一些，实际上，是要离瓜庵远一些。

　　这样说来，瓜庵也是让人不舒服的，少了些许的自在。让人见了，立时要反省自身。实际上在乡村，不自觉的人有的是，玉蜀黍地没有人看，玉蜀黍长在那里，就有人掰去了棒子。进去方便时看着没人，顺手牵羊者有之。专门打着歪主意，左顾右盼之间，噼里啪啦一阵声响，一些棒子就进入了草筐子或怀抱口袋的也有之。庄稼地看不住，太大太多，几个棒子也值不了几个钱。瓜地相对少，种着也不容易，一片土地种了玉蜀黍，即使被谁掰掉些棒子，也仍然不影响吃食，可是种了西瓜甜瓜的，产量就少得多了，过往来人，你顺手摘一个，他顺路得一个，人家种瓜的就没有营生了，何况还有抹不去的脸面，见了给你摘一个两个的呢？

所以一般都不会种瓜，种了，就得整个瓜庵，在那里日夜守候。你见了别不舒服，农村就这样，瓜庵也就像稻草人，只是个摆设，防君子不防小人，真正打瓜的主意的，你是看不住的。

陡河产一种甜瓜，白色，那种透亮的白，不是很大，却贼甜。一口下去，嘴里就像含了一块玉，温润爽滑，瞬间满口汁液，还没下肚，就有一股浓浓的甜香传出来。没有尝到的人，闻到那味道，也就甜醉了。那瓜到嘴里，不是吃掉的，好像是化掉的，再吃第二口感觉又是不一样了，每一口都不同。一只瓜到了肚里，只感觉神仙一般，那种滋味还没有品够，就没有了，不知道是怎么吃到肚里的。瓜有一个好听的名字，叫银瓜，一说其色泽，一说其金贵。

每年五月前后，是银瓜收获季节。瓜的价钱也很让人咧嘴，那可不是桃黍、玉蜀黍的价钱，比白灵灵的白米价还高。银瓜一直都是给皇上的贡品，每年上面都有人来收，挑最好的，一级一级地献上去。

陡河这一带多有种银瓜的，除去这一片地，其他地里长的瓜都没有这里长的甜。有人说是这里的水土问题，就像东边地里种桃黍。桃黍咱回头再说。

人使船从陡河过，见面打招呼，有人顺手扔过去一个银瓜，那可比一盒烟令人高兴，赶紧在手里擦擦，顾不上弯腰在水里洗，一个脆音就自口中发了出来，一块儿出来的还有那股子甜香的汁液。而后说，好着呢，真好着呢。而后就会从身上摸出一块东西扔过来，招招手，船就离去了。

五月串亲戚的带的最拿手的东西，也是这陡河银瓜。

二

二孬在瓜庵里待了好多天了，二孬说，明年再也不看瓜了，看得人心里烦烦的，一天到晚都是绿漾漾的瓜秧子。

只是一样好，看瓜的可以偷着吃瓜，谁还能把看瓜的看住？好在二孬不爱吃瓜。种瓜的三叔就是看中了二孬的这一点。二孬到三叔的地里去玩，三叔给二孬揪了一个甜瓜。二孬说，三叔，你不忙，俺不喜好吃瓜，俺吃了光坏肚子。三叔说，吃吧你，我都拽下来了。二孬说，真的三叔，俺打小就不喜吃瓜，吃了光肚疼。

三叔就笑了。心里说，都说二孬不喜吃瓜，看来还真的。三叔就说，二孬啊，三叔求你帮个忙，给三叔看一季瓜如何？工钱嘛好说，你要瓜要玉蜀黍都行，照着高的说。二孬就嘿嘿笑着答应了。其实二孬也是想着这个活儿去的，去之前二孬听说三叔选了好几个人都不满意，就是人家光吃他的瓜，一天吃两个，一季下来，也受不了。二孬就记住了，二孬果然就得到了这么个好营生。

二孬白天光睡觉，晚上就扛着个铁锨在地边上转上几圈，主要是前半夜，后半夜二孬就到梦里去了。说实在的，前半夜防小贼，后半夜来的都是大偷，防也不好防，夜黑风高的，二孬转到这头，那头就有了动静，等二孬赶到那头，动静又到了这头。二孬有时会喊：摘就少摘俩，给俺留个饭碗！

要说，一个人在瓜庵里好也不好，好是累不着晒不着，还有得好东西吃，不好的是孤单，尤其是黑夜，孤单得害怕。小虫子

叫得心烦，蚊子叮得心痒，好在二孬是个觉虫，一沾席子呼噜就
响了，好像席子和呼噜是一体的。

　　有人就作弄二孬，一天清早，二孬醒来一看，自己身上一
丝不挂，裤衩子不知道去了哪里。紧忙爬下瓜庵猫着腰掐一枝瓜
叶捂住下身，好不容易看到那脏兮兮的裤衩子在瓜庵的杆子上套
着。最好笑的一次，是二孬睡觉时竟然被人用大裤衩子套住了
头，像一个大麻虾。二孬被捂得直叫唤，好容易挣脱开。人们就
有了一个俗语，叫"二孬看瓜"。只要想收拾你，就说，再那啥
就弄你一个二孬看瓜。

　　二孬这次知道是因为小顺子，小顺子顶着个瓜秧，从玉蜀黍
地里爬过来，想偷摘个甜瓜，二孬其实看到了，二孬想，小顺子
他娘那不好惹，泼妇一个，大街上敢跟人日弄，没有她怕的。
二孬就在瓜庵里不出来，假装看不见。可是小顺子也忒不像话，
他摘了一个，看看没有二孬的影子，就又爬着去摘，专拣大的
找，二孬又忍了忍。

　　二孬后来就看见小顺子把摘到的瓜顺着地沟子扔过去，扔
到第三个的时候，二孬就掂着个铁锨跑过去了，小顺子爬起来想
跑，却没想二孬早到了跟前，一个腿绊子，就把小顺子给摔倒
了，小顺子嘴上带了泥，吓得哭起来。

　　二孬说，偷瓜没有这样贪的，知道不？你偷一个也就算了，
总不能把这地里的瓜都拿你家去吧？小顺子说，我又不是偷你家
的，是我三叔家的。二孬说，我在这儿看着，就是偷我的。小顺
子说，我告俺娘说。二孬就软了，说，你不告诉你娘，我给你
个瓜吃。小顺子抹抹眼睛说，那你得给俺个大的。二孬就把三
个瓜中最大的给了小顺子。可不敢跟你娘说。二孬说。小顺子
抓起瓜就跑了。跑上了土岗，小顺子说，就告诉俺娘说，就告

诉俺娘说!

二孬抓起铁锨要追，小顺子大叫着："娘——"兔子样跑走了。

二孬就觉得顺子娘不会善罢甘休，不过理在二孬这里，何况还给了小顺子一个瓜呢？二孬没有想到那个娘儿们会想出这种阴招。她领着两个妯娌，趁着夜黑过地里来了，二孬正睡着，三个娘儿们商量好了，几下子就把二孬的头塞在了裤裆里。二孬正蒙怔着，没有怎么反抗就就了范。

要不是三叔到地里查看，二孬还在那里嗷嗷叫唤呢。二孬还好，收缴的两个甜瓜还藏在瓜秧下面，二孬本来想送给二姐的，三叔来了，正好拿出来说明问题。三叔还是夸赞了二孬几句。

三

第二年就不让二孬看瓜了，三叔说，二孬太老实，不中。其实，三叔只是说对了一半，二孬看瓜可是不大老实咧。二孬喜好村子里的二姐，别看都是"二"字排的，俩人可不是一姓，一个姓张，一个姓刘，大名也隔得远，二孬大名叫张喜来，二姐大名叫刘桂枝。不过村子里知道他们大名的不多，就是"二孬""二姐"地叫着。二孬早就看上了二姐，只是一直找不到话说，看瓜庵是二孬的一个心计，二孬知道二姐好薅野菜，家里喂着猪，二姐就每天挎着个篮子去薅野菜。

瓜地的四周大都是庄稼地，庄稼地高高低低地布在原野上，沟沟坎坎交叉在原野之间，就把地一块一块地隔开了。地块的下面和边缘，长了许多的野菜和茅草。野菜多开着黄色或白色的小花，花不怎么香，却让人想到它的香。漫野里绿色的庄稼和这种黄黄白白的花，就让人感到了田地的好。何况还有二孬的瓜地呢？

二妞把草编成个帽子，戴在头上，一晃一晃的，也像一丛庄稼，远远地摇。

二孬自从看了瓜庵，就大瞪着两眼朝野地里望。一望望见了就顺着瓜地出溜出溜地绕过去，假装在巡视，而后就猫腰拽起一个瓜来，用袖子捂着，与二妞差不多走近了，就说，二妞，给。

二妞一看，立时就红了脸，说，俺不要。而后疾步而行。二孬慌走两步拦住去路，说，给么。手又伸出去那个银瓜。二妞说，俺不要么。又走。

二孬就看着二妞从自己的脸前走过，二妞走过时有一股风留了下来，那股风绕着二孬的鼻孔转，二孬吸了吸鼻子，就吸到了二妞的味。那是田野里的草香味，二孬很受用。

二孬看着手里的瓜，白晶晶的，一道一道的浅花纹，二孬就狠狠地咬了一口，咔嚓，咬得满嘴汁液。心里说不出来的爽。晚上二孬就做梦了，只要一看见二妞二孬就做梦，二孬就是做这种梦的时候，被人脱去了裤衩子。

有人说，脱二孬裤衩子的时候，二孬的家伙像个柳木橛子支棱着，荒野里支个帐篷似的。要不是这，才不会去脱他的裤衩子。二孬想媳妇了，二孬知道女人了，知道村子里的女人谁最好了。

二孬那回远远地看到二妞挎着篮子顺着地沟子过来，看着看着人就像被地沟子给一点点地吸进去，慢慢地连头也看不见了。

二孬就跑，而后二孬就看到了好奇的一景。二妞在蹲着尿尿。二孬心里跑了兔子，那兔子越跑越快，都快跑出地边了。二孬的眼前是一片的白光，白生生细盈盈的白光。二孬听到了一声喊叫，二孬被那声喊叫吓着了，眼前还是那道白生生细盈盈的白光。

那声喊叫在跟前，在二孬的对面。二孬慢慢地醒了。想撒腿开溜，却又被一个声音定住了。

你不得走。二妞的声音。二孬的脚就被二妞的声音定住了。下面的事情你应该想到了，二妞很厉害，二妞非要二孬把看到的倒出来不可。二妞说，你说你看到什么了，你得给俺倒出来。

二孬说，俺俺可啥也没有看到。二妞说，瞎说，你看到俺的羞了，你得把俺的羞倒出来。

二孬就觉得不好办了，看到眼里的还能倒出来吗？二孬急得恨不得两只脚都跳离了地，能飞走最好。二妞还在说着，俺娘说了，那是俺的羞，羞不能给人看，你却给俺看了，你说你想咋的吧？

二孬听到这话，眼前又晃荡起那片白生生的光了。二孬就说，俺赔你，俺去给你摘两个大银瓜还不行？

说着二孬的脚就想脱滑。但是立刻就被二妞的话给揪住了。

二妞说，不行，一码说一码。二孬说，什么是一码说一码？

二妞说，你看了俺的，你得让俺也看看你的！二孬立时就捂住了那个东西，好像那个东西随时有被二妞摘走的危险。

不行不行。二孬想着自己的那个腌辣椒似的东西，怎么能跟那片白光交换？二孬后悔得想钻到地底下去了。但是不掏出来，可能今天是过不了这个死妮子的关了。二孬抖抖索索地提着裤子，二妞说，快点呀，快点呀！

二妞的眼泪都快掉出来了。

形势更加不妙，二孬觉得那两只手已经不听自己使唤地挪向了一个地方。二孬的裤子是一条布带子围着的，现在那布带子的头开始一点点地松开了。二孬的心里一片漆黑，眼睛也是一片漆黑。

就在这时，二姐却突然呼呼啦啦撒腿跑走了，像只野兔一般地跑走了。二孬的裤子茫然地垂落在他的脚下，就像一摊瓜秧。

这都是二孬后来告诉我的，二孬告诉我的时候，二孬已经和二姐睡在一个炕上了。人们说是二孬捡了个便宜，也有人说是二孬捡了个杂碎。不管怎么说，二孬是和二姐睡在一个炕上了。

二孬好长时间都在炕上掐自己的大腿，然后偷偷地摸着垂在炕沿的二姐的辫子。二孬想，要不是那个桃黍地，自己还得不到二姐哩。还真亏了那块桃黍地。

你应该知道，不是因为瓜地，跟瓜庵也不沾一点关系，是桃黍地，那块离着瓜地不远的桃黍地，给二姐带来了灾难，却给二孬带来了福音。这个我在另一篇文章里说到了。

咱们的村子

一

咱们村子不大也不小，两百多户人家，千把口人，就此也算方圆的大村子了。周围再也没有比咱们庄子大的村。咱们村子靠近陡河，前清时还是个渡口，舟来车往的，十分繁忙，也有大店小馆开设于码头两岸，后来陡河改道，河水不再从村前过，翻到离村子好几里地的地方去了。咱们村子也就渐渐冷落了，车马舟船的自然去了该去的地方，人口在几十年里没见增多，倒是留下了好大的一片洼地，长年生盐碱，庄稼不好好长，却长了毛毛草草的芦苇和各种各样的杂草。

再就是发水时冲击成了一个坑塘，百亩大小，长芦苇也长莲藕。实际上咱们村子周围就成了一片荒原，人在这个地方很难发展，有能耐的，就去了外边。没有本事的还是多，再者说了，在那个年代，你能去哪儿呀，你跑不出去，去了也活不了人，还是在咱们村子里待着强，咋着也是乡里乡亲，饭食吃不好吧，也吃不孬，别跟我扯那几年，那几年别说你，就是你爹你爷都吃不好。不说了，还是说说咱们村子吧。

这个地方的土质属于黏性土，一到雨天，一片泥泞，牲口走着都累。树也不好好长，长成了就长成了，长不成的总也长不成，被人折了做了用处，要么烧了火。实际上这个地方的人烧火多是野蒿和苇草，再就是桃黍秸秆，再找不到什么树枝子。能够耕种的土地大都离村子很远，去一回不走一两个时辰你到不了地，晌午也就别回来了，各自带着干粮凑合一顿。晚晌回来还要捎带上一捆草，都这样，人家都能捎带就你光着手回家？你好意思？这你就可以知道，咱们村子的人不容易。

咱们村子往南十五里，是陡河镇，陡河镇可大，方圆百里都归于陡河镇。也就这么跟你说，一般的，见过最大世面的，也就是去过陡河镇。这里的人不说去镇上，只说去陡河。咱们村子算是离陡河近的哩，让多少人羡慕着，是嫁闺女先要考虑的地方，不为别的，为离着陡河近。

你不信，没有到过陡河的有的是，到一趟陡河，你得坐车吧？坐不起车你得地儿蹦吧？一来回你得准备着半路的吃食吧？你还要准备着几毛的零花吧？都是折损你出门的信心。

说是说，还是挡不住人们要去一趟陡河，走那么两道街，一个不落地进上每一家店铺，看上一看每一家柜台后面的女子，看看人家长啥样，穿的啥，头上扎的啥花，还有，那胸脯子鼓不鼓，脖子下面白不白。这些都是回去值得说道的。光气的，就是看了人家半天，问了人家半天，把钱往柜台上一拍，撕一块洋布或者拿一包洋皂，而后昂着头出门去，再不来回头的。这头一直昂到村子里，见人就搭话。

人家看到他手里的东西，就说，哎哟，上陡河了？

这人就乐呵呵地一脸荣光，似乎是刚从前线打仗回来，说，上陡河了。说着的时候，昂着的头还没有放下来，似乎连问他的人都跟着沾了他的光气。

咱们村子往东十里是陡河下游的塔沟，塔沟村子很小，百十口人，比咱们村子还不及，那里的闺女嫁到咱们村子的最多。

咱们村子的西边是刘楼，盐碱地围着一片水，水中间一个小村。你要是进村，还得划船才行。我小姑就嫁到那里去了。

再要跟你交代的，就是军垦了，在咱们村子东北二十里，那里有通津市的长途车，两天一趟。不是有危重病人或者什么大事，没有人去那么远的地方。军垦是部队的生产基地，那一片的土质比较好。其实咱们村子能耕种的土地，就在去军垦的路上，你说远不远。我只是去过一次军垦，那是去照相，中学毕业证上用的。陡河那时候连个照相馆都没有。村子里有时候会来走村串户照相的，但他们不大能挣得了庄户人的钱，很多庄户人怕他拿着的那个玩意儿把魂魄收进去，有人拿着底片让你看，说能看到血红的影子在里边。

我当然不信这些。

二

炊烟是咱们村子的围脖，一看到它心里就立时暖和。

我上工的地不知道为什么那么远，走到地里的时候太阳就三竿子高了。旷野里没有什么树，到处是芦草，不成器的芦草，就成了每家的烧火。要把一捆芦草背回家去，却是要走很漫长的路。烧饭的芦草就显得很珍贵。

芦草填进炉膛里，烧得很快，背进来的一捆，一顿饭就烧光了，芦草从两头冒着白烟，像吸着火，又像被火吸着。火苗蹿出来，姑姑赶紧就送进去，她是怕浪费。火光映着表姐的脸，脸上红扑扑的，我那时觉得乡里的妹子是最好看的。

跑出外面的时候看到烟囱里冒着粗粗细细的烟圈，风不停地擦，想擦干净那片天空，但烟圈还是不停地冒出来，就像在戏弄风，等风烦了跑远了，烟圈就直直地往上蹿。远处回家的人就看见了。

有人说炊烟是有香味的，我信。我一看见炊烟就闻到了白米饭的香，闻到了黄饽饽的香，和炖小鱼的香。平常总是姑姑在家里烧饭，姑姑病着，不能跑很远去干活，不知道为什么有那么多的活，天不亮姑姑就起来烧饭，大家吃了顶着星星就出门了，回来的时候还是星光一片。中午是姑姑备的饭，没有走回来吃的，走回来再回去就干不成活了。

村子里是一个个挨得很近的房屋，房屋从第一排起，可以穿堂而过，一直走到最后一排去。你随便地走进一家人家，然后打开中间的门，那门其实经常是不关的。过道屋子，主要是放两个水缸，盘两个灶台，顶多放一张吃饭的小桌子，其余的就没有什么了。你走进去，看看你不是熟人，也就知道你是借道的。你走过的时候最好别选在烧火做饭的时候，那样你在人家屁股后边过来过去，很是不方便，你也不好意思，总得打个招呼吧，做饭啊，姑奶？是啊，去后边啊，嗯哪。

这样的排列方式，使得炊烟就显得壮观，好看了，你离远了看，一群的白烟集体地飘着，一会儿向左边，一会儿向右边。似乎有一只手在拽着它们。房屋几乎是一样高的，炊烟也就差不多是一样的高。谁也别想着高出别家半头。但是你老远的，还是能够认出哪个是属于你家的炊烟。

有的时候，你看见哪家的炊烟一直没有冒出烟来，你就知道那家里的人必定有事情。不是全家出了远门，就是发生了什么。一般来说，全家出门的事几乎不可能，即使是小的出去走亲戚，老的也要留在家里。家里离不开人啊。家里一般都有猫猫狗狗，鸡鸭猪羊的，哪能断了人。

那天四头家的房屋从早晨到晚上都没有冒出炊烟来，第二天还是没有那白色的飘摇，就有人在街门口说话了：你说，这也忒怪了不是？还能去哪儿呀？该去瞅瞅才是。于是就有人去看了，结果还是出了事。三口之家遭了劫难。那可是多年不遇的劫难，三个人死了一个大人，两个孩子受了伤。听说劫匪是打那里路过，顺便要些吃的，抢点东西。那时候谁家里有啥值钱东西，还不是老的坚决拦住不给。再那啥也不能断了炊灶，断了炊灶就是断了炊烟了。

三

黄昏总是准时地降临在咱们村子，而且为村子保留的时间很长，以至村子里的人能够从容地做完各种事情。

每天的事情也真是多。先是踩着黄昏的时光归回到那几条回家的土路上，源源不断的人，牲口，各自扛着驮着工具和柴草，在地上映出辛劳的影子，走上高岗的时候，那影子就更加鲜明，似姥姥贴在窗户上的剪纸。

夕阳坠在那里，一动不动，像有一根绳子在吊着，专等着在最后吊不动了，才一下子砸在稻花地里。

进到村子早的，早已经挑起来水筲，一摇一晃地在东边的井上来来去去，相互间打着招呼。这是咱们村子男男女女见面最多的时机。

平时下地都是分了道路的，男劳力去的大田，又远又累，女人们则近些，而且会是一些杂七麻八的零活。因而那招呼就有了各种各样的味道。有颔首一笑的，有高声亮嗓的，那都是正常的客套。

有的两副水筲擦肩时道一声，吃了饭啊？回答是嗯哪，知道了。那就是约了会了。有的轻声说，看你晒的，好好洗洗，歇歇。回答是你也是呀，快溜地吃着吧。说话的和回答的声音都不高，递过来投过去的都是甜蜜的瞥，那就显示着两副水筲的情意刚刚开始。

村中的路仍然是深深浅浅的车辙印子，车辙的中间和两边是人和牲口走的地方，那地方并不大，总是两副水筲在一边相遇，会互相闪过身子。有情的爱逗的男女这个时候，会故意地不好好让道，碰一下水筲，发出一声叮当的响，或者蹭一下屁股，闹你个红脸。使坏的便发出大声的笑。

街筒子两边的门口，就有谁端着碗蹲在那里看人，无非要看看一天中最热闹的场景。却总是遇到这样那样的招呼，这个说，哟嗬，吃上了？回答，是呀，来吃点吧。那个说，看吃得香的，莫不是挤了奶？回答说，快回家去吧，那奶等着你捧着吃哩。说的和听的都坏坏地笑。倒是这时担水走过的大闺女红了脸，低了头紧忙地走过去。

街的这头那头还会传来妇女的叫唤声，不是喊小人儿就是叫大人快点回家吃饭。出来时看到一个骑着大杆子车的换东西的贩子，喜好的就又转身回去，拿了几个鸡蛋或者一双破鞋子，在货筐子里扒来拣去，找几个针头线脑或者两张豆腐皮回家。

而西头有一些正在围着一个走村串户的锔锅钉盆的看稀罕。这师傅此时正为穗草家忙活。我挤在人堆里，认出那是一个尿盆，不小心让穗草的弟弟打烂了。

黄昏就在人不知不觉的时候隐去了。锔锅师傅越来越看不见了，说声，让开点哟，看不见光亮了。那些人头就会让开一点缝隙。再看不见的时候，师傅已经钉完了把钉，在抹着白糊糊样的胶泥了。

穗草的弟弟扔下五分钱硬币，说，不会漏了吧？锔锅师傅说，使吧，再坏了别的地方，这个口子也不会漏。

锔锅的说着点起了一盏马灯，接着拿起一个大黑碗，那个黑碗的主人就十分光气地挤着蹲在最跟前去了。说，补好哟，俺娘说了。

锔锅师傅说，包你好，补不好不给钱。就从小盒子里挑了一根很细的钻头，安在手钻上，而后把钻头对准裂纹的边沿，轻轻地用手指扯动钻把的牛皮细绳，那钻头就哧哧溜溜地转，有粉末在钻孔处溢出，锔锅师傅不时地洒上点水。不一会儿，一个小孔就钻成了。眨眼工夫，那只碗的裂口两边已经钻出了几个小孔。而后，锔锅师傅找出了比刚才给穗草家锔盆的还要细小的把钉，按在了碗的外边，敲敲打打儿下子，那些把钉就牢牢地箍在碗上，抹了胶泥，用布擦净，活儿就做利亮了。

锔锅师傅这回接到的是一个黄窝头。他咬了两口，说，好吃。就放在嘴里叼着，开始收拾家什。

围着的大人小人儿似乎这时才听到了吃饭的叫喊，就一哄而散朝各自家里跑去。街上还剩下了细微的昏光，只看见走来走去的人，看不清人的面目了。

四

这个时候还有挑着水筲去井上打水的，那不是回家晚了的人，就是有着什么事情。比如住在东头的祥子看见人少了，就打了水挑着去往西头走，一直走到寡妇家门口，回头望望，紧忙就进去了。

祥子帮着寡妇留枝打水有一阵子了，以为人家都不知道似的，其实就是天透黑透黑的了，也有眼睛看得见。

那些眼睛贼着呢。在那些眼睛的后面，是这里那里的狗咬，那是遇到串门子的了。伴随着狗咬的是唧唧咯咯的鸡们，正在不大情愿地上到笼子的边口上，而后相互挤着，跳下去。这里的人家大部分使用的都是鸡笼，而不是垒的鸡窝。笼子可以防黄鼠狼，垒的鸡窝不行，总是有缝隙，被黄鼠狼钻进去。鸡笼子是用荆条编的，大而密实，黄鼠狼没有那么厉害的牙齿。

等鸡们大都跳了进去，主人就会拿一块桃黍盖子走过去，叫着骂着把最后不愿进去的鸡赶进去，而后噗地盖上，上面再压一块东西。这里石头贵，大都压两块土坯。

街上还有回来晚的，背着一捆柴草，弯着身子，踏着沉重的步子，却不会踩踏到车辙里，并且能够认出自己的家门。黑晃晃的，像那捆草在走。

这时我听到了奶奶的叫喊，奶奶说，小嘎嘣的，叫了你多半会子了！我就从一团黑的奶奶的身旁溜进院子，而后溜到锅台边，那里有奶奶盛好了的桃黍饭。

等我端着饭开始吃的时候，听见外屋过道里奶奶说，芦芦啊，咋个才刚回来呀，让你妈着急。

听见芦芦回话，奶奶呀，割了点草，半道上散开了，没事啊，您老吃着吧。说着就听见笨重的声音越过了门槛，到后院去。奶奶自言自语地说着，啧啧，看这个闺女，忒勤快，忒不容易。谁个家里养了这么个闺女，谁个家里就得了福了。

我端着碗出来说，奶奶，你在说啥呀。奶奶说，说你芦芦妹妹，顶你两个哩。人家都在家里挑起来大梁了，你还让奶奶操心哩。

我一听就不高兴，奶奶偏心。总拿芦芦跟我比，我又不是土生土长的，就这我还会挑水了哩。不是也帮着奶奶干活了吗？奶奶就乐了。是呀是呀，能帮着奶奶挑水了哩，回头给你爸写信写上去，就说我们石头长大了，嗨呀，你爸妈也该着想你了哩。

我走到后院去，看见芦芦正把一捆草打开在墙跟前，一溜地散在墙边晾着。屋子散出来的光，照见芦芦的头上身上都是碎草叶子。芦芦妈妈拿着一块布条子，边抽打着芦芦身上，边心疼地叨叨着，看这死妮子，咋个不顾着自个点，一背就背这么多，累坏了身子骨呀，你还来了身上，你呀你，快，去屋里擦擦，喘口气，饭在锅里，再烧上一把火。我去西头张大夫那儿去。芦芦说，妈妈，我去吧。芦芦妈妈说，你快溜地歇着，我去去就来。

说着就穿过我家过道，走到大街上去了。

芦芦爸爸犯着严重的病，在炕上躺着好长时间了。一准是芦芦爸爸有什么事情，她妈妈去请大夫了。别看咱村的大夫，医术可高了，村里人有个头疼脑热，都是找他看，总是听到大喇叭里喊来喊去，那个俊树大夫，听到广播，快溜地到西头四婶子那里去。那个俊树大夫，东头二喜儿家的小子卡住鱼刺了，听到广播，快溜地到东头去，快溜地去！

还有外村的，有了病老不好的，也要来找俊树大夫，俊树大夫就特别忙，有时看到他挎着紫红的药箱子，骑着辆破车子过来，一晃眼就不知道去了哪里。你别说，喜欢俊树大夫的人还真不少，可以说村子里的人都喜欢，但是有人说喜欢和喜欢不一样，你要是想知道谁是真喜欢，你就在村口的磨坊那里蹲到底。

你看，咱们村子要说的事还是不少的。

桃黍

桃黍就是高粱，这里的人不说"高粱"，只说"桃黍"。

桃黍秆子高有两米，比村子里最高的二喜还高。那时种桃黍的人多，桃黍吃着壮人，一顿饭吃两碗桃黍米，顶半晌活。桃黍做出来的饭不像大米那样黏，是一粒一粒的，也不是想象的那样红，以前听到唱"红米饭，南瓜汤"，以为红米就是桃黍，其实不是，还是大米的一种。但是大人们说，在那个每天没到饭点肚子就咕咕叫的年代，一捧起桃黍饭就觉得喷香无比。

桃黍磨的面可以蒸窝头，贴锅饼，熬稀饭，那颜色就是赭红色的了。现在的饭店又做起桃黍的窝头啥的，远不是那个味，不知道是种子的原因，还是土地的原因，还是感觉的原因。你问为啥不多种点小麦、谷子啥的，我告诉你，产量低。玉蜀黍还可以，但都比不上桃黍出粮。

桃黍长起来很快，今天去看还人把高，过明天去，就高过人了。站高处一片的红，甩着沉沉的头穗子，一沉一沉的，擦着快要落下的太阳，看着都喜人。

桃黍上下都是宝，头穗子打了米是做笤帚、炊帚的好材料。

桃黍棵子可扎篱笆、搭顶棚、围院墙、挡茅房，扎得可以密不透风，外边人看不到里边。最上边的细秆你知道能干啥？那是做锅盖箅子的紧要东西。家家年年都会做出大大小小的锅盖箅子，走亲戚也会带上一个两个，可受人待见。有做不及的，就干脆带一小捆细白秆，加上一斤油馍，也能进去门。再往前的时光，娶媳妇嫁闺女都送这光滑白净的锅盖箅子，一个人边写着礼单，边吼一声：锅盖箅子两张——

做锅盖箅子裁下的一截一截的段儿，也有用，一劈两半，放茅房里，刮腚好使得很。当然，刮的时候不能急，急了使歪了劲儿，说不准会把腚刮出一道血口子。那细白秆还能干啥？扎叫叫油笼子嘛，那笼子有扎一棚的，有扎两棚的，还有能耐的，可以扎三四棚，说白了，那就是个叫叫油楼，集上显能哩，有买家也是大户人家。对了，那秆儿还有一样好处，就是当纸风车的杆，春天里，小人儿们一个个举着纸风车在田野里撒欢，嘴里喊着：飞机飞机云里飞！

桃黍棵子好啊，牲口吃了壮身子。用铡刀一段段铡碎，牲口别提多上口了，里面再加进去点黑豆，牲口吃着吃着就会抬起头来看你，嘴里发出突突的声音，眼睛里露出一种水色的光，那是感激你哩。你摸摸它的耳朵，抓抓它的头而后走开，它在后面会发出一连串的叫声。牲口嘛，不会说话，所有的表达也就这些了，再就是第二天好好地给你驾辕，稳稳当当的，一点都不脱滑。

有人家不舍得桃黍棵子，想着做别的用，就把玉蜀黍秆子喂牲口，牲口也吃，但是口味比起桃黍就差了。心痛牲口的跟心痛孩子一样，宁可少扎些篱笆，少让婆娘去集上弄几个零花，也要让牲口尝尝鲜。庄稼人哪，最亲近的还是牲口。

牲口喜吃桃黍，可能是甘甜汁浓，小人儿们也喜欢在割下的

260

桃黍棵子里拣来拣去，撅断一根尝尝，再撅断一根尝尝，有甜丝丝的感觉就一跃一跃地拿跑了，其他的小人儿也学着拣。小时的满足感很多。

其实有一种小个儿桃黍，芯儿是红的，那样的甜。但是产量低，种的人少，有的撒错了种子，就长那种桃黍，轻轻细细的，等不到穗子摆头，就给人喜欢没了。人们种桃黍，还是为了生计，可不是过一时的嘴瘾。

咱们这儿的桃黍自古就有名声，秋熟的时候，就有人赶着大车、推着小车来，讲了价就用麻袋子收去，那是做酒的，酒坊的人都说咱这儿的桃黍出息，造出的酒纯。有人干脆就大罐子带了酿好的酒来换，村里人也喜欢，不用跑路了。各自都似得了便宜，高兴得直乐。有能的像奎五伯，就学会了自家酿，不过那酒味差多了。

桃黍就这样被庄稼人喜欢着，被漫野地喜欢着。喜欢归喜欢，却是很少有胆大的一个人穿过桃黍地的。当桃黍把几百亩地都遮掩的时候，通往村子的一条条小路也就给遮掩了。两米多高的一排排桃黍棵子，海一样地涌。走进去，小路上看不到天，天上都是一穗穗的桃黍。磕磕撞撞，纠结着厮磨着，发出窸窸窣窣的声音。那声音说不大也不大说大也大，全在你的感觉。你觉得不大，那就像一场小雨；觉得大，就大得滚雷一般。

不是事急，没有人单个走进桃黍地里，初进去还好，你会越走越害怕，越走越后悔，前后左右都是声音，都是毛蚁，抓着你，扎着你，让你不由得回头四顾，让你又不敢回头四顾，你一定想着跑，可你快跑也不是，慢跑也不是，你跑不过那种声音。

你想回去，都不知道走出多远了，回去近还是前面近？当然啦，只要走上陡河大堤，就可以狠劲地喘一喘。可你不知道那大堤在多远的地方等着你。小路还不是直的，弯七扭八的，闭着眼也不行。偶尔蹿过一只野兔或黄鼠狼，唰的一下，闪电一般没影了，不是说那速度，是说那感觉，那就是在瞬间把你的所有的汗毛给提起来，把心从胸窝里掏出来，你被那股电给接通了，电着了，电得你浑身着火，立刻就烧成了光杆儿。

你若走在其间，因为什么发出了一声叫喊，那叫喊就会在桃黍棵子里磕磕绊绊地来回乱蹿，等跑出去了，最后的一丝微声，早被大白眉那鸟儿叼跑了。等到了收秋时节，桃黍被整片地割倒在地，那条小路渐渐露出它的模样，心虚的人去看，还能看到自己的魂在那路上悠悠地晃。

细心的人在割桃黍的时候会发现，桃黍棵子荐间，有着一丛一丛的狼或说不上是什么的脚印和粪便，有的地方有一片的鸡毛。还有一些倒下一片，无辜地裸露着早已干枯了的剩荐，上面一摊荒草。不知是人干的事还是啥子干的事。老鼠打的地窝子也是一眼一眼的，深深地挖去，会挖出这些贼鼠盗的一粒粒的桃黍。猛不丁的，还会有一条花蛇从哪里钻出来，跑不及的时候，被一把快镰拦腰斩断，头尾还在一颤一颤地动。蛇的嘴里，一只老鼠的头就露了出来。

有一年陡河发大水，就是从那个通河堤的小路开了口子。小路从桃黍地里蜿蜒到堤上就像一把刀戳开一个豁子，顺那个豁子下到河上铺的窄窄的石条，就到了后陡河的村子，再往北就是后张进，而后能到镇上。

水来的时候，谁也没有想到水头子会排山倒海从西山上一拥而下，从那个豁口就漫了堤，顺着那条路就像一条蚰蜒，不一时就淹了坡地，几百亩桃黍就只露了头地摆晃，没多久就不见了踪影。村子人都上了房，房塌了人也塌进去了。

那一年，谁说起来都邪乎。可大水过去，坡地里还是种桃黍，桃黍就在那片地里收成好。多少年都是。自我爷爷说起，他小的时候就记得桃黍地。

还是别走桃黍地吧。可二妞她偏偏在这一天走了进去，她不走不行啊，她是急着往家里赶，太阳快落了，绕过去也半夜了。二妞这一进去，就是我说的，后悔都来不及。二妞就遇到了那事，啥事？人们当面不说，背地里可传得邪乎。

263

风从哪里来

一

原野好刮风，风一起满地黄。

风是什么东西？谁让风来的？风一来就扯动了树叶子乱晃，把一把一把的花（棉花）撕得东倒西歪，要是赶在了麦收前，那麦子就一赶一赶地跑，跑到最后还是没有跑出麦地。遇上收割刚垛好麦秸垛，还没有苫土，风就一层一层地掀起来，像妇女的头发。

起风的时候，任何一种枝枝条条的东西，有角有棱的东西，有孔有眼儿的东西，都会发出一种怪怪的声音，就像一群不和弦的乐器在各自狂鸣。你走在风里，觉得自己的头发、自己的耳朵、自己的腮帮子都会有音，如果你暴着两颗门牙，那牙也会被风锯出响声来。

听风的声音，就像天在痛苦地哼，哼得很难听，像西院里庆奶奶，不，比庆奶奶的声音大，庆奶奶病在床上，总是大声地哼，哼得家人总是围在她身旁，难过着她的哼。

你说，风是从哪里来的？有说是从河岸爬上来的，有说是山上溜下来的，还有人说，是从坟地里起来的。

最怕那种旋风，风开始刮来时一出溜地跑，跑到坟地就像中了邪，先是跫起一些干草棵子、烂树叶子，后来就打着旋儿再跑出来，旋儿里带着那些草棵子烂叶子，就像带着一个人，细细的腰身不停地转，一双手在使劲地扑甩。

三大说，起先是坟地里的人互相在唠嗑，唠着唠着就唠出是非来了，就乱了，要找活着的人论论，风就起来了，闹得越大，起得越紧，非要争个事理对错，活着的时候没有弄清楚，这会儿又上来劲了，找到谁家，谁家就是事儿，不是与那争的事有关联，就是要拉走去论真儿。不管怎么说，都不是好事，都得躲着跑。要是最后谁家也没有黏缠上，那就是黏缠到外村去了。

人们都说三大迷信，都不相信他的话。

前院里丑妞得天花死了，她娘哭得昏天黑地，说丑妞死得冤，老天爷不长眼，把她的丑妞带去送给土地奶奶了，她的丑妞才十四岁。埋丑妞的时候我跑去看，棺材没有上漆，白白的桐木板钉的，样子很小，不像埋四奶那口大棺材，黑亮黑亮，十六个人抬，丑妞是两个人搬到平车上拉到岗上，用绳子下到坟坑里的。第二天丑妞的坟上就起了风，把黄纸旋到了天上。

你说，这坟地里也有这么多的日怪道道，有的人死了多少年了，棺材板都朽得找不着了，可那个人的事还是在那里埋着，人们走过那个地方，就会说一句，那不是七栓吗，那年愣是扒着桃秦围子看老孬家新媳妇上茅房，被人家好一顿打，现今也死了好多年了。七栓的棺材板不知道怎么的就露了出来，一块棺盖被丢在了老孬的坟头上。三大说，那是七栓记了仇了，去寻老孬说道去了。后来起了一阵旋风，那块棺盖就不知去了什么地方。

二

遇到大的旋风，那就是一个村子的灾难，从坟地里出来就围着村子转，从场上转到麦秸垛根儿，而后转到一家家的房根儿下，转得狗都找不到南北，在家院的墙里墙外四处乱跳。驴仰着头哏嘎哏嘎的，像是哭。

一村子的大人小孩大呼小叫地躲着跑，都怕被风缠上。

人们关紧了房门，跑不及的躲到院门后边、牲口圈里、磨坊道里，闭着眼睛念叨着。风推推这家的门推不开，推推那家的窗子进不来，风就猛烈地撞击着，咕咚咕咚整个房屋都颤动着，瓦噼里啪啦地掉下来。

一只老母鸡带着一群鸡娃匆匆地往家赶，它们去麦秸垛寻食吃，遇风刮来，老母鸡急得嘎嘎叫，鸡娃挤着往老母鸡的翅膀下钻，风愈发大起来，老母鸡身上的羽毛被一层层撩开，扇子一般噗噗嗒嗒地扇着老母鸡的身体，小鸡娃一个个被风从母鸡的翅膀下吹出来，吹得东倒西歪。小鸡娃咯咯叫着爬起来又被掀翻，满地打滚。老母鸡咧咧歪歪喊叫着，带着就近钻进一个水道眼儿，就见另外一只大花鸡惊慌失措地被风掀上了天，掉下来半身的鸡毛都没有了。

最可笑的是三凤和七叔家的小六子，两个人在哪儿？麦秸垛里，你说能干啥？麦秸垛早被小人儿们掏空了，像地道战，一个洞能有三个出口，出口都很小，用麦秸遮挡住，一般人看不出来，钻进去里面的膛儿很大很宽阔，小人儿们钻进去能在里面玩游戏，说故事。和大人怄气了，还可以躲开大人的寻找。却不知道三凤和七叔家的小六子怎么知道了这么一个所在。大风刮起来的时候，在里面是不知道的吧？那大旋风一路畅通无阻，到了麦秸垛给绊住了，那还得了，就不停地推晃，旋起一层层的麦秸，麦秸垛下边本来就被掏空了，哪搁住这么一场折腾，一会儿工夫就将三凤和七叔家的小六子给折腾出来了，两个人捂住头一个往东跑，一个往西溜。

早被眼尖的看见了，有人就嗷嗷地叫，越叫两个人越跑得快，三凤的头巾刮掉了都顾不上，那花头巾像只断了线的风筝，一摇一摆地飘上了天。

可怜了小强，小强抱着一棵树，看着花头巾呜呜地哭，哭声里充满了恨。那条花头巾据说是他给三凤买的。风把一个谜底给揭开了。

后来花头巾的笑话传得哪里都是，风停了，笑话都没有停。

三

人们真的说不清楚风是什么，有人说，风，风，就是疯了，不疯能那样子吗？可具体是什么疯了？说不清楚，但风却能把人逼疯。

村西头的小云儿就是在刮大风的时候疯了，她把自己的上衣脱得一件不剩，实际上还没有脱完风就帮了她的忙，风将她上举的袖子一拽就拽上了天，小云儿就仰头看着笑，就朝着村头的河桥上跑，风把她吹得一歪一歪。有人就赶忙去叫七叔，七叔就是小云儿的爹，也是小六子的爹。七叔就拿着一件破衣服叫着，顺着村子的土路跑，那路早弥漫成了一条灰土龙。

小云儿就从这天起，被大伙叫成了"疯小云儿"。人说疯小云儿是受了刺激，那个城里收鸡蛋的人再也不来了，小云儿曾把自己的一颗心给了那个收鸡蛋的，跟着他这家那家地帮衬，还跟着去了郭庄、前张进、大阁庄、西枣庄。收鸡蛋的把小云儿毁了，把小云儿的脸面毁了，小云儿十七都不到，刚中学毕业，对一切都充满了天真的幻想，谁对她有一点好，就让她幸福得要死。大风刮起来的时候，小云儿正在村头做最后一次毫无意义的仰望。一片纸花，就在这时，在小云儿泪流满面的时候，一下子粘在了小云儿的脸上。

　　那坟地是个叫玉凤的老妮坟，刚埋了不到十天。嫁不出去的老妮子是不能埋到祖坟地的，玉凤孤孤独独地葬在了乱岗子上，岗子长满了黑圪针、姜枣棵、臭蒿，扔着死狗死猫、破衣裳烂鞋子，被黄鼠狼吃剩下的鸡毛，被谁掀开的朽棺木。埋玉凤的时候，小云儿还跟去看了，偷偷地躲在人堆里哭，不知道是哭玉凤还是哭自己。反正人家哭，小云儿也哭。

　　偏偏这两天天不好，阴乎乎的，偏偏就起了风，风变成了旋风，偏偏就将老妮玉凤的纸花刮到小云儿脸上。一片黑影子刮过来，躲闪都来不及，扭头跑那纸花还是在脸上粘着，小云儿一个趔趄就绊倒了，绊倒的时候小云儿眼前是黑的，什么也看不见。绊倒了爬起来小云儿就变得恍惚了，她不知道自己在哪里，她觉得身上很热，好像那风变成了火龙，要烧死她。小云儿就脱衣服，满地里喊着跑。

　　七叔的叫声过来了，七叔的声音好瘆人。

　　旋风还是势不可挡地朝前趱。风就像一口大布袋子，一抽风就鼓圆了，就把什么都抽进去了，打着旋儿地钻到天眼里，过河的时候，撑不住，撒下一堆的破鞋子、烂麦秸、红红黄黄的纸片子。闹得河里的鱼以为是什么好东西，纷纷仰起头一涌一涌地去啄。

最后风绕着大槐树转几圈，就一下蹿到树尖尖上，没影了。

而后你就看吧，谁家的窗户碎掉了，谁家晾的衣服没了，谁家晒的萝卜白菜连同簸箩一块儿不见了。有人开始找羊找猪了，满街都是唔唔嘞嘞的叫唤。惨了的还有村中间的井，一井筒子的烂草花、破布条、臭鞋子、死老鼠，又得淘半天井了。

时光走到现在，田野的风确实少了，可能是树多了，房屋多了。也没有人说些迷信的话语，毕竟文化人也多了。

辑四　缘流

　　自从写出《绝版的周庄》，成为荣誉镇民之后，我与周庄的缘分已有二十多年，不时地会生出一种念想，留在文字的记忆里。

收　藏

一、福利总是留给后人

光绪年间，周庄的监生陶煦完成了《周庄镇志》的文字稿，还要配一幅地图，需靠两只脚实地踏勘。他不想跑了，把测绘的事情交给了儿子陶惟坡。当然，他相信儿子。我们也相信经过陶惟坡一点点踏勘、一点点标志的成果。翻阅《周庄镇志》还是有些兴奋，毕竟是前人以志图的方式，收藏了一个百年前的周庄。

因而也就让人感慨，前人有意或无意的收藏也是一种文化先行，福利总是留给后人。这幅图与后来的地理有了明显的变化，图中那一块块似是经过设计的好看的色块，是一百年前的水田，当地人称为"圩田"。由于圩田的吸引，聚集的人数增多，房屋住所的建造成为必须，也就使得那些色块逐渐亲密，逐渐连接成更大的色块，这或许就是百年后的一个成熟的村庄。

有了这么一幅晚清时期的图表，让我们看到这一片水的世界的变化过程。研究起来，那过程其实并不漫长。就像与周庄相像的村庄最终被从水中拉到了陆地，周庄也有了一个与陆地的连接点，只是长期独居的性情，使得周庄保留下来，成为另一种意义上的收藏。

走进周庄博物馆是一个黄昏，一个角上，石犁发散着坚硬的光，汗水与泥土的打磨，使它呈现出一种力量。我丝毫不怀疑，这是周庄一带的先人使用的工具。在距离很远的中原，以至更远的地方，也都能见到这种工具，它们的相似度显现出先人的智慧的融合。

石犁最早安装在一根木棒子上，比之手握石刨显然是革命性的进步。后来更进一步的适用于人或牲畜拉动的造型，则经历了漫长的岁月而一成不变。那换成铁铧的工具直至现在某些地方还在使用。耕翻土地是农田里最累的工序，周庄这一带同属良渚文化遗存，泥土肥沃而富有黏性，此类石犁的广泛出现，对于土地的开发具有了划时代意义。

还有一种黑色的陶罐，那是良渚人另一种生活物品，上面有精美的纹饰，先人打磨和刻画的神情渗入其中。即使是简单的生活，也会尽可能地做到完美，以至每一件与生活相连的物品，都透着精心用意。

制作这种陶罐必是与水有关。想象不到的是，他们取水的地方，竟然是人工挖取的水井。这同中原人在河边取水的生活方式截然不同。那个时候，这片沃土应该还不是一片水域，但是水层很浅。良渚人为了食用水，在居住地很容易地挖出水来，为保证水质，他们动用了集体的智慧和力量，选取粗壮的坚木做成井的形状，打压到水底。认真的程度不亚于房屋的建造。如果不是周庄收藏了这样的木井，我无论如何不能想象出它的模样。

木制的良渚古井，是一整块木头做成的深约两米、直径五十厘米的圆筒，看上去就像一只深入泥土的大木桶。木桶周围打有孔洞。可想而知，井比坑的环境要好，它不仅更能聚水，也起到了保护水质的作用。水由四周渗入"桶"中，被贮存净化而变得清净。长期泡在泥水中的木井，竟然能够保存下来，说明古人选取的不是一般木料，必是凭借生活的经验刻意为之。由此不得不感叹，无论哪一个时期，作为有别于一般动物的人类，始终是将生活质量放在第一位。这样看来，周庄这片地域，很早就是一块人类热土了。

关于木能养水的理念，我在"天孝德"得到了验证。一个玻璃柜内静静躺着的褐色条木并不惹人眼目，很多人都会一晃而过，觉不出它们的珍贵，也不知道它们的用途。由于年代的久远，它的表面已有一些包浆，但仍质地坚硬，且不失细滑的手感。

头一次从王龙官的口中听到"缸香木"，问了半天才知道三个字如何写，而头一个"缸"字，似乎并不是一种香木的姓氏。后来明白，他说的是放在水缸中的香木。

原只知道珍贵的香木可熏衣，可提取香精，想不到还能用于净化水质。江南一带，大户人家都有用这种缸香木的习惯，那或许已经成为某种品位。香木置于水缸底部，倒进去的水不仅不生细菌，不长虫子，而且清纯甘甜。我小时经常会看到土井中的寄生物，趴在桶上喝水时，那些大大小小的寄生物就在阳光透视的水中晃动，我知道只要一喝就会进到肚子里。但是伙伴们都这么喝，而且没有别的水可以代替，也就眼睛一闭大口饮起来。盛夏的干渴和生活的氛围使人无法选择。那个时候小学很少上课，常常会参加"三夏"大忙。

最终清楚，这种能净化水的香木是楠木。楠木自身就泛着琥珀的质感，有着水波般的细腻，冬天摸之不凉，夏天触之不热，天然地散发出一种特有的幽香，因而人们对它爱不释手。也有的缸香木是白檀老料，同样有杀菌去污功能。现在的这种香木，多是要按克论价了，价值已经超越了黄金。

水乡人多是用湖水，水质自然不是很好，普通人家别无选择地习惯了。当然都有水缸，不只是储水，也是为了澄滤。家家户户选择拎水的时间必是早晚，早要赶在舟船响动之前，晚间也要等一切静下来，唯剩水流的声音。主人说大户人家一般都有两口大缸，第一口用于沉淀，沉淀后再倒入第二口，这第二口缸里就会有缸香木。江南人爱喝茶，用缸香木净化的水泡的茶自然不一般。一般人只道是茶好，却不知道水的秘密。而孩子们也会舀起缸里的水解渴，用瓶子装了上学，让其他的孩子觉出不一样的感觉。为什么不一样，他们是道不清楚的。

据说最初在木制的井中挖出过东西，其中就有那种饰有图案的双耳罐。谢楚余有一幅《抱陶罐的少女》，鲜活与古旧，灵动与朴拙完美地统一在一起。我相信，在那个时代，会有少女款款提着陶罐，在井边打水。只不过那种美被谢楚余艺术地放大了。

二、每个人都有收藏的喜好

周庄的街市上有几家旧货店，里面也有各式各样的老东西，只是闹不清其中的真假。沈厅不远的那家，倒是有一个旧唱机让人眼亮，那是电影中常见的上世纪早期的物件，敦实的唱机上，顶着十分夸张的大喇叭。卖家开价一万，不知道是否合适，这样的唱机着实难以见到了。还有一些老唱片，也都是半个世纪前的老货。

上小学时，学校就已经停课，名曰"停课闹革命"，也不懂小学生闹的是什么革命，就到处乱跑。一日跑进了中学，那是小城里的重点中学，设在文庙里。文庙自然被砸得不成样子，"万世师表"痛苦地碎裂在大殿前面，墙上的"尊师重教"也覆成了黑黑白白的标语。教室的黑板上同样是大字口号，桌椅板凳残缺不全地东倒西歪，真的像是经历了一场势头不小的革命。还有一间教室，门口挂着一块牌子，牌子用纸糊起来，写着什么战斗队。看了引不起兴趣，到了大殿后面，猛然发现小坟头样的一堆东西耀眼地亮，几个孩子好奇地在上面扒拉。那是遭受了摔砸的老唱片，片心中间有的是夺目的红，有的是炫丽的黄。黑黑的唱片一片片地闪着环环细密的纹络。如此精细的东西，竟然都毁坏了，而且毁坏了这么大的一堆，实在是不明白为什么。那是我第一次见识唱片。

后来在一个小同学爸爸的办公室见到了完好的唱片和唱机。同学的爸爸是这个县有头有脸的人物。他拉开抽屉，里面有一支红布包着的小手枪，一种暗蓝色的光覆盖了它。顿时露出无比惊羡的神情。那架唱机同周庄的这架不能同日而语。同学竟然会操作它，他把门窗关严，拉上厚厚的帘布，然后偷偷地找出一张唱片，将唱针轻轻放在唱片的边缘，唱片就极快地旋转起来。唱曲是听不大懂的，但是好听极了。这么近距离地感受到它神奇的音声，也就明白为什么会有人藏起来偷听。想起一中大殿后面那堆老唱片的坟墓，不免惋惜。在后来揪"走资派"的斗争中，同学的爸爸也被糊了大字报，不知道是否有人揭出他偷听老唱片的"罪行"。我始终保守着这个秘密，直到现在写出来。

那些唱片的出价也是不菲的，现在的生活中，连磁带都消失了，这些老东西正在远远地离去，不是受到了暴力，就是受到了嫌弃。只有那些喜好者，会留意到它们。

还有银圆，在旧货店的柜子上面随意地摆放着，让人觉不出它们的珍贵。真正的"袁大头"怕是有些价值了。这种物件儿时也见过，家的后面有一个小玩伴，时不时会从口袋里掏出一块铅灰色的东西，不是炫耀，而是同我们交换。伙伴们并不以为他亮出的银圆有多值钱，也就是换几个玻璃球而已。得到银圆的只是拿着在地上滚一滚，或用钉子砸一个孔，用绳子穿起来玩。当他输掉了那些玻璃球或其他的什么，他就会从口袋里再拿出一块"袁大头"，偷偷看看四周，告诉我们若被家人发现，会挨打的。我在小说中看到过对于"袁大头"的描述，用嘴吹口气，然后放到耳边去听，就能听到好听的声音。可是我们挨个试，都没有出现惊喜。直到有一天他的行为被他爸爸发现，严令不再同我们接近。他的爸爸曾经被戴过高帽子，扯烂的衣服上泼了黑黑的墨汁，是那种"黑五类"分子。不玩就不玩吧，也就知道他家里藏着许多的"袁大头"。听说不少坏分子家里藏着"变天账"，不知道他家里有没有。很久以后才知道什么是"变天账"，就是自己卖地的地契之类。这种地契，我竟然在"天孝德"看到了。

　　我相信每个人都有收藏的喜好，只不过所藏不尽相同。有些是贵重的传家宝，有些是爱情的信物，有些则只是一片微不足道的红叶。我小的时候，床下偷偷藏着一个小木箱子，箱子上着锁。每次开启的心情总是欣欣然，里面藏着一叠叠纸做的"面包"，那是用两页纸交叉对叠而成的方形玩具，最好的纸是书皮和画报。孩子们每天就是在地上摔打这些"面包"。一个个摆在地上，先剪子包袱锤，然后你一下我一下地扇打，只要将它打翻过去，就是你的了。有些孩子用更多的纸将"面包"增厚，以显现战斗力，但是如果输掉损失也是惨重的。那个时候，一张纸都十分宝贵，谁家里也没有那么多的书籍，所以能够赢取这些纸玩意儿是一种快乐的事情。还有玻璃球、冰糕棍、杏核、小人书，经常地取出来，摆弄着，查数着，会有一种满足泛上心头。这些物件在床底下度过了很长一段时光。

小木箱在五六年级的时候开始添加书籍。一本本书都是以物换物的方式得来。尽管换不到多好，也是视如至宝。每每放暑假或寒假，待父母上班，便偷偷扒出来，找出一本早就耳熟能详的旧书，坐在锅台上再读一遍。屋子里很静，炉火上的水壶发出细微的鸣响，感觉那般美好。门是插着的，耳朵的任务时时被提醒。那个时候旧书仍是禁书，是不能让大人们发现的。一部私下交换来的没头没尾的书，就被父亲发现后直接扔进了火塘。后来知道那是一本《一千零一夜》。只有母亲佯装不知地默许。一个孩子在家里守着一本书，怎么不比在外边疯跑强呢。只要家里能够开启一扇天窗，就似吸到新鲜的气息。我为此感到庆幸，那种庆幸持续了好多年。直到现在，我的书架上还有精心保存下来的《林海雪原》《平原枪声》等。一个自幼喜欢书籍的人，是不大注重收集"袁大头"之类物件的，更不要想着会像"天孝德"的主人，早早用心收集那么大一堆宝物。大了的时候，我不再在乎同孩子们聚堆玩耍，我自己知道，那同我的私密的精神享乐有关。

早期的阅读对后来的影响实在太重要，可惜的是托尔斯泰、拜伦、狄更斯、博尔赫斯、司汤达……一个个的名字从来没有进入过我的世界。我曾经有过交换阅读的通道，然而是那么地有限和可怜，读到的外国最好的书籍无非是《钢铁是怎样炼成的》《牛虻》，对了，还有那本没头没尾的《一千零一夜》。我曾经在前院的同学那里得到一本没有头尾的线装书，那纸张脆薄的书马上就要成为他母亲生火的牺牲品，我饶有兴致地从炉膛前捡了起来，并且经过同学的允许带回家去。当我认真翻看的时候，才知道我遇到了多么好的一件宝物，那竟然是《改良今古奇观》，《卖油郎独占花魁》《乔太守乱点鸳鸯谱》都是里边的内容。离开中学以后我曾如饥似渴地读到一部《斯巴达克斯》，那是我读到的最好看的外国文学。进入大学后，才知道自己的天地多么狭窄，而那带有罪恶感的收藏更是多么好笑。

三、智慧的灵光反射到具体的事物上面

人不同于动物的最大区别，在于比之后者更善于追求生活品位，尤其是进入一个相对稳定的时期，人的追求更加从容。在这种从容中，许多的天分被发掘出来，智慧的灵光常常反射到某些具体的事物上面。

我是偶然走进这里的，它在周庄的城隍埭老街上，坐西向东，前临南北市河，背接后港，门不大，隐着吴地那种深藏不露的精明。进去方知，这是江南仅存的明代末期前厅双后堂建筑。一水的方砖铺地，斑驳的白墙露出老旧的青砖，屋檐满是寿字纹瓦楞滴水。院里屋舍相关，厅堂相连，廊道天井交互，显现出盎然的古意。现在这里是一个私人藏馆，陈设满满当当，无一处不紧凑，完全是"藏内有馆，馆内有藏"的大户风貌，里面藏有石、陶、瓷、木、铜、玉及丝绸、字画等周庄以及流散于长江三角洲地区的老旧物品。

我来周庄有几天了，每天在庄子里行走，如果不是有人领我进来，怕总是与它失之交臂。在周庄藏着这样一处地方，是周庄的精明，也是主人的精明。它们的确是相辅相成的。周庄卧虎藏龙，前有一个沈万三，曾经搅动起大明的历史风尘，再出现个什

么人物也是见怪不怪了。

一只只铜炉和脚炉引发了我的兴趣。我知道，它们原本在某个明亮或者阴暗的地方，散发着柔和且本质的光。每一件都经过艺术的打磨，而后直接进入了生活。来自北方的我，实在是惊异于这些看似雍容华贵的器皿。

小时的我最奢侈的用品，无非一个热水袋。而更多的孩子，冬天会捧着一块布包着的烧热的石头或者砖块。那是一个纷乱的年代，许多的物品被当作"封资修"收走或遗弃，人们不再或者不敢对生活有奢华的念头。连理发店烫发的技能都被限制，一切以粗俗和简单的方式回到了生活中，就是回到了原始的时代也无可厚非。重庆火锅大小的铜炉，在寻常人家更是鲜以见到。

从王龙官的介绍中，我知道它们已经走过了很长的时光，甚至是近千年的时光。这千年的行走中，按说它们该是走进了寻常的生活，但是它们一度走散了，走失了，以致我这样年龄的人见了还是惊奇不已。让我惊奇的还有，这些精致的铜炉，有一些竟是周庄自己的产品。一个庄子，竟会私下里享受并充分满足这种享受。清光绪年间，周庄生产的铜炉还在南洋劝业大会上获奖，并就此得到"庄炉"的美誉。我在《九百岁的水镇周庄》这本小册子里看到这样一段话：陈去病在他所著的《五石脂》一书中称，他的祖先因元代战乱，由浙江金华一带避难来吴，居住周庄，"以锤薰炉为生，数传始改业油粮制造，迄于余身。然今庄炉之名，犹着郡邑云"。

可见多少年前，在这个小庄子里，生活物品已经达到了自产自销。并且从王龙官收集到的为数不少的铜炉来看，周庄人的生活已经进入了丰衣足食的境况，几乎家家都有了这种生活的必需品。

很长一个时间段，周庄四面环水，里面的人不大容易出去，外面的人也不大容易进来。即使是用船也绝非一件容易的事情。这也就使得周庄完全地封闭在一定的水上世界里，逼得他们学会照顾自己。周庄很早就有了布店、米店、洗染店、铜匠铺、中药铺，甚至银店、票号等生活中一应所需。他们还养蚕种桑，纺纱织布，制砖做瓦。时光到了上世纪五十年代初，周庄尚有二十六家大户，这些大户影响并且带动了一批中小户。即使是贫困的人家，也有打工吃饭的地方。

因而周庄人在其中变得悠闲起来，他们实际上是满足于一种生活方式，或是从沈万三那里知晓了一些道理。

周围的人们冲着周庄那些热闹纷攘的店铺，乘了各式的小船，来个一天半天，逛逛一条条街巷，买些自己那里没有的物品，满意地归去，而周庄还是开了一些旅店的，以接应那些耽在这里没有归去的客人。富安桥两侧，就有当时最热闹的一间旅舍，还有一间中药铺、一间茶馆和一间理发店。它们把据着桥两头的四个点，把据了很长时间。四间服务性的场所具有了典型的意味，且是周庄有名的所在。此时理发店的传人刚刚过世，他是老周庄的见证，活到了九十三岁高龄。

话再往下说，有些外地人踏上周庄的码头，就不想再回去了，他们要么租了周庄的房子自己经营些什么，要么给周庄做帮工，慢慢地融入了周庄的生活，有些闹得好的，就在这里娶妻生子。也有别乡的女子被介绍来，嫁到周庄。

可见外边的人也喜欢上了周庄这种格局。上世纪六七十年代围水造田的运动中，很多村镇热火朝天地填实了自己周围的水道。周庄却没有这样的动作，不是什么觉悟，而是先前的生活状态使他们同外界隔绝出不小的距离。那么，那些轰轰烈烈的运动也就不去管这个小小的周庄了。周庄人就得以守着一个铜炉或踏着一个脚炉，自由自在地照看着店面，或同人喝一壶新茶听一场水磨腔的昆曲。

那些铜炉多是用稻壳慢慢熏暖，不需用木炭，木炭尚需花些费用。稻米是江南特有的物品，米壳自然容易取到。这也是周庄人日常生活中找出的经验，火花点燃稻壳就会慢慢烘着，并不会产生出烟气。而那种味道，却是自己熟悉的芳香的味道。

我的感觉里已经捧起了这样一只释放着稻香的暖炉，我欣然地为这些铜炉照了一张张的相，我想留住它们。

我在周庄中市街上看到了铜匠师傅。那是一个不大的门店，两位师傅的年龄也已经超越了我等不少，他们的动作变得迟缓，反而显出了某种认真的态度。只是已经不做这种细致的活计，只把一些碎铜炼化成水，铸一些勺铲之类的物件。他们也许就是那些铜匠的后人，只是现在的市场已不适于他们的手艺。他们略微颤抖的手和迟缓的动作，没有了那种能工巧匠的感觉。

一个铜炉的时代已经结束。

四、甚至能感觉出那种慵懒自得的神情

我还见到了可人的手炉，圆形和椭圆形的，据说还有方形和菱形，那自然更为少见，连这个名噪一时的收藏家也未找到。手炉比铜炉要小，可随手提动，这就比体态雍容的铜炉更为方便。以前的人宽袍大袖，手炉可置于怀内或袖中，所以又叫"捧炉"和"袖炉"。看着这娇小而精致的器物，觉得仍有一些味道从里边散发出来，时光在它们身上没有留下什么印记。

据说中唐时期，手炉已成为官宦人家的室中用物。及至宋代，已有香药局，专供焚香和手炉脚炉使用的炭饼。北宋吴自牧的《梦粱录》中，介绍汴京市面上的诸色杂货，就有"供香饼炭墼"。民间俚语中也有"九九八十一，家家打炭墼"。炭墼续温时间长，更换方便，是用炭末和黏土做成的块状燃料。

冬天最着恼的是怕手冷，穷人家的孩子，冻裂的手上裂着一道道渗血的口子，很长时间不好愈合。而富贵的小姐少爷则是最要保护第二张脸的，于是有了这种暖手神器。《红楼梦》的第六回与第八回，都有提到手炉，一是写王熙凤"端端正正坐在那里，手内拿着小铜火箸儿拨手炉内的灰"，一是写丫鬟雪雁秉了紫鹃的嘱咐，给在梨香院串门的黛玉送来小手炉暖身。很长一段时光里，手炉还只是皇家贵胄的用物，只有到了一个物质稍显丰富的时代，手炉脚炉的使用才会寻常起来。清代的张劭有一首专写《手炉》的诗：

> 松灰笼暖袖先知，银叶香飘篆一丝。
> 顶伴梅花平出网，展环竹节卧生枝。
> 不愁冻玉棋难捻，且喜元霜笔易持。
> 纵使诗家寒到骨，阳春腕底已生姿。

每一件手炉的做工都十分精细，感觉它们是一整块铜料做成，丝毫没有镶嵌与焊接的痕迹。主人说，这必然是手艺精湛的工匠用榔头一点点敲打出来的，这种精工细制的手炉结实耐用，再久也不会开裂。

细看不大的壶体，竟然有云纹、花卉、虫鸟图案，炉肩炉耳的地方也各自圆润不失功夫，提把设计成花篮柄或竹节柄，炉盖也进行了细微的雕饰，冲成精美的六角或圆形孔洞。精妙还在于炉身是内外两层，内胆放燃炭，通过两层间的空气传导，既散发热量，又不会烫手。而且，不暖手的时节，还可用来代替熏炉焚香。

手把着这么一个物件，不仅会有一种暖意，也会有一种把玩的意味，你甚至能感觉出那种慵懒自得的神情，就像捧着小猫小狗，是会捧出宠爱来的。

造型为扁圆形的脚炉，历经几代人相传仍乌光锃亮，包浆俨然。据说也有八角和方形等样式，只是圆形更便于搭腿搁脚，受热面也大。唐宋时期脚炉就已很常见，一般殷实人家都有这种不可或缺的用品。有小儿要到学塾读书，冬天也会备好脚炉和炭墼，让孩子保持身体的温暖。《红楼梦》中宝玉要去学堂，袭人的准备中也有提到脚炉。福州大户人家的冰心在《我的童年》里，也写有年轻的母亲穿着沿着阔边的衣裤，坐在有床架和帐楣的床边上，脚下摆着脚炉的回忆。那该是上世纪初叶。

比之手炉，脚炉少雕镂图案纹饰，但在炉盖的气孔处却常有巧思，比如錾刻成梅花或菱形。无论燃烧炭墼、稻壳或锯末，都能很好地散发热气。也置有提梁，设计成花纹柄、扭丝柄什么的造型，以方便使用。

看着这些手炉脚炉的时候，你或许只会将它们看成是形、艺、韵、意俱佳的艺术品，而不是一件实际用物。

五、此刻它们都无声地沉睡在那里

我着实对瓶瓶罐罐的不大感兴趣，我的注意力总是集中在那些生活物件上，比如高置于柜子顶端或方或圆的食盒。那些饰了精美图案来自不同年代的食盒，有的已显陈旧，有的却仍闪现着光洁的漆面。食盒上面有一个提手，下面一层层地摞在一起，如一座小笼屉，一打开就会打开岁月的米香与菜香。

陪我同去的张寄寒告诉我，在他小的时候，周庄人还多用这种食盒。食盒不仅使用方便，而且保暖。可以向饭馆订菜时用，也可在家自用，比如举行大的宴会，后厨做好，用食盒提到前厅。过节的时候，也会有人提着食盒将好吃的去送给长辈，一个个走桥过巷的情景很是动人。

这些食盒给周庄带来了便当，同时也提示了周庄的生活。在我们北方，顶多是挎着一个篮子，装一两个盘碗。即使是提了几个合在一起的饭盒，也不好同这些体积颇大的食盒相比。

王龙官收集的各类食盒太多，以致没有地方摆放，只好委屈于柜顶，接受着尘灰的荡涤。

从随处可见的成摞成堆的用品看出，主人并不是全心全意地对待它们。王龙官说，来过一个日本团，有人偶尔见到柜子下面的东西，轻轻取出不由叹叫起来，觉得是怠慢了它。

我在一个角落无意间触碰到一个齐腰的方形立柜。铁一般的颜色，铁一般的沉实。推推竟没有动它分毫，以为是个铁物，暗自使了力气的。有人却说是木制，因为敲击的声音不同。那就不是一般木料打造。柜顶有一道道缝隙，从缝隙往里看，什么也看不到。倒是可以上以前央视的《正大综艺》，猜猜是个什么物件。

王龙官的老伴走过来，说出了让人想象不到的答案，竟然是一个钱柜。商铺里收到的银钱会带着清脆的声响，经过缝隙的碰撞，被丢进柜子里去，直至晚间盘点，主人才把一个锁着的侧门打开。这个精致而笨重的东西，一下子把人的思绪牵回到百年前的周庄。

我感到王龙官是个有趣的人物，想同他聊一聊。周庄学校的沈晓炬老师找他安排了一个时间。

交谈中我提到了他放在一个架子上的十八只瓷夜壶。他笑了，说你都记下了，连我也没有记着有多少只。我说我细致地看了，有圆口的、方口的，有壶形的，也有兽形的，我有些拿不准是不是都是男人专用。有些口径紧凑，有些则过于宽松。最显宽松的是那个方口壶。

王龙官说其中最早的夜壶来自汉代，还有唐代，多数是清代的，方口壶是嘉庆年间所造，是不是男人专用，他也没有回答清楚。我在别处还真的没有见到过前人使用的私物，所以一时没有认出来，听人说了才又仔细地观察这些造型各异、朴拙敦实的东西。不知使用的是些什么人，经历过什么样的生活。它们个中如果有记忆的话，说不准还在有滋有味地回放着某些片段。

小时候刚从山东随父转业到河南，见到不少茅房的墙上有专门为摆放夜壶设置的格子，格子里是一个个圆形带口的陶器，很像鬼子的微型碉堡。当时不知道是些什么物件，很是受了小伙伴们的讥笑。那些粗糙的黑黑的东西，同这些细瓷比起来品质上实在是相差太远。

天孝德还有各式各样的便桶。说实在的，那些便桶做得同食盒一样精细。圆润得像一个小鼓，而且着漆绘花，雕着各式图案。想起第一次到江南，早上在南京的巷子里走，看到家家门口摆放着盖着盖子的小圆桶，便好奇地问当地的友人，友人说你真不知道？然后就笑，并没有揭示谜底。我以为是做酱菜的，但是怎么会家家都做？当后来明白，还是为自己的浅陋笑了半天。南方人实在是会生活。北方哪会有这等东西？那只是一个普通的陶罐子而已，更不会有什么盖子。当然白天也不会放在家里。过去的人给予屁股的待遇还是不差的，精细而且光亮的物件，看上去会先有一个好感觉。这里收集的便桶，怕是有些年头和来头，那就不是沾过一般的屁股了。

怎么会有这么多好看的首饰，密密地摆在精致的器皿中。那些细细长长的，顶部或是球形，或镂凿着梅、莲、菊的花纹的是簪子。还有由两股簪子交合成的钗，那是要在发上做出花样的饰物。有些钗是两件放在一起的，花纹相同而方向相反，可想是要左右分插。它们不是一个时代的用品，也就不会是一种体态、一种手相的女子拿起，在镜前摆弄、顾盼，随着道不明的心事插入云堆雾绕的青丝。由此不免叹服古人的审美与用心，这种优雅婉约的饰物，着实能演绎出温婉俏丽的风情。我还在这里看见了步摇，极精致地用金或银镶成纷飞的羽翅，延垂了珠玉串饰，戴上便会随着步态摆动。步摇是妆容中最为添彩的一笔，摇曳出女子无限的娇柔。杨贵妃就被一个诗人描述过："云鬓花颜金步摇，芙蓉帐暖度春宵。"

此刻它们都无声地沉睡在那里，散发着玉或金属的气息，也散发着似水流年的气息。

当然，我不只是看到了这些簪钗，在它们对面很远的柜子里，我还看到了女子穿过的绣鞋和衣裙。那些大一点的绣鞋许是近代的产物，而手可盈握的鞋子也拥挤其中，让人看到三寸金莲的实际形态。娇小的脚如何撑起了一个身子，如何就晃动在周庄的石板路上，甚至晃过一道老桥？

或许这些女人是不出门的，她们像花一样被摆在家里，摆在《牡丹亭》的剧目里。那些彩绸水袖及长长的纱裙，真就摆动出一个女子飘逸的秀姿。可惜只能看到这些诉说着过往的衣裙了。

主人无意间将这些绣鞋和衣裙与簪钗隔离开来，又让人越过空间与时间将它们聚合在一起。

我有些感激周庄了。周庄不仅收藏了那些老街老桥、旧屋旧瓦，还收藏了这么多街巷屋瓦深处的秘密，甚至还将那些纺线织布的、捣泥做瓦的、打铁炼铜的都留下来。不唯如此，喜欢周庄的画家陈逸飞去世后，周庄也为他打扫出一块地方，收藏起他对于周庄的记忆。这些都让一个庄子有了一种氛围，那不只是水的氛围，是水一样文化的氛围，以滋润人们的情感和认知，回忆与回味。由此感觉周庄是有见识的，凡是留住的好的东西，都会是公众的，乃至世界的。

王龙官先是在周庄的裁缝铺里做伙计，由于他的精明，后来选择了单干。最得意的是刚兴起塑料布的年代，他用烙铁粘制塑料雨衣，一件件彩色的能够遮雨的衣服使周庄人和外地人感到新奇。后来他用赚得的钱开了周庄第一家珍品店，虽大字不识一个，却从收旧货的父亲那里学到了鉴别宝物的本事，并且开始了民间收集。也许最初是为了利益，后来却是迷在了里边。

周庄毕竟是一个小社会，视野向更远的方向拓展的时候，只有走出去。很难想象得到，王龙官是怎样地迎风沐雨，在那些水道进进出出。他像一个收废品的，什么都想收集进来，似乎是上了一种瘾，不收不快，不藏不悦。四十多年，他攒起了一堆的心爱。开始还会把那些心爱细致地把玩一遍，多了就顾不上，也记不清具体的东西和数目，慢慢地连自己也弄不清这是在干什么，为了什么。

有人说收藏是一门学问和艺术，但王龙官身上的这种意义弱化了。据说王龙官早上起床后的第一件事，就是连着抽上十来支闷烟，想上一段谁也猜不透的心事，然后开始在狭促的空间穿来穿去，在很小的桌子前喝口茶水。他每天都在忙着，守着这一堆旧时光。他的老伴同样没有什么文化，但每天也是忙得手脚不闲。对于王龙官的收藏，她的宗旨就是一句话，只要他开心就好。

这个院子以前叫"张家大院"。现在打听张家大院，周庄人还是会明确地告诉你它的方位。最初一定是属于张姓人家，一代代过去，王龙官最终将它买下，用于放置自己的宝物。他给这个地方重新起了个名号，叫"天孝德"。这是三个好字，连读和拆开读寓意都好，但有些人会把它想成"天晓得"。里边到底有多少东西？到底有多值钱？那些东西是怎么得来的？王龙官怎么就成了一个收藏家？

那可真是天晓得了。

六、他收藏了三毛在生命的最后时光

张寄寒虽然常住在周庄，却也好像第一次同我走进"天孝德"。张寄寒也是个有心人，他收藏了三毛在生命的最后时光来周庄喝茶的地方，以及同三毛有关的物品，而后就常常守着"三毛茶楼"接待应酬，为周庄留下一个记忆。他或许没有多少闲暇顾及他人在干什么，也或许对这些不大感兴趣。

这个老周庄，进到"天孝德"后好像也看呆了。同我一样这里那里地看不过来。来到院子里的时候，他还不断地仰头四顾，好像寻找着什么。最后他小声告诉我一个秘密，他说他曾在这个大院里住过，住过好多年。这倒让我吃惊起来，张寄寒这样一个周庄有名的文化人，如何居于这个院子且又失去了这个院子？

原来不曾拥有而只是寄居。

那是中学时光，他家和几户人家租住了张家的院子。他家租了其中的四间。他还记得是在后面的一个小阁楼上，假日或者晚上都会津津有味地品读书中的故事，他在这里读完了巴金的《家》《春》《秋》。张寄寒说张家房东人很好，跟大家相处都很和气。张寄寒至今记得有一次放学回来，房东炒了喷香的花生豆，偷偷地送给他吃。那是食品紧缺的年代，张寄寒说着的时候，我似乎也感到了那种难得的脆香。

而他却找不到自己少年居住的阁楼了。

实际上我已经不大清楚是怎么走进去，怎么转出来的。大致记得先有一个门楼，然后是不断回环的厅堂，每进以仪门、天井、厢廊相连接。张寄寒说现在更接近老宅子的格局，原来诸多家户混居，大人小孩的一大群，完全是一个大杂院。

想到自己的儿时，也是一群人家将曾经的大户家院瓜分。前后三进的院落，住进了十来户居民，有些门墙被拆掉或隔断，树木被砍伐，龙兽之类的屋脊翘檐被砸掉。孩子们整天在其间聚集玩耍，随意地在雕花门窗上刻画，在平整的石阶上砸东西劈柴火。记得一个小伙伴用一把十分锋利的匕首，使劲地照着门上的才子佳人猛砍，那雕刻十分地坚硬，竟然挺住了十几下狂暴，最终一些脸面丑陋不堪。那是十分坚实的木料做成的门，混乱的年代，没有人灌输什么保护意识。后来想起来，心内会隐隐地一痛。全国诸如此类的豪门大院，几乎都遭受了相同的命运。每每见到收藏家那里的一件件门窗，就会心生感慨。现在，这个大院也在一个收藏家手上进行了保存并恢复了原貌。他收藏了古旧的物品，也收藏了一个古建筑，据说现在有大小房屋五十余间，光是门窗户闼就有四百五十余扇，无论开启或关闭，都是要有好一阵的响动。

时代改变社会，改变生活，也改变人。这个院子究竟是在什么时候发生了变化，发生了怎样的变化？

张寄寒无从知晓了。

流水的深处

一、进去就像进入了一个神秘世界

这真的就是一处老宅了，完全是我想象的那样，处在庄子深切的部位，同其他的老宅合为一体，从上边看，连瓦都是互相勾连。

我在周庄已经住了一段时日，先前是住在庄子的外边，虽然条件不错，但觉得与庄子有点隔膜，于是向主人表明想法，就搬了一次家，从庄子外边搬到了庄里。听人说，这里原来叫"戴宅"，必然原属姓戴的人家，至于后来发生了什么变化，就不得而知。现在它成了周庄对外营业的馆舍。

黑色的沉重的大门轰然开启，有种隆重的感觉，许在过去多少年间，每天都是以这种声音隆重地迎接一个新的早晨。高高的门槛表明一个院子的庄严，迈过去需要释放一些勇气，没有什么大事情，一般不会越过这道屏障。

进入门厅，主人引我穿过过堂，穿过带有天井的院子，再进入一个大堂，转过大堂至后边上楼时，已经闹不清怎么走到这里，完全被里面的幽深搞混。窄窄的木楼梯发出橐橐的声响，感到一些尘灰正在这声响里簌簌掉落。能够想象出来，晚间的响声会有多么清晰和明亮。

主人说，这在以前就是进入了深宅，楼上一般都是小姐的闺房。我立时就似闻到了脂粉与熏香气味。

楼上没有想象的宽敞，三个房门相距不远，而且似乎都能在木板间透出细微的亮光来。主人的手里发出丁零当啷的声响，调换了好几把钥匙，才哗啦一下打开了一把老旧铜锁，门却是无声地开了，很高很厚的门好像自小姐住过以来就再没有打开过。里面的雕花大床，梳妆台和橱柜散发着古旧的气息，蓝花粗布窗帘遮蔽了试图闯进来的光线。

拉开帘子，阳光被一格一格地放进来，而一进来，便立时投在笨重的檀木家具上，投在稍显不平的方砖上，让紫色与灰色发出久违的色光。在这个过程里，一些尘灰愉快地舞蹈。

屋子的一角，主人又奇妙地推开了一道小门，里面原来还有一个房间，供养着一些盆景之类，像是小姐的书房兼琴房。

几扇窗子次第打开，不开窗简直让人透不过气来，却发现从窗子是看不到外面的世界的，只能看到天空，看到灰白的高墙，唯一能呈放心情的是靠近院子的天井的上方，那些从四下里坡下去的灰色瓦棱。小姐看书看倦了，弹琴弹累了，只能让目光在那一片一片的瓦上游移，这是多么囚人的设计，难道一味地只从安全着想？

想起沈厅里小姐的闺房，同这里不差上下，只是向着正堂有一扇小窗，可以从高处看到厅堂里的人物活动，最主要是可以相一相男人，倒是比这大宅深处要人性化一些。

我深深地吸了一口气，这样我就吸进去一股味道。那是陈腐的憋闷的味道。

想起从外边进来的过程，而整个大院子的后宅，今晚或许就住我一个人，我真有些紧张起来。

我近乎逃也似的跑下楼去，追上已经离去的主人，要求换一间临近外边的房子。

主人说，想你写东西需要一个安静的所在。

啊，这个所在太安静了，我怕我晚上要做梦。

跟着的小费说，躺在绣床上怕做春梦吧？

哪里会，恐是一夜惊魂飞舞。

还真的换到了临近街巷的屋子，也有老式的架子大床，床上雕刻着福禄寿图案，蒙着蓝布篷帐和粉色的蚊帐，垂挂着长短不一的穗子，铺的也是白地蓝花的布单。好在这张床不似楼上那张，那是有着木窗木门的老床，躺进去，可以在里面关上窗门，将自己置入一个密闭的空间，虽然设计是安全的，但是让人感觉进入了一个大盒子里，对于外界更是充满了未知。

地砖也是灰色的老式方砖，水落上去，立时就渗了进去，不留任何痕迹。靠墙摆着一溜的箱柜、写字台、梳妆台、脸盆架，瓷瓶花盆高搁在花架上，整间屋子的调子都是暗色的。好在能看见雕花大窗外边过来过去的人，听到他们说话的声音。雕花大窗以前必然是纸糊的，后来换成了暗色玻璃。

屋子紧靠着门厅，同内里的宅院有了两三道分隔，估计不是门房所住，对面已经有了门房，那么是管家或者账房的居所，也未可知。这种靠近街市的屋子，一般是不安排客人的，但是我住下来，倒是心里宽敞许多，而且方便自由，想出去，迈脚就进了街巷。

到了晚间，等到街市上的人走光，灯也熄灭之后，我便发现了老宅的特点，那就是"老"字当头，老旧的感觉严严实实地裹住了夜。

一些寄生物以长久的主人身份会出来视察一番。比如小蜘蛛、小蚂蚁和一些叫不上名字的小东西，会爬上我的书本，和我一同在晦暗的灯光下阅读一段文字。它们还会爬上我的床，闻闻这里，嗅嗅那里，想找找我有哪些不合时宜的行为。无有太大的异常，再去别的地方转转，看看原来摆放的东西是否因我的到来改变了方位。

而在夜半的时候，还会有一些轻微的响声在哪个地方出现，好像是这些老房主趁着月黑风高搬走一些自认为宝贵的东西。

我是半夜上的床，我一躺上去就觉得它气度非凡，它不但硬实平坦，宽大高深，而且散发着一种暗香。由于放下蚊帐的缘故，进去就像进入了一个神秘世界。我不敢多想这个世界里曾经有过怎样的故事，那样我会长久地睡不着觉。

后半夜下了一场雨，下得还不小，以至于我在睡梦中被惊醒。实际上我忘了关窗户，斜雨打在纱窗上，发出不一样的声响。这个窄窄的巷子，雨还能斜进来，是件很不容易的事。

继而我就听到了窗檐瓦楞上的落雨，那是急促的，一下接着一下的，我翻身起来，关严窗子，雨声瞬时小了。但是我却睡不着了，就那么听着一滴滴的落雨，在这个巷子里此起彼伏成黎明的乐章。

二、这个时辰，有了一种仪式感

第一次起了个大早，开门出去的时间是五点五十分。阳光已经照耀好半天了。而且已经有了人声，声音从船上发出来。他们正往外边去。

第二次我于四点五十分走入庄子。这时太阳刚刚迈进来，而少见行人，甚至早晨收垃圾的船和车子还没有行动。

我在桥上静坐的时候，很长时间才会有一个人走过。

我显得有些兴奋，不停地把水流、房屋及树木的光鲜与阴柔摄入镜头。但这种兴奋持续不了多久，周庄便醒了。这里那里渐渐有了人声。

太阳把更强的光芒泻进来，以适应周庄的需求。

一个小店正在开张。女主人不厌其烦地取下一块块细长的门板，正如她昨晚不厌其烦地一块块装上。装上或取下这些门板，也许就显出了周庄人生活的节奏。一些时间在这样的节奏中消失。

门板一块块抽取的时候，一些红红绿绿的物品显露出来。不像城里的卷闸门，猛一打开，里边的东西就一览无余，以门板的形式展现，有了一些精细与神秘意味。一个一个的店铺，一块一块的门板都在依次打开。

在我离开桥头与水边，深入到巷子去的时候，我还发现一个有趣的现象，很多的人家都在做着同样的事情：生一个小小的炉子。

这是一种十分老旧的方式，在黏土做内胆的炉子中放入木材，用火点燃废纸，再由废纸点燃木材，经过一段时间再放进一块煤球。木材燃烧的目的是引着煤球。

但这需要一个过程。

每天如此，每天都是这个时辰，就有了一种仪式感。而这种仪式很多家户都要进行的话，就又有了一种庄严感，这是生活的仪式与庄严。

袅袅上升的炊烟，诠释着一个早晨。

三、巷子里的主体与个体

我住的这个地方叫"贞丰人家"，对门是一个"周记铜铺"，我的窗子对着的是"梳艺人家"，也就是做梳子与卖梳子的。铜铺的隔壁是"三毛茶楼"。

铜铺和梳铺都是百年传统工艺，铜铺中有两个花白老者，一上午的时间，其中的一位老者都是蹲在地上，在倒腾着手中的东西，那像是个铜器的模子，模子上粘了坚硬的东西。另一位老者在烧一个小火炉，袖珍到了极点的炉子，火却烧得很旺。炉子一旁带了一个手工的风箱，拉动的时候没有一点声音。烧旺炉火是为了将铜软化成水，然后再将铜水倒进模子里。一会儿会有一个小铜铲之类的东西从模子里倒出来。

我看了半天，也没有看到那个老者的功效。这种手工艺的制作，实在是太花时间。但是在工业尚不发达的时代，这又是先进的制作方式了。

两位老者一定是这种方式的传承者，而又是现代工业的淘汰者。

经营梳子铺的是一对年轻夫妻，男的偶尔从里间出来晃两下，给女的打打扇子或伸手表示一下亲昵，女的则不大在意这些，只顾呆呆地坐了，看着外边。

外边的视野很短，门前的小路只能三人并行。

铺内的两旁是一层层摆放整齐的牛角梳子，样式还是不少的。只是光顾的人并不多，一天之中，只有少许的热闹，多数时间，这个小店都显得冷落。周庄里卖梳子的不止一家。许偶尔的一次热闹，就足以应付一天的生计。

让人感到不俗的是门边上挂着的一个黑色大圆牌，那竟然是用梳子粘拼了一个大大的"梳"字，很出效果又很有创意。

更有意思的是，"梳"字上边是一张贴成菱形的红纸，黑墨写着一个"福"字。我拍照的时候，"福"和"梳"都进入了镜头。这个镜头很有意味，方和圆搭配，红与黑相衬，两个字无论正念还是倒过来读都好，要么是"福的梳"，要么是"梳的福"，或是"福梳""梳福"。未必是主人刻意用心，却构成一种美妙的巧合。

我有时写作累了，会站在窗前看窗外的景象，事实上只能看到有限的一点，也就是窗子对面的两三个店铺。人少的时候，视线里就只有那里了。人多起来，巷子里走来走去的人就成了主体。那些人有的是单个的，有些是一群，背包的，打伞的，举旗的，各种各样。

不少是情侣，这些情侣倒是显得不那么着急，会这里望望那里瞧瞧。有时会在两三个店铺前停一下，看看里面的东西或者摸一下。有时还会用手遮着朝我住的屋子里面看，由于屋里是暗的，一般从外面看不清楚屋里的情况，但要是趴上来，还是会看到。

有一对年轻人可能游玩得高兴，靠到我的窗户旁亲密起来，而后便对身边的老屋感了兴趣，临街的老屋几乎都成了店铺，怎么还有不舍的窗子？先是女的趴在窗子上朝里看，她手搭凉棚，遮住光线，必是看到了雕花大床等古旧的摆设，然后叫男友过来看，于是两人都把手遮住头脸趴在了玻璃上，这样就会看到全景了，其中就有一个穿短裤光膀子的人，正站在窗前对着他们。这个时候很好玩，你会发现两人有些尴尬地快速离开，说着一些什么话语。而我呢，也会引起警觉，在午休的时候，拉上蓝花布窗帘。

庄子里，下雨天和平常是不一样的，周末和平常也是不一样的，不一样主要是人的多少，人多的时候，会发出熙熙攘攘的声音，让你的思绪出错，不得已就会站在窗前朝外望，或者干脆穿衣出去。

这天，从外面进到大门里一个小女孩，说是小女孩，是一看就是个学生。她砰砰砰地敲打我的屋门，开门就进来了，我紧忙穿上上衣，问她有什么事。她却回答说是想问问，可不可以到里面看看。

我看大院里没有一个人影，便说里面没有人，最好别进去，很深的。女孩竟然说让我带她去看看，她想照儿张相。我只好跟她出来，她已经一脚迈到厅堂里去了。等我跨进厅堂，她又跳到了后院去，一会儿就听到了噔噔噔的上楼声。

这小女孩，胆子也太大了。我得说说她。

我说你不能这么冒冒失失地乱闯乱撞，万一碰到歹人怎么办？这里一处处都是老宅深院，谁也不清楚里面的情况。她说怎么会呢？你不就是好人吗？我说你怎么一个人，没有大人跟着吗？她说大人都在忙，学校放假，她就自己出来了，去了好几个地方了，都很好呀，也没有遇到什么事情嘛。说着就摆姿势，让我帮着照相。

我实在不好细讲什么了，如果是我的孩子，我是不会让她这么乱跑的。她还要我的手机号，然后将她的手机号写在纸上给我，似乎就成了朋友。而后说，你们这里好像可以住宿，我转转看，看能不能住下来。到时找你。她或是把我当成这里管事的了。

又一天，我住的楼顶响起了很重的脚步声。初以为谁在急急地拍打屋门，我大声地答应着，起身去开门，才发现声音来自楼顶，原来楼板上也可以住人。

我所待的戴宅，终于又有了新住户。

后来便听到了楼上的说笑声，那是在电视的声音中混杂着的，渐渐能分辨出是女声。不止一个人的声音。

楼板是这样的不隔音。

我想知道他们为何高兴，谈论的是什么内容，当我努力从音节中去辨识词语时，竟发现这不是汉语发音。世界变得太小了，周庄倒显得大起来。几个外国女孩享受中国古典幽梦来了，她们也要睡睡凤床，坐坐太师椅。

已经很久很久了，她们还在我的头顶上叽叽喳喳地说着笑着。

第二天起床吃早饭时，我和她们竟然不期而遇。

本来是这个庄院的经理小王专意给我准备早餐，叫我的时候，说多准备了一些给客人。如果不是她们依然像遇到什么高兴事似的说一阵笑一阵，我不会将她们同昨晚楼上的女孩子联系在一起。原来她们是一群来自日本的中学生。她们樱花一般在周庄找到了快乐。

四、时光在一点点发生变化

窗子对面的门又一次打开了。

女主人抽下第一块门板是八点二十五分。每一块门板的抽取，都在进行着程式化的动作，斜着拉开，抽下，放在靠墙的位置，再斜着拉开，抽下，放到靠墙的位置。当抽取到一定数量的时候，便三块一摞地扛到里屋去。这时男人出来了，帮助女主人把剩余的门板扛进去。

这是个幸福的男人，平时很少见他从里面的屋子里出来，女主人无声地应对着一天的事情，照应着摊子，回答着顾客的问话，长久没人的时候，便坐在屋子的中央，把自己也当成一件摆设。

门板抽完的时候，那个圆圆的用梳子做成的"梳"字又挂了出来，而后女人用一把梳子梳理自己打过肩的长发。而后就又坐在了那里。

对门铜铺的两位老人在七点就开门了。

我站在那里用了不短的一段时间，才看明白这是两个手工截然不同的老人。

一个是真正的铜匠，此时他已经有序地进行工作了。他先把两块砖模放在小炉子上烧。吹风机打开，火苗跳动着蓝色的光，从模子的两边可劲地往上蹿。两个模子的模槽都烧成一层黑色，铜匠便将它们合在一起，放在一旁备用。

老人做得慢条斯理，手的动作也是缓慢的，好像这里也没有着急的关节。从火上取下烧了半天的砖模，老人的手也并没有急着把模子扔在地上，尽管能看出来，那模子十分烫手。

没有想到的是，炉膛深处竟有一个很小的盛着铜水的器皿。炉火烧的，其实主要是这个东西。那是铜匠将一块废铜先行放进器皿，而后在高温中熔化成铜水的。

老人慢慢地从炉子深处夹出这个小桶似的器皿，将已经烧好的铜水倒入砖模。似乎仅倒了一点，老人就停下了，并用一个机关枪弹头似的东西在模子一头插了插，而后又倒入一点点水。水立时就沸腾了。

不需要多大时辰，模子打开，一把精制的小铜铲就诞生在了里边。

在这位老人做着这件工作的时候，另一位老人却一动不动地坐在门边，一会儿向左或者向右望望，一会儿就又呆愣在了那里。

我仔细辨认了属于他的工具，一个老旧的工具箱旁，堆放着一些铝盆铁锅之类的物什。一堆的磨刀石泡在有水的破桶里。

对了，这是一个锔锅钉盆、磨剪子铰刀的老工匠。他有时只是帮着铜匠师傅做点什么。

现代的生活使他的手艺遇到了麻烦，如果不是周庄的挽留，这种手艺便从我的眼前长久地消失了。

早上八时以后，周庄的平静被打破。不知从何处走来的人，将原来干净的画面变得喧嚣而拥挤。

我对这些人再次发生兴趣。慢慢地，我也便把他们看成了周庄的一部分，白天的一部分。

我穿衣走了出去。

一只小船在老屋的缝隙里穿过，它的速度并不快，但还是超越了我的脚步。等我走到富春桥头，它已经穿过桥洞划远了。我的相机在桥洞中追上了它。船尾的水波，正好搅动了镜头。

一个少女穿着蓝花边的白裙，挎一只袖珍小包，正从富春桥上下来，这并没有什么，关键是她举着一把周庄市面上卖的粉花油纸伞，关键是早晨的阳光打在了油纸伞上，又透视了她整个身姿，她的两腿在裙下交换着下台阶，每一次交换，都带动了阳光的律动。

我及时抓拍了这个画面：古桥、古巷、石阶上独步的少女，一把阳光叮咚的粉花纸伞。

我知道这个女孩不属于周庄，但她与周庄仍然是搭配的，协调的，正如周庄水边长出的一株樱花。

一个做木桶的工匠正在用巧力组装一只木桶。那是一个个木片拼凑在一起的作品，木片中间并不用黏合剂，固定在一起的力量来自上下两个箍圈，但是每一个木片的结合点，却是要严丝合缝。工匠师傅做得很认真，每道工序都反反复复比对、打磨。

师傅姓陈，他的周围已经放了五六只木桶，木桶呈现出米黄的色彩，是那种江南特有的香楠木。这种木料散发着一种淡淡的清香，是自身所带的清香。他说这种木料有保健作用，而且香味对人身也有好处。

陈师傅认为已经完成的木桶，就刷上一层清漆，然后还要再刷上一层。这样更有了一层光泽，使其更坚固，颜色更纯。

木桶是沐足用的，其他作用的木桶陈师傅已经不做了，他说以前做的主要是水桶以及饭桶，是管上面的，到了现在，只有管下面的洗脚桶还有市场。陈师傅一边同我说着，一边不停地做着。他的话很难听懂，交流起来不大容易。但是能够感觉到，对于有人在意他的手艺，他还是蛮高兴的。

问了价钱并不贵，便买了一个，陈师傅更高兴了，说这是今天头一份生意。他把我挑好的桶再次拿到手里反复看看，又用一块粗布里外擦过，然后说，这个很好的，放心用好了。

我提着小木桶离去的时候，陈师傅仍然坐在木头堆里，头不抬手不停地利用着早晨的时光，在蚬园桥头的这个小作坊。

一个婆婆从小巷的深处一步步踅来。她踅得有些艰难。

一只小桶，桶内几件衣物。

婆婆的身影一会儿就闪进了早晨的光线里，而她的身后还依然是暗暗的阴影。婆婆闪进光线的时候，她的漂亮的白发立时同阳光融在了一起，映亮了我的眼睛。

老人一步步踅到了水边，然后一步步沿阶而下。

小桶放稳，衣服投入水中，婆婆的手就活了。手同衣服在水中舞成了花，水也便慢慢地像花一样开放了。

在早晨的时光里，我看到一个又一个水边的石台上，一个又一个年轻或不年轻的女子，释放着这样的水花。

转回来吃了饭，睡了一会儿。

下午四点，铜铺里的两位老人便打烊了。许是年龄的缘故，也许是在这个时候，已经没有多少人光顾，或许是他们离住处还有一段路程，总之他们成了这个小街最早关门的人。但是同其他店铺开门时间算起来也差不多，他们来得早啊。

一块块的门板并起来，那敞亮的门便一点点合严了，最后合成了一小条缝隙，老人挤出来，拉起了边上窄窄的小门，咯吱一声脆响，制造铜壶铜铲的炉子、磨刀锔锅的工具便都关在了里边，它们将有一晚上的娴静。

老人的身影一点点融在了夕阳里。

梳子铺的女主人这个时候拿起了一副牌，开始同男人在桌子上斗法。男人来得很认真，每出一张牌，便在牌上拍一下，以张扬实力。而女人无声胜有声，最后，男人投降了。

太阳正在斜斜地向水面倾去，它的光线已经照不到这条小巷了，小巷一点点变得阴暗起来。

我直到后来才注意到，梳艺的隔壁是茶壶铺子。铺子每天打烊都很晚，有时巷子里整个都黑下来，茶壶铺子的灯光还会独独地放出光亮来。如果有夜游的旅人，就会上门去看一看聊一聊。

做茶壶的师傅来自苏州，头发不多，下巴却蓄着一点小黑胡子，显得很有点与众不同。他的壶都是自己做的。不是那种紫砂，是一种质地比较软的石头雕出来的。比如雕出一口老井，一块丑石，一个葫芦什么的，壶嘴都很短，但很有艺术性。那种朽木上粗糙的老皮，梨子上细嫩的纹路，让你都忍不住用手去摸。也真的是引发不少顾客去一感究竟。壶也就容易出手，价格都不贵。

关键还是这位师傅会说，谁来了都不会立刻离去，总会被他说得留住脚步，听他跟你侃上一阵。内容也并不都是与壶有关，东南西北，海阔天空。而且屋子里摆着一个很大的根雕，上面摆着茶，留你入座，品一口再走。这样小屋里就总是人来人往，热热闹闹直到很晚。

我总能发现有年轻的女孩儿围着他谈天说地，不时将笑洒到室外，在小巷子里乱撞。有知道的人说这师傅好似没有家室，独身一人常在周庄住着，但是不缺女人，总有不同的女孩陪着他，他就住在铺子的二楼上。

我走进他的小店的时候，正有一个女孩儿在那里跟他学做壶。他手里把着一块半成品石料，用一把刻刀做细加工，一会儿的工夫，石料就呈现出沧桑的树根一般的形状，说实话，他的技艺还是很棒的。

女孩儿看呆了，女孩儿的手里也把着一块石料，只是不敢下刀。他一下一下指导着女孩儿，并交代女孩儿把手藏好，不要让刻刀划到手上。实际上他的手指也是缠了创可贴的，可见这个活计也有失手的时候。女孩儿很虔诚地跟他学着。几天里我都会看到这个虔诚的女孩儿在他店里。

后来得知，女孩儿是大一美术系的学生，来周庄写生的时候认识了制壶师傅，很好奇又很认真地观赏，很快和爱侃大山的师傅熟悉起来，于是成了师傅的免费徒弟。

女孩儿觉得师傅是实践中的雕刻老师，在他这里能够体会刻刀的生动感觉，如果学会，或许将来对于自己是有用的，于是女孩儿决定留下来，一个暑假不行，就再加上下一个暑假。我看到了女孩儿的素描本，本子里全是关于周庄的速写，后面的就是关于壶关于师傅的了。

女孩儿的迷恋很认真也很决绝，本来是几个同学相约一起来的，女孩儿别过其他同学，自己留了下来。没事的时候，女孩儿会帮着师傅烧烧茶，做做饭，并且还同师傅喝起了酒。酒量自然是没有的，只是为了让师傅高兴，师傅每饭必喝两口。女孩儿很大方地将长发往后面一撩，端起酒杯就同师傅碰一下。

后来我再来周庄，梳艺人家已经换了主人，它旁边的茶壶铺子还在，里面还是那个制壶师傅。他见了我热情地与我打招呼，说有一阵子没有见到了，并且说在我走后才从别人那里知道了我是谁，他每次去取石料，都会从刻着《绝版的周庄》的老墙跟前过。说有时间要好好同我聊聊。我看到他身边又有了另外一个女孩儿，那女孩儿低着头正在作画，他把女孩儿唤过来向她介绍我，并称我是他的朋友。

有一次深聊起来，知道他原来是苏州某大学的老师，同妻子离婚后辞职来到了周庄，因为妻子与他同在一个单位。来周庄最初是逃避，也是封闭。来后先是画画，后来发现做壶挺好，不仅能释放自己的艺术能量，还能维持生计。

我问他是否组合了新的家庭，他说感情这东西，可遇不可求，一时的热火，凉了还是剩下了利，互相的利用。

曾经沧海，就这么走着吧。他说。他看起来很乐观，实际上有些颓废。他送给我的壶现在还放在我的书架上。壶很别致，看上去只是一段斑驳的斜树，壶嘴是树段上的枝杈，壶把儿是缠着老树的藤蔓，不把在手里细看，很难看出是一把茶壶。

记　忆

一、幽静中的神秘意韵

看见老张的时候，他就坐在那里，那是茶楼的一隅，在一个个喝茶的桌子和柜台的夹角上。几乎每次见他，他都坐在这个地方。

他不坐在某个茶桌旁，是不想占据一个茶客的位置，或不想太招眼？这样就更显出了茶楼平日的宁静与空寥。

来三毛茶楼喝茶的，必然是少数闲人和文化人，旅游团队是不好停留喝一壶热茶的，那太耽误导游的事。

所以多数时间他就在这个角落里坐着。坐着也并非闲着，他总要翻一两本书，他本是个文人，开茶馆并非他的主业，若不是"三毛茶楼"这四个字，他恐怕早回家写东西去了。

我说老张，你还在看书呀，老张张寄寒站了起来。老友相见很是高兴。

我说不清几次来茶楼了，每次从住的地方出来，走不多远就是三毛楼。后来再来周庄，也会到这个茶楼来坐一坐，不只

307

是想看看老张，也是出于对三毛的一种感怀。三毛一晃走了好久了，周庄有这么个所在，脚下走着走着就会走到这里。

最早是在上世纪末的一九九九年，我第一次来周庄，来到这个茶楼，茶楼里摆了纪念三毛在周庄的图片和信件。同老张的聊天中，也了解了三毛对周庄的感情，回去写出的《绝版的周庄》中有一段就提到了三毛，那种感怀就是从这里引发的。

我总觉得三毛有一个精魂在周庄，那便是三毛茶楼。那是周庄为她打造的一个心灵的栖息地。

这个地点的主人就只有老张胜任。因为老张是最早写出三毛在周庄的文字的人，是同三毛通信的周庄人。"周庄有你在，真好。"是三毛对老张的依许之语、友情之心。

老张没等来三毛，老张把一个文友一个女人的话语印在三毛茶楼的名片上。这使得老张总有种郁郁的神情，起码我认识他之后这么认为。

很多的三毛的崇拜者、研究者以及台湾的学者寻着来三毛茶楼，就像找到了知音。老张也忙乎乎地欢喜万分，为他们泡一壶茶，而后同他们聊起三毛。这时才看出老张的活泛，他的文人气质也就此显露。

有一次我们几个文友是在晚上来访，围坐在茶楼与老张闲聊，一直聊到很晚，直到尽兴而归。

说起来，这个茶楼所在的位置有些深，如若在富安桥四周可能要好一些，走到这里的脚步往往是一些尾声。很多人如不熟知三毛茶楼的故事，或时间不够，就不会往深处探寻。

这样老张的收入就少一些，从他承包的角度讲，他可能不会有什么盈余。

话又说回来，不在主道闹区，远离了烦嚣喧嚷，三毛茶楼更有了一层幽静中的神秘，还带有了一种文化的意韵。而张寄寒也就会得些空闲，计依然文人的精神，飘忽于文字之间。

板实的老桌老凳，稳重地摆在那里，小巧的杯盏和砂壶，释放出江南独有的特色。同其他茶馆不同的是靠窗的位置，还多了两副似乎是自古就放在那里的围棋。许时不时地有人在这里泡一壶清茶，玩味一会儿人生的闲适。

窗子后边仍是周庄的水，水中间或有小船划过。也会有浣洗的声响，伴随着女人互应互答的说话声。

一簇树荫，会随着阳光的变化而透到屋子里来。也会有风，自水面上一层层地踅过之后，有一些就从这里溜进中市街巷。何时屋子里的人打一声嗝，也会立时从窗子跌进水里，传一个长长的响声回来。

这正是三毛之类文人的所爱。

就这样等着三毛吧，等着三毛的精魂，等着三毛样的游子，不是那么频繁地寻来，知音一般的友情立时会氤氲整个茶楼。

一直没提老张的夫人，她比张寄寒待在茶馆里的时间更长。有时不知男主人去了哪里，这个富态的古典的同她的实际年龄不相称的老张嫂，便成了茶楼的另一个景致。即使是像现在张寄寒坐在小桌旁读书写字的时候，她也会一声不响地伴在柜台后边。

这是一个和谐温馨的画面。

茶楼隔壁和对面有书画斋，有中药铺，还有铁匠铺和砖瓦铺，由此构成了更大的和谐意味。

或许会有中药的味道，会有墨香的味道，同茶香融在一起，也或许有苏州评弹声，和铁锤敲打声轻轻传来。

如果再有一场小雨，就更有了一层韵致。

一直没见过张寄寒的孩子，他的孩子都很争气，而且也如父亲一样喜爱文字。我曾读到过他的儿子张石磊的一篇文章，很合乎我现在的感觉：

> 对于父亲来说，茶楼和自己的文章一样，也是一份事业，一种理想和追求。父亲说过，这小茶楼也是一篇散文，这篇散文辞藻并不华丽，篇幅不长，所以稿费也不高，但意境和韵味总是第一要紧。

我有时会想，为什么三毛会走进周庄。当然，她的来赋予了周庄新的意义，因而周庄也赋予了三毛新的意义。

这之前三毛作为一个著名的旅行者，使自己的足迹遍布世界各地，而更多的是同周庄大相径庭的荒漠地区。

三毛的张扬、泼辣，以及隐忍和忧郁的性情是同周庄格格不入的，但周庄接纳了她。三毛找到了飘忽之后的归家的感觉。

她在茶楼喝着阿婆茶。茶楼对面是一个中药铺，药铺门廊上挂着一副对联：

医有秘方可使万民增寿

药无凡草能教百病回春

那翻舞的茶叶勾起了三毛无尽的回忆。她真的是想找回永远也找不回来的老祖母。三毛没有走进药铺，却走进了茶楼。其时她已患有重度的抑郁症。也许周庄的药能挽留住她的决绝。

茶是精神的，药是物质的。她如果既享了周庄的茶，又用了周庄的药，就有可能脱胎换骨，重新为人。而三毛只喝了茶，走出来时她也许没看到对面的"大诚堂"，或者是她喝足了茶呈现出一种醉态，摇摇摆摆地走进了周庄的油菜花地。

三毛与周庄就这样走进了历史。

二、长发飘逸的女孩

在三毛茶楼的旁边，有一家同样带有点文化气息的店铺。店铺门口常常坐着一个女孩儿。女孩儿叫艺化，这名字肯定是她的艺名。是了，我后来得知，是她崇拜的老师天一给起的。

她一头飘逸的长发，一身黑色连衣裙。坐在一张小桌前，小桌上放着宣纸、笔墨。看到路过的人，就会轻声叫你，那声音不卑不亢，"来，写下你的名字，可以根据你的名字写一首诗。不贵，只收十元，学生减半。"

这生意是文人生意，当场写出藏头诗，是有些不易的，这里边有规律吗？

艺化说有也没有。等于没有回答我。

她一定要我写出名字试试，并说不收我的钱，于是，在稍稍停顿过后，艺化写下了如此的诗句：

剑利涵墨艺化境

冰心文雅如意生

我说上一句好些，怎将艺化也化进去了呢？艺化说不是故意的。

艺化是湖南长沙人，在那里上了大学的旅游系，并拿到了导游证，之后艺化来到了周庄，她觉得这里是能够施展自己的地方。

她干起了野导。

艺化说，来周庄的人多，野导也很多。

我说，你得把周庄的知识学懂才行。

艺化说这个不难的，跑得多了就熟了。

我说你们湘西也不错，你怎么不去那里？

艺化说，我没有去过，听说那里不错，沈从文的家乡对吧，但还是没这里好，这里处在经济发达区，游客多。主要是觉得周庄氛围好，就决定留在这里，尽管是野导也愿意。

那为什么又干起了这一行呢？

艺化说，有一天做野导时被逮着了，就不好再干了，执法人员已经有印象了。可还是想留在周庄，正好遇上大书法家天一先生，就在先生的店里当起了助手。天一先生是台湾来的，他定居上海。我就是让他为我写了名联诗才认识的，先生的连笔书法更是厉害的。

那个有些老态的天一先生时常是仰躺在店铺靠里边的躺椅上，留着长长的并不太多的头发，穿着中式布衫，手中握一柄扇子。

他每天并无多少话语，似乎不愿同人打交道，也不愿艺化同人打交道。但艺化为了生意，他又有些无可奈何。

有时从那里路过，也会看到天一挥毫书写，此时艺化就会在一旁打下手，抻着纸张，并且不忘朝巷子里的路人做着宣传：抓紧啊，趁着天一大师正在写字——

也着实会围了不少人，由于价钱不贵，生意也就显得热热闹闹。

小店墙上挂着不少条幅，大都是天一的大作。两幅仿毛体的书法还过得去，却不是署的"天一"的名字，把一幅字一笔连下来的写法不敢恭维，因为全是实连。但艺化对天一很是崇拜，一口一个"大师"，似乎她抬高了大师也便抬高了自身。并且也学着天一的样子，手旁放着一把纸扇，时不时摇两下。

大师店铺的生意时有时无，全靠艺化和另一个女孩儿张罗，有时大师不在，艺化就坐在了案前，执笔操练，并煞有介事地给人题诗，也能蒙混过关。

可以看出，将近一年来，聪明的艺化锻炼出来了。

有时见她从里屋点一支烟出来，就问，怎么还吸烟？那可不太好。艺化说不是要吸，是为了引人，人家说我吸烟的架势很好。我说你是不是有点作秀，愣显出一副女大师的形态。艺化笑而不答。

常回家吗？

不常。等该审核导游证了就回去。

艺化的导游证一年一审，在家乡，必须回去。艺化还是在意那个证件，并喜欢导游这个职业，她还将继续在周庄待下去，不知道什么时间会离开。

后来听说，艺化与天一的关系，并不是简单的师徒关系，两人其实已经住在了一起，就在店铺的楼上。我吃了一惊，天一不知用什么法术，把单纯的女孩子俘获了。桌头上摆放的证明天一成就的证书，大都是掏钱即能买到，其中仅有河南新乡图书馆发的收藏证，是唯一带点含金量的。自然也没有台湾的什么身份证明。

晚上回来，走过那个店铺，不由得朝上望，二层上边果然有灯光映出窗帘，想象是否有一个两人的世界。白天的时候，看到是艺化要的外卖，也确实是两份，艺化会将另一份提到后面去，后面可能就是楼梯了。天一的身体不是太好，有了徒弟艺化的照顾，真的是他的福分。

现在看来，艺化的全部生活，就在这个小店里，她似乎也没有更多的亲人，没有听说有家人来看她或者她和家人通电话，她同另一个女孩也不大交流，那个女孩会按时上班下班，中午随便吃点便饭。

吃饭的时候，艺化会逗一条狗，那狗到点就会来，在斜对面的巷子口等着，并不去围着艺化。艺化会端着饭去给它一点，或者剩下都是它的。它同艺化吃得同样香甜。吃完还是躺卧在那里，等着艺化跟它玩，艺化会去摸摸它，挠挠它，将它的爪子提起来，让它跳舞。等艺化忙的时候，这狗就不知去了哪里。它是一条很知趣的狗。艺化在狗的面前，就变成了一个纯粹的女孩子，而在天一面前，却变得沉稳老成，从来没有见过她同天一开过玩笑，高声说过什么。

说一个后话，四年后我再来，有人告诉我，天一已经去世了。这是让我惊奇的事情。还有惊奇的，天一不是死在了台湾或者上海，也不是死在亲人的守护中，而是孤独地死在了艺化的怀里。

两人后来把店铺换到书画街上去了，那是周庄专门辟出一块地方修建的，以优惠的条件，吸引来自各地的书画家。天一觉得自己也应该入这个行列，就搬了过去。

周庄的朋友说，好像时间不长，天一就病倒了。天一有病的那段时光，没有人见过天一的家人，只有艺化每时每刻地照顾着他。难道天一一直是孤家寡人？那么遇到艺化这样的女孩子，也该是他的造化了。最后的时光里，艺化守着病房，伺候着输液、喂饭和大小便，最后是抱着天一，让他安详地走了的。

我让人领着找到了书画街上的那间门店，店面早已关门，里面的东西似乎也撤了。没有人知道艺化去了哪里。天一走后她就消失了。

没事的时候在周庄走，我喜欢探寻那些文人的踪迹。周庄不大，但是以前文人来得却多，其中就有刘禹锡，他或许是在贬谪游历之时到过周庄的，他在南湖边上寻了一处陋室，窄小"仅一椽"，但正如他的《陋室铭》所写："山不在高，有仙则名。水不在深，有龙则灵。斯是陋室，惟吾德馨。"那时的周庄四面环水，比现在空旷，住家也少，刘禹锡住着应该还是舒畅的。他走了很久之后，周庄人还依稀记着他，为他修建了祠堂。

周庄还记住一个人，唐伯虎。唐伯虎长待常逛的地方，离周庄并不是太远，那么他来周庄走走住住，也是随脚就到的，周庄在当时已是热闹之地，周庄有没有秋香之类的女子？周庄人并不戏说唐伯虎，而是将他奉为了送瘟病的药神医仙。

周庄从很多地方都显示出它的人情味。旅美画家陈逸飞在八十年代初画了一幅双桥的油画，被美国人哈默买下，后来送给了中国。我对哈默这个老头没有印象，不知他是否长着西方人那种黄色或白色的卷发，但我喜欢这个老头，因为他知道欣赏艺术，而且知道这艺术里的味道，他把自己欣赏的艺术连同味道一同送还了中国，就此让一个水乡小镇出了名。陈逸飞去世后，周庄为他建了"逸飞之家"，专辟出一个僻静的院落。不知哈默来没来过周庄，我想周庄也是很感谢这个老头的，周庄说起陈逸飞的时候就会说起这个老头。这是个很有意思的老头，起码我这么认为。

我在翻看周庄人物的时候，忽而看到了"陶冷月"三字，这是一个诗性的名字，一看就能让人产生联想。

陶冷月是正儿八经的周庄人，早在一九〇八年就以绘画考入了江苏两级师范学堂本科。让我惊喜的是，介绍说一九一八年后陶冷月先生先后在长沙、南京、成都和开封的大学担任艺术教授，而在开封的大学竟就是我的母校河南大学。

这样说，河南大学的校史里也应该有陶先生的大名。我是七十年代末走入河南大学的，是晚辈的晚辈了，但是我还是感到了一种亲切感。周庄的陶先生在我的母校任过教，我又是周庄的荣誉镇民，相隔千里之遥的两个人因为这种联系而具有了某种缘分。这是周庄的缘分，也是河大的缘分。

　　陶先生也是位名画家，他的《红梅图》在参加全国画展后，又由中国赴苏联美术团赠送给莫斯科大学，他后来的画作还多次在国内外展出。

　　陶冷月先生是一九八五年去世的，享年九十一岁，是高寿。那时我从河大也毕业三年了。那时我还不知道周庄，也不知道陶先生，但这并不妨碍后来我对周庄的迷恋和对陶先生的尊敬。再来周庄的时候，我寻找陶先生的旧居，可惜没有找到，我觉得周庄随意的一座老宅，都会有陶先生早年生活的影子。

　　由此也让我感佩，小小的一个周庄，怎么就走出了那么多的人物。近代的还有王大觉、陶惟坻、叶楚伧、费公直、沈体兰等。这些人的故居，大部分都还保留着，且大多临水，不在主街上，也不是深宅大院，倒是有些平民气息。我就曾经在沈体兰的家中住过，一座小楼，只有一个很小的院子，但很温馨。

　　在早晨或者晚上，我会一个人在他们的故居前浏览徘徊，感觉某种气息。这样的时辰往往没有多少人，也就更有一种深邃感，是周庄的深邃，也是历史的深邃。

三、每条巷弄都从水边出发

　　在艺化那个写字店的斜对面，有一条窄窄的巷弄。

周庄说不清有多少条巷弄，几乎每条巷弄都从水边出发，而后一直向房屋的深处延伸，必然地会通向一个个生活的门口。只是有些巷子太窄了，那种窄是让你想象不到的。

在这条街上无数次走过，竟没有发现这条巷弄，它挤在酒肆茶舍之间，路过的人必是早被那些高高挂着的幌子弄得眼花缭乱，小巷就总是在视线中迷失。要看到这样的巷子，必得是早上或傍晚，店铺打烊时。

要不是一只狗，我还是发现不了它。黄昏时，这只狗和另一只狗在逗耍，并不是恶战，也不狂叫，跑来追去的，一会儿缠在一起翻滚啃咬，一会儿又起而散去，蹦跳撒欢。

两只狗像是在恋爱。其中一只就忽儿不见，另一只跟进去的时候，被我看见，原来是一条很窄的巷弄。这时我看见了钉在巷口的牌牌："窄巷"。

既是巷，是可以进的，我便轻轻地走了进去。之所以说"轻轻"，是巷子的窄给了我一种逼迫感、一种紧张感。

巷内静极，夕阳侧着半个身子在里边浒行渐远。当我进去的时候，竟然发现了一处一处的院落，有些院落让人怀疑曾经改动过，因为不少发黑的梁柱一般的东西以及灰色的瓦堆放得到处都是。时间是无情的。我只是从中想象出小巷的昨天。

这种只容一个人一把伞进出的小巷，曾经产生了多少迷离的故事。江南的小巷，自然也走过戴望舒这样的追梦文人。

那条窄巷口后来就常卧着一只狗，悠闲的样子让人觉得它就是这条巷弄的主人。其实它是等着艺化吃饭的，艺化吃完，会剩一些东西给它。必是最先它在这里玩耍，被艺化喜欢。有了第一次的赐予，也就慢慢养成了习惯。每到下午的这个时辰，这只狗就从那条窄巷子里慢条斯理地出来，卧在那里。

它很知趣，不是卧在艺化的店门口，而是卧在门店的斜对面。这是一只很有涵养的生灵，也就得到了不只艺化还有其他小姐妹的青睐。有时候它会带来另一只狗，两只的时候，就不会那么老实了，就会发生前面提到的场景。

与周庄的朋友闲坐聊天的时候，我会说起这些巷子，周庄的朋友就会告诉你其间的故事。

比如，有两个玩得很好的小女孩，其中一个就住在一条很窄的巷子深处。外边的女孩晚间想找里边的女孩玩，最发愁的就是通过那条又黑又窄的巷弄。每次站在巷子口往里望，幽幽长长地会望出胆怯来，除非放弃。但心有不甘，于是这小女孩想了一个办法，先是大口大口地深呼吸，然后猛然憋住一口气，心里发声喊，就像谁发了百米跑的号令枪，撒腿一路狂奔进去。等跑到尽头，露出一块天地，才大口将气呼出，扶着墙喘息半天。

我听了笑了半天。是一条什么样的巷子呢？

费幸林便要领我去看。

张厅的两边各有一条巷弄，说是巷弄，其实很窄很窄，尤其左边的这一条。

张厅的女经理引我穿过张厅的一进进院子，直向后面走去。到后花园处她又叫上一位拿钥匙的男管理员走向侧墙的一道边门。可以看出这边门平时是不开的。

原来他们想让我从后往前走，以体验这条巷弄。

男管理员说，这可是少见的江南第一弄，没这么窄的。这类巷子是怎么形成的呢？说是为了防火灾、防强盗，在修建宅院前先就专门辟出来的，也有说是两座宅院之间为了防火防盗之后才留出来的。看来，无论哪一种，都应和着某种需要。

女经理说，上回一个老外，又胖又壮，看了巷子很好奇，便走了进去，结果走到中间狭窄的部位便挤在了那里，横竖都过不去。老外害怕起来，小小心心地搬着自己的肉退了出来，可让人看了个奇遇。

他们说，过去这巷子里有灯槽，晚间会在那些灯槽里放一盏盏的豆油灯。但那光不仅微弱，还飘摇不止，忽明忽暗，给小巷更增添些许神秘的气氛。再往后就连豆油灯也不点了，人们进出全都摸着黑走。

遇上里边出来的人呢？那可能就找个稍稍宽一点的地方，硬挤着错让。如果是一男一女呢？这不好想，也许会因此挤出一些事情来。

还听说过这样一个故事，一个男孩儿喜欢上一个女孩儿。女孩儿起初对男孩儿并没有什么感觉，但女孩儿住在这个巷子深处，每每放学男孩儿就在巷子口等，要送女孩儿回家。

女孩儿因为害怕，也只好由着男孩儿送。时间久了，就送出了感觉。有一天男孩儿送女孩儿到巷子中间的时候，两个身影叠在了一起。

只容一个人的巷弄从这头儿是一眼望不见那头儿的，因为前边拐了个直角的弯。中间宽窄还不大一致，一个人走得急，说不准会将身子蹭在墙上甚至头碰到墙上。晚间谁会悠悠闲闲地走这样一段路呢？

那么，巷子深处住的人家，桌子柜子是如何进去的呢？

原来院子后边有水路，可用船装运。小巷只是用来把人送到前街去。

一天晚上，我再一次路过这巷子，放开胆子穿过的时候，又想起了那个小女孩，深深地呼吸，而后猛然憋一口气，噔噔噔地向前跑去……

有时候，见到一个巷子口，我会有意地走进去，看看到底会通到什么地方，当然，有的巷子是通透的，可以将你引到另一条小街上去，有的巷子却不能起到这种作用，你进去七拐八拐，最后会拐到一座老宅的门口。不得已拐回来再走，还会拐到另一座老宅的门口。有的巷子，走进去会分出好几个岔道，你顺着其中的一条道走去，会一直走到庄外的湖边。这个时候就再走回来，去走另外的岔道，看看究竟会把你引向哪里。

　　为此我知道了更多巷子的秘密。在周庄，由于知道了这些巷子，使我的行走变得更加自如与便捷。

　　由此想来，在大的方面，周庄是用水贯穿起来，而在小的方面，周庄是以这些窄巷贯穿起来。

　　这天，张寄寒带着我转的时候，便进入一个巷子，说确切点，是一条巷弄口。在此之前，他曾引我进入了相邻的一个巷弄，进去发现不对劲，又退了出来。

　　这也是一条很窄的巷子，看不出里边有多深，也看不出里边隐藏着何样的生活。墙的一面刷的白灰已经脱落了不少，而且还在分分秒秒地脱落着。只是我听不到它的脱落声，如果是在晚上，兴许我就听见了。可那时我是不会来偷听这样的声响的，我害怕小巷的黝黑。

　　在这堵墙的对面的另一堵墙上，排着一些黑黑的木板，让人看出原来是一种叫作"橱窗"的所在。

　　我不明白在正面开门的店主，为何不用砖石替代了这侧面的木板，它们已经好久不再发挥它们的作用了。

　　正因为没有被撤换掉，才使张寄寒找到了往事的快乐。

　　那是一个上学的孩子，扒着高高的去掉木板的这个高台，看着浙江来的商人，在里面动作。不大的门面不是开在小街上，而是开在巷子口。

这是一间染帽店，老张解释了半天，我才明白就是相当于今天的干洗店。那时的人们，大都是要戴了礼帽的，尤其是学生。

浙江人是第一家把这种生意做到了周庄的。店面再小，也还是有人光顾。

张寄寒新奇地要看看店伙计是如何将他的帽子不过水而拾掇干净的，可他踮着脚尖看了半天，也没看清楚这个流程。

满街飘着的礼帽同一个小巷就这样产生了某种缘分。

我回头望去，染帽店已变成了糖果特产店。而且也不是在旁边开窗。听着张寄寒的话，再望那货架，竟突然晃动起一顶顶黑色的礼帽来。

一个时代，只能出现在幻觉中了。

辑五　相系

　　长期以来，我以黄河为伴，以中原人自居，因而
常常会对相关的事物感兴趣，这或是一种一脉相承的
不解之缘。

祖　巷

一、中原人的一次次大规模迁徙

来到珠玑巷的时候，就望见了一幅画，画面中有蓝色的河，白色的墙，黛色的瓦。农家正在晒谷，金灿灿一片，从这边铺到那边。浅月挂在天穹，等着与太阳轮岗。远处是水缠绕的田野，有人还在收割，稻浪起起伏伏推涌着，鸟儿在上边撒网。再远是绿色的群山，苍茫无限远。

谁能想到呢，这里，就是当今广府人及海外华侨的发祥地，被称为"祖巷"的地方。

横亘粤桂湘赣边的山脉，古称"五岭"，东首的大庾岭，为广东与江西的界岭，长期阻断了两地交通。按照以前的说法，大庾岭以北统称"中原"，以南则称为"岭南"。巧的是，岭北为章水之源，章水入赣江再入长江，溯水至重庆，顺流到上海。岭南则为浈水之源，浈江与武江在韶关汇合为北江，而后入珠江，通广州，达云贵。由此可知，打通了大庾岭，便打通了中原到岭南的通道。始皇帝嬴政深知这一点，统一中国后，选择在大庾岭中段的梅岭劈道开关。

多少年过去，故道已不堪行走。到了唐代，张九龄接受使命，继续在梅岭开山辟路。他的家在岭南曲江，祖上过梅岭的艰难，让他对这条路的重要性再熟悉不过。这样，扩通的梅岭一度成为连接长江、珠江两条水系最短的陆上要道。中原内地和岭南地区的货物输送，人员的往来走动，无不得益于这条古道。史书曾记下当时的热闹场景："商贾如云，货物如雨，万足践履，冬无寒土。""诸夷朝贡，亦于焉取道。"跟着热闹的，还有岭上的梅花，每至严冬，银装素裹，馨香阵阵。

过来梅岭二十公里的珠玑巷，也成了热闹之地。歇脚的、留宿的、久居的，酒肆客栈有二三百间，山珍杂货、当铺票行、粮草药材、布匹烟叶应有尽有，据说商贩和居民多达千户。

唐宋至元初，世居中原的汉族曾经多次大规模迁徙，避难者有黎民百姓，也有文官武吏。一些人选择往南，他们越过黄淮，越过长江，能安身则安身，不能再顺着赣江走，赣江到头，弃船上岸，遇到梅岭也只得翻过去，翻过去才能知道未知。

张九龄的祖先便是较早翻越梅岭的人。他们逐山而居，再不受惊惶与排斥。还有一些身份特殊者，也在古道留下了沉沉的足印。苏东坡被贬惠州先行走过，数年后又从这里返回，在岭头的村店休息时，与一位老人感慨有赠："问翁大庾岭头住，曾见南迁几个回。"禅宗六祖慧能从中原来，带着五祖传下的衣钵，也曾在梅关停留。之后，他到了曲江的南华寺讲经说法，把自己永久留在了那里。

还是把目光移到那些人身上吧，那是一群历经数月艰辛的茫然者，本就遭际了各种各样的磨难，饱含着苦痛与无助，家的概念，越往南越空。却没想翻过大庾岭，有个珠玑巷等在那里，就像雪中的炭屋。无论哪个屋门开启，都会有一张笑脸相对，有些还夹杂着熟悉的乡音。家的感觉复苏了，珠玑巷周围，又多了一些垦荒者。

如此，珠玑巷与梅岭，就构筑在同一处审美坐标上。一千多年来，珠玑巷聚拢了多少中原人？数不清了，时间留下的姓氏就有一百七十四个，这些姓氏的后代更是多达七千余万，遍布海内外。百家姓够多够全了，超过一百七十个姓氏的集合，完全是一个人间奇迹。难怪他们寻根觅祖时，会说远方有一棵大槐树，近处有一个珠玑巷。

二、珠玑古巷，吾家故乡

进了村子就看到了高高的牌楼，上面写着"珠玑古巷吾家故乡"。我先见到了家乡的花，艳红艳红的，有点让人怀疑是假的，一问，洛神花。中原都没有听说过的花，在这里开得这般好。守着花的女子说，这种花富含氨基酸，剥开花瓣泡水，对人好着呢。

八百多年的驷马桥卧在彩虹里，桥下一道水，流得更久。石雕门楼框着悠长的古巷，巷道铺着石子，凸凹的感觉，透进脚心。雨和尘沙，会顺着凹痕滑走，滑走的，还有轰轰烈烈或平平淡淡的时光。

明清时期的老宅子，有些挺立着，有些歪了肩角。灰薄的瓦，干打垒的墙，墙上刷的白灰，掉了一半的皮。一口九龙井，依然清澈甘洌，酿出的酒、沏出的茶都味道醇厚，制出的豆腐也嫩滑爽口。

慢慢地发现，这些拥挤的房屋都有极高的利用价值，不唯是生活功能，还有团结功能。瞧，屋头大都贴了祠堂的名牌，这边是谢氏祠堂，那边是彭氏祠堂，彭氏旁边是杨氏，杨氏旁边是冯氏，然后赵氏、钟氏、赖氏……

如何有此密集的祠堂？问了县史办的李君祥才知道，最近一个时期，前来认祖寻亲的特别多，来了到处打听，七嘴八舌的说不清楚，于是在街上设立了姓氏联络点，以方便远道来的老乡亲。

我随脚踏进旁边的谢氏祠堂。阳光从祠堂后面照进来，满屋亮堂。房屋设计很讲究，会在后方为太阳留下通道，中间为雨水留下位置。这样的老宅气韵祥和，舒适透爽。一侧的墙上贴着红纸，上边写着人名。一位老者从后面走出来，还没看清脸面，先见到露齿的笑，说来了，谢家的？我说是来看看。老人叫谢崇政，七十五岁了，三个孩子都在外地，自己与老伴在这里，没什么事，就帮助谢家迎迎客人。说话间我已经明白，墙上的名单，都是最近前来认祖的。

告别老谢出来，闪过诸多门口，右手一个门脸扯住了脚步。门上错落画着一个个方框，每个方框颜色各不相同，在巷子里很是扎眼。正奇怪，一个女孩从里面出来。女孩叫刘琼，高中毕业后嫁在珠玑巷，夫家姓徐，想干点事，就盘下一个门店，卖些跟古巷有关的物什。我说门上的色块很吸眼球。刘琼说随便想的，还要在这些色块里写上各个姓氏。哦，仍然同珠玑巷的特色一致。

前面又出现了一座门楼，供奉着太子菩萨，上面的石匾题为"珠玑楼"。门楼两旁，有不大的摊子，摆着细长的卷烟，竟然叫"珠玑烟"。摊后的女子说，珠玑巷早就有种烟的历史，自家的烟叶收了用不完，便学着做卷烟，就地消化。巷子里还有不少卖腊鸭的，一排排腊鸭挂在阳光下，泛着油亮的光彩，而且都标着是"腊巷"的腊鸭，一问，腊巷就是珠玑巷的一条街。这让我立时想起前两天遇到的老者，难道他是珠玑巷人？

我来时，卧铺外边走廊上一个小女孩让老人跟着她学诗，老人总是说错，小女孩就一次次地教。慢慢知道，老人是在为儿子带孩子，他不习惯守在高楼上，便带着孩子回老家来。小女孩长着一双明亮的大眼，蓄一头短发，很是可爱。当了好一会儿学生，爷爷说，我来说一个，你也跟着学，爷爷就一句一句地说着当地的土谣：

> 月儿光光照地塘，
>
> 虾仔乖乖训落床。
>
> 虾仔你要快快长，
>
> 帮着阿爷看牛羊。

小女孩真学了，学的腔调也跟爷爷一样，引得大家发笑。后来知道他们也在韶关下车。这小女孩叫安安，她说爷爷家在居居。我问老人居居在韶关哪里，老人说在南雄。我恰巧要去南雄。老人说，欢迎你到我们村子去看看，现在外边来的人可多了，还有旅行社的。后来才知道，老人的口音被误听了，比如说村里的人"不傻"，实际上说的是"不少"。那么，老人口中的"居居巷"，可不就是这个珠玑巷！老人说他们那里的腊鸭誉满岭南，只有腊巷的人做的腊鸭才正宗。老人说他姓刘，一个村子以前有一百多个姓。当时觉得他过于自豪，现在明白他讲的是实话。

我便有意去寻找刘氏祠堂。

这是古巷较大的一座祠堂，深而广，屋顶的天窗不止一个。阳光射进来，里面显出明明暗暗的层次，案子、条凳、廊柱、匾额，使得整个祠堂器宇轩昂。我们进门的时候，一个女子从旁边跟进来，显现出友好的热情。她姓沈，嫁到了珠玑巷的刘家，有两个孩子，大孩子已经二十四了，在外边打工，小的在镇上读小学二年级。她说祠堂是刘氏宗亲举行大事的地方。她一九九四年结婚，也是在这里摆的酒席。娘家在六十公里外的澜河镇，当时条件不像现在，夫家只是租了辆面包车和工具车，面包车接新娘，工具车装嫁妆，直接到祠堂里举行婚礼。她和丈夫是打工认识的，现在丈夫还在打工。我问刘姓在珠玑巷有多少人，回答是十几户。

李君祥说，珠玑巷的人渐渐迁出去，现在留下的还有三百五十多户，一千八百多人。十几户也不算少了，刘、陈、李、黄都属于大户。

为何一个女人家，在这里照料祠堂？她说现在留在家里的人少，又不能冷落了那些外来认祖的乡亲，就商量着一家出一人，一人管一年。问她可有劳务费？她笑了，说给什么钱，都是自家的事情。我也笑了，问可认识一位姓刘的老者，刚刚从湖北接孙女回来。她摇了摇头，说没在意。我突然想起来，说女孩叫安安。她还是摇了摇头。

巷头汪着一泓水，水边一棵古榕，铺散得惊天动地。水叫"沙湖"，连着沙河，水从桥下流走，顺着古巷流到很远。沙水湖北畔，有个"祖居纪念区"，区内一座座新起的祠堂，有陈、黄、梁、罗、何等几十姓，各姓宗祠风格各异，气势雄伟。李君祥说，外边来的人多，来了都有捐助，原来的祠堂都小，举行什么仪式摆不开，就建了新的。这些祠堂都是仿古建筑，有的还立了牌坊，哪一座都比原来的宏阔。

转到黎氏祠堂，石牌坊那里，我看到一位老太领着一个小女孩玩，小女孩要挣脱老太去追一个男孩，老太拉拽不住，便放了手。我忽而醒悟，难道老者说的不是姓刘而是姓黎？我上去叫了一声"安安"。小女孩回头来看，还真的是那个安安。安安好像记不起我是谁。我就念："朝见黄牛，暮见黄牛……"小女孩终于想起来了，说你来找爷爷玩吗？我说是，我就跟赶过来的老太说起火车上的事情。老太似听不大懂我的话，我问老太是安安的什么，她说是婆婆，后来才明白是安安的奶奶。小男孩把安安拉走了，奶奶又紧忙跟去。

我很想见到那位老者，我想问问他，为什么他祖上没有离开珠玑巷。当然，他也会说这里的水土好，人脉好，留下自有留下的好。

离开有些热闹的街巷，深入进去，便看到了生活的自然。那是岭南特有的乡间景象。长叶子的芋头，在土里不知道有多大。开花的南瓜，一个个垂挂着，无人摘取。墙上翻下的植物，像仙人掌却不长刺。秋葵顺着高高的枝，独自爬过了墙头。一种叫"青葙"的植物，下边白，上头一点红，蜡烛一般。

一个个门内，都干净整洁，有的院里晒着辣椒，红红黄黄的，好几摊子。有的门通着后边，过去看，一间间住房都有人。见了，热情地招呼，问来自哪里，姓什么。

树也多，除了认识的樟树、榕树之类，有一种树，满树黄，以为是叶子，其实是花。还有一种树，扑棱一身粉白，说是叫"异木棉"。

三、确实是一个寓言般的地方

这里不产珠玑，也不是贩卖珠玑之地，何以叫了"珠玑巷"？

可以肯定地说，珠玑巷的名字是有来头的。

还真是，珠玑巷原名"敬宗巷"，改成现名有两种说法，一个是说唐中期敬宗巷人张昌，七世同堂，和睦共居，声名远播。皇帝闻说，赏赐给张昌一条珠玑绦环。后来这位李湛皇帝驾崩，被赐庙号"敬宗"。为避讳，当地人改"敬宗巷"为"珠玑巷"。在南雄的《张氏族谱》中，便对"孝德"格外推崇，其家训除"崇祀祖先"外，还有"孝敬双亲、友爱兄弟、训诲子侄、和睦乡里、尊敬长者、怜恤孤贫"，并强调"子孙众多，无甚亲疏""同乡共井，缓急相依"，因此为乡里所赞颂。

珠玑巷仍有张昌的故居，故居门口一副对联格外醒目："愿天下翁姑舍三分爱女之情而爱媳，望世间人子以七分顺妻之意而顺亲。"张家先人张九龄有话："治国之道，实由家治也。"代代传承的祖训，被张氏家族视为家庭建设之本，族中尤其在意和睦家风的维护。张昌是张九龄后世裔孙，张家人丁兴旺，又孝义和睦，自然有人传话，得此赏赐，由此而改巷名也是说得通的。

第二种说法是南宋时，地处中原的开封祥符许多官员及富商，为避元人而大举南迁，越大庾岭定居于南雄的沙水镇，因祥符有珠玑巷，于是将此地改为同名，聊解思乡之情。这种说法也有说服力，而且，在此地洙泗巷东侧，原来还有白马寺，与中原的白马寺名字相同。例子还有，广州荔湾区有一条内街，也叫"珠玑巷"，当地人称这里的先民是由南雄珠玑巷迁来，难忘故园而叫其名。据说，这些有身份的人当中，就有扶助赵匡胤登基的开国功臣罗彦环，他曾官至御前忠勇太尉翊郎。赵匡胤对这些手握重兵的武将心存疑心，罗彦环只能称病自行退隐，又怕丞相王薄算计，便沿江西往南，翻越梅关古道，停驻在了珠玑巷。他在这里同先后迁来的中原仕宦与巨家望族相处和睦，对当地土著也体恤有加，曾经的地位以及与人为善的处事方式，受到珠玑巷人的尊重。

无论哪一种说法，都表明珠玑巷不是一般的乡村野巷。巷子的居民，有豪情也有能力，结交那些内地的后来者，结交得越多，影响也就越广。此或也是珠玑巷不断扩大的原因。

现在，这个改变着一代代中原人命运的地方，已看不到多少痕迹。但一个个远道而来的人，又让我坚信，这里确实是一个寓言般的地方，让你不得不驻足，不得不思索，不得不滋生敬意。说是一条巷，实则是一条通衢大道，那种民族意义文化意义上的大道。

当地人说，最先的一条巷子，随着一拨拨的人来，不断扩展，甚至连带起周围的村子，即使今天，这里也还有三街四巷：珠玑街、棋盘街、马仔街；洙泗巷、黄茅巷、铁炉巷和腊巷。

我从中看到了中原人与当地人新型的乡亲关系，这种关系具有恒久特质。

你看，时值冬季，一批中原人来到珠玑巷，巷内已经住满了人。好客的珠玑巷还是要挽留他们。一位姓刘的老者来到南山坡上，指着大片的黄茅草，发动众人就地取材。人们行动起来，空地上一时搭起了数十座茅草房，房上渐次冒出炊烟。在一大片袅袅的烟气里，散出了安逸与清香。就此诞生出一条黄茅巷。珠玑巷西侧有条小巷，以生产铁器农具为主。中原内地氏族来到这里，看到当地使用的农具十分落后，便开炉锻造犁铧、锄头、镰铲推荐给珠玑巷、牛田村一带的人。这些农具轻便好用，很快受到人们的喜欢。中原人也就不停地锻造下去，以供所求。这些中原人聚在一起的巷子，就叫成了"铁炉巷"。

从历史的制高点看，在北面满目疮痍、一片焦土的时候，珠玑巷的茅草屋和铁匠炉刚刚搭起，那种茅草飘摇的炊烟与铁器锻造的声响，成了新的乡愁符号。它们展现出来的美好，是陌生的熟识，遥远的近乎。岭南在中原人心里，曾经天涯海角一般，他们或可长久地打量过横亘的高高的五岭。凡是坚毅地离乡背井、举家南行的人，哪个不是遭遇了伤害或怕遭遇伤害？那么，来到这里，就不能也不会再受伤害。挽回伤害容易，挽回长久的伤害或长久地挽回伤害，不容易。多少年，珠玑巷都试着做着，以最真诚的态度、最浅显的理念。

他们一定有过对视的眼神，来自中原的眼神里，会有七分的犹疑、慌乱与低微，而珠玑巷的眼神含了十分的真诚、友好与温暖。这两种眼神的碰撞与交融，瞬间接通了高山流水、七彩云霓。中华民族，自此有了一个梅香四溢的驿站。

有一个字叫"善"，善，念着舒服，听着温馨。过了梅关，就看到了那个"善"。那是梅的引领吗？梅本冰洁、纯粹，不张扬，也不热烈，静静地，伴着一道的风、一岭的雪。看见了，委顿的烛也会灿白一亮，孤冷的心也会乍然一暖。

无家可归的流浪者，尤对这个"善"字格外敏感。那是所有的感觉感觉出来，所有的体味体味出来。必是一个微笑、一杯热茶、一顿饱饭，而后问你的所往你的所念，而后会接受你的疑问、你的泪眼。可以说，来到这里的，都会找回渐行渐远的善良和慈悲的天性。一个个的人就这样与善结盟，再以善相传。善，简单而又深奥，深奥而又简单，就像珠玑巷，巷子本没有珠玑，却又满是珠玑。

多少年中，珠玑巷的名字，都在章水与浈水间嘹亮地翻卷。而章水与浈水，名字也是那般美好。这是一个广泛的融合，姓氏的融合，情感的融合，力量的融合乃至家庭的融合。生活在起变化，起变化的还有观念。

善已成为珠玑巷的灵魂，在珠玑巷行走，到处都可以见到像张家这样的家德家风的楹联和牌匾。那一个个刻在石头上、铭在墙壁上、雕在立木上的氏族家训，或长或短的内容，无不传达着友善、和睦、礼貌、孝悌、勤俭。由此构成珠玑巷的大环境，无论大户大姓，小家小姓，只要在这珠玑巷，就是一个大家庭成员。基于这样的理念，这样的教训，这样的行为，珠玑巷才有千百年的凝聚，千百年的灿然。

转着的时候，我似又感觉珠玑巷少了什么，少了什么呢？围挡！北方的村子往往会筑成高墙壁垒，一旦关严墙门，就成了一统天下。而珠玑巷甚至连土围子都没有。你很容易从某个地方进去。一个不设围墙的村子，也就让你没有那么多抵触、那么多犹豫、那么多戒备。

也不像我去过的另一个古村新田，一村无杂姓，全姓刘，祠堂有四五处，光宗耀祖的大屋一个连着一个。珠玑巷没有想象的豪宅大院，没有宰相府、大夫第，也没有谁修的花园丽景。说实在的，能跋涉千山万水越过梅岭的，也必是有过经历、有过见识、有着主意的人。他们即便有携带，也不会在这里玩大。这里是平和的欢聚，平等的乐园。来在这里的人，再狂放不羁，也会约心束性；再柔弱卑贱，也会气定神安。这是珠玑巷的气质使然。

四、珠玑巷血液中的文化特质

老牌楼附近有一口方井，旁边有座岭南罕见的元代石塔，上面有三十六尊罗汉浮雕，这便是有名的贵妃塔。

　　传说南宋度宗咸淳年间，奸相贾似道排除异己，诬陷胡氏兄妹有夺权野心，以罢政要挟皇上。度宗皇帝只得削去胡显祖官职，贬胡妃为庶民，出宫为尼。胡妃为避贾似道加害，乘隙溜出所居寺庙，隐名改姓，漂泊于市井街头。珠玑巷商人黄贮万运粮至临安，在江边遇见落魄的胡妃，见其虽衣衫褴褛，却端庄秀丽，举止清雅，谈吐不俗，便将她留在了身边。黄贮万身上，有着珠玑巷良善与悲悯的特质。胡妃跟随他山一程水一程地来到这岭南，路上必也享受了新奇的风光与新奇的情爱。回到珠玑巷，两人结为了夫妻。

　　时间久了，善良的胡妃将心底的所有倾囊倒出，一心一意跟丈夫过生活。当地人不会忘记，这一带遇天灾，饥荒严重时，胡妃看到水里的田螺，便告知乡亲捞取来吃，并亲手烹调，示范食用，让一个村子渡过难关。此后，珠玑巷的煮炒田螺流传至今，成为民间名吃。

　　日子本可这样轻轻浅浅地过下去，谁知皇帝又想起了胡妃，令兵部尚书张钦行文各省查找。家仆早就知晓胡妃身份，便向官府告发。珠玑巷多有南逃的官员富贾，这回又藏了胡妃，贾似道便以珠玑巷人要造反为名，派兵清剿。珠玑巷民不得不纷纷逃离家园。胡妃怕株连乡人，投井自尽。胡妃让自己的生命断然收煞，冥冥之中，仍然是对珠玑巷的爱恋与祝福。她或已感满足，过了一段常人的生活，有了那么多的见识，那么多的友情，那么多的认可。珠玑巷人同情她、怀念她，在井旁为她修了七级佛塔，塔毁了，人们还是同情她、怀念她，便又重修。现在的这个石塔，立于胡妃死后七十七年。

　　除了前面提到的张昌和黄贮万，珠玑巷所传有名有姓的人物不多。有一位受人景仰的何昶。南唐时，何昶与哥哥随父居住在河南孟州。父亲死后，两兄弟扶柩南归老家庐江。守墓三年，何昶被后晋高祖石敬瑭赏识，做了侍御史。高祖崩，石重贵继位，挑起与契丹的战争，何昶进谏无用，便托疾辞官。后晋遂被契丹所灭。何昶又为后周世宗重用，受命持节南下，宣抚南汉帝刘晟，被封南海参军。何昶见雄州民情厚朴，风物淳美，便把家安在了珠玑巷。其时这一带盗贼连出，民众惊惶。何昶率兵征伐，粤北得以安宁。南海又有贼匪滋事，何昶再征南海，平定了乱局。因母年高，他常守在珠玑巷孝敬母亲。

何昶所处的年代，属于多事之秋。此后湖南郴州又发生匪寇侵扰，何昶再次奉命出征。他的兵船沿浈水南下，准备到韶州转武水北上。船至韶阳滩时，突遇强烈的龙卷风，可叹一世英豪，与夫人随船倾覆江中。他们的遗骸后来被人收殓葬于雄州巾山。可以看出，何昶忠义勇猛，孝悌爱民，传达的是珠玑巷的普世价值，因而受到广众爱戴。现在珠玑巷建有何氏大宗祠，成为何氏族人聚居之地。就此也想到那位同葬江底的夫人，不知道她为何要伴君出征，是知道此去前途浩茫，放心不下，还是陪伴夫君身旁，是她一贯忠实的义务？那么，我们谈论珠玑巷的美德传承，也应该有这位夫人一笔。

还有一个罗贵，被许多珠玑巷人和广府人尊为"罗贵祖"。最初到珠玑巷来的罗彦环，就是罗贵的六世祖。罗贵二十多岁时，想求取功名，却受到父亲罗锦裳阻止，并安排与一金家女孩结了婚。珠玑巷前有一座石雕，讲的便是罗贵带领众人砍竹结筏，顺浈江南迁的故事。男人们将家当背在身上，女人则搂着孩子，孩子带着不忍丢下的小狗，所有的眼神，都显得茫然无措。竹筏中屹立的罗贵，悲壮地凝望着滔滔的远方……

由此看到，珠玑巷的人，无论是有名还是无名，是男人还是女人，是古人还是今人，都让人有一种亲和力，一种信赖感。

史上记载的珠玑巷人大规模南迁有三次：一次是宋室南渡时，迫于追兵而集体逃亡。第二次是珠玑巷贡生罗贵为首的三十三姓、九十七户人家的南迁。胡妃事件则是珠玑巷人的第三次举家出逃，其中麦氏一姓，"携家二百余口"。好不容易找到一个居所，要再次舍弃，实为万不得已之举。迁徙出去的人中，或有黄茅巷和铁匠巷的人，回头的一刹，该是怎样的心绪？逃出去的散居到了珠三角一带，那里地广人稀，便于耕种，于是开村立族。后来珠玑巷人陆续迁来，成为新的繁衍地。

有人将珠玑巷称为中原人涉足珠三角的中转站，怎不让人想到村口白发苍苍的老母，迎来了儿子，好生抚慰，又不得不将其远送。

珠玑巷，或也是一个准备场、冶炼地，准备充足、冶炼到位，再去更广更大的地方试水。有人带去了耕种方式，有人带去了经营方式，有人带去了组织方式，更多的，几乎每个人都带去了异姓一家、同舟共济、和谐共赢、开拓进取的珠玑巷人格体系。大家知道，广东人善交际，不排外，外地人都能在这里施展身手，此或同广而深邃的珠玑精神有关。

这些珠玑巷后裔分布在珠江三角洲的二十九个市县以及海外，其中在不少领域产生深广的影响，如近代的康有为、梁启超、孙中山、詹天佑、黄飞鸿等，直至今天，珠玑巷人血液中的那种文化特质，早深深融入他们的后人之中。

可否这样说，珠江三角洲的今天，或与珠玑巷的昨天有着某种通连？

五、珠玑巷的又一个春天

那条路已深入黄昏。夕阳在打点行装，云霭正漫步走来。

我不敢在这样的巷子里睡觉，我怕会整夜地失眠。我怕那些叠压着的脚步，分分钟敲打我的耳鼓。我会听到谁的呼喊，比古道还远。

一个小小的村巷，几乎成了一个神秘的图腾。一批批的人来，怀着说不清道不明的心灵密码。来的人不同，有的是丢了什么来找寻的，有的是多了什么来回送的，有的什么也不是，就是想到这里走走看看，走走看看才安心。

坚守的人，仍坚守着那份微笑、那份情怀，让你觉出亲切和欣慰。自此来看，坚守的人责任更大，他们每个人都构成了一个要素，一个意义。

是偶然也是必然，一个个找寻来的姓氏，亲情的横撇竖捺，分都分不开。天空依然高远，夜黑了又亮，太阳依然明媚，并且热烈。鸡开始鸣唱，狗吠得同中原没有两样。

有人在大树下坐着聊天，看见了，就邀你去说话。说话的人，或是一个村子的，或是多个村子的，或是来自更远的地方。树大根深，人走了，树还在原地等着。老了的树死了，新的树又长出来。这棵树老得不成样子了，还在望着遥远的思念。树上飘着红布条，红布条上的意思，都懂。跟前的水通着浈江，浈江是更辽阔的水，很多人顺了这水往南去，如果再顺珠江往下走，就入海了。一些人就这样走下去，走成了五湖四海。走了，觉得心还留在这珠玑巷，便絮絮叨叨，恍恍惚惚。老了，又走回来，在这树下在这水边聚聚拉拉，到祖祠里上上香，流流泪。

每个人的心底，许都知道那个故事，流浪的孩子被好心人收留，孩子以一生的辛勤，报答自己的主人，直到将主人养老送终。故事的高度，与中华民族的美德相通。珠玑巷的故事与之有点相似，却没有相似的尾声。珠玑巷不图回报，却阻挡不了七千万盈盈北望的目光，他们的目光与巷口慈母样的目光汇在一起。

一位老人，八十五了，耳不聋眼不花，说话声音底气很足，说他家原来就在开封珠玑巷，那时候战乱频仍，民生不保，祖辈便拖家带口往南逃，行囊越来越薄，人口越来越少，失望中发现一个同名的街巷，就有了希望，就一代代地到了他这里。老人说，过年来吧，过年热闹，四里八乡的人都来，他的儿子孙子也来，漂流海外的也来。一说到这里，周围的人便七嘴八舌地谈论开。我听清了，这里仍然保留着中原古老的节庆乡俗，大年初二便开始舞春牛，舞香火龙，舞双龙双狮，走桥板灯，走马灯、鲤鱼灯，还要唱龙船调，唱采茶戏。节日里，会有酿豆腐、宰相粉、炒田螺、珠玑腊鸭、梅岭鹅王各种小吃。

我相信，那会是珠玑巷的又一个春天，而且是愈加盎然的春天。

我相信，每一位来珠玑巷的人，都会立刻变得熟悉和亲切，自然而然地产生相互的认同感。

我相信，在这珠玑巷，会建立更多的新型关系，产生更多的友情与爱情，那是因为有着共同的根脉，共同的本质。

走的时候，我还是不由得回头。我觉得，我应该招呼更多的人到这里看看，领略它的精神气脉，感觉它的人文意韵。我觉得，在厚重的中华典籍里，这里该有道德伦理学、社会心理学、姓氏文化学、民族融合学乃至中华交通史、民族迁徙史、文明发展史的一个册页。

大河至上

一、黄河的源头在哪里

去往约古宗列的路，遥远而艰难。黄河源就像在天边的某个地方，必须要经过无数的曲折，无数的苦难才能到达，或者说，经历无数曲折无数苦难，也难以到达。

天空阴沉，云在超低飞行，铅灰色的气团你追我赶，越过头顶迅疾而去。路况不好，车子很难跑快。偶有一辆大马力车子吼叫着超过，巡洋舰一般犁出滚滚狼烟。只是没过多久，就在前面趴窝。到跟前一看，轮胎被碾轧得稀烂，冒着青烟。路面上的石碴子，专治牛气烘烘。我们也就老老实实做着慢速运动，眼看着一团团云被收裹进远方的灰暗中，那是我们要去的方向。

我从郑州飞西宁，再从西宁飞玉树，然后奔治多同人会合。早上再从治多出发，赶到玛多天已擦黑，休整一晚，又采购了一应物资，再次上路。大胡子文扎开着他那辆功勋座驾，带着索尼、欧沙组成的车队，欧沙的工具车满载着野外必需品。我们的目标很明确，就是直奔黄河之源约古宗列曲。按照以前的说法，

341

黄河源头有三个，扎曲一年之中有断流期，就确定了卡日曲，并在那里立了牛头碑。但是后来又有了新说法，根据科考数据和民间资料，按照河源唯远规则，认定黄河源头是比卡日曲还要遥远的约古宗列曲。

通往扎曲和卡日曲的岔路口都已越过，唯有约古宗列曲还在前面。已经跑出了几个小时，路面情况更糟，而且变得窄狭。刚才见识鄂陵湖与扎陵湖的好心情渐渐被破坏。

鄂扎两湖尚在卡日曲附近，是黄河水源第一个聚集地。源头的水都很散漫，这里冒出来一个泉眼，那里跑出来一条溪流，扎陵湖鄂陵湖就把它们召集起来，汇成一条大河的模样。

最先看到的是鄂陵湖，那是一块蓝玻璃样的湖。

雾气重了些，迷迷蒙蒙的，看不清天地。雾气从湖上升起来，给鄂陵湖罩上了神秘的面纱。光线时不时从云层间散射而出，穿过迷蒙的雾气，像手电筒蒙了一层蓝色布面，射到下面，也就是淡蓝的了。

这种淡蓝很配鄂陵湖，因为湖水实在是太清澈，清澈本身就发蓝。这样的色彩进入镜头，简直就像加上了一片难找的滤镜。文扎说，本来人们就是把鄂陵湖称为"蓝色的湖"，把扎陵湖叫作"白色的湖"。

朦胧中看见鄂陵湖中有一块凝重的物体，等到光线再次打过去，发现是一座小岛。文扎说那就是"热玛智赤"，是一座很出名的岛，意思是"山羊拉船"，它的故事同格萨尔的王妃珠姆有关。珠姆虔心向佛，每年到湖心岛去煨桑，乘坐一只由山羊拉着的小船，后来山羊和小船留在了湖心，成了遗迹。

谁发出呼哨。呼哨在湖上打着水漂，一直漂了很远。

再前行就是扎陵湖，鄂陵湖与扎陵湖由一座天然堤坝阻隔而又相通，形似蝴蝶。这蝴蝶就像一个能动的加油站，将黄河支流的水聚集成耀眼的景观。

这个时候雾气已经散去，天地一片澄明。

登上一处高台，能看到水天相接的美妙，那是云霞盎然的气象。看着的时候，会把水看成天，把天看成水。远处戴雪帽子的山峰，像优雅的少女在湖边漫步，而山腰的云朵，则是一群绵羊，撒蹄子奔跑。透明度极好的阳光下，似乎还能望到天边彩色的经幡。

我查过一个资料，说唐蕃之间重大战争的发生地，就有星宿海地区，这个地区包括扎陵湖和鄂陵湖。这是因为，其与一条古道紧密相连。公元六四一年，文成公主进藏和亲，就从这里经过。这条唐蕃古道从日月山、切吉草原一路过来，绕扎陵湖、鄂陵湖，翻巴颜喀拉山，过玉树通天河，再至杂多当曲，越唐古拉山，最后到达拉萨。史书载，松赞干布专程率群臣赶往柏海，也就是鄂陵湖扎陵湖这里盛情迎接，并举行隆重的仪式，而后翻越巴颜喀拉山，在勒巴沟文成公主庙修整了一个月。

我的眼前浮现出一个史无前例的盛大场景，那场景，以烟波浩渺、风情奇特的两个大湖为背景，该是怎样地庄严、美妙。

远处，谁在湖边扎了漂亮的帐篷，给这湖增添了另一种气息。帐篷里的人是要在这里静修吗？有的地方有小堆的玛尼石，像是身着袈裟在湖边盘坐，诵佛念经。

见识了鄂陵湖，又体味了扎陵湖，让人忘记了湖同黄河的关系，猛然想起这就是黄河初始的一段，就感觉这一段太出彩，太深情。

前面早已经进入荒原地带，却还能看到星星样散落的牛羊。让人想到，再遥远的地方，也有昂扬的生命。

这时候，真想唱那首《黄河源头》的歌：

黄河的源头在哪里？

在牧马汉子的酒壶里。

黄河的源头在哪里？

在擀毡姑娘的歌喉里……

二、约古宗列曲还是毫无踪影

车子在崎岖的山道间盘桓，不定什么时候，雨刷器会突然启动，横扫雨雪的千军万马。有时候是单纯的雨，而有时候又夹杂了雪粒，打在车窗上发出沙啦啦的声响。闯过一段泥泞，又进入了更加难走的特色路，也就是人们说的"搓板路"。这是由于风沙引起，也是因为冻土使然，加上地广人稀，少有养护。车子到了上边，打着颤颤来颠去，人在里面，不是碰头就是擦脸，不晃零散不算数。

文扎几次叫起来，感觉车子要被震坏。他宁可在下面的泥水里打滑，也受不了这铁硬铁硬的棱子。泥水路也不是太多，道路变窄的时候，还得在这"搓板"上受。

临近中午，感觉也没有走出多远，只好找一处有清水的地方埋锅造饭。清水是一股细流，携带着雪山的冰滴，早晚会加入黄河的洪波。水烧不开，也就是七八十度，好赖凉肉就着干粮填饱肚子。而后青梅让丁和达杰唱起了格萨尔赞歌，歌唱的内容，就是格萨尔王在哥拉杂加神山下赛马的情景。原来，我们面对的就是哥拉杂加神山，这山是昆仑山的余脉，很多传说同它有关。它戴着白雪帽子，显得圣洁而威严。

再次出发。总是以为不远了，又过了两个小时，约古宗列曲还是毫无踪影。这时的车子已经跳过了搓板路，进入了随意状态。也就是没有了明显的路，随处都可以行走。这样反倒是没有了方向性。偶然遇到放牧的藏民，索尼跑过去问，说还在前面。

前面，怎样的一个前面？

中间又几次休息、问路。再次确定方向没有错误，还是往前。

在山头拐弯的时候，猛然看到一只大鸟蹲在石头上，那只大鸟对我们这个钢铁打造的物体见怪不怪，那么近的距离它纹丝不动。

有人说那是一只乌鸦。乌鸦也会生长在高原上？文扎说，藏家的人说，遇到乌鸦是好事，乌鸦吐财宝。文扎还说，如果遇到背水的而不是背筐的女人也是好事。正说着，远远地竟然有一个扎着头巾的女子，提着桶正从水边走向高处的毡房。

看到这些大家都笑了，说跟着文扎有福气。莫不是让我们说顺了嘴，再次转过一座山头，前面的峡谷间突然出现了一道彩虹。高海拔的地方，不是雨就是雪，时晴时阴，好的景致难得一见，过一会儿不是云遮雾绕，就是雨雪霏霏。能见到彩虹，也是福。

三、黄河源头第一家

进入了更加广阔的荒凉，没有人烟的荒凉。到处是起伏的山原，陷在周围的山峰中间。很少有突出地表的植物，即使是野草，也都不高。风贴着地面呼啸，吹起的沙石填补着缝隙和低洼，又从缝隙和低洼处被再次吹起。还有一些被拔了根的草，一团团地抱着头滚，比沙石滚得还快，从这头到那头一忽儿就滚得不见了踪影。倒是偶尔出现的鹰，显得悠然或者傲慢，张着翅膀在天池里慢慢地滑，像一个高超的滑冰选手。高兴了，它会滑出一段高难度的冰上圆舞曲。

大河源头，或就该在这样的地方。

拐过一处低缓的山坡，视线里出现了一处废弃的建筑，也就是几间房子加一个小小的院落，近了看清原是一个源头小学。可能牧民相距较远，或是上学的孩子不多，不得已撤销了。里面已经长出了荒草。

文扎说，从这里再往前，看到"黄河源头第一家"，就差不多到了。

却怎么也看不到什么人家，也看不到白藏包。我有些怀疑走错了路。荒漠中似乎只有这条不大明显的车辙痕迹，不沿着这道车辙，又能往哪里去？文扎似乎很坚定自己的感觉，驾驶他的爱车随着山原上下起伏、左弯右绕，不停地加油、换挡、刹车、加油，让一辆新车好一场磨炼。

又拐了几道弯，上了几道坡，终于有人叫起来，在车子呼啸着拐上一个陡坡时，出现了一个小小的建筑。

文扎加大油门冲过去。果然是一户人家，而且是无限的空旷中，独独的一户人家。

看不到人，听不见狗吠，就那么一座白色的屋子，坐在一面山坡上。越来越近了，地面变得泥泞起来，一定是经常的雨雪，使这里一直没有干的时候。车子无处可绕，只好在泥水里冲来冲去。

最后停在了屋子旁边。

屋子里竟然有人，而且还不少，听见响动，拥在门口露出来一群的小脑袋。大人们出来后，才一个个挤了出来。大概有五六个孩子，一个男孩和一个女孩稍大一些，其他的都还小，有的还抱在母亲的怀里。看到我们，显得新奇而且亲切。

索尼从车上拿了一些吃的给他们，年纪稍长的女人紧忙到屋里端酥油茶，并且把我们让进屋里。三间大小不一的屋子，里面的陈设简陋无比。

那些孩子，同大人一样，个个脸上都有两块紫外线留下的痕迹。慢慢熟了，孩子们开始四下里玩耍，这里跑那里钻，倒也快乐，让人觉得还是人多些好，否则他们多么寂寞。

一个年轻的女子也在其中，脸上抹着一块块不均匀的白，像面霜，也像酥油。她能听懂我的话，她叫白玛蛾玛，她说她不是这家的人，是曲玛莱的，骑摩托车需一天时间到达这里。到这里是帮人赶牛。就是早起帮人把牛放出去，晚上再赶回来。

我第一次知道一个带孩子的女人可以完成这项工作。没事的时候，她就到这个人家来玩，带着她的孩子。这家人有好几个孩子，她的一儿一女能和他们玩在一起。而在这寂寞的高原深处，几乎没有这样的人家。

索尼、欧沙几个像回到家一样坐在那里，大口地喝着酥油茶，同那位藏族老人聊天。求忠大妈七十来岁，主持着十几口子的大家庭，三十岁的大儿子格求和二十七岁的女婿措加，现在是麻多乡黄河源头生态管护员，他们每天都要骑着马在四野巡视，让这个家同黄河有了紧密的联系。看得出，老人过得很满足。

还有位年轻的女子是老人的女儿，也就是措加的妻子，她的藏袍挂着小铜铃样的饰物，走起来叮当作响。说起丈夫的工作，她的脸上现出笑容，她每天都会早早为他们两人准备酥油茶和食物，然后望着他们远去。

牧民的屋子里除了铺盖和散落在各处的衣服，几乎再没有什么。他们长期在此的收获和快乐，可能就是那些孩子。

四、炒青稞的锅

约古宗列曲在巴颜喀拉山的北麓，是一个东西长四十公里、南北宽六十公里的椭圆形盆地，当地藏民根据地形起了一个形象的名字，叫"约古宗列"，意思就是"炒青稞的锅"。文扎说得更为详细，他说"约"，指这片土地，"古"，相当于汉语连词，"宗列"才是藏民用的炒青稞的锅，这个锅底是平的。

我看着这口"大锅"，它的周围山岭环绕，山上流下的水在盆地内形成大大小小的水洼，阳光下这里那里地闪着波光。衬托着波光的是如茵的绿草，那是当地牧民的天然牧场。水从这里，便开始了它千折百回永不停息的旅程。

我们进来的时候，感觉不到是进入了盆地，远远看着一马平川，几乎没有什么路，路痕可能是来黄河源头的车子留下的，但是并不明显，说明来的人不多。一切都还是千万年的原始风貌。

地势起起伏伏，一忽儿是丘陵，一忽儿是矮崖，一忽儿是草甸，车子在其间忽上忽下地颠簸，如浪里的小船。刚刚翻下一道陡坡，前面又出现一座山岭。人在车内，双手抓紧扶手，才不至于撞到哪里。

走了好一阵子，还是没有找到那个所谓的源头。只觉得过了无数道山岭，下了无数个陡坡。中间停下来看，却看不到刚才经历的曲折，眼前竟然还是一片平坦。

可是走入了魔幻之地？

过了无数次水，水有大有小，有的一加油门可过去，有的看似很浅，车子进去却费力，不停地打滑。有些水流躲在一道崖下，刚下去就掉入水中，引擎发出很大的声响，好不容易爬上来。

如此下去，真怕车子趴窝在哪里，那样就不知道有什么样的后果。

到达草甸的深处了，草甸里到处是受高寒反复冻融形成的水泊。水泊大的像湖，小的如马蹄坑，在大的湖中穿行，只要挨着边沿就行，在马蹄坑群穿行就难得多。

这口大锅里，散布着一百多个大的水泊，有的水泊相连，高高低低，水流互动，也就有了大小不一的瀑布，远远望去，层层叠叠，波光粼粼。

水的欢声里，竟然看到活物在其中，那是高原特有的寒鱼裸鲤。这种古老的鱼有一指长短，自在地窜来窜去，全不惧人。

无暇多耽搁，车子还在缓慢地在巨大的锅底里颠簸。文扎说，约古宗列还有野驴、黄羊、红狐，甚至还有狼和熊。

但是我们没有遇到，已经是黄昏时分，在黄河源安营扎寨是一定的了。

那么，晚间会不会有什么野物光顾？一只狼或者一头熊在夜晚的巡视中，发现了一个突兀于视线中的帐篷，轻手轻脚地过来，看看到底是谁如此胆大，敢闯入这个神秘的领地。或许不是一只狼，是一群狼，也或许不是一头熊，是一对熊。那样，我们这几个没有经过批准，在黄河源地露宿的"野人"，就陷于莫可知的危险境地了。

据文扎说，从来没有人在约古宗列留宿过，这是一次冒险。过不了多久，这里就会被大雪覆盖，那些水流和湖泊，也会是银光闪烁，完全一个冰清玉洁的世界。那时，人是不可能进来了，雪野里只能留下几许狼和熊的脚印。而雄鹰，仍然会盘旋其上，在这幽深的约古宗列留下悠然的舞姿。

五、巴颜喀拉怀抱中的奇迹

在约古宗列盆地的西南隅，也就是巨大的"炒青稞的锅"边缘，我们找到一个脸盆大小的山泉。泉在里面不断地翻涌，像滚开的水。伸手轻轻触摸，却清冽无比。据说这泉夏不狂溢、冬不干涸，源源不断的甘露流成宽一米、深十厘米的小溪。

这就是人们所说的"玛曲曲果"，也就是黄河的正源。文扎说，"玛曲"，藏语就是"孔雀河"，指的是黄河初开始的一段较为开阔的水流。"曲果"是"小河源头"的意思。那么"玛曲曲果"，就是黄河的源头了。再看这个源头的地理位置，它的两边是箕形的缓坡丘陵，当地人称之为"玛曲曲果日"，"日"就是小山。这箕形的山坡与泉眼形成了双手捧月之势，让人觉出黄河源头的神圣感。

有人看了一下测试的海拔：四千六百四十米。我们都显得激动，在小溪间过来过去，有人做着捧泉的姿势自拍，有人依偎在玛曲曲果边合影。

山泉往上，矗立着一块块大大小小的碑刻。往上再走，又看到一道水流，从那面陡坡上流下来，而且水流不小。后来索尼他们寻找的地方，不知是有意，还是那里确实是适合安营扎寨，搭起的帐篷就紧挨着那股水流。

我顺着水流往上找去，一直找到山坡上一大片的沼泽地。那里布满了坚实的草疙瘩，而草疙瘩之间是水窝窝。在这里既不能迈大步，更不能跑，不定哪一脚踩不好，就会踏进或深或浅的水窝，肯定会崴了脚，那样，会给自己带来无法想象的困难。

水窝的草疙瘩上，竟然生长着一些黄黄白白的小花，我后来问文扎，知道它们是凤毛菊、金莲花、马先蒿、藏蒿草，这些能够抵御寒冷的小生命，不知最早是如何来到这片地域，来了便要适应，否则就不能成活，更不能开放。它们的开放因为我们的到来，变得真实而美丽。那么平时，真就是"寂寞开无主"了。抬眼间，发现这些小花斑斑点点地装饰了好大一片山坡。这里的海拔，会比刚才更高。

雅拉达泽峰周围的广大地表下，是寒冷的永冻层，我蹲下身仔细看一个个深浅不一的水窝，发现都是细小的泉眼，每一个都在往外渗水，渗得多了，就流了下去，一直汇聚在帐篷跟前的那股水流中。我知道，这条水流会在下面同玛曲曲果的水汇在一起，流入约古宗列的锅底。

我用手捧了一捧水，水清冽刺骨，似是刚刚化开的冰。雅拉达泽是巴颜喀拉山脉怀抱中的一个奇迹，它竟然孕育了一条大河。

沿着这片沼泽再往上走，就看不到我们的帐篷了，它完全地隐没在了锅的半腰。而我，离锅的上沿还有着不小的距离。可见这锅是多么的巨大。

六、藏民族对黄河源图腾般的崇敬

站在这陡坡上，我当时想，水会不会先将这锅底蓄满，再流出去？以前可就是我想的那样，约古宗列曲，或就是一个湖，渐渐地水源减少，锅底的水逐渐干涸，只留有一道不竭的流水。我们听"第一家"的那位求忠老人说过，她小的时候，玛曲的水还是很大，大水就从她家门前流过。她家最早就是建在水流的上边。那时有人想探寻玛曲曲果，都是游水过去。

从高处看远处的玛曲，倒是应了那个"曲"字，它曲曲弯弯在约古宗列锅底不断回环，留下一块块水潭和沼泽草滩，那些大大小小的草滩水潭，就像孔雀开屏。

想来当地藏民叫它"玛曲"，即来源于此。那一定是一个人在最高处看到的惊喜。与青鸟龙洼汇合后的玛曲继续往前，就逐渐形成了宽约十米、深约半米的小河，然后进入盆地东北角十六公里长的芒尕峡谷，再由峡谷冲出约古宗列盆地。这个过程，就像一个婴儿在母腹由胚胎渐成人形，再从母腹中脱颖而出一样。

一路上，它会遇到身披银色铠甲的阿尼玛卿，而顺从阿尼玛卿的安排一路向东流淌。文扎说，阿尼玛卿是黄河流域的最高雪山，蜿蜒起伏有千余里，阿尼玛卿有十八个儿女，另外还有三百六十族亲，有一千五百名侍从。

威名显赫的阿尼玛卿掌管着整个青藏高原东部山河的安宁。由于远离河源，就派遣他的第二个儿子雅拉达泽来守护源头。雅拉达泽峰在约古宗列盆地偏西南的地方耸立，远远望去，像一个武士守护着一方圣土，金字塔的形状似高擎的利刃。高原气候多变，时而薄云缭绕，只让刃尖露出，时而浓云笼罩，完全遮住它的面目。周围再没有比它更有气势的山峰，在开阔的盆地内，它一帜独树，凛然于天。

文扎说，在麻多乡东边有"卡里恩尕卓玛"，那是位"银色仙女"，在辽阔高远的黄河源头，可是西金童东玉女，双双守护着母亲的河源。我向远处望去，那里一片云遮雾障，显现出无比的神秘。我再次转回头，望向雅拉达泽峰时，也已经看不清了。

越是神圣的地方，越是会产生神话传说，这些传说托起了人们对大自然的无限信仰，也寄托着藏民族对黄河源图腾般的无限崇敬。文扎一路上讲说的都是关于山水的故事，他说得很是认真，你听的时候，就会相信都是真的，就会将那座山看成一尊神，会有一种景仰自心底上升。

现在让我们展开来看，看黄河最初的走向与变化：从芒尕峡谷而出约古宗列的玛曲，它的前面就是有名的玛涌滩，这是一段自然漫溇的流水，如出生的婴儿，在随意地哭闹撒欢，展示出出世的无拘无束。也像是孔雀开屏，一路撒下大片的沼泽草滩和众多的水泊。

玛曲东行二十公里，便进入了著名的星宿海，而后蜿蜒东南九公里，挽流左岸支流扎曲，再往下接纳左岸支流玛卡日埃，再往下，就同右岸来的一股支流卡日曲汇合在一起。这个卡日曲，就是原来标注的黄河源头。

从我上面描述的玛曲行走的漫长旅途来看，从约古宗列的来水，确实要比卡日曲远长，也更艰难，地理位置更神圣壮观。

同卡日曲汇合以后，队伍壮大起来，因而不再漫溇徘徊，冲出去一度分汊为七股流水，踉踉跄跄地抢着往前，最终并入三股，进入黄河源头第一大湖扎陵湖和鄂陵湖。一股势不可挡的大河，终于要在此集结整编，履行它"咆哮万里触龙门"的孕泽中华的伟大使命。

七、枕着黄河露宿

在描写玛曲这段历程时，我是带着感情的，我真的想象一位伟大母亲的诞生，那是多么艰难而伟大的诞生，一条大河的来源，必然是要有一个不屈不挠的经历，有一个一往无前的信念。

我无法想象，第一个找到这个源头的人，会是怎样地激动。哦，他或他们一定是犹疑不定的，对于一个源头的确定，是一个漫长而艰难的过程。我在确定后的今天找到这里，仅凭个人的想望是不可能的。我为此感谢上苍，感谢冥冥中那些支持我的人。这里没有手机信号，若果有，我一定会情不自禁地打给我的亲人，我要告诉他们，我走到了大河之源！

我还想告知我的母亲，母亲和我居住在黄河的中游，她老人家在世的时候，我不止一次同她去看黄河，母亲也不止一次地用手捧起黄河水。她总是说，这黄河的上游该是什么样子？该不是这么宽，这么黄，这么急吧？你什么时候去看了，回来跟我说说。我后来到过三门峡，到过刘家峡、青羊峡，最后到了青海的玛多，我都告诉了母亲，详细地为她讲说了我所看见的黄河，不一样的黄河。

但是我仍然不知道黄河的源头，而母亲也絮叨过，说这么说你已经离源头不远了？还是别去冒险吧，那里一定是个没人的地方。我那时听了这话，心内还感慨，毕竟是母亲啊，担忧儿子的安全。但是母亲的心里，一定会有一个黄河源头的景象，因为我已经为她描画了经过玛多的黄河清灵无比的样子，母亲那时流露出惊喜的表情。

我现在终于站在了黄河源头，我怎么会想起母亲？我怎么能不想起母亲！迎着凛冽的寒风，我早已泪流满面。

藏族兄弟文扎说，他来过几次黄河源头，都是来去匆匆，随队考察完即返，否则怕天黑到达不了最近的曲麻莱县城。他说他把在黄河源头露宿一晚，作为了一个梦想。没有想到，第一次来的我，竟然要在黄河源宿营。而且我住的帐篷就搭在潺潺的水边，这水就是黄河的源泉，两拃宽的一条弱水。为找这个较为平坦的地方，文扎与索尼他们转了好半天，最后选在这个离水边只有两尺的地方。

晚上，穿着厚厚的防寒服钻在睡袋里，睡袋上面压着厚被子。睡袋的垫子下面就是寒凝的大地，不远处是汩汩的河源。好半天不能安静下来，脑子里想了很多东西，或又什么东西也没想。沉重地翻身，再沉重地翻身。不知怎么了，越离得近，越发睡不着，若果一觉睡去，可不亏了这可贵的夜晚？李白没有到过黄河源头，发出"黄河之水天上来"的浩叹，我可不就是睡在了天上？

睡不着，悄悄起身钻出帐篷，心内一声惊呼，天如何这么低？昆仑山与巴颜喀拉山呈现出一围的轮廓，暗蓝的天空平搭在上边，像一个顶棚。星星缀满棚子，这里那里眨着眼睛。半弯明月提着青灯，放牧着洁白的云团。那些云团仍然在赶路，它们还要去哪里？以前在华山、泰山、峨眉山都曾见过夜晚的天空，并发出过惊叹，可这里却是五六千米的海拔高度啊。

静谧之极，四周一片铅灰暗蓝，真的仙界一般。

感到了寒冷，更是感到了恐惧，赶紧进去。这时感到了高原反应，而且愈加强烈，头疼得发紧，再紧就要炸了。手去抓捏，无济于事，心口又堵得慌，心跳加快，呼吸不畅。如何能扛过去今晚？想看看时间，表屏瞬间出现一层白霜。我必须要扛过去，我只能扛过去，我试着深呼吸，肺部不畅，并且疼痛。轻轻喘气，并且自我安慰，只能自我安慰。

我开始查数，让夜晚一分一秒艰难地走过。巨大的黑暗中，我能听清任何细微的声响，是的，我听到了，那般清晰的声音，那是帐篷边上流水的声音。听到这声音，我沉静下来，心的跳动与流水汇在一起，长久地汇在一起。

渐渐地，一切都不存在了。

八、天地竟是如此辽阔

第二天六点多钟，吃完半生不熟的早饭，大家开始收拾，并且专门将所有垃圾装袋。每个人都做得仔仔细细，不让这里留下一丝污染。

之后，文扎提了一袋子牛粪一直往远远的玛尼石堆走去。那里还有六座圣洁的白塔。他要为一会儿的煨桑做准备，索尼和欧沙也陆续跟过去。一会儿，松树枝叶燃烧起来，文扎打坐在左侧开始念经祈祷。索尼告诉我，他是在念煨桑经。索尼开始念二十尊菩萨供奉经。

而后，格萨尔民歌艺人青梅让丁与达杰身穿红色藏族礼服，手捧洁白的哈达，唱格萨尔王的煨桑敬语。沉郁宽厚的声音，在这约古宗列分外感到一种神圣。我们围成一圈，静静地听着，似乎那不是在演唱，而是在诉说，在表白，又似是约古宗列的发声、约古宗列的宣言。

我有些明白，此次行程文扎专意要带上两位歌手的目的。文扎对于黄河源，身怀崇敬，他有着善良而伟大的思想，有着广阔而深沉的内心。

两位歌者轮流唱完，索尼随口一声长啸，带起众多的呼啸，以敬万物苍生。

而后，一行人朝着近处的一座山峰攀去，想着居高临下感受一下约古宗列这巨大的锅底。索尼他们几个身强力壮的早已走在前面，由于海拔太高，反应太大，一行人拉开了距离。但是再往上走，还是吃不消了，喘着粗气拐回来，说只能开车。

三辆车子发动，鱼贯而上，半山腰的时候，车子也大喘起来。直着上不去，只得迂回走"之"字。几乎没有路，就这么硬闯，斜斜地迂回。

也就刚刚上到一个高坎，就看到了平缓处藏民矗立的经幡，在这样的地方，竟然又看到了五光十色的经幡。寒冷的阳光映照下，经幡给人感觉出不一样的色彩。

就在这个时候，索尼开的车子被坚硬的山石划破了轮胎，车子全部停下来，下来一看，这里的山石全都凸起着棱角，人轻轻地走在上面，也能感觉到那种锋利。

大家小心地坚持着往上攀。缓坡的上面，风更大了，无论穿着多厚的衣服，也感觉一下子被吹透。但是大家还是不约而同地发出了惊叫，天地竟是如此辽阔！

深陷于视野的地方，一片青葱，水洼和湖泊点点闪烁，巨大的锅底真正显现出来，约古宗列，原来是这般的美妙无比。群山八面隆起，所有的坡度都给了约古宗列，让黄河的源头充满了聚拢而来的福气。炒青稞的大锅，永远翻炒不尽生命的源泉。由此也能感受到，为什么藏民会不辞辛苦，将巨大的经幡矗立在这高高的山顶。

我转过身来，想看看身后，这一看，又有一声惊叹出来，那同样是无比辽阔的起伏的山野。雪山周围，怎么会有这般奇妙的起伏？远远地还有一个澄澈的湖，就像是一面镜子，闪着青蓝色的光。

巴颜喀拉群山无限远近，烘托了无与伦比的气象。如果用穹幕摄影机全景拍摄，会展现出多么壮丽的图景。可惜我无能为力，只能将其深刻在记忆中。

文扎他们将哈达系在了经幡上，彩色的哈达自手中飞出。

山风凛冽，似还有冰水的湿润，一刮到脸上，粘住一般。

我们下山了。索尼、欧沙他们冒着严寒，不停地哈着手，换好了轮胎。他们带有一整套的修车工具，包括快速补胎，快速充气。回去的路上文扎的车子两个轮胎同时轧毁，就是用这种工具临时救急。

车子慢慢启动，小心翼翼地往山下挪去。仍然是走到黄河源头的位置，只有那里能再往下行。

我记下了这个时间，此时是八月十五日上午十一时。

我有些恋恋不舍，我知道，从此以后，我很难再来到这个地方。我不停地回头，望向那个渐离渐远的约古宗列。

附　记

一

后来在一篇报道中看到了麻多小学。那是我在黄河源头地区看到的最好的建筑，以及最多的人，或者说最多的孩子。我显得有些激动。我有了身临其境的感觉。在这样的偏远之地，还有这样一些可爱的生灵，他们鲜活地生活着，学习着。

我之所以关心这一点，是因为上次去约古宗列曲的路上，看到了一所废弃的学校，我由此担心源区牧民孩子的上学问题，包括"源头第一家"的孩子。

天空下着大雪，孩子们在升旗。漫天雪花同旗帜一起在眼前飞舞，操场上霎时一片洁白。这些稚嫩的孩子，他们唱着吼着，用他们并不标准的语言音调。

老师们站在他们的后面，同样迎着风雪，迎着舞动的旗帜。

孩子们平常住校，因为各自都不在一处，很多孩子的家都很远。到了周五，孩子的父亲会来接他们回家。那些父亲不少是牧民兼生态管护员。孩子们会坐着管护员的马或摩托回家。他们知道自己父亲的职责，他们为此而自豪。

感慨那些老师，他们能够来到这里执教，是需要一种勇气和信念的。老师并不多，但很年轻，让人觉出一种希望的力量。这里的条件十分艰苦，而且是想象不到的艰苦。周围没有什么人，无法进行正常的交流，甚至没有商店。坚守下来，真的很不容易。但是他们会说："和孩子们在一起，看到他们成长，很幸福。"

学校建筑阻挡了视线，让人一时忘了这是在遥远的雪域，高原的深处。那些建筑同内地有些相似。但是只是一霎的感觉，一忽儿又回到了现实。

在教室里，有了这样的话题：

你们知道黄河源头在哪里？

曲麻莱麻多乡！

那你们知道黄河流向了哪里？

大海……

你们见过大海吗？

见过——

在哪里见过？

在课本上……

你们会背诵黄河的诗歌吗？

白日依山尽，黄河入海流……

黄河之水天上来，奔流到海不复回……

孩子们大声地朗诵着，实际上是嚷着，嚷就是他们的表达。

他们想向这些外地人表达出自己的内心，那个内心到底有多大？没有人知道。但是有一点，每个孩子都想在将来去看看大海，看看黄河最终的归宿。

我看到了一张照片，那是孩子们放学的照片，一位大姐姐领着两个小弟弟朝着镜头走来，两个弟弟黑黑的小脸上两个红太阳，一看就是高原的孩子。而那位姐姐却没有了这样的特征，她的光洁的脸上闪着笑意，那完全是内地孩子的笑意，而且笑得十分美丽。这是几年来在教室里的缘故。

这些孩子如果沿着学校铺展的小路一直走下去，就会走到离源头很远的外面去。就像我在称多县见到的那个女孩子，她已经到桂林上大学去了，只有在假期回家一趟。跟她交流，已经海阔天空，云霞漫卷。

我绝对相信他们会见到大海的，他们会对着大海再次高声地朗诵：黄河之水天上来……

二

我还看到了白雪覆盖的约古宗列曲。

画面里，大雪真的是将一切都覆盖了，唯有一条细流，它没有覆盖得住。这条细流就是黄河源头流出的玛曲，也就是黄河。

黄河曲曲弯弯的走向，在雪野里看得十分清楚。不像我们八月份来时，到处都是微小的细流，到处都是水洼，到处都是草甸。这下子，除了黄河的水流，其他的一切都不见，只留下了这道流水，让我们清清楚楚看见黄河最初的模样。

从另一个角度说，也可以看到，黄河源头的确切性。

约古宗列的大雪，是黄河源头的模子，它将一条美丽的清流给翻铸出来。如果换一个姿势，让它悬挂在天地间，就可以看清楚这件伟大的雕塑。

通往故乡的桥

一、洛阳桥不在洛阳

顶着清晨的细雨，来看洛阳桥。

此洛阳桥不在洛阳，在福建泉州。好不容易到达目的地，江水竟然没有了，唯余一道深深的河床。这是第一次看到洛阳江的另一形容。有人说海正在退潮。一些细小的水道，在滩底绕出好看的弯。洛阳桥一个个桥孔，像睁着的眼睛，看着这个世界。

白色的鸥鹭在河道里翔集，享受着雨及刚刚退潮的明朗。浅处的水洼，一定留下了什么惊喜。主河道两旁聚集着葱郁的红树林，喜欢海水的植物，坚定地在这一片结成了同盟。

桥墩子也覆着一层绿色，那是喜湿的青苔和自古就有的海蛎。长长的洛阳桥，就这样袒露在我的面前。没有水的桥，简直就是一副龙骨化石。算下来，它已然挺立了千年。

我没有打伞，任一袭烟雨，在眼前迷离。

二、建桥史上的重大突破

由于雨下得越来越大，没能上桥的遗憾，一直敲打着心鼓。中午睡不着，几个人相约着再来。

这次换一个角度接近洛阳桥。石头铺就的老街叫"桥南街"，与洛阳街隔桥相望。它们是洛阳江的友邻，共同见证了洛阳桥的兴建与兴盛。街道两旁不少老建筑，还保持着曾经的模样。

早上来时，正赶上退潮，现在江水已经是一片汪洋，水波漫涌，击打着桥墩。红树林完全没入水中，有几处长得旺，高突其间，远远地有了好看的起伏。大片大片的绿，像是桥在吞吐。

走到桥头望过去，桥两端各有老房子，有管护桥的机构，还有海神庙和祠堂。哪里长出几棵老树，歪斜，却青翠。几块花岗岩巨石深陷树下，怀抱着"万古安澜"四个大字。桥头文武将军的石像，虽面目模糊，威武气势尚在。那么多的碑，有的碑刻"亘海长虹""海内第一桥"，有的则是历代吟咏的诗篇。走上桥的感觉，像进入一帧古画。

桥太长，两边浪涛翻卷，走得久了，有一种眩晕感。

自晚唐始，泉州已成为中国重要的对外贸易港口。贸易的发达，极大地刺激了泉州的制造业和商品经济的发展，泉州各县区有了许多陶瓷和纺织业等生产基地，到了宋代，泉州湾更是帆樯林立，百舸争流，中外商贾无不云集于此，使这里成了进出口商品转运中心和集散地。

泉州商旅的发达，带动了桥的发达。此非我们见识的那种拱桥，泉州的桥大多是长桥，这样的桥完全发挥了运输及远达作用。

多亏了蔡襄，泉州人总是这样说。桥头遇一位老者，他顶着一个草帽，眯缝着眼睛朝远处看。问他是哪里人，说是洛阳村的，没事了，总是来到桥头，看桥，看水，看世界。说起洛阳桥，他也是如此说，多亏蔡大人啊！

泉州人蔡襄，自小聪颖过人，二十岁考中进士，后来授封端明殿大学士。那时的洛阳江，横在惠安、晋江之间，"水阔五里，深不可址"，而两岸商业往来十分频繁，南来北上只靠舟楫，影响效率不说，还多遇风险。为解决这个问题，庆历年间，就在洛阳江上建过浮桥，却常被风浪冲垮。只有在万安渡建起坚固的石桥，方可一劳永逸。蔡襄若回乡执政，必实现百姓愿望。但是按照朝廷规定，文武官员不得回原籍做官，直接向皇帝请求，肯定不行。

这天，蔡襄要陪皇帝赏游御花园，就暗中叫过来一个太监，如此这般交代一番。皇帝来到园子里，心情愉悦，猛然见阔大的芭蕉叶上有字，很是惊奇，顺口就念："蔡端蔡端，本府做官。"原来太监预先用笔蘸蜜写下八个大字，引来一群敏捷的蚂蚁。蔡襄这时连忙跪下谢恩。皇帝笑着说："朕只是念芭蕉叶上的字，并非当真！"蔡襄跪着不起："君无戏言，岂可失信于臣？"接着讲说了家乡造桥的迫切，及对大宋经济的影响。皇帝感其诚，便下诏蔡襄知泉州府。

蔡襄供职的京城在中原开封，离洛阳不远，一定也见识过诗人笔下的洛阳桥。他的回来，是要把故乡情同中原情凝结起来。

蔡襄到任，即像一位书法家，铺纸研墨，构思布局。他神态庄重地站在江边，心中画过长长的一道横线，那是一座桥，一座中国最早的跨海梁式大桥。他选择让卢锡筹建，并广募资金。

一千四百万钱不是一个小数，却全是募捐而来，没动国库分文。

在洛阳桥上走，会看到桥面石块的连接处，有凹形的槽，生铁铸成的榫嵌在其中，将前后条石紧密联结。这许是后人为了桥的坚固而做的弥补。开始我想不明白，如此沉重的石料，是如何搬运又是如何严丝合缝地嵌入桥体的。当时的宋代，没有大型运输设备，也没有重型吊装机械。一切困难，却是没有难住聪明的古人，他们利用潮涨潮落，将一块块石料运抵现场并安装到位。

洛阳桥施工阶段，蔡襄不断去工地查看，并和卢锡等人集思广益，解决桥梁固基问题。比如先在江底架设桥梁的地方抛下大量石块，形成一条横跨江底的矮石堤，作为桥墩的基址。

细看还能发现，桥墩是用一排横、一排直的条石修筑，而且桥墩双头尖，中间大，中部稍向外弯，最上面的两层条石则向左右挑出，使墩面加宽，以减少石梁板的跨度。当地人说，这种建造方法，是建桥史上的重大突破，现代人称之为"筏形基础"。

远处看去，它们就像是一只只尖头小船，担起了这巨大的石桥。汹涌澎湃的波涛冲过来，早被这些尖头小船般的桥墩顶散开来，威势骤减。而且，为了减缓冲击，古人还在石基上广植海蛎，使之胶结牢固，这是把生物学应用在桥梁工程的先例。

这座历经千年的桥在当地留下很多传说，这些传说似乎都有实证。桥上一共有六座石塔，在桥北的一侧，不少人围着一座石像，挤过去转到向水的一面，原来是座月光菩萨，月光菩萨头顶有一个小坑，人说那里原来有一颗夜明珠。

刚才的那位老者这个时候跟过来说，洛阳桥工程浩大，各方开支也高，蔡襄筹集的资金很快用尽，正是焦急时分，观音菩萨驾云来到洛阳江上，拔出金钗，变成一只彩船，自己则化为美女，摇船到江边，说谁能用金银投中她，她就给谁做妻子。于是很多财主老爷和富家公子都来投钱，银钱纷纷落入船中，却没有一个投中美女。恍惚中一股仙气，美女早已不见，只留下一船银钱。大家方才明白是观音相助。

老人说，这石像是不是那个观音菩萨，说不好，反正是桥建好石像就有了。

我想，建桥者专门在洛阳桥为菩萨辟出一个位置，绝非一般的举动。这既要符合洛阳桥的需要，也要满足当地百姓的念想。石像做得不错，观音菩萨端庄清雅，微笑着向着一波江水，乍一看，能看到洛阳龙门石窟上的神态。她的背后，便是宽宽长长的大石桥。这种带有中原意味的存在，让谁走到这里，都会有一种亲切与安详。眼神从敬仰间向前看去，前面是一条平坦而超远的大道。

我后来查了诸多资料，关于在洛阳桥修筑月光菩萨石塔的研究，有一项比较认可，那就是沿海居民或明了月球与潮汐的关联，将月光菩萨作为月神崇敬，以祈求海潮平安。

洛阳桥的传说，不仅有南海观音，还有各显神通的八仙，都是想方设法前来相助。这是民间百姓基于对洛阳桥的美好情感。

老人还说，自这桥修好以后，历年历代都有修整，有公家出面，也有个人行为。没听说过那个顺口溜吗：第一富，李五公。第一漂，陈三郎。第一通，陈紫峰。还是明代初期，李五在泉州就是数一数二的富户，李五大号李英李俊育，专做商船海运。人富了，不忘本，就考虑到这泉州人走来走去的洛阳桥。那时海水高，一涨就涨上了桥。李五就出资把这桥增高了三尺。这三尺不得了，得多少石料，多少工人，多少工夫！可人家李五生是花了三年，做成了，这样就不再怕潮水上涨了。桥对人好，人也对桥好，过来过去这么多年，那种好都在心里放着。老人感慨着。

我称赞老人讲得好，老人就像当地的活地图，他扳着手指，能说出一串泉州带"洛阳"的名物，除了洛阳江、洛阳桥、洛阳镇、洛阳村，还有洛阳港、洛阳溪、洛阳庵、洛阳街、洛阳闸、洛阳集。看我们惊叹，老人说还不仅这些，还有名吃洛阳子鱼、洛阳鲟。

康熙年间，泉州的李光地赴省乡试，宿于洛阳村，在这里品尝洛江子鱼后印象颇深，后来李大人由大学士入相，还是念念不忘，时常向康熙帝说起家乡的美味。子鱼也叫"紫鱼"，在海涛江浪中长大，肉质细腻鲜美。有诗说："锦鳞细口肥子鱼，不是洛江总不宜。"康熙自然也尝到了这种美味，随后将其列为贡品。

洛阳鲟呢？老人说，有人想着洛阳鲟是鲟鱼的一种，其实不是鱼，是江里的螃蟹。还真让人好笑。老人说当地人就叫"洛阳鲟"，每年农历八九月，是洛阳鲟最肥的时候。有人会划着小船，到江滩周边，做起一个个小窝，下边留洞，上边留口，而后将口盖上，只等洛阳鲟从下边钻进去。那时只要掀起上边的盖物，就可手到擒来。老人说他小时候，专门约上几个伙伴去捉鲟，而后换钱买别的东西。

老人已经八十有六，他说他打小就在这桥上跑，夏天热得烫脚，冬天冷得粘脚，都不怕，就爱听人说洛阳桥。问老人贵姓，开始没听清楚，再听还是那个姓，公，"公家"的"公"。旁边的一位女士随口说，那人家会叫你"老公"的。大家笑起来。老人说莫笑，还真的是这样，不注意就闹笑话，注意的加上名号就没事。姓公的在外上班的，有在旁边加个"木"字的。那不就是"松"吗？是呀，老人说，我们洛阳村就有姓松的，反正自家人都知道。

我告诉老人，我是从中原来的，那里也有洛阳桥。他说对对对，我们祖上就是从洛阳来的。他嘴门口的两颗牙齿，忽隐忽现地冲着我笑，笑的后面有舌头一动一动。我知道这是他心里最快乐的时候。他老了，他的认识不老，他的记忆不老，他的快乐也不老。我感觉他就像这洛阳桥，一生都是为世事活着，只要活着，就贡献着自己的快乐。

我说你该着天天来这桥上走走，桥也喜欢你来走走。他使劲儿地点头，抓起草帽朝离远的我们挥。唉，这姓公的老人家，也是一座桥啊！

洛阳桥自北宋皇祐五年始，到嘉祐四年十二月辛末，一桥飞架，南北畅通。行人视为危途之洛阳江，见证了一个奇迹的诞生。

蔡襄亲自书写《万安桥记》并刻石铭记，其详细交代了桥的建造及其形制。"渡实支海，去舟而徒，易危而安，民莫不利。"文辞难掩由衷之情，并且将庐锡、王实、许忠、浮图义波、宗善等人分别列入，以表其功。乡人自是心生感动。

人们的传说中，还有蔡襄从福州至泉州、漳州沿途植树的事，长约七百里的林荫，与经济往来、商业发展同属一体，也可以说是那些桥的配套工程。这件事记入了《宋史》本传。时隔多少年，当地百姓仍旧会唱那支民谣："夹道松，夹道松，问谁栽之我蔡公，行人六月不知暑，千古万古摇清风。"在洛阳古村桥头处，有一座高大的石像，那是人们对蔡襄最好的纪念方式。

走进洛阳桥南的祠堂，我看到了蔡襄那笔力遒劲文辞优美的碑刻，着实赞叹这中国书法史上的珍品。蔡襄与苏轼、黄庭坚、米芾并称"宋代四大书家"。其书法浑厚端庄，淳淡婉美，自成一体。当然，也有人说"苏黄米蔡"的"蔡"或不是蔡襄。且不去管它吧，这洛阳桥，倒是蔡襄书写的最为舒展大气的一笔。

诚然，除了几位留下姓名的人物，人们已经无法知晓更多的建造者。坚硬的条石组成的老桥上，粗糙的手印、豪壮的呼喊、咸涩的汗水，分明凝固在了上边。

洛阳桥，它的气场，已经同一个民族的气场融合在一起。

三、河洛文化的承接与延续

第一次来泉州时，朋友带着见识了不少文化遗迹，当朋友说还要去看洛阳桥，我竟然愣了一下，洛阳桥怎么会在这里？可这座跨江连海的古桥确实就叫"洛阳桥"，而且名气很大，属于全国重点文物，与北京的卢沟桥、河北的赵州桥、广东的广济桥并称为"中国古代四大名桥"。

在桥上，我有时会恍惚地呆想，思绪一忽儿在遥远的中原洛阳，一忽儿又在了这个标注"洛阳"的地方。唐代，这里还是一片水，洛阳已是世界级的大都市。"洛阳牡丹甲天下""汉魏文章半洛阳"，洛阳成为人们向往的胜地。

司马光在洛阳住了很长时间，他辞别汴京就西去洛阳，带着几个人潜心编纂《资治通鉴》，为了避暑和清净，还在地下挖了一间屋子，专心研读写作。司马光说过："欲问古今兴废事，请君只看洛阳城！"一个洛阳，可以道尽天下兴衰史了。

时间再往前，在洛阳常住的还有一个人，白居易。白居易不像杜甫那样漂泊转徙。白居易不仅在这里潇洒，而且还永久地睡在了这里，以至于那些白氏后人及仰慕者千里万里地赶来祭拜。我曾在一个细雨霏霏的早晨，偶逢上百位自称是白氏后人的韩国团体。白居易在香山上可谓尽享洛阳风光。那种"争得大裘长万丈，与君都盖洛阳城"的豪情引发多少人的艳羡！说起来，王维也是有福之人，他同李白一样，可以说游尽了山水，也写尽了山水。这回王维住洛阳却让他赏到另一种景色·"洛阳女儿对门居，才可容颜十五余。"

可是一晃，一切都成了过眼烟云。当洛阳几乎成为一片废墟的时候，泉州早热闹成当时洛阳的模样。

除了"洛阳"，我也见到过"长安"的名字。那次到东莞，问一个人来自哪里，听说是长安，我还高兴地数说了一大堆长安的好，谁想人家说不是彼长安，是此长安。这才知道远隔千里的地方，还藏着一个同名者。人家望人家的长安，就不用"可怜无数山"了。问起"长安"名字的由来，有说这样，有说那样，没有十分确定的结果。不像洛阳，凡叫"洛阳"的地方，当地人一定告诉你，就是因为中原的家乡，没有第二个原因。

这种洛阳情结的延伸，或可是河洛文化的传承，是一种血脉相交、根系相连的必然。河洛文化，深深影响了中华民族的性格。其主要原因，还是接二连三的大移民，使得"河洛郎"遍布全国。

两晋南北朝时期，中国处于政权分裂和地方割据状态。李格非有言："天下常无事则已，有事，则洛阳必先受兵。"洛阳是中原地区的战略要冲，战乱一起，百姓便流离失所。地处东南一隅的福建地区局势相对稳定，于是，大批中原百姓南迁来闽。

五代十国时，王审知建立闽国。他从中原的光州、固始一路辗转而来，入闽的几乎都是从河南带来的人。他们自称"河洛人""河洛郎"。他们安顿后先将祖先牌位供奉起来，再把带来的种子植入新的家园。每到春节，家家户户在厅堂贴刻堂号、堂联，给祖先上香。再不能回去，时常的远望总带着不舍。这样，来到泉州的晋人便把所在地的两条河分别叫作了"晋江"和"洛阳江"，把在洛阳江上修建的桥叫作"洛阳桥"，形成的村落叫作"洛阳村"。

随着大批中原河洛人的到来，闽南由一片蛮荒渐趋繁荣，从而使福建成为受河洛文化影响最大、现存洛阳元素最多的地区。家乡的名字用在这里，既是一种念想、一种情感寄托，也是一种文化的传扬。

据统计，生活在我国南方及海外的客家人有将近一亿之多。"煌煌祖宗业，永怀河洛间。"客家人公认"根在河洛"。据说全国就有十余条叫"洛阳"的江河，二十余座洛阳桥。以"洛阳"命名的地名有数百个，光是叫"洛阳村"的就有七十八个，福建省便有九个。以"洛阳"命名的物名也有近百。这些，都是"河洛郎"留下的印记。

中原人一批批南迁，也把洛阳的精华带走了。最早来的移民，带来了中原文化和先进的生产技术，还有经商之道，生活之巧。再后来，就做起了设馆办学、梓荫后代的大业。他们倡儒学，履仁爱，奖诚孝，使得河洛文化之精蕴在这里得到了承接与延续。多少年后，中原很难出几个进士的时候，这里却总是响起来自朝廷的贺喜锣鼓。

洛阳的名字，让每一位故乡人无论在哪里看到，都会有一种难以抑制的亲切感。"今我不乐思洛阳，身欲奋飞病在床。"颠沛流离的杜甫回不到老家的时候，如果逢到有着"洛阳"称谓的地方，也会感慨欣慰。

有人在感情里记挂着家乡，家乡也有着反向的关注。中原的刘彦卿，自从在泉州发现洛阳桥和洛阳村，同我一样惊异不已，作为长久浸淫河洛这片水土的洛阳人，一种热情与挚爱让他忽发念想，要踏访所有带有"洛阳"的地方。数年间，无论风霜雨雪、山高水长，只要有一点信息，他都会匆匆赶去，那是需要精神和毅力的，我们能感到，刘彦卿见到"洛阳"二字的那种爆发性的欣喜，以及寻访有果的释放性的欣慰。

当然，唯有热情是不够的，还要有深厚的历史人文的积淀。没有人知道他费去了多少时间、多少辛劳，最终拿出的是，一部厚厚的《天下洛阳》。我为他的书作序说，在刘彦卿四处走寻的过程中，我以为他在为洛阳寻找丢失的瓦。那是洛阳的记忆，说到底，是河洛的浪花，是中原文明的碎片。

四、泉州依然借助海在飞

在唐代，有三个以航运为主的城市闪烁在史册中，也即南方三大港：广州、扬州和泉州。

到了宋代，从泉州港出发的商船已经通达四十多个国家，"涨潮声中万国商"，进入元代，又有所增加，而且外国的商船也源源不断地驶来。

整个泉州的航海史，浓缩在一个博物馆中。看着那沉静而宏大的建筑，感觉它一直在诉说着，诉说着船、帆、海浪与风雨。

从这里知道，宋代出口的手工业商品有瓷器、陶器、漆器、工艺品、纺织品，甚至还有书籍。金属制品有金、银、铜、铁、铅、锡。农副产品有米、糖、盐、茶、酒、药材、水果、果脯。这些东方美好的事物，是大船驶向世界的通行证。

那时的泉州，造船业已经相当发达，从一九七四年泉州湾打捞出水的宋代商船遗骸，即可以看出商旅大国的气派。其所采用的水密隔舱、多重板构造、鱼鳞搭接等技术，代表着当时世界最先进的造船技艺。从船上出土的大量香料和药物判断，这是一艘从东南亚等地贸易归来的商船。先进的造船与航海技术，保障了古泉州海外贸易和港口经济的发展。

由海外进来的商品有各种香料：沉香、乳香、降真香、檀香、金颜香、安息香、速香、暂香、笺香、光香……花样可谓繁多。还有丁香、木香、麝香、茯苓、鹿茸、人参、血碣、胡椒等药材，中药是中国的国粹，进口这些许是制药之用。军事用品主要是硫黄、筋角等。在宋代，已经有了火药，并且以此产生了火炮，硫黄这种主要原料，便是大量之需。还有日本刀，那个时候就已闻名。日用品中，有番布、绸布、高丽绢、罗板、衫板等丝织品，中国是丝绸出口国，竟然也进口异域的纺织品，可能为宫廷及达官贵人专需。馆内见到一位官员的进贡清单，上面所列多为海外物品。

不短的一个时间段，东方大港都处于繁闹中。每每商船进港，都会引起一阵狂欢似的骚动。外国商人来了，还要举行欢迎仪式，这是中国的礼仪。队伍前面是锣鼓响器，中间是浩大的运输队，推车的，挑担的，双人抬的，肩扛手托的。后边跟着的是交易方。看热闹的百姓围得里三层外三层。随船而来的商人头目，被众人高高抬着，以示规格隆重。

一些物品被炫耀地举在头顶，招摇过市。有象牙、犀角、珊瑚、珍珠、玳瑁、玛瑙、琉璃等，还有金银制品。这些高档物件，怕不是普通百姓之用，却有市场，否则也不会如此大量运入。馆内见到一件产自十世纪波斯的物品，是波斯孔雀蓝釉陶瓶。那般大的体形，放到现在也为之称奇，却是发现在贵族刘华的墓中。

海是泉州的翅膀，泉州人一次次驾翅飞翔，无边际地拓展，无边际地奋争，无边际地向往。没有人能阻止东方那强大的竞争力与诱惑力。到了宋末元初，泉州终于奋起超越，坐上了中国最大商港的交椅，并且成为世界上最大的商港之一。

现在，泉州依然借助海在飞。

五、闽南方言是来自唐代的河洛语

那个时期的泉州人，生活热情高涨，石桥也就越修越多。桥是通达，是效益，是商业大港的需求，也是经济贸易的保证。桥不仅体现出泉州商旅的繁盛，人民生活的富足，还体现出人的素质与精神。

桥满足了泉州的一切。

洛阳桥建好之后，光是桥头的洛阳镇，就兴盛成闽南一带海运商品和本地特产的重要集镇，街市上有各类商行、布庄、钱庄及饭庄、客栈，一时间车水马龙，热闹非凡。直到上世纪初，源利行、长瑞行、万盛行、长春行、兴源行等老字号还兴盛不衰。

那么多的桥，又是那么长的桥，可以说每一座都与港口相关。有了这些桥，便有了自由与便利，有了更多的向往和可能，有了更多的走向海、走向远方的人，也就有了更多的收获与富裕。房子在一座座桥的周围建起来，庄院在扩大。更多的中原人被吸引过来，投亲靠友、娶亲嫁人的事常有发生。古桥上也就总有花轿走过，爆竹响起。

有趣的，是洛阳村的男娃与桥南村的女子成亲。洛阳桥就像是一个幸福的牵线人。桥上是从这头到那头的迎亲与送亲的队伍，桥两边的水中还有船，喷撒着礼花，燃放着喜鞭。桥沟通起了一江两岸，也联结了两村一心。新媳妇坐在花轿上，半掀轿帘，看着前边的新郎和渐行渐近的洛阳村。

我猛然想起，那新郎莫不是姓公吧？

人们已经知道了造桥的百般好处。即使到了近代，还有留下来的十座长桥。多少年中，人们仍然能念着它们的名字：洛阳桥、安平桥、顺济桥、笋江桥、下辇桥、玉栏桥、鹊鸟桥……十座长桥，是十个指向，表明泉州的开放性结构，和一个东方大港通达四海的气象。

鹊鸟桥，古代的舶司就设置于此。舶司相当于现在的海关，那么，也可以说这里就是海上丝绸之路的起点。可想当时，这座桥是何等繁忙，各色人等，无不经过这座桥办理一应手续。这是一座连通五湖四海的桥，也可称作是"海上丝绸之路的鹊桥"。

还有安平桥，连接晋江和南安两地，这一连接，竟然有五里之长，在当时的中国是极其罕见的。

多少年前我曾经走过这座桥，那个时候，人们极度地利用了桥头两边，以致聚集起那么多低矮而拥挤的房屋。当然，桥已经失去了它的价值，不需要有充分的空间来通行车马与货物。如果不是朋友带领，简直不知道这些繁杂的后面，还藏着一座千年老桥。老桥在桥头堡处，被铁栅栏锁住，平时也不让人一睹尊容。

那么也看不出，桥架在此处的缘由，它们甚至同这个现代化的都市交通，没有了任何关系。

第二次来，这里进行了整治，已经是一片开阔，从宽敞的大道拐入，可以很顺利地上桥。这样，我的眼前出现了一支人拉手推、身背肩扛的队伍，骡马大车也辚辚萧萧地通过这桥，不必担心如此兴师动众会压塌桥体，实际上的桥每天都是如此负重。

这次再来看安平桥，雨没有光顾这里。有芦苇层层叠叠，不高却极显乡间气息。水的光影透射着阳光，就像一架古琴，将时光拉响。

我原以为顺着桥能看到海，却看到了一片迷茫。时间是一把利刃，它会把一切改变。只有在想象中复原那个场景，一个信念变成事实的场景。

很短的时间，会让你感觉，到了闽南就像回到故乡，满街都是老街坊，你同他们打招呼，他们也冲你笑，你若寻一处民宿住下，半天时间就熟了。吃吃这家的小吃，尝尝那家的味道，讲讲彼此的故事，别提多亲切。有人说起来，竟然已经住了七日，还没有走的意思。说反正是闲了，在哪里不是闲着。晚上还相约着来到桥头的空地，自在地跳一阵广场舞，完全地融入了泉州。

我遇到过不少福建人，说起来他们总是认老乡，说他们的先祖是从哪里哪里过来，而且家家都有族谱。不少闽南人都去过洛阳，他们带着一种热热的感念，走过一座座洛阳桥样的长桥，一步步接近中原，离故土越近，越有一种难以言表的心绪。在祖辈的诉说中，他们已经无数次地回来过，真正到了这里，却又如梦如幻。有人眼中涌出了泪水，终于能回来看看，看看也就满足了，毕竟一条根脉相连着。有人包了一点黄土回去，放在祖先的牌位前。

我在中原，见到的不只是闽南人，还有福建其他地方或更远的台湾，以及新加坡、马来西亚等地的，他们打着自做的旗帜，明确地告诉你他们是来探亲的。你看了，也总是投去亲切的笑意。

说到洛阳桥的渊源，他们会告诉你，以泉州为代表的闽南方言，就是来自唐代中原的河洛语。

据史料记载，"洛阳读书音"是中国最早正式的官方普通话，对后期民族语言的发展影响深远。"中华音切，莫过东都"，各代都认为洛阳"居天地之中，禀气特正"，以当时的洛阳音为标准音。直到清朝中期以后，官话的标准音才向北京话转移。著名语言学家、中古汉语和上古汉语语音研究专家郑张尚芳认为，古代中国很早就有了民族的共同语言，也就是当时的"普通话"——雅言。孔子就是用雅言与弟子交流。

雅言就是夏言。古华夏人是汉族的核心，而夏建都在洛阳一带，殷建都也在洛阳周边。所以历代雅言标准音的基础就是在洛阳，唐、宋、元、明都是如此。因此，可以说古代的普通话从上古、中古一直至近代，都是以洛阳话为标准音，沿袭了四千多年。

由于历经战乱，洛人南迁，在洛阳本土如今已听不到纯正的古洛阳话，真正的古洛阳话不在北方，而在南方。唐代诗人张籍在《元嘉行》中写道："北人避胡多在南，南人至今能晋语。"当年那些从中原逃往闽粤等地的河洛人，把中原官话与当地方言融合后，便产生了客家话和粤语。客家人管这叫"河洛话"，至今有些地方还把上了年纪的婆婆叫"安人"，这是宋代朝廷命妇的称号。

如果留意，会听老人们在高深的祠堂数说从前："古早的时候……""古早"的意思就是"过去"，可他们说"古早"。很多词语早在中原消失了，这里都还在说着。他们说"起动"，是表示感谢的意思。他们把蛋称为"卵"，把锅叫成"鼎"，把夜说成"冥"，把种田称作"息"，把年轻男子称为"后生家"，把狗叫成"犬"，把狗叫说成"犬吠"。把你称为"汝"，"汝各来"，就是你又来了。听起来雅致而有味道。可这都是方言啊，这些文绉绉的方言里，满是对中原文化的依恋与坚守。有人考证，现在闽南话的读音与声韵，跟公元六〇一年陆法言写成的古韵书《切韵》

基本上雷同。

商船出海等风的间隙，他们就耍龙、玩木偶、唱南音。我曾经观看过泉州最有名的木偶大师的表演。那天下了大雨，他的表演就在室内。我们围了一圈，留给他的场地很小。但是他利用两只手一堆丝线，将一个故事演说得生动而有趣。看着线下活蹦乱跳的木偶，几乎就当成了在场情景。

表演的老者讲，这种艺术，纯粹是来自中原。唐末王审知入闽称王，带来不少名士学子，也有傀儡艺人，傀儡戏便传入了泉州。这种"提线木偶"在闽南又称"嘉礼"或"加礼戏"，是隆重嘉会中的大礼。每逢民间婚嫁、寿辰、婴儿周岁、屋厦奠基落成、迎神赛会、谢天酬愿，都要演提线木偶戏。"嘉礼"的道白中，多有中州音。

翻看《泉州府志》，看到泉州民俗中，有清明"插杜鹃花"之说。而此习俗是从古代河洛地区的插柳习俗演变而来。沿袭的中原习俗还比如，在除夕的前几天，家家户户除尘洗涮，贴春联，办年货，蒸糕，送神，并把水缸装满，并稍溢出，以示年年有余。而后用石板或木板把井口盖住不再打水。除夕当夜，家人团聚点烛守岁，燃放鞭炮，辞旧迎新。

在夜晚的桥头，终于又听到了久违的南音。那般悠扬婉转，荡气回肠的说唱里，一定还有着古老中原的影子。

从中原人的迁徙开始，泉州始终是一个融合的城市。人们喜欢这里，也是因为这里的诸多美好。泉州以"泉"名，真就有"清泉随地涌，曲巷有花斋"的景象。整个一个南宋，加上一个元代，泉州人的幸福指数要比中原人超高不知多少倍。可以说，迁来的中原人是幸运的。

这是一个德济门遗址，遗址上散落着条石和老砖，正当门的通道，可见磨得发亮的砌石。被埋没了许久，仍可以想见当年车水马龙的景象。

正看着，友人说李贽故居就在附近。顺着遗址前面的一条老街走去，不远便到了。德济门边上藏着一个李贽故居，是历史的巧合还是历史的必然？或就是这位大才子的先辈看好这交通便利之地。

一座老的不像样的窄小门楼，不起眼地蹲在夕晖中，不注意就会错过去。破败的门户紧闭，说里面正在装修。无论怎样，留个影吧。黄昏已经来临，门楼下已显昏暗，正聚精会神，吱呀一声，身后的门霎时打开。吓了一跳，莫不是主人出来？一座泉州，出了那么多名人，有一个李贽，也不足怪。想儿时李贽，穿过南城门，去看一个个新奇，同后来的文人的去，向往应该是一样的。

现在的德济门也即南门仍然是一个热闹所在，南门烤铺、南门烟杂、南门风味、故乡缘美食……铺面一个挨着一个。

泉州开元寺进门处的廊柱上，挂着一副对联："此地古称佛国，满街都是圣人。"这些闽南人不光是建桥修路、广设学堂，还增设各种庙堂管所，将中原文化发扬光大。

当时的商船主要是帆船，冬季靠北风出海，等到第二年夏季再靠南风回归。利用好风，是航海人的重要保证。泉州人懂得"顺风相送""牵星过洋"。因而人们总是到天后宫、妈祖庙、下海庙向海祈风，希望平安出航，平安回归。此外，佛教、道教、基督教、伊斯兰教在此都较兴盛，还有孔圣人、关帝甚至孙大圣，也都尊入庙堂。只要是感觉对人对商对海有好处，都一概欢迎。

对于外来洋人，也不排斥，一时间阿拉伯人、波斯人、南洋人、印度人都有来经商定居者，甚至将这里视为第二故乡。从唐至元的数百年间，泉州主要的生意伙伴是波斯人和阿拉伯人。泉州东边有个灵山，就葬着穆罕默德的门徒三贤、四贤，他们在唐武德年间来泉州，喜欢这里的人文风物，便留下来终生未归。

这里有一种古老的树，叫"刺桐"，刺桐每年春风起时开花。夏初进港的商船，会远远看到一个红彤彤的城市。那艳红的花，如一串串小灯笼，迎接着远来的客人。这种"海曲春深满郡霞"的红，现在落满了老桥的两头，马可·波罗来时，一定看到过这种景象。还有一个人，也看到了这种景象。

"刺桐花开了多少个春天？东西塔还要对望多少年？多少人走过了洛阳桥？多少船开出了泉州湾……"一位在《乡愁》中感叹故乡的泉州人，终有一天回到阔别近六十年的故土，回来便发出了这样的感慨。

来了，也要先来走走念想中的桥。长长的石板，走起来有些吃力，毕竟不是当年，终于坚持着走到了终点。这个时候，家乡人看到他扬起头来，激动地吐出了一句话："整整一千六百步啊！"

原来在故乡的桥上，余光中有着一个丈量，这久违的满带着乡愁的丈量，在坚硬的石板上，写下了一位诗人深情的歪歪斜斜的诗行。

六、桥是故乡，也是远方

时间告诉我们，再远的距离也不是距离。

千年的泉州，以一座桥的形象展示在我的面前。桥，是故乡，也是远方。桥不是固守，桥是开放。桥是人们与大自然抗争的重要手段，而且是融合着浮力、重力、交通等科技的手段。

桥是另一种形式的帆，也是另一种形式的岸。桥是一种担当，也是一种情怀。有谁说，一个人一生要做很多事情，而用心做好一件就不错。那么，对于桥来说，它的一生，就是做好了一座桥。它从最初到最终，都没有枉对自己的名字。它们是向海而生，向命运而生，向希望而生。它们实实在在地铺展在我面前，直到现在还在与自己较真儿，同岁月抗衡。

有风吹过，风一到桥上就显得凌乱不堪。那些凸凹与斑驳，让风不大适应，于是发出细微的嘶鸣，而后还是掉落在水中。

水倒是与桥相亲相近，互知秉性。水不停地冲刷着这桥，让石头更像石头。水的纹光一圈圈地打上石礅，青苔半泡于水，一些草从石缝间长出来，迎接午后的阳光。挤出来的还有一些白色的小花，这些都是一时兴起，不会支撑太久。算不出，从宋代到现在，有多少花花草草开了又谢，谢了又开。

有一个很小的石眼儿，这是怎么出现的细如针孔的石眼儿？竟然长出一许绿茸茸的植物，我叫不出它的名字，一颗种子不偏不斜地撒在了那里。也许曾有过无数种子的努力。

长长的影子在歪斜，一些暗光沉入了缝隙。夕阳入海，古桥又默默地度过了一天。在我走之后，它还是会如此度过，它已变作化石，诉说着中原的气质与泉州的气象。

有一只船从洛阳村往对面划，我们在桥上走，船与我们并行着。船的速度并不快，它似乎并不急于做什么。有了桥，还要船作甚？有人说捕鱼，或者干些别的。

在有水的地方，反正有船就自由，你看远处的苇丛，也有两只小船，它们像渔家的两顶帽子，摇头晃脑地在白穗子的芦草间，渐渐去远。我很想知道它们通向哪里，那里是否也有来自中原的老乡的村镇?

在桥头,我遇到了另一位老人。他正扬着皓首放风筝。那风筝自桥头放起,不细看看不到细细的长绳。风筝高高地挂在天上,一动不动,实际上它迎受着巨大的海风。若果从风筝的角度往下看,会觉得洛阳桥是它的倒影。

算起来,这是我第五次来泉州了,也是第五次来看桥,说来算是老友。但我依然对它们怀有新鲜感,怀有好奇心,怀有乡亲般的亲近。

这些桥不仅是对一座城市,而且对于中国的历史,都起过十分重要的作用。可以说,它是中国海上丝绸之路的重要组成部分,是中国古代文明通往现代文明的神奇纽带。

应该说,上岸的货物,通过这桥,故乡也会享用得到。而故乡的特产,也会经过桥而到达港口。望着一座座老桥,我着实觉得,它一直能通到故乡。是的,它们同那些河洛郎是一起的,有着中原的血脉、中原的精神。实际上,是中原的精华、中原的自豪。

千年间,中原人不得已远离故土,以顽强和信念走出了一条新路,辟出了一条新途。我找不到那些远去的人,却见到了近处的桥,这是以另一种生命形式表明生生不息的意思与意义。

远远的中原,我真的想告诉你,这里有座故乡的桥,它的名字叫"洛阳"……

圣 洁

一、这里是想往中最为壮观的冰雪世界

如果不是现代的飞行器，让我从空中清晰地俯瞰到青藏高原，我如何都无法凭想象完成对这一片雪域冰峰的描述。它实在是太辽阔，辽阔到无边无际。它实在是太神奇，神奇到尽神尽秘。

飞机以每小时八百公里的速度在穿行，但是你总觉得它并没有怎么改变它的位置。

为了确定我的毫无道理的怀疑，我将眼睛置于窗子上，久久地注视着一个点，我真的发现，那个点会好长时间都在视野里。

景象太威严，到处都是冰山的丛林，那丛林简直就是一大片的原始森林。

阳光将它的辉光覆盖上去，竟然觉得那辉光射出来，已经变得冷峻无比，同这片区域融为了一体。照在上面，无非是表示自己的关照。尽管那关照显得毫无意义。

冰山的尖利的牙齿刺破一块块云彩。实际上，云在这里已不能称为云彩，它没有了色彩，只有灰冷的色调，一块块、一片片

地飘浮在这些牙齿间。

不定哪一块飘浮得过低，就会瞬间被刺破或者撕烂。撕烂的便成为一堆乱絮，挂在哪里，缠在哪里，然后变成顽固不化的冰坨。

这些冰坨当然不是由此产生，它们或来自更高更厚的云团。

那些云团携带着对这片区域的使命，常常会将山脉两边的冷空气搅和在一起，它们一定有一种神奇的搅拌功能，那种神奇会出现在当地藏民的神话中。

我尚不能解析。但我知道，正是由于这些云团，使得大片的山海成为向往中的最为壮观的冰雪世界。

多少人为了看到这个世界而不远万里地赶来。但是他们赶来，也只是看到一两座雪山，并不能达成全部愿望。

飞机上的人在激动，我能够感觉到他们为何而激动。因为他们中曾经有无数次在此间飞行，却少有今天的幸运。

何况这条航线开通的时间并没有几年。那么，我们就是幸运者中的一员。

这一片山体，也没有想到会有一天，有人能从空中发现它们的秘密，看到连它们自己都不可知的整体。

不，我们依然看不到那种真正意义上的整体。飞机只是按照一定的航线飞行，而这条航线，也是最安全的航线。最不利于飞行的地方，是不会经过的。也就由此想到，我们也只是擦过它们的肩头而已。

你看，远处那高高挺起的巨峰，是那么的陡峭、尖利，它就像一位统治这个世界的首领，俯视着它的臣民。

它那么威武甚至傲慢，对于一架比一片雪粒大不了多少的飞机不屑一顾，尽管它同样闪着银辉的亮光。

这个时候，我发现飞机在转弯，它那巨大的翅膀一只斜了上去，一只指向了下方。

啊，它正在绕着巨峰飞行，我不知道它是出于什么目的，但是更加让我看清了这座庞然大物。它周身都是冰雪，只有最上边露出锋利的山体。冰雪就像它的大氅，将它衬围得更加不可一世。

可以想象，那雪是不会化的，终生也不会化。实际上那就是人们说的远古冰川。但是这冰川再远古，也终是不能遮盖向上突起的山体。那山体有一股不服遮盖的气势，即使在一片冰雪世界里，也遗世独立。

我看到长长的大氅的下摆，那是冰川流去的地方，我知道，在它的下面，就是一条河的源头，淙淙不断的源头。

在这些冰川下，该会有多少条细流？肯定很多很多，那些细流终究要汇在一起，汇成大江大河，汇成黄河长江。

我当然很想看到黄河长江，但是我知道是看不到的，这里只是它们的最初阶段，每一条细流都是最初的阶段，它们还没有发育，或者正在发育，它们要有一个成长期。我们要在稍远一点的地方等着它们。

我这次来，就是要寻找那条最远的最长的细流，那或许就在我看到的山林跟前。

这么说，我会走到这里。

我为我的想法激动不已。

猛然间醒悟过来，我所看到的，可能就是昆仑与巴颜喀拉。

二、雪是最好的绘画大师

有雪降落下来。开始还是雨，湿漉漉的雨。似乎上天转念一想，又将纷然的雪花撒下。

雪花不紧不慢，完全不是雨的姿态，却比雨更懂得这个世界。它一撒就撒出了形象，撒出了壮观，撒出了气势。

山河瞬间被漂白了，或者说被装点了。在这样的地方，雪是最好的绘画大师，一次次都是大手笔的展现。

再次看到高高矗立的经幡，在这单调的雪域。似乎那种五彩缤纷，是天生的，天生就屹立在无人知晓的地方。实际上，再高再远的地方，都有羊群或者牛群，也就是说，都有人的存在。让你感到，生命是多么了不起。那是一种生命的依存和组合，是一种对于高原的信赖和认可。

因而那些生命显得悠闲、自在。他们转山，拜湖，刻石头经文，放置玛尼堆，矗立经幡，打卦，供奉朵玛盘、酥油花，撒风马旗，他们一直坚守着他们独特的祈福方式和生活信念。

这一路上，我无数次见识过经幡，在山峰的最高处，或者最有纪念意义的地方。印满无数经文的经幡，总是那般鲜艳夺目，旧的还未旧，新的已覆上，也就密密麻麻，层层叠叠，无可尽数。能够感觉到，无论谁看到这壮丽山河之上的经幡，都会肃然起敬。

经幡，它是来自神域的，它是来自心灵的，或者说，它是直通心灵的。

三、她们互相支撑着简单的信念

一个人走出了帐篷，因为隔得好远，我只是看见了那个轮廓，那是一个提着水桶的人，等再近一点，我看清了，那是一个女人。女人提着木桶，走向帐篷不远的溪边。我想，在他们安置帐篷的时候，一定是这样想的，离水近一点。

她颀长的身躯，吊着一只很有美感的衣袖，和一只同样有美感的木桶，曲曲弯弯地走下小溪，然后又曲曲弯弯地走上高冈，走向冒着炊烟的帐篷。

单个来看，她是孤单的，帐篷是孤单的，但是她和帐篷合在一起，就不显得孤单了。因为帐篷里有爱，有家，有酥油茶。一个人，一个女人，只要有了这三样东西，哪怕远离人烟，哪怕天涯海角。

在辽阔的山河间行走，很长很长时间，你或许会看到一两座帐篷，或者藏包。往往这样的地方，是一个牧场的所在。

我在巴颜喀拉山下的一片草场，见到过一个母亲背着孩子放牧的情景。

那孩子被一块羊皮兜在妈妈身上，头歪在一边，像是睡着了。我起先以为她背的是干粮之类的东西，根本没有想到是她的孩子，而且我也没有想到那个人是个瘦弱的女子。

车子越来越近的时候，才一个吃惊连着一个吃惊。我朝四野里看去，再没有发现还有其他的人影。我不明白她怎么能一个人在这里放牧，她怎么还要带着一个孩子。

后来我就觉得，也许那孩子就是她的伴，她们互相依靠互相支撑着简单的信念，度过一天又一天。

四、阳光一样饱满，绿草一样水灵

在这样的地方，经常能看到孩子的影子。一个孩子守在藏包前，向远处张望。一个人的生命和命运，是不由他自己做主的，但是，挡不住他们往远处看。

在废弃的贡萨寺不远，看到几座泥筑的矮屋和矮屋旁的三个孩子。是两个男孩和一个女孩，他们穿着薄薄的衣服，流着长长的鼻涕向我跑来，他们看我手里的相机，问是从哪里买的，听我说很远的地方，他们说有治多那么远吗？"治多"是他们的县城。看我要给他们照相，他们嘻嘻哈哈笑着做各种各样的怪相，甚至打起了倒立。

我曾经在一座孤零零的房子前，看到迎路坐着一个老人，她的身后是三个顽皮的孩子，在房子周围跑着玩。看见我的镜头，他们愣了一下，在墙角露出头来，又缩回去，然后再露出来，对着镜头笑。老人热情地把我让进屋喝茶，牛粪粘得满墙都是，成了另一种保暖的装饰。他们很少见到外人，他们看你的目光，没有那种孤独和忧郁，像阳光一样饱满，绿草一样水灵。

在一个山泉下，已经有了冰雪的痕迹，却看见一个五六岁的小女孩，领着她的弟弟，用五公升大的塑料桶接水。看见我们拍照，她好奇而友好地抬起头来，停止了她的动作。她的弟弟流着长长的鼻涕，也在看着我们。小女孩接满了水，一步一晃地往坡上去，瓶底不时擦着山坡，坡上是她的家，她的父母正在为我们准备酥油茶。可以想见，每天每天，水都由这个小女孩领着弟弟提来。五六岁的孩子，早早地知道了生活，她或许感觉那就是这个年龄应该做的事情，属于她的生命内容。

五、怀着本真与崇高的虔诚

在这里，给我一次次触动和一次次感动的是虔诚。人们对雪山的虔诚，对河流的虔诚，对草原的虔诚，对生灵的虔诚。

你能感觉出他们身上的那股热情，他们总是自满、自得的样子。他们不会拐弯抹角，有时候会弄不明白你说的话，因为你说的话里还有话，他只能听懂前面的话，而听不懂你后面的话。

有时外边的人来，看到有些牧民守着一个藏包一群牛羊，感到这是多么地孤独，多么地无趣。可是等你跟他交谈的时候，你会发现，他没有这种感觉，他给你传达过来的，就是那种实在感、满足感。倒是映照出你很多的不足和空虚。

如果也用现在的一个词来形容，那或许就是"正能量"。负能量的东西在他们身上早就消解了。在这个地方，他们不能被负能量所打败，他们必须正能量起来，才能生存得更好，使他们的生命更有意义。

在荒无人烟的格拉丹东腹地，住着两位牧民，他们是一对父子，父亲失去了妻子，儿子尚未有妻子。两个人相依为命地放牧着一群牛羊。我们从那里经过，被邀请到家里去坐，走的时候告别半天，才分手。他们平时见不到什么人，无法想象他们孤独的日子。车子开出去，有人跑着追上来，是那个小伙子，说我们的杯子忘在了那里。

后来知道是阿琼的。阿琼在另一辆车上，发现保温杯不见时车已开出好远。她没有想到会失而复得，热热的茶水，是她路上的必需。

我们走行的路上，常常遇见山水冲毁道路，车子走得十分艰难。有一次，刚刚填好一个断路，车子开出也就百十米，便又遇到一个被冲毁的断路。人们七手八脚地花了半小时填好，缓慢地开过去的时候，被一个骑摩托的牧民拦住了。

在这个荒无人迹的地方，很少能见到一个人影，不知道这个牧民从哪里来，到哪里去。他告诉我们，前面还有很多的路段都被冲坏，如果往前走，一天也走不了多远，需要不断地修路。看我们无奈的表情，他告诉我们如果硬要前行，只有顺着河滩走，然后绕到另一条路上去。文扎请求他带我们一程，他挤上了我们的车，引导着车子直接下到水里，从下面的河流中穿行。

翻过一架山梁后，他告诉我们要去的方向，那也不是一条明显的路，只能看到大致痕迹。牧民下去了，那是一个荒无人迹之地。文扎下车表示谢意，又从车上拿了一条哈达，敬献给他。我们问，给了人家多少钱？文扎说，不给钱，怎么要给钱呢？我们说在内地都要给钱，不给钱谁干？文扎说，给钱，就把他惹了，他会生气。

从后窗看着那个往回走的牧民，想着他满面阳光的样子，你会觉得那就是一种义气，或者说意气。他们没有什么私欲，只有善良和淳朴，义气毕现，意气风发。这就是他们给你的影响，给你的作用。在这片雪域的作用，一个人的作用。

那些男人，他们的腰上一般都别着藏刀，但是很难看见他们会因为什么拔出那把刀，那只是一个装饰，那种装饰，使他们有一种男子汉的威严，也有一种草原牧民的剽悍。在别的地方，拔刀相见的事情或有发生，所以带刀成了禁止的行为。

对草原人则不同，因为相信他们的虔诚。他们对佛教的理解，对自然的理解，对人与人之间关系的理解，有着自己的独特性。

你不要总是看着他们的脸，那种被高原晒黑了的脸。你以为那是他们的底色，不，不是，那底色的后面，还有一种颜色，在他们的内心。

由此还想到那些女人，她们那般勤劳，毫无怨言地面对一切。

在藏包中，她们总是弯着身躯，带着一种谦恭跟人说话，给人倒水，帮人添饭。我曾经多次在不同的场合注意过，无论年轻的还是年老的，那些女人都是如此。而她们走到帐篷外边，快活说笑的时候，那腰却是直直的了。说明那是她们特意的姿势，是对人真挚的恭敬。这些藏族女人将珠姆的好都展示了出来。

我不知道生活在这片雪域的人，会不会去思索各种问题各种关系，他们的思想许很简单。他们如果非要去探究这些，他们可能会走进庙宇，到那里去烧炷香，许个愿，贡献一点自己的收入，然后很满足地回来，觉得已经释解了整个人生。

六、水使人变得亲近

由于举行期盼已久的藏族节日，在一条山溪的两岸，本来荒寂的地方，猛然间长出了许多的各色藏包，那是从方圆几百甚至上千里赶来的人们。

其中一个藏包就是我要住的。藏包有大有小，大的多是团体性的，比如喇嘛们，小的多是家庭的。从藏包的漂亮程度可以感觉到，草原的生活发生了不小的改变。

人类的祖先早就得出的经验，临水而居。在这条天然的山沟里，人们仍然像在自家的地盘一样，使用和利用这水。清冷的山水是十分干净的，而且也具有了召集力，它将很多的不相识的人聚集在了一起，同享聚集的快乐。

也是啊，也只有在这样的时候，人们才会离开常年的孤独和单调，来体验和享受一种集体的生活。

水使人亲近起来。

人们往往是在这样的时候，要穿上最好的服装。那是色彩的河流。

这里早晚还是比较凉爽的，在傍晚的溪水中，竟然有小孩童在戏水，可以看出藏族人耐寒的特点。

早晨我醒来得很早，但还有比我醒得更早的，他们早早地聚在溪边，洗漱打扮，尤其是梳理长发，需要很长的时间。

这就使得这个早晨更有了生活的气息。

藏包是一种独特的生活工具，而实际上，在大草原，藏包相离得是没有这样密集的，这是藏包的大聚会。

草原上不可能让电随行，多数还是点的酥油灯。而在这样的地方，已经可以很好地利用太阳能。

晚上在明亮的灯光映照下，会有里面的影子映照在藏包上，那是大口吃肉大口喝酒的影子，是嬉笑逗闹的影子，也有亲昵的影子，这真是一个特殊的山野高原生活场景。这场景让人感到了无拘无束的幸福和快乐。

我不善于吃肉更不善于喝酒，但我也试着大口就着蒜吃肉，试着猛然仰头地喝酒了，我需要在这样的地方醉上一醉。

有人唱了起来，有人跳了起来，藏包内外，处处都是醉意蒙眬的热烈和兴奋。

一对对的姑娘小伙拉着手，或走进了藏包，或走出了藏包。

山野里，有多少想象就有多少故事。

七、整个草原旋转起来

少数民族中我最喜欢藏族和蒙古族歌舞，辽阔培育了胸怀，峻拔造就了性情。因而他们的歌舞充满了奔放与豪迈、彪悍与勇武，那真是男是男，女是女，高山流冰溪，大风援沙柳。

现在这藏族的歌舞正在进行，一队队地舞起来，富有张力与韧度。看那队列在歪斜、歪斜，上扬、上扬，起落、起落，翻卷、翻卷——那是苍鹰低旋，是骏马飞奔；是汹涌的河，是跃动的山。那个自在，那个狂野，简直要把整个草原都旋腾起来。

看的人沉迷了，痴呆了，心随舞动，情随人动，欢呼啊，号叫啊，鼓掌啊，口哨啊。舞也能醉人！直撩得热血沸腾，恨不能置身其中，一醉方休。

在这样的地方，真能感受到狂欢的热度，它能将你身体里原始的野性发掘出来。在赛马节上，人们会连着三天三夜，不停地围着篝火跳锅庄舞。从四面八方翻山越岭而来的人们，互不相识，也不用自报家门，只管把热情带来，把雄健与刚毅带来，把柔韧与欣美带来。

草原上，舞动的圈子在变化，里一层外一层或里里外外相纠合、相重叠。圈子像波纹，忽小忽大，忽松忽紧，忽缓忽急。你就像上了一个海浪中的舢板，要么被掀上风口浪尖，要么被埋进万丈深渊。

我跟着坚持到半夜，实在受不住，回帐篷休息。一觉醒来，已是凌晨四点，可外边还是琴声飞扬，歌声震天。被引得又起身而去，随便加入哪一个场子，用汉族的手将两个藏族姑娘的手分开拉起，旋一曲"带你去向那高高的山冈"，旋一曲"高原高原我爱你"……

转累了的人会在场子外边东倒西歪地躺成一片。有情意的，拉手去了旷野深处。没有哪一个人会闲在一旁，即使是在内地显得多么优雅多么矜持的人，到了这里也丢掉了身份，丢掉了性别，丢掉了虚情假意，丢掉了低级趣味，本本真真地做一回人，一个自自然然的人，一个毫无顾忌毫无掩饰毫无做作的人。即使是东坡，此时也会来一个"老夫聊发少年狂"……

那就来吧，来吧——醉拥草原夜，狂歌舞大风。

整个草原旋转起来。天空旋转起来。还有黝黑的山峰，像个醉汉，一会儿晃到左，一会儿晃到右。

他或者她可能正发着呆，脸上会被谁猛然沾了一口，还可能被谁紧紧地抱了一下。狂欢中你的哪个部位或被碰触，而你真的没法顾及，也无须顾及。你不也疯了似的乱晃乱跳乱唱，不知道手在哪里，脚在何方？你甚至会有意无意地去跟谁要一碗浓浓的青稞酒，咕咕咚咚扬起来，顺着脖子顺着肚皮往下流，而后再晃晃荡荡地重新加入进去。

满眼星星，满目泪光，像李白《将进酒》似的放浪形骸。高山揽月月不落，清风带我上九霄——你不知道你是怎么了，你是快乐得过了头啊。

谁一下子先倒在了草原的怀里，而你也由于惯性倒在了草原怀里，接着你感觉是倒下了一大片。那草悠悠的在耳边，带着湿漉漉的风。

等你回去后，你会疲惫不堪地睡上一天一夜，茶饭不思。醒后还沉浸在那已经熟悉了的乐曲之中，恍如梦境。

八、荒原上千锤百炼的生灵

荒原上行走，会经常发现狼的影子。我肯定是认不出它们的，但是欧沙他们会告诉你，不远的地方，站立在那里看着你的，是一只狼。

这让人立时感到哪里有些冷。狼在每个人的记忆里，都会是灰色的，而且是凶狠的，只在动物园里见识过，它们被圈养和驯服得本分多了。哪里想到会在野外环境里见到真容。

这是一只比狗要大些的狼，它两耳直立，收着尾巴，头部和背部竖起长长的毛尖，它的灰黄色的皮毛很好，说明它有着很好的食物来源，胃口也不错。

它这是要到哪里去？这趟旅途，我们几乎很少见到活物，那么它也一定是饿了，走出来好远，在寻找猎物。没有想到遇到了我们。

它是怀着什么心情站在了那里，是惧怕，是镇定，或还有别的心思？不得而知。但它原地不动站定的姿势，还是让人为之点赞的。那么，它会不会扑过来？

我们远远地看着，有人顺手捡起了脚下的一块石头，实际上我们脚下并没有多少石头的，这里是半戈壁状态，到处都是坚硬的细碎的石头渣滓。野狼真的扑过来，能够用于与之搏斗的武器有限。关键时刻，只有以最快的速度拉开车门钻进去。那么，那些动作慢的人呢？就得有人挺身而出。

我们的旅途遇到了一点麻烦，前面有座桥，不宽，没有栏杆。不知道什么时候修的，修了以后没有怎么管理，实际上这条路基本上处于半瘫痪状态。小路是引到了桥上，但是路与桥之间如何就有了一个台阶？台阶很高，不知是因为路的陷落，还是桥的升高，反正连大马力的越野车也不敢硬闯，一旦上歪，就有掉下去的危险。大家下来，几个人用铁锹施工。就两把铁锹，全用在了正地方。后面等待的人，就发现了这只狼。

这只狼仍然立在那里，一动不动，它的坚定让人有些心虚。不知道它哪来的底气。

当我们的车子开动，有人说，实际上，是狼在心虚，你不走，它也不敢走，它怕你突然袭击它。动物遇到危险，最好的保护就是面对，只有面对，才能让对方不了解对手到底有几斤几两，而一旦撒腿跑掉，就给了对手一个信心。跑掉的一定是心虚的、弱势的，那就必然要乘胜追击，造成的局面就是，前面的越跑越虚，后面的越追越勇。

哦，这么说，狼这种在荒原上千锤百炼的生灵，一定是深谙此道。狼是善于奔跑的兽类，而且耐力强，常会采用穷追的方式，将猎物累趴下，而取得胜利。幸亏我们没有离开车子，也没有谁慌乱地掉头跑去。

这是第一次遇到单个的狼，后来想到，它一定是离群或者失恋了。因为我听说狼和人类一样热爱家庭，喜欢成群结队地生活在一起，相互帮助，共担风险，共享快乐。因为那片荒原实在是辽阔得很，远远的目光所及之地，看不到第二个它的同类，也看不到其他的生物。

这只狼如果不是离群或遇到什么事情，本不该这样走上孤旅歧途。我们对峙的地方，它是没有退路的，它的身后是一座陡峭的山，若果它的对面是以前的猎手，它的命运可能发生改变。

那么，草原的牧民大多单身独个，遇到狼怎么办？有人说了，牧民一般都带着藏獒或牧犬，狼一般是不接近的，因为它知道，一旦行事，可能会发生不可预料的情况，与其如此，还不如去找好欺负的野鹿、野羚、兔鼠之类稳妥。

回过头，就感觉那只狼的可怜了。漠漠荒野，一只离群的狼，什么事情都要自己面对，找寻食物也不是那么容易，何况还有人类拉扯的铁丝网。现在想，那铁丝网或许也是防野兽的，以致这些野兽越来越无助。

还在一架山梁上看到过一群狼，谁说，狼一般都是以群体活动，多数为七只，所以叫"七匹狼"。

那是我们发现野山羊的时候。那是一群的野山羊，它们正在山梁上盘桓，或上或下，跟着头羊不知所措。

不久就看到了狼，狼在围堵它们。狼并不往前凑，只是在它们的右前方堵住它们的去路，而左边是高峰。看来这群野山羊要遭遇不测，作为我们来说，也是无能为力。

一是离得太远，它们都在海拔六千米以上的山梁，而且还是雪山。二是我们肯定也不是群狼的对手，即使驱散了它们，也不能把那群羊救回家，还是要被狼群盯上。

有人的口中发出了长啸，带有着高原气势的啸音，但是无济于事。天渐渐阴了，看来又有一场雪要下来，而我们正在找路，我们去往澜沧江源头的道路发生了塌陷，只好迂回。迂回到这个地方，几乎没有路。过去前面那座山岭会是什么样子？

天快黑了，我们只好开动了车子。看来，不久就会发生一场弱肉强食的围剿。自然界也有很多残忍和不平。

还有一次，行走中，看到远处有一只不大的动物，跑跑停停。文扎说是一只狐狸。我将镜头拉近，镜头里竟然出现了从没有见过的面目，真的，在动物园里也没有见过这么美丽的生灵。

它走走停停，扭头看你的时候，有一种魅惑的目光。噘着小嘴，塌着细腰，翘着尾巴，如果将摄入的镜头调转一下，让它变成立式，莫不就像个人形？

在一个无法预知的环境，这只野狐正经历着风雪的洗礼，它显得有些落寞，又有些孤傲，也许是为了自身，也许是为了幼崽，而承风受寒，说不定还将承受暗夜。

在动物种类中，野狐并不属于生猛强悍的一类，它的能量，

396

比一只黄羊强不了多少。那么，遇到强敌时，它会有多少童话中所说的计谋摆脱困境？不得而知。

九、草原上美丽的雀斑

在澜沧江源头，一群藏野驴出现在我的视野中。以后的几天里，藏野驴的形象还会经常地出现。它们总是一群群地跑过，一般都是七八头。这次看见的有十头之多。

藏野驴的形象比想象的要好，也可以说比中原所见的驴要好。它们有着健壮的体魄，皮毛光滑，跑起来不算很快，但是浑身散发着一种强劲的英气。一身的白，却用棕红色勾勒出好看的线条，像穿着一件时髦的制服。

是的，它们有点像草原的绅士，走起来四平八稳，跑起来也不失身份，见到生人也是不慌不忙地走开。当它们以群体的形式出现，简直就是参加活动的仪仗队。

我在这里听到了一件事，索加乡当曲村的牧民尕玛放牧时，发现一匹藏野驴在冰窟中挣扎，野驴的脖子因挣扎而磨破，斑斑血迹洒在冰面上。尕玛一个人拉不动，便用对讲机呼叫周边牧民。几个牧民将藏野驴救上来时，它的四肢都已冻僵。牧民取来毛毯盖在藏野驴身上帮它取暖，尕玛又把它拉到家中悉心照看。三天后，藏野驴辞别了好心的牧民，奔跑在哲塘错卡草原上。

在草原上，看到的最多的物种就是藏牦牛，藏牦牛同牧民有着深切的关系。

成片成片的牦牛，撒落在广袤的草原上，它们或群或散，远远望去，就像草原上美丽的雀斑。

闹不清它们该什么时候回家。它们必定有一个领导，我曾见过一头牦牛在前边带着，其余的跟在后面，一直地往前走，它们会走向哪里，不知道。一座又一座大山在它们的周围，绿草就是它们的家园。

在整个高原史上，牦牛的驯化与放养，成为游牧民族生活的一部分，亦成为青藏文明的一部分。直到今天，人们在藏区看到的牧民生活，都与牦牛有着息息相关的联系。他们发明的牛毛帐篷，是抵御冰雪严寒的最好居所，牦牛的乳汁及其制品、牦牛的肉食，成为牧民主要的食品。多少年里，牦牛都是藏区的"高原之舟"，有了牦牛，牧民们可以迁徙到很远，并且把生意做到很远。牦牛无毒无味的粪便，是牧民永远可持续利用的燃料。

我在牧民的土掌房前，看到一整面的墙壁粘晒着牦牛粪，牧民说起来，牦牛粪比煤都好，煤还要花钱，还有二氧化碳，不利于在封闭的帐篷里使用。

现在一头牦牛的价值在万元以上，它真的就如水和空气，是藏民的一种生命渊源。即使是严寒季节，他们也要到很远的草场放牧。遇到冰雪灾害，他们会在狂风暴雪中将牦牛聚拢在帐篷前。藏民在帐篷内烧着牛粪，不时出去照看，恨不得将那些满身都是雪坨坨的生灵拉进帐篷。

也会不断地见到野牦牛，它们比牦牛更加自由和奔放，它们甚至会同牦牛生出小牦牛，而牧民也不排斥，认为它们的后代更健壮，有利于物种的繁盛。

同样披着厚大氅并且能够与牦牛同享快乐的，还有白云般的高原羊。黑色的牦牛有些像绅士，而羊们则像白衣少女。

这些生灵有时候还有些顽皮，过路的时候，它们显得毫不在乎，让你的车子等好长时间，才不慌不忙地走下路面，从草原的这边翻到那边去。

在海拔五千米的巴颜喀拉山和唐古拉山，依然散布着这些黑的或白色的牛羊。海拔的高度并没有影响它们的生存，反倒使我们人类感到气短，感到心慌。人这种动物看似强大，其实很渺小，讲究吃穿，还要讲究生活质量。

十、在雪域高原尽情开放

在这片令万物景仰又令万物却步的大地上，几乎没有什么树木，没有中原那样多的草。一定有风有鸟儿带着草籽来，但是大都没有经受住恶劣的环境而胎死腹中。只有少数的植物经受住了考验。那些植物大都不高，但它们接受了高原，高原也接受了它们。此后它们同高原相依相偎，生生不息。

我在这里见到的草，都叫不出它们的名字，它们从来没有在中原出现过。也就是说，它们并没有被更多的人认识。从这个意义上说，它们是寂寞的，但是从另外的意义上说，它们又是伟大的。因为伟大的往往是少数，而且往往是寂寞的。

只有下过无数次决心，历经无数次艰难走来的人们，才会发现它们，认识它们。它们只能被少数人发现并且认识。一旦认识了，就会常记心中，永不磨灭。

很难想象，在一片大雪纷落之后，还会有葱绿的植物，从雪下钻出，那可是海拔四五千米的高原。葱绿的植物，没事人似的，在风中抖抖身子，照样朝着天空，等待着新鲜的朝阳，似乎在说，下雪真好，再来啊，就像中原钻出暖屋的孩子们。

我这时会蹲在它的身旁，爱意迷离地盯着它看，而我的身上，裹了厚厚的防寒衣，连头上都是全副武装，只露着一双眼睛。眼睛上，蒙了一层雾霜。

这些小植物，也许钻出了深埋的雪原，就把雪忘了，它们只记得生命的歌唱。

在这里到处都能见到格桑花，那是一种红色或者黄色的花朵，开得到处都是，它们喜欢成群聚堆，也不怕单个冒险。能开放的地方就开放，不能开放的地方，也试着开放。它们是草原最普通的物种，也是草原最鲜活的物种。许多藏族女孩子都喜欢格桑花，喜欢用它来命名，让那鲜亮的美好，伴随自己的一生。

有时候走到什么地方，有人惊呼起来，放眼望去，就看到了摇曳着的点点白色。到了跟前，羊绒绒的一片，煞是好看。有人说这是老阿妈叫的"羊羔花"，有人说这种白色植物学名叫"圆穗蓼"，它也像格桑花一样，不是具体的某一种花，属于草原上常见的种类。我觉得还是羊羔花更好听，更形象。

我看到有一种紫色的小花，问草原人，他们说是紫苕，紫苕的名字很好听。单个看，看不出什么，因为太单薄太单调，但是集体形式的紫苕就成了气势，色彩的气势，摇摆的气势。那气势十分好看，好看到心疼：它如何在这么高远寂寞的地方？因为草原的大，甚至连牛羊都很难光顾。据说到了秋天，这些淡紫色的小花会变成满地炫红，并且结出籽来，那又是一种壮观了。"紫苕"是音译，文扎他们不停地重复着这个音，也无法用一个十分准确的词语表示出来。有人说叫"菩萨花"，却也是一个不错的称呼。

有一种猫儿脸样的花，也是开成了紫色，摇摇赶赶地让人欣爱。文扎说藏语像是叫"顿芭"，有人说它叫"龙胆花"。

还有一种绿叶中伸出的白色花，我开始将它看成了叶片。文扎说它在藏语中的发音叫"芭"，就是火绒草，火绒草也是藏药藏香的原料，花绒拧成条，成为酥油灯的灯芯，是藏族古老文化中的神圣之花，有着神圣力量。我看着这种可爱的白色小花，它的构造十分奇特，让人一见就会记住。而它也是一种高贵之花，只有在纯净的地方才能生长，它们大多生长在牧场里。后来有人说，它另外一个名字就是大名鼎鼎的"雪绒花"。

海拔四五千米的高山上，会看到另一个叫"雪"的花朵，它同样也是声名显赫——雪莲花。这种花像蘑菇一般，在流石坡以及碎石间抱团开放，或者说抱团取暖。冰雪洒在它们周围或身上，让人感觉它们经受不住这种寒冷，而实际上它们却顽强地存活着。文扎说雪莲是藏药的主要原料，在冰雪严寒中，雪莲生长极为缓慢，至少要有四到五年的时间，才能开花结果。因而雪莲代表着纯净与自然，被高原人视为不怕风雪的圣者。我是偶尔看到这种冰雪花朵的，据说它们能经受住零下二十一度的严寒。

我在称多的拉斯通的藏房跟前，看到一种白里泛红的小花，问当地的藏民，藏民说它叫"杂怪玛拉"，再问它的学名，就不知道了。只是说杂怪玛拉开得较晚，它一开，夏天就结束了，其他的草也不长了。那么这种花叫"夏末"也挺好。文扎他们不在旁边，我也不好掐断了拿着去问。只能给它起一个"夏末"的小名。

紧张而漫长的旅行中，我经常会看到这样那样的高原花草，我实在不能全部记下它们，更不能描述它们。

那些花草，自顾自地开，自顾自地落。不为谁的目光，不为谁的艳羡。牛羊的舌头扫一下就扫一下，扫不到也就过去了。那些花草，踮起脚尖，抬抬头，离天又近了一点。

于是我想，那些花草，在这个早晨，也是会发出经声的。一心向生，一心向静，一心向上。求真，求善，求美。那么，它们的身上，也同样是佛光四溢。

后　记

　　这是一部与我的生活、生命息息相关的集子。可以说是同一种感情维系，一种血脉因缘，一种长久的追寻。或者说，是一种与生俱来的家国情怀。

　　我从来不知道，中原还有另一种生活，那里的人为了生存，在高高的黄土塬上掘地挖坑，辟出成千上万个地坑院。这种生活是向下的、封闭的，当然也是自由的、自在的。多少年间，他们都以低处的光，照耀着自我。这就是豫西的陕州，是秦晋崤之战的地方。尽管我长期生活在中原，却由于距离的原因，对那里仍感陌生。

　　我主动到塬上深入生活，怀着异样的新鲜感，经历着孤独与单调，感受了四季时光。我每天都在发现，交流，记录。我在这里结识了不少乡亲，认识了那么多野草野菜，那么多的鸟；见识了平原少见的大风大雨，以及漫天漫地的大雪。我完全知晓了地坑院的构成以及与之相关的乡俗乡约，也懂得了塬上人的所思所想、所爱所恨。

　　我记下厚厚的笔记，并由此写出了三万多字的《塬上》，发表于《人民文学》2019年第5期。此作于2020年获得第十一届丁玲文学奖。得到了一种肯定，于是热情倍长，随后又写出三万字的《塬上·春天》，还是给了《人民文学》，发表于2021年第4期。

我写得并不快，我是慢慢消化，一点点接受灵感的召唤。就如《乡间的瓦》（发表于《天涯》2017年第1期），也是记了好多年笔记，才慢慢完成。我的周围有一片瓦的世界，人们对于瓦的尊重，对于瓦的信赖，给我留下了深刻印象。

在塬上深入的三年时光中，我对生活有了重新的认识或者说回味。我想起了我的童年、少年乃至青春的经历，实际上也是我的生命情怀。我开始顺着这条蹊径动笔，在写塬上的同时，我写出了《那年好大雪》《夜黑里》《二叔》《地气》，以《草木时光》为题，发表于《人民文学》2018年第7期，再写出《咱们的村子》《银瓜地》《桃黍》《风从哪里来》，同样以《草木时光》为题，发表于《钟山》2021年长篇小说·A卷非虚构副刊。还有《旷野》（发表于《十月》2020年第4期）、《辽阔》（发表于《作家》2021年第9期）和《陡河》，这些篇什写到我的生命故土，写到不能忘怀的情感所系，感觉仍然是亲近的，真切的。

我生活在北方，后来接触到周庄，一下子把童年的忆念提升出来，多少年间，我的灵魂竟然还维系着这个地方，我写出了《绝版的周庄》。周庄将这篇文章刻石，授予我荣誉镇民，之后我便将那里作为生命中的又一故乡，不时地生出一种念想。住在塬上的时候，就写出了《收藏》（发表于《天涯》2018年第6期），《流水的深处》（发表于《天涯》2020年第5期），《记忆》（发表于《中国作家》2021年第4期），三篇文字与乡野的气韵相连，带有着泥土的意味。

长期以来，我以黄河为伴，以中原人自居，因而常常会对相关的同一本源的事物感兴趣,《祖巷》(发表于《收获》2020年4期)写中原人一次次大规模迁徙中,遇到的珠玑巷,那是一个寓言般的地方,涌动着民族的文化特质。《大河至上》(发表于《收获》2021年第4期,并获第三届丰子恺散文奖)写到与我的生活息息相关的黄河之源,以及巴颜喀拉的种种启示。我必须要去那里走一遭,以释放我内心深处的牵系。还有《圣洁》(发表于《钟山》2020年第12期),是探寻的路上,雪域高原带给我的精神回响,还有《通往故乡的桥》(发表于《上海文学》2021年8期),是我在中原之外的发现,通过福建的洛阳桥,探寻桥是故乡,也是远方的理念,写出河洛文化的承接与延续。

每个人都在寻求某种归属感,归属实际上是一种生命的依赖。海德格尔说,"故乡处于大地的中央",这句话含义深刻。我在塬上,在生活的深处,往往能感到那种安静的、深沉的大地气息。我有时是在现实中走,有时又是在回忆与幻境中走。我觉得这些文字都是与塬上相通的,既有我生活的脉络,也有我情感的脉络,我以对文字深深的敬畏感,慢慢诠释我的认知、经历与信念。

总之,把近几年在塬上写出的这类作品集于一书,旨在探索生命与文化的深切内涵,以及寻找脱离不开的生活本源。

衷心地感谢作家出版社,感谢读到此书的朋友!

王剑冰